CB048196

ÀS CEGAS

CLAUDIO MAGRIS

Às cegas

Romance

Tradução
Maurício Santana Dias

COMPANHIA DAS LETRAS

Grafia atualizada segundo o Acordo Ortográfico da Língua Portuguesa de 1990, que entrou em vigor no Brasil em 2009.

Título original
Alla cieca

Capa
Mariana Newlands

Preparação
Silvia Massimini Felix

Revisão
Ana Luiza Couto
Isabel Jorge Cury

Dados Internacionais de Catalogação na Publicação (CIP)
(Câmara Brasileira do Livro, SP, Brasil)

Magris, Claudio
Às cegas : romance / Claudio Magris ; tradução Maurício Santana Dias — São Paulo : Companhia das Letras, 2009.

Título original: Alla cieca.
ISBN 978-85-359-1542-6

1. Romance italiano I. Título.
09-09128 CDD-853

Índice para catálogo sistemático:
1. Romances : Literatura italiana 853

[2009]

EDITORA SCHWARCZ LTDA.
Rua Bandeira Paulista, 702, cj. 32
04532-002 — São Paulo — SP
Telefone (11) 3707-3500
Fax (11) 3707-3501
www.companhiadasletras.com.br

Para J.

1.

Caro Cogoi, para dizer a verdade, mesmo se fui eu que escrevi, não estou certo de que alguém possa contar a vida de um homem melhor do que ele mesmo. Claro, aquela frase tem um ponto interrogativo; aliás, se me lembro bem — tantos anos se passaram, um século, o mundo aqui ao redor era jovem, uma alba úmida e verde, mas já era uma prisão —, a primeira coisa que escrevi foi justamente aquele ponto de interrogação, que arrasta tudo atrás de si. Quando o doutor Ross me incentivou a redigir aquelas páginas para o anuário, eu gostaria — e isso teria sido mais honesto — de ter lhe enviado muitas laudas com apenas um belo ponto de interrogação, mas não queria ser indelicado com ele, tão benevolente e gentil, ao contrário dos outros, e além disso não era o caso de contrariar alguém que podia tirá-lo de um bom cantinho como a redação do almanaque da colônia penal e mandá-lo para o inferno de Port Arthur, onde basta sentar no chão por um segundo, esgotado por aquelas pedras e a água fria, para cair na chibata.

Então pus diante daquele ponto interrogativo apenas

a primeira frase, e não toda a minha vida, a minha, a sua, a de quem for. A vida — dizia Pistorius, nosso professor de gramática, acompanhando com gestos redondos e pacatos as citações latinas naquela sala atapetada de um vermelho que à tarde escurecia e se apagava, brasas da infância que ardiam no escuro — não é uma proposição ou uma asserção, mas uma interjeição, uma pontuação, uma conjunção, no máximo um advérbio. Seja como for, jamais uma das chamadas partes principais do discurso — "Tem certeza de que ele dizia assim mesmo?" — Ah... sim, doutor, pode ser, talvez não fosse ele que usasse esta última expressão, talvez fosse a professora Perich, depois Perini, em Fiume, porém mais tarde, bem mais tarde.

De resto, aquela pergunta inicial não pode ser levada a sério, porque já contém a resposta evidente, como as perguntas que são feitas aos fiéis num sermão, elevando o tom da voz. "Quem pode narrar a vida de um homem melhor do que ele mesmo?" Ninguém, é óbvio, parece espalhar-se o murmúrio das pessoas respondendo ao pregador. Se há uma coisa a que me habituei foi às perguntas retóricas, desde que passei a escrever, nas prisões de Newgate, os sermões para o reverendo Blunt, que me pagava meio xelim por cada um e enquanto isso jogava palitinho com os guardas, esperando que eu também fosse jogar, assim frequentemente recuperava aquele meio xelim — nada de estranho, eu também estava ali dentro porque tinha perdido tudo no jogo.

Mas pelo menos lá, naquela cela, enquanto escrevia entre aqueles muros imundos, era eu que inventava aquelas perguntas fajutas, ainda que depois fosse o reverendo que as esbravejasse do púlpito, enquanto fora, em todo lugar, antes e depois, por anos e anos e saecula saeculorum elas tenham sido gritadas nos meus ouvidos, "Então foi você quem armou sozinho aquele pandemônio na Islândia, assim, por puro amor àquela pobre gente raquítica e tinhosa, sem que ninguém lhe desse uma mão para pôr de cabeça para baixo a ordem dos mares de Sua Majestade, sei, então você cuspiu com desprezo sem pensar que estava lá na fila com os outros, ouvindo o discurso do novo comandante da penitenciária", e tome-lhe chibatada, "então não reconhece aquela cara de comunista, nunca a viu, e aqueles panfletinhos foram parar no seu bolso por milagre", e tome-lhe chute e cassetete, "quer dizer que você não é um espião, um traidor que veio para sabotar, fingindo-se de companheiro, a livre Iugoslávia socialista dos trabalhadores, quem sabe não é um porco fascista italiano que quer retomar a Ístria e Fiume", e direto com a cabeça no buraco da latrina ou correndo o mais rápido possível entre as filas dos prisioneiros, e enquanto você passa eles devem chutá-lo o mais forte que podem e gritar "Tito Partija, Tito Partija!" — mas de onde vêm estes gritos, que barulho, não ouço mais nada, de quem é este ouvido surdo, atordoado, posto de lado, deve ter sido uma porrada, e se alguém a deu alguém com certeza a recebeu, eu ou um outro.

Pronto, passou, o estrondo se abranda. Aquela também foi uma pergunta retórica; é meu ouvido, este, visto que o senhor, doutor Ulcigrai, se inclina para o outro, o esquerdo, quando me questiona "Então seu verdadeiro nome seria Jorgen e isto teria sido escrito por você", mostrando-me o velho caderno que eu encontrara naquela livraria de Salamanca Place. Pelo menos o senhor não ergue as mãos, ao contrário, é gentil, não se ofende nem mesmo quando o chamo de Cogoi nem insiste com as perguntas. Se fico calado, não se incomoda, mas enquanto isso me pergunta e é inútil, porque o senhor já conhece a verdade, ou crê que conhece, o que dá no mesmo, de qualquer modo já conhece minha resposta quando lhe respondo — ou então a sugere, coloca-a em minha boca.

Uma resposta firme e segura, no essencial; às vezes, admito, um tanto confusa nos detalhes. Mas o que fazer com todo esse vaivém, com tantas coisas que se amontoam, anos e países e mares e prisões e rostos e fatos e pensamentos e mais prisões e rasgados céus da noite de onde o sangue escorre em fluxos e feridas e fugas e quedas... E a vida, tantas vidas, não é possível mantê-las juntas. Além de tudo, esgotado por interrogatórios sem trégua, é ainda mais difícil pôr as coisas em ordem, muitas vezes não se reconhece a própria voz e o coração. Por que, de vez em quando, indo para a frente e para trás com essa fita, o senhor me faz repetir suas perguntas? Talvez para que eu as registre melhor, compreendo, é verdade que às vezes me perco, mas assim me perco ainda mais, quando ouço o senhor falando com minha voz. Seja como for, quanto mais se é interrogado, menos se sabe a resposta — se você cai em contradição, dizem, espremem-no mais ainda, de leve ou com força, segundo a competência de cada um.

Não sei bem o que quer dizer contradição, mas com certeza caímos nela, não há dúvida. E desaparecemos, fiapos tragados por redemoinhos de água na pia — aqui no hemisfério austral a água da banheira gira ao redor do buraco em sentido anti-horário, já entre nós do Norte é o inverso, em sentido horário. Pelo que li, é uma lei da física chamada força de Coriolis — admiráveis simetrias da natureza, quadrilha em que um casal avança enquanto outro recua, ambos se inclinam quando é sua vez, e a dança não sai do ritmo. Um nasce e outro morre, uma linha de infantaria é abatida a canhonaços numa colina, outras divisões e bandeiras estão logo depois na crista da colina, e uma nova descarga as abate, por sua vez. "Então as contas batem..." Sim, dar e receber, vitória e derrota, o banho nos cárceres de Goli Otok e depois os banhos de mar naquelas mesmas praias maravilhosas da ilha adriática, o comunismo que nos libertou do Lager e nos meteu num gulag onde resistimos em nome do companheiro Stálin, que enquanto isso mandava outros companheiros nossos para os gulagui.

"As contas batem e, se o sangue mancha os livros contábeis, não apaga as cifras nem o zero final, a equivalência entre ativo e passivo." Se há alguém que pode dizer isso sou eu, que passei muitos anos na prisão e nesta mesma cidade que tinha fundado, com suas casas e sua igreja e até uma cadeia, muitos anos antes, quando neste imenso estuário do Derwent, onde não se entende em que ponto termina o rio e o mar começa, neste grande vazio em que não há nada até o nada das Antártidas e do Polo Sul, havia apenas cisnes negros e baleias que nunca haviam experimentado um arpão fincar-se em seu dorso e fazer o sangue esguichar alto como a água soprada pelas narinas. A primeira baleia quem feriu fui eu, Jorgen Jorgensen, rei da Islândia e condenado, construtor de cidades e de prisões, da minha prisão, Rômulo que termina escravo em Roma. Mas todos esses moinhos de vento que dispersam a poeira dos mortos e dos vivos não têm muita importância. O decisivo, doutor Ulcigrai, é que eu possa responder nitidamente às suas perguntas pleonásticas no que diz respeito ao essencial, porque sei quem sou, quem era, quem somos.

Mas o que isto quer dizer — "Eu sei mais." —, isto é, o senhor? Sim, compreendo, está convencido disso. Toda a verdade naquele prontuário enfiado no arquivo — não foi difícil surrupiá-lo sem dar na vista, bem debaixo do seu nariz. Uma brincadeira de criança para quem passou a vida sendo espionado, perseguido, fichado, registrado na polícia, no Lager, no hospital, OVRA, Guarda Civil, Gestapo, UDBA, penitenciária, Centro de Saúde Mental, e sempre é preciso sumir com os papéis. Até engoli-los, se for o caso; seja como for, embaralhá-los antes que o descubram. Agora o prontuário está de novo lá, preso e posto no lugar sem que ninguém tenha notado. De qualquer forma, os senhores não conservam mais esses papéis desde que se modernizaram e basta apertar uma tecla para saberem tudo. O fato é que o prontuário está no arquivo e na minha cabeça, embora o senhor ache que possa conter e explicar minha cabeça. Centro de Saúde Mental de Barcola, resumo do prontuário clínico de Cippico — também Cipiko, Čipiko —, Salvatore, entrada em 27/3/1992, depois de uma precedente internação de urgência um mês antes. Deve ser. Passou tanto tempo... Repatriado da Austrália, domiciliado provisoriamente em casa de Antonio Miletti-Miletich, Trieste, via Molino a Vapore 2. Magnífico, enganei vocês. A primeira coisa é mudar de nome e dar um falso endereço. Eles têm a mania de fichá-lo de uma vez por todas, de metê-lo imediatamente num vistoso escaninho, nome, sobrenome e endereço esculpidos para sempre por pompas fúnebres, e você no entanto embaralha os nomes, as datas, os números — alguns continuam do mesmo jeito, corretos, outros são meio misturados, assim eles não entendem mais nada e não sabem onde procurá-lo. Acho ótimo que me imaginem lá em Barcola, de cabeça para o alto, contemplando a Ístria além do golfo de Trieste, a catedral de Pirano e Punta Salvore, porque assim, aqui nos antípodas, ninguém pensará em me buscar entre os de cabeça para baixo.

Nascido em Hobart Town, na Tasmânia, em 10/4/1910. Se vocês dizem, deve ser. Viúvo — erro crasso. Casado. O matrimônio é indissolúvel, não está nem aí para a morte, seja a sua ou a minha. Profissão, nenhuma — para ser franco, uma sim, a de detido. E interrogado. No passado desempenhou várias atividades. Verificou-se que na Austrália trabalhou como torneiro e depois tipógrafo na tipografia do Partido Comunista de Annandale, Sydney, e jornalista do *Risveglio* e da *Riscossa* na mesma cidade. Inscrito na Liga Antifascista de Sydney desde 1928 e no Círculo Matteotti de Melbourne, ativista militante, implicado nos confrontos de Russell Street em Melbourne, 1929, e em Townsville, 1931. Expulso da Austrália em 32 e repatriado à Itália, onde já havia vivido com o pai durante a infância, entre o fim da Primeira Guerra Mundial e o advento do fascismo. Com que ar satisfeito o senhor está lendo, doutor, até parece que são dados seus, nem se dá conta das partes apagadas e retocadas.

Mérito seu, mais do que meu; sou meio desajeitado quando

uso aquele troço cheio de teclas; e se não tivessem me dito que se chama PC, como o outro, eu nem teria tentado. Psicoterapia informática, novos tratamentos tecnológicos para os distúrbios psíquicos. Assim é bem mais fácil forjar um formulário. Bastam alguns toques no teclado, sem ter de recorrer àqueles giros para distrair o dragão e roubar o tesouro, e é você que entra dentro da ficha, em sua própria vida, e a remaneja e inventa como bem quiser. Bem, somente alguns deslocamentos de data e de lugar e alguns nomes camuflados, retoques modestos, não me parecia o caso de exagerar e além disso eu nem seria capaz. De qualquer modo, não tenho muitas objeções quanto àquela minha ficha. Portanto...

Trabalhei algum tempo como empregado nos canteiros navais de Monfalcone e na sociedade marítima Sidarma. Demitido depois de detenção por propaganda e atividade antifascista. Militante do Partido Comunista clandestino. Várias vezes detido. Confirmo. Participou da Guerra de Espanha. Militar na Iugoslávia; depois do 8 de setembro, membro da Resistência. Deportado a Dachau. Em 47, emigra para a Iugoslávia com dois mil "monfalconenses" para construir o socialismo. Trabalhou nas construções de Fiume.

Depois do rompimento entre Tito e Stálin, é preso pelos iugoslavos como membro do Cominform e deportado em 49 para o gulag de Goli Otok, a ilha Nua ou Calva, no Quarnero. Submetido, como os demais, a trabalho inumano e massacrante, sevícias e torturas. Provavelmente remontam a esse período seus distúrbios delirantes e suas acentuadas manias de perseguição. Queria ver o senhor, doutor Ulcigrai, depois de um tratamento como aquele, Dachau e Goli Otok, terapia intensiva, dose dupla. Pessoas a informar, nenhuma. Exato, ninguém. De resto, seria perigoso se houvesse alguém informado sobre mim — mais cedo ou mais tarde qualquer um pode dedurar, talvez até convencido de fazer o bem, porque lhe disseram que você é um inimigo do povo, um traidor.

Emigrado para a Austrália em 1951. De constituição particularmente robusta. Cicatriz de uma tuberculose óssea contraída em Dachau. Outras cicatrizes em várias partes do corpo. Tendência mitômana a exagerar as próprias desventuras. Fácil dizer isso para quem não esteve lá dentro nem um dia. Ideias paranoides — é verdade, depois de ter estado em todos os Lager da Terra talvez tenha a mania de acreditar que querem me perseguir. Obcecado com a deportação a Goli Otok pelos iugoslavos em 49. Talvez o senhor se questione sobre o porquê dessa obsessão, outra bela pergunta retórica...

De qualquer modo, aquelas perguntas retóricas — acho que foi o reverendo Blunt que me disse que elas se chamam assim — me agradam, porque ensinam que nunca há resposta para tais perguntas, a menos que alguém já a tenha na cabeça e a diga por conta própria, como o senhor faz frequentemente atribuindo-a a mim, mas então é inútil formular as perguntas. No entanto talvez não, faz bem ouvir a resposta daquilo que já se sabe; é só a própria voz que se escuta, como quando estamos no alto de um mastro e gritamos ao vento. O grito se perde no mar, só você ouviu aquilo que foi gritado, mas não está muito seguro de que seja sua voz, talvez a lufada tenha lhe trazido a de um outro, gritada do alto de um outro navio desaparecido além do horizonte, como eu vi desaparecerem tantos nos anos que passei nos oceanos; o navio segue veloz e deixa para trás as vozes saídas da ponte e da estiva, pássaros que revoam na popa e depois ficam para trás, perdidos. Por um tempo você ainda as distingue, as vozes, depois há um estrídulo indistinto, o vento bate em seu rosto e as asas dos pássaros gritam dentro dos seus ouvidos, vozes, urros, palavras, toda uma turba selvagem e flagelada em sua cabeça.

Seja de quem for, uma voz é sempre um consolo depois que você está horas e horas sozinho na cela escura e fétida ou lá em cima no mastro, entre ondas que se lançam para o alto, surdos e espumosos tiros de canhão contra as muralhas de nuvens. E são muitos gritos, de um só ou de muitos — não, nunca se está só, há sempre alguém que me vigia —, mas não há nunca ninguém que lhe responda quando você pede alguma coisa de que precisa. Todos calados, como sir George que se cala quando recebe minhas súplicas para enviar a Londres uma petição de graça, depois de tantos anos de colônia penal passados aqui.

Até Aquiles e Agamêmnon — que, como li naquele meu texto, tiro da cartola dizendo que somente os reis e os heróis como eles precisam de um Homero para cantar suas gestas — citei ali para impressionar o governador e os da Companhia da Terra de Van Diemen. Devem meter na cabeça e lembrar que sei manejar não só o machado para reparar a pala de um remo ou para abrir picadas na floresta — e melhor do que muitos condenados —, mas também a caneta; é verdade que embarquei aos catorze anos num collier inglês que levara carvão de Newcastle a Copenhague e fiquei quatro anos navegando entre Londres e o Báltico, mas tive tempo de ler meus livros — e também os escrevi — e conheço os antigos talvez melhor do que nosso capelão Bobby Knopwood conhece a Bíblia.

Mas com essa gentalha é tempo perdido. A única coisa que sabem ler são os livros contábeis da Companhia, com os grandes lucros de seu monopólio, e os registros do Almirantado. O companheiro Blasich — professor Blasich, professor de liceu — era um crápula e acho que me mandou de propósito para o inferno de Goli Otok, mas pelo menos, com seu grego e latim, sabia apreciar a cultura; de resto, o Partido sempre admirou e ensinou a admirar os intelectuais, mesmo quando lhes tapava a boca às vezes para sempre. Mas o que isso tem a ver, por que me pergunta agora sobre Blasich, essa é outra história, não tenho nada a ver, deixe-me respirar, não me confunda, já estou bastante confuso sozinho, como todos, aliás...

Só me deixe terminar, eu estava falando de Aquiles e de Agamêmnon, que tiveram um Homero à disposição para o relato de seus feitos, enquanto eu devo fazer tudo sozinho, viver, combater, perder e escrever. É justo que seja assim. Teria sido indecoroso se, no meio das batalhas, aparições de deuses, ruínas familiares e de cidades, eles também se pusessem a fazer o resumo do dia; seria como pretender que fossem pessoalmente socorrer os feridos e sepultar os caídos. Para isso eles têm os escravos devotos de Esculápio e os coveiros, assim como os que trincham a carne para o almoço e até o aedo que canta ao final da refeição e põe suas vidas em ordem, enquanto eles o escutam entorpecidos pela sonolência.

É verdade, a sonolência é uma qualidade real. As coisas passam por você embaciadas, como por trás de uma colcha de neve; você faz o que tem de fazer, inclusive matar ou morrer, mas com descuido. Os ricos e poderosos possuem essa beata incúria, e nós, os danados da Terra, estamos aqui para fazê-la em pedaços, mas eu também possuo essa virtude soberana, e por isso ainda estou aqui, entre tantas coisas que desmoronam sobre mim, desde sempre, desde menino, como o teto da Sala dos Cavaleiros, as paredes e os pesados retratos tomados pelo fogo no incêndio do palácio real de Christiansborg em Copenhague, e eu indiferente à fornalha e à destruição, à Torre Negra que desaba com fragor, aos tições que chovem em minha cabeça; menino, mas já regiamente letárgico em meio à barafunda da catástrofe, eu, que depois reinei sobre a Islândia durante três semanas, também indiferente à ridícula brevidade de meu reinado, rei apenas para essa sonolência que protegeu meu coração da aguda hostilidade das coisas... Como? Não, doutor, não se iluda, esses seus comprimidos e ampolas não têm nada a ver com isso, essa calma é mérito meu — quanto ao resto, no entanto, escravo nas galés, marinheiro desimportante, prisioneiro, condenado a manobrar as velas, a abater árvores na floresta, a quebrar pedras, a recolher areia no mar gelado, a escrever e...

E aquela gentalha põe em dúvida a sentença que abre minha autobiografia — que escrevi apenas para eles, porque o doutor Ross a quis para o Almanaque de Hobart Town. Aquele desconhecido inoportuno, que se diverte me alfinetando com mensagens que me arremedam, quando nos levam para a sala e nos fazem jogar diante daquelas telas, nunca responde às minhas perguntas, mas apenas repete o que digo. Repetiu também aquela frase e logo encontrou algo a objetar. É claro que não é verdade, ninguém pode contar nem conhecer a si mesmo. Não se sabe como é a própria voz; são os outros que a reconhecem e a distinguem. É o senhor que sabe quando sou eu que falo, assim como eu conheço o senhor, vocês, eles, não a mim. Como Aquiles poderia narrar sua ira? Aquele delírio furioso, para ele, é algo que dá um nó nas tripas e faz tremer os lábios pálidos, como quando se vomita porque o navio balança sobre as ondas ou porque se bebeu demais, como fazia minha Norah quando tinha permissão para sair da colônia penal, em Waterloo Inn, e não só ali — e eu também, certo, mas ela era minha mulher, e o único modo de mostrar meu respeito por ela diante daquela corja que debochava na taverna, porque todos já sabiam como ia terminar quando Norah começava a beber, era me embriagando com ela. Unidos no bem e no mal até que a morte os separe, e aquela era nossa estrada, a estrada que percorríamos juntos, um homem e uma mulher acorrentados. Mas não saberia dizer se quando botava ordem naquele bando eu era um homem que se bate por sua honra, fazendo frente à inominável indecência da desgraça, ou somente um bêbado que não consegue concluir as frases e se esforça por responder à altura à corja que escarnece e se inclina chamando-o de rei da Islândia.

Sim, doutor, falaremos dessa história islandesa, imagine se não quero falar sobre isso, a história mais bela de minha vida.

Percebi que ela interessa bastante, são muitos, inclusive naquele seu vídeo, que querem ouvi-la e quem sabe repeti-la do modo deles. Foi quando a li que entendi quem sou — quando a reli, porque também a escrevi. Eu sei, Hooker também a escreveu, o grande cientista que fazia parte da expedição e me deu a honra de sua amizade, se bem que, para dizer toda a verdade, ele misturou um pouco os papéis a propósito de minhas vivências e falsificou a história daquela grande revolução — todos falsificam a revolução, garranchos de rancor e de mentira sobre quem tentou libertar o mundo. Por isso eu tive que escrever a história verídica daqueles fatos, minha história — mas cada coisa a seu tempo, inclusive a Islândia, sem embaraçar os fios, que já são muito intrincados. Faço o meu melhor, mas é difícil pôr uma multidão numa linha.

Nem mesmo eu entendo sempre o que me acontece e o que se passa em minha cabeça, mesmo se devo pegar a caneta continuamente para retificar as imprecisões e as mentiras escritas sobre mim por todo mundo, desde aquele anônimo que se permitiu editar meu livro sobre a religião cristã como religião da natureza, acrescentando de próprio punho uma biografia caluniosa, a todos esses artigos venenosos e falsos publicados na *Borba*, na *Voce del Popolo* e não sei mais onde. Certo, depois se arrependeram, todos se arrependem quando não adianta mais. Mas enquanto isso... Mentiras sobre mim, sobre nós. Que éramos agentes de Stálin ou fascistas disfarçados, e que não fora o Partido que nos mandara à Iugoslávia para dizer e propagar que Tito era um traidor da revolução, um vendido ao Ocidente. E, quando voltei de Goli Otok, vários companheiros fingiram que nada havia acontecido; aliás, até brigaram para que ninguém, ou pelo menos aqueles ligados a nós, nos desse um mísero trabalho, e assim fui para o Sul, voltei para lá, para o outro lado da Terra, para a minha Tasmânia. Chamava-se também Terra de Van Diemen, mas antes, antigamente.

Pelo menos é o que acho. Não estou certo disso, mesmo se

reorganizei acontecimentos e cronologias, enfim, se escrevi e agora volto a dizer e repito a história verdadeira e fiel de minha vida, à medida que a escrevo ou dito para este gravador, quando conversamos. Seja como for, depois os senhores pensam em captá-la em sua Rede e em transcrevê-la como bem quiserem em seus pequenos monitores, e aliás lhes agradeço por esse sítio que quiseram me dedicar. Não sei bem o que quer dizer aquela sigla, mas gosto da palavra sítio: "Três marinheiros que vão ao Egito/ oh, que belo sítio/ que vão ver...". Conhece essa canção? Antigamente a cantávamos em nossas bandas. Se quiser, posso cantá-la, assim vocês a gravam. Seja como for, depois escrevem o que bem entendem; quando pressiono as teclas como me ensinaram e releio ou me ouço de novo descubro sempre coisas novas. Não, não me inquieto com isso, fiquem tranquilos. Aliás, para mim...

Não me importa muito se não consigo vê-la, digo minha vida, assim como não consigo me ver enquanto bebia e me acabava na taverna de Waterloo Inn. Quando escrevo, e mesmo agora quando repenso, escuto uma espécie de vozerio, palavras truncadas que entendo pela metade, mosquitinhos que vêm zumbir ao redor da lâmpada sobre a mesa e que eu preciso continuamente expulsar com a mão, para não perder o fio.

Não é uma novidade, é? Até está escrito na ficha. Ouve vozes que lhe repetem o que ele pensa. É verdade, eu as ouço. E o senhor não, doutor. Estereótipo, alucinado. Distúrbios delirantes. Não me impressiono, estou habituado aos insultos. Demonstra — demonstro — uma inteligência vivaz, mas com uma evidente dissociação ideoafetiva que perturba sua orientação espaçotemporal, imagens mentais que não consegue pôr no quadro da própria experiência existencial, mas tende a elaborar num romance delirante. Não se mostra hostil a narrá-lo, seja oralmente, ao gravador, seja por escrito; às vezes também pelo computador, que, com alguma ajuda e em companhia de outros, consegue usar durante as sessões de psicoterapia informática. Parece convencido de estar ainda na Austrália e sobretudo de ser o clone de um tal Jorgen Jorgensen, um aventureiro deportado e morto na Tasmânia em meados do século XIX, sobre o qual diz ora ter lido, ora ter escrito a autobiografia — como se não se pudesse escrever e depois ler o mesmo livro, que ideia!

E, ainda que tivesse lido antes de escrevê-lo, isso não mudaria nada. É tão difícil estabelecer o que vem antes e o que vem depois, Goli Otok, Dachau ou Port Arthur; a dor está sempre presente, aqui e agora. Tem — tenho, teria — a sensação de que não lhe foi dita a verdade sobre sua origem. Queria ver o senhor, doutor, se lhe dissessem quando e por que começou a ser um traidor, se pretendessem contar-lhe o que o senhor fez e queria fazer, seus crimes passados e futuros, como os sujeitos da UDBA pretendiam explicar a mim — até o senhor pensa que sabe mais quem eu sou e não sou. A sua, isto é, a minha, História Nosológica, N. Prot. 485, é de fato um belo romance...

Não que eu não tenha minhas dificuldades. Quando estava em Newgate, no meio daquele bando de ladrões e de assassinos — mas desde o primeiro momento me fiz respeitar, não por acaso vi matar e matei no passadiço do *Admiral Juhl* ou do *Surprize*, sob a bandeira dinamarquesa ou sob a inglesa —, quando, na cela de Newgate, para onde haviam me mandado injustamente os juízes de Sua Majestade George IV, eu escrevia sobre a verdade de nossa religião revelada nas Escrituras e na natureza, entendi que os profetas escutam a palavra de Deus, voz que lhes chega tremenda, um trovão nos ouvidos, e para dizê-la às pessoas se viram para o outro lado, dirigem-se para os que ficaram aos pés do monte, olhando para baixo como o reverendo Blunt do púlpito quando prega na igreja da prisão, e a repetem, mas aquela, passando por suas bocas, chega lá embaixo abafada, deformada, não é mais a palavra de Deus, mas de um outro. E o mesmo acontece quando me visitam as palavras com que tento contar minhas experiências; tenho a impressão de já não as reconhecer, nem as palavras nem as experiências. Quem é que me atira na boca essas balas de barro, baía bojkot revolução, palavras, tortas na cara, que gosto estranho elas têm, não adivinho o que é, melhor engoli-las, devorá-las logo... Sir George, o iluminado governador de nossa colônia austral, disse certa vez em tom de benevolência que minhas aventuras pareciam inacreditáveis, e eu também começo a ter dificuldades em acreditar nelas; quando penso melhor, elas me vêm à tona como um vômito, quem sabe qual é minha cara quando sinto o peso delas no estômago.

Chove desde ontem, uma chuva incessante que repercute nas folhas dos eucaliptos e das samambaias, lúcidas e brilhantes no ar escuro de umidade, uma muralha intransponível de água, e tudo está do outro lado, os rostos, as vozes, os anos... também a Ístria, lá no alto, está do outro lado, num outro mundo, é estranho como daqui tenho a impressão de vê-la tão bem, muito próxima, como quando se olha para ela da costa de Barcola e depois desaparece, dissipada... Havia vários cisnes negros naquele dia em que tornamos a subir o estuário do Derwent River com o *Lady Nelson*, um século atrás ou talvez dois, bandos de cisnes negros no céu, e de vez em quando eu abatia algum. A carne tinha um gosto acre, selvagem, eu jogava alguns pedaços aos presos acorrentados que tínhamos vindo descarregar, e eles mastigavam suas bolachas. Os bancos do Derwent River estavam cobertos de tufos de relva encharcada e reluzente, cascatas e cataratas de água branca como neve se precipitavam em saltos no rio numa poalha que cintilava ao sol, troncos apodrecidos se amontoavam na correnteza que formava enseadas de água turva, alguns cangurus desapareciam nos bosques. Ali onde hoje está Hobart Town havia a floresta com sua desordem borbulhante, a luz se enfiava e sumia como os pássaros no emaranhado dos galhos, cogumelos e líquenes se enraizavam em gigantescas árvores milenares.

Foi lá, naquela baía, em Risdon Cove, que aportamos, que desembarcamos os prisioneiros; foi assim que nasceu Hobart Town. Lembro-me perfeitamente do dia, 9 de setembro de 1803. Fui verificar em minha autobiografia e fiquei satisfeito de ver que a data foi registrada com precisão, demonstra o escrúpulo e a exatidão do autor. Hobart Town, primeira colônia civil, militar e penal da Terra de Van Diemen. Sobretudo penal. Toda cidade nasce do sangue; não por acaso, logo em seguida houve o massacre de Risdon Creek, e é provável que entre aqueles índios exterminados houvesse algum que naquele primeiro dia subiu nu ao *Lady Nelson* para trocar conosco sua lança por um cisne assado.

Falo por falar, porque depois ninguém se interessou em saber como as coisas aconteceram de fato; até nosso reverendo Knopwood fechou os olhos. Sobre essas coisas, quero dizer, sobre massacres todo mundo sempre fecha os olhos. Nelson também fez o mesmo quando continuou a bombardear por horas e horas minha Copenhague, depois que a frota dinamarquesa, bloqueada no estreito, tinha ido a pique; a cidade arrasada e em chamas tinha erguido a bandeira branca, e o próprio almirante Parker, o comandante inglês, deu o sinal de cessar-fogo. Mas Nelson aproxima a luneta do olho vendado, olha o massacre com o olho errado, fechado, vê tudo negro, nenhuma bandeira branca, I'm damned if I see it, as balas continuam a cair sobre gente que já não se defende, depois se seguem todas as cerimônias da rendição, almirantes e dignitários em uniforme de gala, espadas entregues e magnanimamente restituídas, a venda é cômoda, ajuda a tapar um olho sobre o matadouro.

Massacres ao norte e ao sul, a aurora boreal e a austral anunciam um idêntico sol de sangue, e todos a reverenciar o dia que surge, tanto pior para aqueles a quem não surgirá mais. O sol do porvir... A História, ensinava o Partido, ou melhor, a sangrenta pré-história em que vivemos e viveremos até que o mundo seja redimido pela revolução final, tem suas trágicas necessidades de combater a barbárie com meios bárbaros. E assim já não se entende quem é o bárbaro, Tito ou Stálin, nós ou eles, Nelson ou Bonaparte. Este terminou em Santa Helena — fiz escala mais de uma vez ali —, e eu, rei da Islândia, acabei aqui, não sei bem onde. "Fique tranquilo, basta que alguém saiba disso, não importa quem, alguém que tenha ouvido sobre a viagem e o desastroso retorno."

Quem imaginaria então, quando desembarcávamos os prisioneiros, que tantos anos mais tarde eu também chegaria aqui acorrentado, como eles — corrente é um modo de dizer, não me puseram correntes nem mesmo no navio que transportava todos aqueles desesperados de Londres até aqui, no *Woodman* eu era prisioneiro, mas me deixavam exercer a medicina e comer com os oficiais. No entanto, eu nunca podia imaginar que um dia voltaria a Hobart Town naquelas condições, como prisioneiro, quando lancei o arpão na enseada e feri a primeira baleia que foi caçada e morta naquelas bandas desde o dia da criação. A enseada era a predileta das baleias; iam ali brincar e esguichar achando que ainda era a aurora do mundo, o bem-aventurado tempo da origem em que não havia nenhuma lança a temer, e no entanto há tempos imemoriais as lanças perfuram, rasgam e fazem jorrar o sangue. O mundo é velho, tudo é velho; até aqueles aborígines cada vez menos numerosos estão decrépitos, uma raça que já deveria ter desaparecido nos tempos do dilúvio. A natureza estava distraída, mas nós chegamos para corrigir sua distração.

Continuei a arpoar baleias inclusive no *Alexander*, que voltava de Hobart Town para Londres — a viagem durou quase vinte meses, porque no cabo Horn topamos com um vento terrível, que nos arrastou para fora da rota, forçando-nos a fazer três mil milhas a mais do que o previsto e a passar pelo Taiti, por Santa Helena e pelas costas brasileiras, num oceano que não tinha fim. Agora a chuva esconde todas as coisas, lanças de água densas como uma paliçada e longas folhas pêndulas de eucaliptos obscurecem a passagem da vista para o mar, mas ele está lá atrás, interminável, uma noite imensa que desce sobre as coisas — no entanto, adolescente em Copenhague, quando eu ia ver os navios em Nyhavn, o vento entre as velas sacudindo as bandeiras, o cheiro de maresia e aquele celeste luminoso pareciam uma manhã fresca e aberta, que convidava a fugir de casa.

Eu sei, doutor, sei o que o jovem Hooker disse, que tenta seguir pateticamente seu ilustre genitor nos caminhos da ciência, especialmente da botânica. Que eu falo qualquer coisa e digo grandes mentiras, muitos cangurus e muitas baleias, e também o cabo Horn dobrado vezes demais, e depois o plágio. Mas quem eu teria plagiado? O livro do pai dele sobre a Islândia? Afora o fato de que, se tanto, foi ele quem se serviu de meu diário inédito e por sorte desaparecido, ninguém melhor do que eu, que tive de sofrer injustamente por isso, sabe quanto é vã a acusação de plágio. Por acaso há alguma coisa que não o seja? De qualquer modo, se daquela vez resolvi contar minha história é porque não me parecia justo, como percebo desde o início confiando-me humildemente à misericórdia de Deus e à alma caridosa dos leitores, que, aí está, "que minhas tristes mas instrutivas vicissitudes baixassem sem lamento nas trevas de uma longa noite silenciosa...".

2.

Então querem saber se eu me chamo Tore. Vejo que são muitos os que me perguntam. Se sei o que quer dizer on-line? Aye, aye, senhor. O inglês continua sendo a língua de todos os mares, e Argo, como quiseram chamar este negócio para bancar os espirituosos, também é o nome de um navio. *Do* navio. Navigare necesse est, estava escrito no manual que fornecia as instruções para nos tornarmos cybernautas. Ainda que eu prefira o gravador, como podem ver; sim, gosto da voz, especialmente quando quero mandar alguém se foder. Como vocês agora, todos prontos a perseguir um pobre coitado com perguntas indiscretas, a espiá-lo, a não perdê-lo de vista. É verdade, Argo também é o nome daquele dragão de cem olhos... Mas não estou certo de que sejam tantos assim, talvez até você, do outro lado, esteja sozinho e não queira mostrar quem é realmente — "Alto lá, neste jogo não se admite buscar a verdade. Seja como for, você gosta de interrogar, mas responder...". Tudo bem, também me chamo Tore (Salvatore) Cippico-Čipiko (Cipico), e tive ainda outros nomes naqueles anos de luta clandestina, é óbvio. Bem diferente de papear na internet. Até o comandante Carlos, Carlos Contreras, fundador do glorioso Quinto Regimento, núcleo do Exército Republicano espanhol — No pasarán, gritávamos, e depois passaram, mas custou caro a eles, metro por metro, Viva la muerte, gritavam, e demos a morte a muitos sem ter medo de recebê-la —, até Carlos, que viveu à sombra feliz das espadas, habituado a não distinguir mais seu sangue, derramado generosamente e sem medo, do sangue alheio, até o comandante Carlos tinha muitos nomes quando o Partido o mandava girar o mundo em nome da revolução, e aliás precisou enviá-lo também para cá, para organizar o movimento comunista australiano. Quando tentava inutilmente organizar o motim dos marinheiros de Split e de Pola contra Tito e nós estávamos no gulag de Goli Otok sob o kroz stroj, naquela altura usava apenas seu pobre nome verdadeiro, Vittorio Vidali.

Então me chamo Salvatore — como Jasão, dizia gozador o companheiro Blasich, curandeiro, aquele que salva, médico que conhece os fármacos da vida e da morte. A História é uma câmara de reanimação e é fácil errar a dose e mandar para outro mundo os pacientes que se queria salvar. Salvatore; para os amigos, em dialeto, Tore. Salvatore Čipiko, depois Cippico, nos anos 1920, quando tínhamos voltado à Europa, e Trieste, Fiume, a Ístria e as ilhas do Quarnero tinham se tornado italianas, os Vattovaz se tornaram Vattovani e os Ivan ić, Di Giovanni ou pelo menos Ivancich, todos nomes s'ciavi resentài como se deve, Isonzo e Jadransko filtrados e depurados no Arno.

Tive também outros nomes, como era comum na luta clandestina. "Sim, Nevèra, Strijèla e..." Chega. Todos sabem tudo de mim, tantos espiões contra um só... É óbvio que este PC controla o mundo ainda melhor do que o outro; o velho PC entrou em tilt há tempos. A História toca uma tecla e o Partido some; eu desapareci com ele e no entanto agora toco uma tecla e apago os curiosos desconhecidos que querem saber meus nomes. O de Jorgen não me foi dado por uma célula do Partido, e sim por outra, sempre uma célula, porém de outro gênero — mas cada coisa a seu tempo. Port Arthur, um século e meio atrás, Dachau e Goli Otok, ontem, agora. Atenção com essas teclas; senão algum trecho pode ser cancelado e aí não se entende mais nada, não se sabe quem é que fala, de quem é aquela voz — quando muda por conta própria e ela sai diferente, da garganta e nem sei de onde, nem você a reconhece.

Seja como for, o problema é de vocês. Em todo caso, falamos com prazer. A vontade de falar já existia, só não tínhamos quem quisesse ouvir. Até o senhor devia saber bem pouco ou nada, doutor Ulcigrai, se, como vi em minha ficha, para situar-se precisou pedir emprestados alguns estudos sobre aquela velha e terrível história esquecida. Essa é que é a verdadeira História Nosológica, não a minha — é a História que está doente e louca, não eu. Ou talvez esteja louco porque me iludi achando que podia curá-la, louco que nem todos os curandeiros, como o senhor, como Jasão, que por uma pele de ovelha desencadeia destruições, crimes horrendos e loucura...

Tome nota, doutor, complete a ficha, explique a seus ajudantes o kroz stroj, aquele sistema cruel e engenhoso que deixa os detentos à mercê de seus companheiros de desventura, aniquilando-se reciprocamente até não poder mais para agradar aos superiores... Aliás, façam um teste entre vocês, assim entenderão melhor. Escreva, se quiser eu lhe dito, mas escreva. Quem dera tivesse feito na época, quando nos exterminavam e torturavam, todos surdos e calados; os gritos não atravessavam o braço de mar, não chegavam nem sequer a Arbe, a ilha mais próxima de Goli Otok, a infernal ilha Nua. Também a chamam de Calva. Meu Deus, mas até Arbe teve seu inferno, quando os italianos a escolheram para massacrar os eslavos...

Espero que o senhor tenha entendido bem aquela história. Como fomos à Iugoslávia em 47 para ajudar o país, que se libertara dos nazistas, a construir o comunismo; como por isso deixamos nossas casas em Monfalcone e sacrificamos tudo, nós, que já levávamos na carne a marca dos carrascos fascistas de meio mundo; e como, pouco depois, quando Stálin e Tito começaram a se digladiar, os iugoslavos nos acusaram de espiões de Stálin, de traidores da Iugoslávia, de inimigos do povo, e nos deportaram e torturaram e massacraram naquela ilha, sem que ninguém soubesse ou quisesse saber de nada... Veja, estive em Dachau, arrisquei minha vida para apagar todas as Dachau da face do mundo. Dachau é o ápice, o apogeu insuperável do mal, mas pelo menos todos logo souberam o que era Dachau, quem eram os assassinos e quem eram as vítimas, ao passo que em Goli Otok eram companheiros que se massacravam e diziam que éramos traidores, e eram também companheiros os que não queriam saber de nada, que tapavam nossas bocas e os ouvidos dos outros. E, se ninguém escuta, silenciar ou esvaziar os pulmões dá na mesma; e delirar sozinho pelas ruas, gesticulando e fazendo caretas, não é grande coisa.

Foi preciso uma nova reviravolta para que alguém se lembrasse daquela história e daquele desastre, uma reviravolta maior, que desarranjou o mundo e o futuro e me deu o golpe final, mandando para o sótão nossas bandeiras vermelhas e jogando um balde d'água sobre nosso sangue, derramado por todos. Vê-se que quando as coisas vão pelos ares as línguas se soltam e os ouvidos se destapam. De qualquer modo, falar é um consolo quando a revolução pela qual você viveu séculos e anos de vida é a dobra retorcida de um balão que estourou, e aqueles pedaços são o que restou de sua vida. Agora falo eu, cabe a mim, trapo usado há tempos imemoráveis para esfregar o fundo da estiva e raspar o preto sob as unhas da História. O velho trapo, pendurado nas cordas do navio, se agita e grita ao vento; se está empapado de sangue, causa mais impressão ainda, uma bandeira vermelha, mais bonita que aquela azul com três bacalhaus brancos que tínhamos içado em Reykjavík, Nós, Sua Excelência Jorgen Jorgensen, protetor da Islândia, comandante em chefe de terra e de mar por três semanas, depois de novo aos ferros, como tantas outras vezes.

Falar faz bem. O senhor também sabe disso, doutor Ulcigrai, e me espicaça com essas suas perguntas — discretas, quase alusões, o suficiente para mover as águas. As palavras sobem, engasgam--se, empastadas de saliva, têm o cheiro do hálito. Falar, tossir, resfolegar — era fácil arruinar os pulmões em Port Arthur ou em Goli Otok, naquelas celas fétidas e geladas, sob tortura. As palavras transbordam. A água pressiona contra a tampa dos bueiros e se derrama barrenta pela rua, como naquele dia em Trieste debaixo de chuva, enquanto eu subia a via Madonnina rumo à sede do Partido e à voragem de minha vida.

Quando você fala e tudo vem à tona, as lembranças, os horrores, o medo, o bafo da prisão, o ácido do estômago, você tem a ilusão de que aquelas palavras são algo diferente das cicatrizes que sentia no rosto, do obscuro pulsar do corpo que se consome e cuja consumição elas expressam, das silenciosas catástrofes que ocorrem nas células e entre os glóbulos sanguíneos, hecatombes cotidianas de neurônios, imensas como aquelas dos Lager e dos gulagui contadas por quem sobreviveu aos leviatãs que o trituraram, vasos que se rompem em pequenas manchas azuladas sob a pele, bem menores e passageiras do que as provocadas pelos carrascos nos Lager dos quais conseguimos ou não voltar, prontos a nos sacrificarmos pelo futuro, pela vida que não existe, e a lançar na fornalha de todos os infernos o nosso presente, a única vida que tínhamos e que teremos tido nos bilhões de anos entre o big bang e o colapso final, não só da revolução, mas de tudo.

Imersos na escuridão que começa debaixo da pele e faz do corpo, do invólucro que recebe um nome e um sobrenome ou o número de matrícula de um campo de concentração, uma sombria cela subterrânea como aquela em que se acabaram tantos de nós, quando o mundo se tornou a cela de isolamento da prisão, o breu do buraco do vaso em que o carrasco metia nossa cabeça — nessas trevas viscosas como os muros do cárcere, temos a ilusão de que as palavras são de outro mundo, livres mensageiras que pronunciam sobre o carnífice uma sentença mais elevada que a de seu tribunal fantoche, de que podem atravessar os muros do cárcere como anjos, indo contar a verdade daquilo que aconteceu e anunciar a boa nova daquilo que virá.

Talvez naquele momento o sobrevivente, feliz de falar, se lembre de quando, sob tortura, o "não" que queria dizer, o gemido sufocado e a golfada de sangue que lhe escorria do queixo eram uma coisa só e tem medo de que as palavras também sejam apenas uma contração da carne que já não aguenta, um ronco, um arroto e nada mais. Contudo, depois pensa que aquela vertigem é um engano, uma das astúcias do Lager que quer dobrá-lo e abatê-lo naquilo que mais o sustenta, e que então é preciso resistir como antes, dizer não e cantar a "Internacional", que não é um grito, mas o canto de um mundo em que se gritará menos de dor. E assim recomeça a falar e a contar — a qualquer um, ao senhor, àqueles maníacos na Rede, a mim —, porque sem as palavras e a fé nas palavras não se pode viver; perder essa fé quer dizer ceder, desistir. Mas eu... — "Mas abdicar, como na Islândia...". Outra calúnia, outra história, cada coisa a seu tempo. Isto é, nunca, nunca é o momento certo. De todo modo, nunca desisti e acho que, apesar de tudo, devo isso ao Partido, que nos retorceu feito trapos, usados para esfregar manchas de sangue seco, e de tanto esfregar os pisos do mundo nosso sangue veio a misturar-se com aquele que devíamos lavar, mas também nos ensinou a sermos senhores, isso sim, a nos comportarmos até com os carrascos como um grande cavalheiro massacrado pela corja. Quem combate pela revolução não cai nunca no baixo, ainda que a revolução por fim se revele uma bolha de sabão. E mesmo a tomada de consciência de que a banca quebrou faz parte da capacidade de perceber a objetividade da História, aquilo que o Partido chamava de dialética, mas que há tempos prefiro chamar de cavalheirismo, e que talvez só chegue depois de uma longa intimidade com a ruína.

Falar, ainda que só entre nós, é talvez o único modo que me resta de ser fiel à revolução. A reação é menos loquaz, avança impiedosa fingindo que não é nada; mantém-se calada e age de tal modo que não se fale do que acontece. Não por acaso calou-se por tanto tempo sobre Goli Otok, sobre a desonra que choveu em cima de tudo e de todos, sobre o Partido, sobre o antipartido e sobre aqueles que, do outro lado, mantinham a boca fechada e exultavam ao ver como os comunistas acabavam. — "Realmente agora não se fala de outra coisa, coices e zurros do asno contra o leão que está batendo as botas." Mas é claro que eu percebo. Quando a revolução acaba, sobra sempre uma grande discussão, porque não resta mais nada: todos deblaterando, como gente que viu um terrível acidente de trânsito e parou na calçada, no cruzamento, comentando o acontecido.

3.

Caro Cogoi, disse a mim mesmo naquela manhã em Trieste, saindo da sede do Partido de via Madonnina, semo cagai. Ao contrário de meu pai, que a usava inclusive por motivos banais — quando tirava uma carta ruim do baralho ou a chave de casa que não aparecia, de noite, diante da porta trancada —, tento reservar para os verdadeiros golpes do destino essa amável expressão do meu dialeto, ou que posso considerar quase meu (e seu, doutor Ulcigrai, embora compreenda que aqui, nos antípodas, o senhor possa ter esquecido, mesmo fazendo de conta que ainda está lá, talvez para assegurar-se de que não está de cabeça para baixo). Enfim, trato-a com respeito. Parece-me um modo afável e digno de reconhecer as catástrofes, e também sinal de uma boa educação — de *Kinderstube*, dizia meu pai. Quando se encontra um conhecido, ainda que importuno, é justo cumprimentá-lo e erguer o chapéu, e se aquele pilantra é a morte ou uma desgraça qualquer, é óbvio tentar esquivar-se e dobrar a esquina antes que ele consiga grudar-se em você, mas nem por isso se deve esquecer das boas maneiras e descer a seu nível.

Aquele senhor Cogoi deve ser um companheiro ideal em situações calamitosas; benévolo, circunspeto, talvez já tenha visto a mão que traça as letras de fogo na parede e entendeu que não há mais nada a fazer, mas não se perturba, nem sequer fala, apenas escuta e faz um gesto de concordância com a cabeça. Não estaria aqui, por acaso? Já o encontrou? Quem dera ter alguém assim por perto, no pandemônio das coisas, alguém que faz de tudo para não deixá-lo agitado. Recordo perfeitamente de ter me dirigido a ele do modo habitual, saindo da sede do Partido naquele dia, quando me disseram que eu também devia partir com aqueles dois mil de Monfalcone, um a mais ou a menos, que tinham decidido deixar tudo, casa, trabalho, pátria, para ir à Iugoslávia construir o socialismo.

Era o final da manhã, mas a chuva e o ar estavam escuros, cor de ferro. Torrentes de água suja escoavam pela via Madonnina, linhas obscenas riscavam os muros fuliginosos; a chuva caía espessa e reta, encerrava o mundo atrás das barras de uma prisão. Enquanto eu caminhava tentando abrigar-me ao longo das casas, trombei numa velha encolhida rente ao muro, vestida de preto; estendera sobre a cabeça uma espécie de xale cujas franjas, encharcadas de água, se retorciam sobre a testa como serpentes. Naquela altura a chuva estourara a tampa de um bueiro; no meio da rua o líquido marrom, engrossado pela enxurrada que descia, se alargava como um rio. A mulher se agarrara ao meu braço; os olhos negros perscrutavam meu rosto, muito próximo do dela e de sua boca larga, enquanto me pedia que a ajudasse a atravessar a rua alagada, já que estava impedida pelo pacote que levava debaixo do braço, uma espécie de trouxa com um tapete, um cobertor ou algo parecido. O pelo basto, mal embrulhado, estava molhado e brilhava de chuva; os faróis de um carro que passou nos cobrindo de lama o acendeu por um instante, num lampejo dourado.

Ela me apertava e eu a apoiava, mas mantinha o rosto virado

para trás para não sentir, apesar da água e das lufadas de vento, seu cheiro de velha. No meio da rua a mulher tropeçou, justamente onde a enxurrada de lama era mais profunda; eu a levantei e pulei sobre aquela espécie de vórtice, mas escorreguei e, na tentativa de não derrubá-la, forcei todo o meu peso sobre o tornozelo e o torci violentamente — uma pontada, o pé se dobra e escapa do sapato, que a torrente arrasta em direção a uma descarga um pouco mais abaixo. Vi-me na calçada, do outro lado da rua, com um pé dolorido e coberto apenas por uma meia encharcada. A velha se desvencilhou agilmente, passou uma mão no meu rosto e se afastou veloz, tomando a primeira transversal. Antes de dobrar a esquina, virou-se. Seus olhos ardiam, um fogo negro, doce e vulgar; murmurou uma bênção e desapareceu, e mais uma vez os faróis de um automóvel fizeram brilhar como ouro, no escuro da estrada e do vento, a pele que ela levava embaixo do braço, no embrulho desfeito.

Pouco depois o companheiro Blasich zombou de mim ao me ver entrar com um sapato só, mas então parou: olhava meu pé quase com mal-estar. A sede do Partido era grande e capenga; salinhas, corredores, banheiros, uma grande sala de conferências, uma escada interna que subia desenrolando-se como um tobogã até os cômodos dos andares superiores, que davam na via della Cattedrale, sobre a colina de San Giusto. Agora me parece que aquela escada era um atalho entre dois universos, entra-se ali onde se prepara a revolução e se sai num outro mundo; a cidade está aos nossos pés, indiferente, além do mar se veem montanhas azuladas e agudas, um muro gretado, os picos são cacos de vidro que esfolam o céu. Revolução é uma palavra sem sentido, como aquelas que as crianças inventam e repetem, até que todas as coisas ao redor também se tornam sem significado como aquela palavra. Eu, por exemplo, dizia salmoiraghirhodiatoce, devo ter lido em alguma propaganda. Acho que eram duas propagandas diferentes, mas não importa, salmoiraghirhodiatoce rhodiatocesalmoiraghi, depois de um tempo o mundo inteiro era um balbuciar sem sentido, as coisas liquefeitas flutuavam, um chocolate espesso e informe. E agora revoluçãorevoluçãorevolução. — "Bem, amigo, estamos no bom caminho. Revoluçãorevoluçãosalmoiraghirhodiatoce, quando se entende isso, a cura está próxima. Matrix revolutions, grandes destruições que não acontecem a ninguém, aqueles escravos acorrentados que você quebrou os ossos para libertar não existem, avatar de avatar de ninguém num videogame. Nada mais de proletários, um teclado substitui a classe operária, trabalhadores de todo o mundo, uni-vos num chip, caiam fora a um comando, basta apertar uma tecla. Aprenda a ajustar o passo com os tempos. É fácil, porque não têm nenhum passo; é só não insistir com as marchas do progresso. Schluss com as manias de grandeza, redimir o mundo, fazer a revolução, pegar uma insolação sob o sol do porvir. Por que sair em busca de desgraças? Aquele choro e ranger de dentes, lá fora, é um programa como outro qualquer, não vale a pena..."

Por que me fazem perguntas, se depois me interrompem? Então Blasich estava sentado na sala da secretaria, às suas costas o retrato do Líder com seus olhos pequenos e cruéis sobre o bigode bonachão. "Ó filho do sol que dá luz aos mortais, de olhar terrível." É verdade, as citações clássicas eram uma mania dele, um trejeito vaidoso. Olhava o vapor que subia da xícara de café e polia a lente esquerda dos óculos — só aquela, como sempre — com o lenço. Sobre o pescoço, os cabelos arruivados e opacos, quase albinos, estavam suados, as sobrancelhas mais claras envelheciam o rosto de pele lisa, infantil. "Penso que o melhor posto para você são as fábricas de Fiume", dizia com sua voz pacata e persuasiva de professor; sobre a mesa havia alguns cadernos, tarefas dos alunos do liceu que ele tinha trazido para corrigir, e as *Argonáuticas* de Apolônio de Rodes abertas, talvez no trecho assinalado para a tradução. Era famoso pela severidade com que cobrava dos alunos: sem o grego, dizia, não se pode entender a humanidade que devemos libertar e criar. "É para lá que vão os melhores, os mais qualificados, que são também os mais preparados politicamente; excelentes companheiros, esses monfalconenses, já viram de tudo, muitos passaram pelas prisões fascistas e pelos Lager alemães sem se entregar, aliás, como você... alguns até estiveram na Espanha, no Quinto Regimento. Sim, eu sei, também nesse caso como você. Gente de fibra, autênticos revolucionários... mas não é uma brincadeira de criança nem uma disputa nobre. O Partido não gosta de exaltados, entre nós não há lugar para os Oberdank, e o extremismo infantil de certos revolucionários fez mais estragos do que toda a polícia dos patrões... mesmo na Espanha, se fosse pelos trotskistas e anarquistas..." De vez em quando ele me olhava involuntariamente, de pé, sem um sapato, sob a mesa.

"Mas é inútil repetir o abc. Admiramos toda essa gente, esses companheiros de Monfalcone e os outros que, junto com eles, abandonam tudo para ir construir o socialismo no país vizinho, quero dizer, no dos nossos vizinhos.

"A Iugoslávia foi destruída pela guerra; trata-se de edificar um mundo, um mundo novo, e os monfalconenses vão trabalhar duro... claro, a situação é complexa, o Partido iugoslavo tem seus problemas, velhas escórias ideológicas, nacionalistas... De resto, sabemos bem disso aqui em Trieste. E o companheiro Tito, com certeza genial, às vezes até demais... e esses companheiros extraordinários, prontos para sacrificar tudo, entusiastas, e o entusiasmo é precioso, mas... ali a questão nacional também é complicada, especialmente depois que a Iugoslávia tomou a Ístria. Certo, a questão nacional não existe para nós, é um resquício burguês; contudo, politicamente, enquanto um povo e sua classe dirigente não estiverem maduros, devemos lidar com essas posições, sem achar que as superamos quando ainda estão diante de nós, muros ainda robustos... seria o típico erro extremista, e esses companheiros...

"Enfim, é bom que alguém com a cabeça no lugar esteja lá para ver, para relatar, para cooperar e ajudar ou até impedir, é claro, se for o caso e se possível, de qualquer modo, para controlar... e sobretudo nos informar, fazer-nos entender a composição interna, os grupos, as tendências... É bom que o Partido esteja a par de tudo. Com discrição, obviamente, antes de tudo para não ofender aqueles companheiros extraordinários... até porque, se eles percebessem... poderia não ser nada agradável", olhou-me com um ar vaidoso e satisfeito, "além disso, sabemos que uma missão do Partido não são férias...

"E você é mais útil lá do que aqui. Talvez o Partido tenha pensado que, para atuar como secretário de uma federação — importante, concordo, autônoma, mas assim mesmo local —, basta um funcionário como eu, mas para uma tarefa delicada, arriscada... dentro de certos limites, claro... Sendo assim, para falar francamente, como deve ser entre companheiros, aquele nosso pequeno equívoco a propósito da secretaria está encerrado. Oh, eu sei que você não aspirava a ela, eram só rumores, mas para o Partido até os boatos podem ser perigosos; eu o conheço, você se interessa por outras coisas, mais aventurosas — como eles", sorriu radiante, "no fundo você já é um deles, é justo que parta com eles. Quanto a mim, sentado no escritório esperando as disposições do Comitê Central e corrigindo as redações de grego entre um telefonema e outro... mas se o Partido quer... Depois lhe diremos como deverá nos transmitir as notícias, com quem deverá entrar em contato", levantou-se e estendeu-me a mão. "O companheiro Tavani vai explicar todos os detalhes. Adeus, companheiro."

E assim, caro Cogoi, parti em viagem. Aquele adeus do companheiro Blasich tinha sido solene, inesperadamente quase nobre, afetuoso, a despedida a alguém que sai de cena e a quem, portanto, se pode sinceramente dar um abraço e ficar comovido por sua partida. Blasich não precisava mais temer por seu posto de secretário e pelo que sua posição podia oferecer. Desci pela via Madonnina seguindo os córregos de água barrenta e segurando numa das mãos, meio sem jeito, aquela edição das *Argonáuticas* que, no último momento, ele havia me dado com um gesto insólito. "Tome, como recordação...", dissera. "Não sei se terá tempo, mas — você aprecia uma boa leitura, não é? E com a tradução ao lado..." Era como se eu desaparecesse naquele cinza, debaixo da chuva e entre a gente; a certa altura imaginei Blasich, que, da janela, me olhava diminuir e desaparecer — quase tive a impressão de me ver, as costas ensopadas, os ombros curvos, o andamento veloz de quem sai do horizonte.

4.

Um pouco de ordem, concordo, estava justamente para dizer isso, até porque do contrário quem se perde sou eu. Mas não é culpa minha; com todas essas perguntas que se amontoam, as respostas também se embaraçam, porque a cada vez eu preciso pensar e, quando respondo, já chegou outra pergunta e assim pode parecer que respondo de qualquer jeito. De resto, essa é a técnica de todos os interrogatórios.

E não digam que não estão perguntando nada porque ainda assim eu escuto suas perguntas; posso lê-las nos lábios fechados, na expressão que fazem, inclusive lá, naquelas outras salas, ou quem sabe onde, quando perguntam todas essas coisas sobre mim. Sinto nas orelhas, gritadas, urradas, repetidas, perguntas e perguntas e perguntas; todos querem saber tudo, extrair da cabeça de um pobre-diabo tudo o que é dele, pensamentos, imagens, lembranças, fatos. Há tantas coisas na cabeça, sorrisos, mares, cidades, tornados que assoviam; o vento se enfia zunindo entre as velas, entra nas circunvoluções do cérebro e não consegue sair, rodopia em redemoinhos entre um hemisfério e outro, direita e esquerda, aqui e ali, boreal e austral. Eu vi aquela minha fotografia, doutor Ulcigrai, sobre sua mesa, entendi que era minha por causa do nome, se bem que o nome seja discutível... mas mesmo assim eu me reconheceria naquela galáxia noturna que explode na imensidão, naquela corola cinza e branca que se desfaz no breu, identikit do procurado e detido Salvatore Cippico-Čipiko, foto 3 por 4 do prisioneiro Jorgen Jorgensen, retrato oficial de Sua Majestade, o rei da Islândia, seção obtida mediante ressonância magnética técnica Brainvox, ouvi o que aquele seu puxa-saco dizia no habitual jargão sibilino dos inquisidores.

É verdade, há muitas coisas na cabeça de um homem. Havia, porque levam tudo embora, esvaziam-no; aquelas chapas pretas e, estriadas de filamentos brancos como estrelas cadentes no céu noturno, que levam meu nome, são a imagem do espaço vazio e escuro que fica em sua cabeça depois que durante a vida inteira lhe arrancaram tudo. Aquela escuridão leitosa, aqueles grumos flutuantes no infinito sou eu — se isso é o retrato de um homem, é possível contar sua história, tem uma história, uma vida, essa baba? Mas então Maria, branca margarida na esplanada escura, seus olhos oblíquos, ternos, irônicos... aquelas estrelas escuras, cintilantes na noite...

Seja como for, tenho alguma dificuldade com aqueles meus retratos translúcidos em sua pasta, doutor Ulcigrai. Eu me vejo melhor naquele impresso no Almanaque de Hobart Town, ao lado do meu perfil autobiográfico. Duvido que suas chapas sejam tão duradouras, aliás, queria vê-las daqui a um século.

É simples, nítido. De resto, o senhor já o conhece, deve ter sido o senhor que noutro dia o meteu em sua lanterna mágica, como fazia de vez em quando meu tio Bepi à noite... Vou fazer uma mágica, ele dizia. Como pode ver, sou diligente e sigo seus apelos a não me deixar levar aqui dentro, a cultivar, como o senhor diz, nossos interesses, a participar dos seus jogos — meu Deus, se apenas... nada, nada, aliás, perfeitamente, aproveito a biblioteca e até aprendi a me virar um pouco com essas telas, na minha verde idade — mas se quiséssemos mesmo ver qual é realmente minha idade —, talvez a infância? Ouvi aquele seu fantoche falar de terapia de jogo; então esta, com todas estas maquinetas, é a sala de jogos infantis do asilo? Que idade daria a este retrato? Um homem robusto, com dois grandes olhos claros e quase incolores, sem expressão, que olham com tranquila inocência e passam além. O mundo se espelha naquela água, basta bater as pálpebras e não há mais nada na água agitada, tudo se dissipa. Olhos claros, insondáveis, um olhar sem temor de Deus. Olhar as coisas sem se perguntar o que querem dizer? Do contrário se paga caro, eu é que sei. Fronte alta, cabelos grisalhos e crespos, nariz grande e boca carnuda, ávida. Veste um velho fraque todo remendado, mas o foulard ao redor do pescoço...

Porém não estou tão diferente, pareço comigo. Isso não deveria surpreender o senhor, doutor Ulcigrai. Até Dolly, uma ovelha — eu vi as fotos —, se parece com Dolly, porque é Dolly, e o senhor deve sabe melhor que eu, doutor, porque aprendeu — pelo menos suponho — de modo mais aprofundado, não como eu, que li a notícia nos jornais de seu ambulatório. De resto, vi que essa história da ovelha, de mim e da ovelha, do clone lhe agrada, ela o convenceu. Por sorte... já eu temia que vocês, tão céticos... É verdade, os cientistas sempre acham que os outros dizem tolices, mas levam tudo ao pé da letra. Eu tento apenas explicar quem sou, quem somos. E assim, como quando se quer inculcar alguma coisa nas crianças, é preciso ser claro, simples, como nas fábulas. Que em todo caso dizem a verdade.

Embora depois a História, como se sabe, modifique as feições. Portanto, se Dolly contrai uma afta epizoótica, o focinho perde o pelo e se encrespa, não se parece mais com Dolly, e paciência quanto ao diploide que foi posto dentro dela.

Eu também às vezes não me assemelho. Veja por exemplo a foto em que estou com Maria, meu rosto diante do sorriso dela, branca ressaca que se quebra contra a orla, e veja meu rosto quando voltei de Goli Otok, aqueles meus olhos que não queriam se fixar em nenhuma parte, e me diga se não há mais diferença do que entre a foto 3 por 4 e aquele velho retrato. Talvez tenha sido feito por Westall, quando chegou à Terra de Van Diemen com o *Investigator* para pintar, sob encomenda da Sociedade Real das Ciências, o novo, novíssimo mundo — que no fim das contas era decrépito como sua gente, que caía aos pedaços. Quando nós chegamos, demos o golpe de misericórdia; quebramos a espinha de uma raça agonizante, uma eutanásia colonial e, sendo assim, um tanto violenta — como todas as eutanásias, aliás.

Se soubessem trabalhar, teríamos feito com que penassem que nem bichos, como os prisioneiros das colônias penais, mas, visto que não valiam nada como escravos e só sabiam sofrer e morrer, cultivamos essa inclinação e fizemos com que desaparecessem de todo. Está escrito inclusive numa enciclopédia que está aqui, na biblioteca: "Tasmânia... Perseguidos e massacrados pelos primeiros colonizadores, depois dizimados pelas doenças importadas dos europeus, os tasmanianos se extinguiram completamente em 1876...". A última morreu pedindo apenas que não exibissem seu esqueleto num museu, e no entanto o puseram à mostra, exemplar de uma raça condenada a extinguir-se e a ser ultrajada até depois da extinção. Isso eu posso afirmar, eu, que lancei a primeira âncora portadora de destruição naquela foz; eu, que levei a morte, as forças de Coriolis destinadas a arrastar ao imundo buraco vorticoso aquela gente seminua e pintada de gordura colorida e fedorenta.

Quem é, agora, de quem é esta mensagem? Ah, e ainda se assina Jorundar, estou entendendo sua jogada... — "Ela também, Mangawana, a esposa de uma noite na floresta, tinha um cheiro forte naquela vez entre a folhagem, um gosto selvagem. Peguei-a pelos pés que escoiceavam como se aferra um animal e apertei seus peitos, mas depois a beijei na boca e nas mãos, aqueles dedos longuíssimos, lindos, como se beija uma mulher branca. Não é verdade que eu não gostasse de mulheres, apenas tinha vergonha de falar com elas, mas naquela noite, na floresta...". De onde você apareceu, está pensando o quê? Não me impressiono, é inútil tentarem me confundir com esses truques. Sou um marinheiro, não? De todos os mares, do Norte, do Sul e dessa sua Rede. Além disso, você se traiu horrivelmente, caro cyberidiot, que se acha muito esperto usando aquele apelido, mas... — vê-se que pegou de ouvido. Jorundar ainda não existia naquela noite, veio depois; foi somente na Islândia que me chamaram assim. Meu nome, naquela noite, era Jorgen — sua noite, Mangawana, minha esposa, minha antepassada, Mena coyeten nena, eu te amo, Eva escura de terra entre meus braços...

"Como mais tarde, quem sabe, talvez uma neta ou bisneta da filha daquela noite entre os braços de meu pai; a história se enrola, não é fácil encontrar certidões de nascimento de quem veio ao mundo no mato, despejado em pé, de pernas abertas. Jan Jansen." — Errado de novo; não sei quantos de vocês estão conectados, mas cada um sabe menos que o outro. Eu me chamava Jan Jansen quando estava a bordo do *Surprize*. De qualquer modo, não soube de nada; logo depois daquela noite, parti de Hobart Town com o *Alexander*, vinte meses de viagem com os furacões nos empurrando para trás. Em todo caso, quem nascia de uma Eva negra na floresta já nascia morto, sem direito de existir, fruto inexistente de uma raça extinta, que não existe mais nem pode procriar. Não nasce ninguém: quando algo acontece na floresta e se encontra, sob um arbusto, uma papa de sangue coagulado, é coisa de animais.

Mas o sangue escorre, regato escondido e quase seco no deserto, e no entanto desemboca distante, aflui a um rosto quando o coração treme... Quando meu pai tomou Mangawana entre os braços, não lhe importava de quem aquela jovem morena que vinha da Tasmânia era neta ou bisneta — e por que deveria se importar? Ele a chamava assim, só por brincadeira, nos momentos de carinho; gostava daqueles velhos nomes indígenas desaparecidos. E eu também, aquela garota negra que trabalhava com a gente em Sydney, na redação do *Risveglio*, eu a chamei assim quando — Não, não é um romance delirante, doutor, como o senhor insinua em seus papéis e em suas fitas. É claro que as escutei, depois pus tudo no lugar. O senhor não perde tempo em dizer besteiras. "Fantasias edípicas distorcidas, dissociações da personalidade. Confunde suas experiências sexuais e sentimentais na Austrália, com uma mulher de sangue aborígine ou mestiço, com o delírio de experiências eróticas de seu pretenso sósia, de quem se considera um clone, e projeta essas alucinações em seus pais, fantasias incestuosas em chave sublimante." Quanta porcaria! "Naturalmente diz não se surpreender com esses diagnósticos, diz estar habituado a sentir-se o alvo de todas as acusações possíveis. O mesmo, conhecidíssimo mecanismo de defesa, a típica denegação." Sim. O acusado, naturalmente, nega! Circunstância agravante, diante de todos os tribunais. Sabem o que fazem quando metem na minha boca todas essas coisas e me forçam a repetir, com a desculpa de se certificarem de que eu entendi a pergunta, e depois gravam tudo o que me ditaram. Mas ainda não se sabe...

Meu pai se casou com minha mãe em 1906. Tinha acabado de chegar de Trieste — quando os imigrados, especialmente os que vinham de nossas bandas, eram poucos e era difícil chegar até aqui, o *Immigration Restriction Act* do governo australiano desencorajava quem não era anglo-saxão. Nem depois de 1945, quando muitos vieram aqui para o Sul — especialmente de nossas bandas, triestinos, istrianos, fiumanos, dálmatas, pouco depois eu também voltei —, nem naquela época era fácil, com aquele carimbo de displaced persons que metiam em nós, mas o fato é que cinquenta anos antes era pior, e no entanto meu pai conseguiu. Começou cortando cana-de-açúcar no Queensland, mas logo depois seguiu para a Tasmânia, e sua loja de artigos de pesca em Hobart Town ia de vento em popa.

Tinha pendurado na parede, atrás do balcão, um belo quadro de Vincenzo Brun, conhecido como Almeo, que representava barcos de pesca no Adriático. Aquilo sim é que é um mar, ele dizia, queria ver vocês no Quarnero, no canal da Morlacca, quando sopra o boreste, ou, pior ainda, em San Pietro in Nembi — certo, Ilovik em croata, não venha me dizer —, com o mar encrespado quando sopram simultaneamente o boreal e a tramontana. E mostrava e ilustrava aqueles pequenos veleiros e aquelas barcarolas, que os australianos também deveriam aprender a construir, dizia, casco e quilha feitos sob medida para atravessar o estreito de Bass.

Naturalmente ele também sabia que neverin e nevera dão medo, tudo bem, mas os tufões são outra coisa, assim como o oceano furioso ao sul de Port Jackson. Percorri-o quando o doutor Bass tinha acabado de batizar seu estreito, circunavegando com o capitão Flinders a Terra de Van Diemen e descobrindo que era uma ilha. Atravessei-o no *Harbinger*, o estreito de Bass; não queriam me aceitar por causa da nacionalidade dinamarquesa e porque eu tinha desembarcado ilegalmente, tanto do *Surprize* quanto do *Fanny*, mas depois Michael Hogan, que fazia dinheiro com tudo o que aparecia, das baleias ao tráfico de escravos ao transporte dos condenados, conseguiu-me um posto de oficial em segunda, quase sem pagamento. Até meus dois judiciosos biógrafos, Clune e Stephenson, sublinharam isso com sarcasmo descabido naquele livro que encontrei, numa tarde de quinta-feira, na livraria de Salamanca Place, não muito longe de onde ficava a loja de meu pai. Toda uma prateleira dedicada a mim, modéstia à parte. Há ainda a tarja escrita à mão e em maiúsculas, Jorgen Jorgensen.

Não sei se aqueles volumes são mais confiáveis do que seus papéis e prontuários, doutor Ulcigrai, mas de qualquer modo os li com prazer e até fiz várias anotações, como pode ver. E, como o senhor me sugeriu, de vez em quando copio alguns parágrafos, às vezes até no computador, mesmo se...

Atravessei aquelas correntezas e espumas negras a bordo do *Harbinger*, que devia seguir o *Lady Nelson*, aproveitando sua rota pelo estreito de Bass com uma carga de rum a ser vendida quando chegássemos a Port Jackson. Assim rompemos aquelas ondas enormes, ondas esbranquiçadas de espuma que parece negra. O grande Sul é negro, até o mar é negro. Até descobrimos uma ilha que Bass e Flinders deixaram escapar e a batizamos de King Island — em homenagem ao governador da Nova Gales do Sul, especificam meus biógrafos. Acho que foi assim, agora não me lembro, mas devo ter escrito isso em algum lugar, senão, como eles saberiam?

No entanto, parece que me lembro bem da praia cheia de focas e de elefantes-marinhos, massas esponjosas se esfregam e se acavalam como ondas de lama, rolam na ressaca, o resfolego rouco de uma cópula, o grito de uma luta, às vezes é difícil distingui-los... — De qualquer modo o primeiro dá mais medo, se você perde não recebe apenas uma mordida, mas perde a si mesmo, tudo, nem sei bem o quê —

Melhor se manter afastado das ilhas, nesse estreito. Os vagalhões correm, rolam imensos e negros rumo ao horizonte negro, nada a ver com Adriático, Quarnero e Morlacca. De qualquer modo, aquelas nossas águas também devem ser uma boa escola, e meu pai não devia estar totalmente errado quando discursava em seu empório, diante do quadro de Brun — Quer saber mais, desse Brun? Espere... Dá para ver que o senhor tem saudade de nossas terras distantes, se na biblioteca deste hospital há livros até sobre a pintura triestina. Então, aqui está... "Nascido em Trieste, ateliê em Melbourne, na Flinders Street, mostras na Victorian Artist's Society e na Nova Zelândia, depois de 1905 não se tem mais notícias dele." É verdade, o Pacífico é uma imensa noite onde desaparecer — meu pai não estava totalmente errado, eu dizia, se Gino Knesić, que aprendeu a pilotar o barco em Lussino antes de também vir para cá, como emigrante, depois que Lussino se tornou iugoslava em 45, venceu justamente a regata Sydney-Hobart, seguindo mais ou menos minha rota.

Então meu pai se casou em 1906. Em Sydney. Inclusive se fez fotografar por Degotardi, renomado estúdio fotolitográfico fundado por Giovanni Degotardi, nascido em Lubiana, e parece que quem tocou na festa de núpcias foi Alberto Vittorio Zelman, também ele triestino, egrégio violinista da Austrália, diretor da Sociedade Filarmônica de Melbourne, concertista, professor do Conservatório etc. etc., digno filho do autor da memorável e esquecida ópera *Il Lazzarone*, memorável e esquecida como qualquer nobre esforço humano.

Na fotografia, feita por Degotardi Jr. Jr., pode-se notar a pele meio morena de minha mãe, aquelas maçãs do rosto irregulares, marcadas, asiáticas, australásicas, no caso — maçãs panônicas, dizia meu pai, que as adorava, porque lhe lembravam as de certas mulheres de Fiume, descendentes húngaras. De fato, Maria... Sim, minha mãe, que era de Launceston, tinha algum sangue tasmânio — sangue extinto, da raça varrida da face da Terra, oficialmente morta e, portanto, se sobrevivida em algum recesso desconhecido da floresta, ilegalmente. Gostaria de que em minhas veias também corresse aquele sangue clandestino, sugado quando eu estava em seu colo, abusivo invasor estranho, mas acolhido com amor e tornado seu. Derramei o meu na Espanha, na Alemanha e na Iugoslávia, iludindo-me de que o derramava para que ninguém mais pudesse exterminar nenhuma raça...

Foi por causa de minha mãe que meu pai, que a conhecera

no Queensland quando ainda trabalhava com a cana-de-açúcar e com quem se casou em Sydney, foi para a Tasmânia, onde ela tinha nascido e crescido, onde eu nasci — em 1910, doutor, acredite em mim, não insista. Foi lá que, anos mais tarde, tive a sorte de reencontrar e de ler aquela minha autobiografia escrita muito antes para o Almanaque da Companhia da Terra de Van Diemen, em Hobart Town. Uma autobiografia um tanto sucinta e lacunosa, mas o espaço que me deram era aquele. De resto, se eu precisasse concorrer com meus biógrafos e contar tudo o que me aconteceu, seria o primeiro a perder a cabeça; seria como acender uma vela no meio da pólvora, uma grande explosão, e o navio iria pelos ares...

5.

Ah, a infância, o senhor quer a infância, a adolescência, sim, é óbvio, doutor, o senhor quer entender, recuar no tempo, remontar à origem e à causa de tudo. Bem, não pode lamentar-se: parece-me que mais recuado do que isso não se pode pretender. Estamos remontando, remontando cada vez mais para trás, até o zigoto, o diploide originário felizmente transplantado — não, infelizmente, mas esse é um outro problema, e sei que não lhe interessa, a felicidade não interessa a ninguém. Em todo caso, transplantado para viver e sobreviver, apesar de todos os Lager da Terra. Já sei o que quer me dizer, posso ler em seu rosto, mesmo tão indeciso — afinal não se pode tapar a boca de um paciente, é uma das primeiras regras da terapia. Essas coisas foram descobertas mais tarde; quando eu nasci, não podia nascer nenhuma Dolly, trata-se de uma invenção minha. Justamente, uma invenção científica. Vocês cientistas são todos iguais. Invejosos, ávidos de serem os primeiros a descobrir a verdade; antes não há nada, apenas crenças rudes e primitivas, damnatio memoriae para quem chegou antes. No entanto, aquele genial desconhecido — um emigrado para a Austrália, displaced person também ele — já naquela época descobrira tudo, já então sabia tornar todos imortais, ovelhas, homens, diploides; já então, de fato, condenou-me à pena eterna de viver. Meus pais, creio, não podiam ter filhos, e ele, pensando em fazer o bem...

Ó morte, onde está seu punhal? A cruz em dupla-hélice quebrou-lhe a ponta; é justo que seja uma cruz a vencer a morte, não importa qual — a vencer também a nós, os mortos reconvocados à vida, marinheiros que finalmente haviam adormecido numa taverna e que de repente a esquadra de alistamento forçado, irrompendo na bodega em busca de braços para a tripulação de Sua Majestade, sacode, desperta com brutalidade e obriga, às vezes com porretes, a se levantar e a se arrastar até o navio — como aconteceu comigo naquela vez em Southampton — e a trepar de novo nas cordas, esfregar o convés, manobrar, encontrar-se de novo em meio a tempestades e canhonaços. Por que acordar quem está dormindo? Eu seria tão feliz se me deixassem repousar em paz; é horrível aquela ideia de termos que acordar todos juntos, no último dia, um feliz último dia que no entanto se torna um desgraçado primeiro dia, o início da eternidade, do Lager que nunca terá fim...

6.

Então a infância, as infâncias, eu chego lá, está tudo escrito aqui, basta ler. Aquela ala do palácio real da Dinamarca, em Christiansborg, está vazia e silenciosa, com exceção do tique-taque dos relógios no laboratório contíguo de meu pai e a voz pastosa do magister Pistorius quando dá aula a mim e a meu irmão. Nos dias de sessão da Corte Suprema os juízes atravessam os longos corredores com suas togas vermelhas, precedidos pela guarda. Os corredores são escuros, alguns raios de luz se infiltram pelas poucas janelas fechadas, e as albardas, passando diante daquelas fissuras, brilham por um instante como flechas na noite, cintilam e se apagam nas trevas. Quase como as janelinhas que abro e fecho de um golpe, quando as persigo com a seta sobre a tela, para entrar naquele palácio da infância... — A porta da antecâmara, além da qual está a sala da Corte, se fecha atrás da comitiva silenciosa. O comandante do Lager também passa com seus ajudantes por entre a gente, alinhados em filas silenciosas, muralhas altíssimas que nos separam do mundo — somos nós mesmos as pedras mortas daquele muro. Em Dachau e em Goli Otok, ao ar aberto sob o céu, era mais escuro que nos corredores do palácio. Também Gilas e Kardelj, quando vieram visitar o gulag, passaram entre nossas filas, nossos muros de treva, assim como aqueles juízes de togas vermelhas. Todo tribunal tem cor de sangue — mas isso foi depois, muito tempo depois do fim da infância.

O vermelho se paga. Tio Albestee, presidente da Corte Suprema, que tinha a toga mais bela e mais vermelha, morreu porque estava à mesa com o rei e não considerara decoroso levantar-se para ir urinar. Contorceu-se com a máxima dignidade possível entre dores cada vez mais insuportáveis até que a bexiga estourou e ele caiu, ensopando com um jato a toga purpúrea. Do mesmo modo nossa bandeira vermelha, que mantivemos no alto, manchada de sangue nosso e alheio, caiu numa poça de vômito vinoso.

A infância. O escuro, o silêncio, a voz de Pistorius nos ensinando os exercícios de retórica, descrever o espanto do camponês que vê a primeira neve, a ímpia *Argo* mais infiel que o infiel elemento que é a primeira a desafiar, e se pergunta como é possível que exista, monstro cuspido dos abismos que se debate no furor de uma ferida e agita a água escura como fluxos de sangue, enorme pássaro aferrado por algum peixe gigantesco, que bate as grandes asas brancas e foge sem conseguir livrar-se da presa e alçar voo, nuvem perseguida e batida pelo vento, crista espumosa de uma onda desmedida, ira do deus...

É bonito ouvir Pistorius, que ensina a descrever navios e naufrágios naquela sala em penumbra acesa pelo sol apenas à tarde, com o fogo do ocaso. Nas paredes há retratos de homens vestidos de preto com golas altas, a cabeça reclinada e grave sobre o peito como se estivesse apenas apoiada no pescoço; tantas cabeças decapitadas repostas no lugar para não dar na vista, até as golas servem para esconder o sangue e a fenda, assim ninguém nota nada. Em Dachau, a Comissão da Cruz Vermelha encontrou tudo no lugar, ou quase. A do Partido Socialista francês, convidada pelo Comitê Central do Partido Comunista iugoslavo a visitar Goli Otok — dezesseis personagens ilustres, dos quais catorze parlamentares —, também não viu nada; apenas barracas e instalações higienizadas para a ocasião, prisioneiros escolhidos sob medida, tudo absolutamente em ordem. O kroz stroj e o bojkot, prontos para recomeçar poucas horas depois, estavam ali, a alguns metros, mas invisíveis, inexistentes; os companheiros franceses voltaram para casa edificados e satisfeitos.

O cheiro do sangue é forte, mas os desodorizantes são ainda mais fortes e o mascaram, mesmo quando ele escorre em rios ferventes. Nem sequer Ranković, "Marko", o ministro do Interior que foi inspecionar a ilha, o viu realmente, e olhe que ele entendia de sangue. Sim, puta mãe, ele disse, o que fizemos com estes companheiros... Comoveu-se e emocionou-se, até ele, ao ver naquelas condições gente que tinha estado com ele nas selvas, contra os alemães, mas Ranković também viu pouco, somente algumas gotas da hemorragia. Saiu com a promessa de que as coisas melhorariam ali e foi embora as deixando como antes. Talvez nos habituemos ao sangue, quando nos acostumamos a derramá-lo e a vê-lo ser derramado; não é mais possível enxergá-lo, assim como não se vê o ar.

Quem sabe, talvez aqui também... Havia um açougueiro em Orlec que, segundo diziam, quando voltava para casa, imundo, fazia amor com sua mulher sem ao menos lavar as mãos; tirava o avental não porque estivesse sujo, mas apenas porque naquelas circunstâncias não se pode deixar de tirar a roupa, limpas ou sujas.

A infância. Sim, na época o vermelho era apenas o das togas dos juízes, bem pouco para colorir o mundo. Era bonito escutar Pistorius, com seu largo casaco escuro e o colarinho frouxo sob a barba selvagem, declamando e comentando as descrições de naufrágios em belos versos altissonantes. Era ainda mais belo ouvir, não muito longe do palácio, as histórias de marinheiros no porto de Nyhavn. Lá os navios não afundam, oscilam de leve e rumorejam, no alto entre as velas, ao vento; no máximo se ouve de algum navio que não voltou. Correr pelos mastros, saltar as pontes, escalar as árvores até que alguém me expulsasse. Lá em cima, entre os cabos, a gente se sente miúda, no sol e no vento; um pequeno peixe que poderia acabar na boca de uma gaivota, mas sem medo.

Aquele bambolear debaixo dos pés dá segurança, um sentido de algo fluido e provisório, que torna a fuga mais fácil. Se o pegam, você está morto. E mesmo morto é preciso se esconder, escapar, porque vão procurá-lo ali também, se você tiver a mesma sorte que eu tive. O frio subantártico me conservou bem, otimamente, quando morri aqui no Sul. — "Um cadáver em permafrost com as células estaminais ainda vivas..." — e a Gestapo da vez, não importa se com outro nome falso, recolheu-as e me obrigou a recomeçar tudo de novo. Os carrascos nunca estão satisfeitos; eu ainda não tinha penado o bastante, e então eles anularam meu *ticket of leave*, a permissão de partir que o governador concede aos prisioneiros arrependidos, e de novo me convocaram aos serviços, serviços forçados, trabalhos forçados perpétuos e além da vida.

Então em Nyhavn eu pensava em partir, não em fugir. O mundo estava lá, diante de mim, livre e aberto como o mar, galeotes, brigues e escunas com nomes e bandeiras dos continentes. O cheiro de maresia misturado ao dos grandes armazéns à beira-mar, açúcar e rum das Índias Ocidentais, chá chinês, tabaco e algodão americanos, lã inglesa, olivas mediterrâneas — até a Ístria é rica em olivas —, óleo de baleia, o grito dos vendedores ambulantes que oferecem mel e cerveja. O mundo está ali, ao alcance das mãos; muitas terras estão distantes, mas aqueles veleiros as alcançam num salto, abrem as velas como as asas de um albatroz e atravessam oceanos e tempestades, a pomba regressa à arca não só com um ramo de oliveira no bico, mas com todos os bens de Deus. Também em Hobart Town, quando meu pai e minha mãe me levam à orla, há diante de mim a imensa liberdade do mar, uma promessa que se alarga para envolver e abraçar a vida inteira, como o sorriso de Maria, horizonte que se abre — como eu poderia então imaginar que, ao contrário...

Até mais tarde, quando depois da morte de minha mãe voltamos à Europa, à Itália, enfim, àquele paraíso marinho nas fronteiras orientais que então se tornaria meu inferno, o mundo estava diante de mim. Pegávamos a barca em Cherso, partíamos de Ossero ou de Miholašćica na grande luz de julho — pedras brancas do cais e redes estendidas a enxugar, onduladas como as bordas do mar na praia, céu de cobre e estrépito de cigarras, a luz escorre dourada como a resina ao longo do tronco, barcas avançam e se perdem no revérbero, até o olhar e o pensamento fogem para além do horizonte, adiante.

Anos depois, quando eu rodava um jornal clandestino que se chamava mais ou menos assim, acreditava que aquela vida diante de mim — de nós, de todos, porque só o que se faz para todos é digno de ser feito e vivido —, aquele golfo, aquele mar fossem o futuro livre. Mas já naquelas tardes perfeitas de felicidade marinha eu estava ferrado, preso naquele destino inelutável porque construído voluntariamente por minhas mãos, com a liberdade que eu estava pronto a sacrificar com minha vida, embora não soubesse bem por quem, pelo mundo, por essa bola vazia mas pesada, de ferro, que eu pensava estar chutando na direção certa, jogando inclusive de cabeça, como quando era zagueiro no time da escola, e que me arrebentou a cabeça e as pernas quando a lançaram sobre mim. Já quando saíamos bordejando a baía de Lopar, em Arbe, a proa estava apontada para Sveti Grgur e Goli Otok — próximas, remotíssimas, um breve braço de mar e um oceano de eventos e de devastações a atravessar.

O mundo é bom. Ou talvez não. A oficina de relógios de meu pai em Christiansborg, por exemplo, é linda. O tempo goteja em riachos distintos, que se cruzam, misturam-se; meu coração bate calmo e regular — "O meu também, está sentindo, não?" — mas quando batem juntos se chocam, agitam-se. Uma fibrilação, uma palpitação ansiosa, o coração na garganta; olhe como aquela linha enlouqueceu, que rabiscos, diga a seu puxa-saco que fique mais atento com os garranchos obscenos dessa máquina que pretende fotografar o coração. Aí se pode ler qualquer coisa, qualquer porcaria, como nos desenhos que aquele seu outro borra-botas de vez em quando se diverte em me mostrar, perguntando-me o que vejo neles; não se pode brincar assim com o coração de um homem.

Eu gostava de fuçar na oficina de meu pai, entre aqueles globos de vidro, alguns bem grandes, sobre os quais meu rosto e minha figura se achatavam e se dilatavam quando eu passava diante deles, distorcendo-se em silhuetas disformes, pletóricas tumefações que um instante depois se afinavam em imagens filiformes e magérrimas, lampejos fugazes sobre a face lisa e recurva do relógio, estúpido vulto do tempo que passa.

Às vezes aqueles cristais, aqueles pêndulos, aquelas esferas e aqueles quadrantes coloridos parecem criaturas do fundo do mar, peixes redondos de escamas variegadas, a pele iridescente e diáfana, lentas volutas, imobilidade submarina. Até nas safiras trabalhadas por meu irmão Urban, que ajuda nosso pai preparando o precioso pó para as engrenagens dos relógios, há o fundo do mar. Urban esmerilha, lapida, perfura as gemas, dispõe-nas no almofariz, tritura-as, filtra, até que reste apenas um pó finíssimo e cintilante, uma espuma de nada. Quando me deixa olhar uma safira com uma lente, desço a profundidades submarinas, escuridões azuis, brancuras de neve e de alba, o mar do Taiti, onde eu disse — o senhor já sabe, meus papéis estão em suas mãos, como tudo, aliás: levaram até o cinto das minhas calças —, onde eu disse que fui feliz, mas não é verdade. Aquele paraíso do Taiti é um abismo infernal, tubarões e polvos gigantescos prontos a estraçalhá-lo naquelas águas de céu. Era lá, nas profundezas e transparências daquelas pedras iluminadas pelos movimentos da lente, que eu era feliz, uma vez e nunca mais. Não, fui feliz em mais uma ocasião, na praia de Miholašćica, mas durou tão pouco, ao passo que aquelas horas ou minutos olhando a safira e afundando lentamente naquelas águas azuis eram longos, um tempo dilatado, a fixidez de um aquário. A felicidade é firme, imóvel.

Esse seu sorrisinho é inútil, doutor. Sim, eu sei, aquela história de minha mãe — o senhor vem sempre com isso —, que ela se importava apenas com meu irmão, que só tinha olhos para ele, aquele sorriso quando ele lhe mostrava suas gemas purpúreas e turquesa, e comigo a boca sempre fechada, dura, seca... não é verdade, e daí se fui eu quem disse ou escrevi, não me lembro, por que de repente tomam por ouro certo tudo o que digo, justamente os senhores, que geralmente não acreditam em mim? É uma conspiração para me desacreditar, para me privar de toda dignidade — o lactante, dizem os senhores, com poucas semanas de vida já não se limita a olhar a mãe, quer capturar seu olhar, ser olhado, é assim que se torna um ser humano, li aquele artigo na biblioteca. Mas se a mãe é uma peste que não olha para ele, não o reconhece e o abandona no meio da rua? Pior para ele, que continua um bicho, excluído da humanidade, como os danados da Terra, como eu — e não me deixe furioso como ontem à noite ou anteontem, sei bem que quebrei a janela, talvez até duas, e além disso é inútil me entupirem de Fargan, Valium, Lexotan, Serenase, Lítio, Risperdal, Carbolitium, Risperidona, antes de destruir a farmácia gravei bem os nomes, é preciso conhecer bem aquilo que se decide aniquilar.

O que é essa história de minha mãe que não me amava, quem é esse canalha de Sfinx que insinua tais absurdos escondendo-se atrás da tela? Ah, você desapareceu, deletou-se, tinha medo... Aquele sorriso claro no rosto quente e moreno, sua boca perto da minha bochecha, diante do Derwent que se abria para o mar, aquele seu italiano estranho, suavíssimo, meio gutural — Meu pai brincava amorosamente com ela por causa das vogais abertas, falava que ninguém diria que uma nativa da Tasmânia pudesse pronunciar o italiano tão mal quanto os triestinos...

É tudo o que eu tive, aquele sorriso. Sim, em Christiansborg ela era severa comigo; quase nunca me pegava no colo, como frequentemente fazia com Urban. Mas era para me educar, para me enrijecer e me tornar capaz de enfrentar a dureza do mundo. Urban permaneceu sempre em casa; não precisava de uma pele tão coriácea, capaz de suportar o gelo ártico e o sol equatorial, as tempestades, os canhões e o chicote. Quanto a mim, já aos catorze anos, quando embarquei como grumete no *Jane*, um carvoeiro inglês, coitado de mim se fosse um filhinho da mamãe. Foi bom ter partido sem nem sequer um beijo.

Como veem, a gente se recorda de muitas coisas. De vez em quando me dou uma ajuda lendo aqueles meus papéis de antigamente, assim como fazem muitos outros, especialmente se são velhos e se esquecem do que viveram. Um diário ou uma carta da época ajudam a tirar para fora os anos do poço entupido. Então eu me lembro e o senhor pode se aproveitar disso. É uma descoberta da qual o senhor poderá orgulhar-se, e lhe cedo com prazer os direitos, já que não tenho rancores, de fazer dela uma grande e revolucionária publicação científica e de apropriar-se de todo mérito. O que me interessa é que se façam revoluções, não quem as faz.

Então não é verdade, como dizia aquele professor naquela revista ilustrada que estava na sala onde esperávamos que nos fizessem a ressonância magnética — então não é verdade que —, espere, eu copiei exatamente, veja o que ele disse quando houve toda aquela discussão a propósito de Dolly, a ovelha: na memória do DNA, ele disse, não resta nenhum vestígio de aquisição e, sendo assim, um clonado, um clone, um renascido, ou melhor, um ressuscitado não pode recordar nada daquilo que lhe aconteceu. Talvez isso valha para Dolly, o que uma estúpida ovelha pode recordar, mas não para mim, que me lembro de tudo. Evidentemente o gelo antártico conservou bem minhas células, que continuam retendo todo o horror e o tumulto dos eventos.

Portanto me lembro, sim, e como. Aquela barca que regressa a Miholašćica cheia de congros, pargos e escarpenas, meu pai feliz, que olha para Unie e me conta de minha mãe em Hobart Town, que me levava no colo para a água — é fria, mas não para mim e nem para ele, dizia ela sorrindo a meu pai, com aquele seu riso cândido como a espuma das ondas. Em Miholašćica a água também é mais fria que no resto da ilha, acrescentava meu pai, exceto na Plava Grota, debaixo de Lubenice; devem ser as correntes de água doce que escoam sob a rocha do lago de Vrana, imagine como ela gostaria desse mar. Mas todas essas coisas são tão vagas, flutuantes...

A infância em Christiansborg, ao contrário, é bem documentada, inclusive por escrito. Aquelas paredes do corredor atapetadas de vermelho, duas vezes por semana os criados cobrem tudo com panos pretos. Na sala, ao fundo, veem-se entrar o príncipe herdeiro Frederick, seu genro Carl von Hessen e o ministro Bernstorff — é meu irmão que me cochicha seus nomes, enquanto eles passam diante da porta entreaberta da oficina. Quando entram na sala, dá para perceber por um instante estranhos objetos sobre uma mesa, candelabros, alguns retratos. Há também dois homens — um deles alto, vestido de negro —, que mexem com cruzes e véus pretos. Ouve-se um sussurrar, sibilar, salmodiar, bater. Alguma coisa acontece lá dentro. O homem alto fala com alguém que não havia entrado com os outros.

A quem pretendem evocar, chamar do outro mundo neste palácio? Deve ser Struensee, o grande ministro, como se murmura no paço; dizem que seu rosto está coberto de sangue, mas ainda é reconhecível. É estranho, vinte anos depois de sua execução, mas é ele, terrível e no entanto suplicante. Que rosto, que idade têm os mortos? Lá dentro os outros conseguem vê-lo. Ninguém nunca vê essas coisas; só os outros. Quando numa noite a porta se abre por um átimo e eu, que estou escondido na sombra, posso dar uma espiada na sala, não vejo nada, quase nada; gestos de mãos, um retrato e uma fina poeira que flutua no ar, um punhado de pó que resplende ao brilho de uma tocha, ondula, desenha uma forma, dissolve-a, poeira que se desprende dos velhos móveis, um rosto, não, apenas um dissipar-se, uma nuvem, as nuvens têm uma forma, não, não têm.

Por que perturbar alguém que está morto há vinte anos? Tentam invocá-lo para levá-lo até o rei. Sua Majestade Cristiano VII quase nunca sai do seu aposento, na ala oposta do palácio; detém-se por horas e horas com os olhos fixos no quadro de Hogarth, *Madness thou chaos of the brain*, o lábio inferior pendendo da boca entreaberta e os braços abandonados ao longo dos flancos. O doutor Osiander disse que um grande assombro — como ver ressurgir do além-túmulo o onipotente ministro que emporcalhou seu leito, mas que ele, apesar disso, relutou bastante em condenar à morte — poderia curá-lo de sua demência. Eu queria ver Struensee, mesmo ensanguentado; não se deve temer os mortos, somente os vivos podem fazer mal, e de fato fazem o máximo possível. Do lado de fora da porta se ouvem algumas batidas, depois a voz do homem alto dizendo a Struensee que vá, no meio da noite, até o rei George da Inglaterra, assim talvez a loucura de Cristiano VII passe para ele. Misturada às batidas e à voz, ouve-se também uma imprecação do conde Bernstorff, que deve ter machucado a perna contra a quina da mesa.

Rumores, vozes, um murmúrio, alguma coisa, nada. Quem fala lá dentro? E mesmo agora, doutor, quem é que de vez em quando fala nesse gravador, quando o senhor me interrompe e aperta um botão? Lá, no corredor do palácio real, sou eu, tudo bem; saí da oficina e me escondi atrás de uma coluna, perto da porta da sala; ouço, mas não sei de quem é essa voz que sobe de dentro — dentro de mim, dentro da sala, ninguém nunca sabe de onde vem uma voz. Eu falo, falo, mas em toda a minha vida, e até agora, não fiz mais nada senão escutar e repetir o que me era dito. Pistorius tinha lido para nós aqueles versos em que Odisseu invoca as sombras do Hades. Para ouvir os mortos, para fazê-los falar e repetir o que dizem é preciso sangue — o de Struensee tinha sido derramado vinte anos antes, ainda escorre, o sangue escorre sempre.

Aí está, a sombra reemerge chamada por aquele sangue, bate na mesa, sussurra ao ouvido do homem alto e negro que repete suas palavras; também as repito encolhido atrás da porta, com o olho grudado na fenda da fechadura. O corredor escuro se dilata, um grande vazio de sombra, um murmúrio cada vez mais forte, repito aquelas palavras antes que se dissipem. A sombra se rasga como uma espessa cortina de veludo cortada por um sabre e a luz irrompe. Struensee, deve ser ele, grande e ofuscado naquela luz, como naquele baile em que tudo terminou de repente, as luzes estavam acesas, muitas tochas e lâmpadas ardiam — "Silêncio!", gritava, mas o que vocês podem entender daquela noite, no salão os globos de cristal acesos tremiam, tremulavam e rodavam, Caroline Matilda, a rainha, era o fogo dos olhos atrás de uma máscara, pérolas de fogo negro acesas como as tochas, o vinho se incendiava nas taças — eu apertava as mãos deixava-as apertava outras, todos queriam apertar minhas mãos, deixe-me estar, doutor —, o lampadário acima de mim era um globo, o mundo que eu fazia girar entre as mãos, eu, o ministro onipotente, senhor do rei, de seu

Estado e de seu leito... Os olhos de Caroline Matilda resplandeciam, flechavam e fugiam, meteoritos, envolviam-me, quase não percebi quando os guardas me prenderam e me levaram embora, achava que fossem cavalheiros mascarados como os outros e gritava: "Como ousam! Pagarão com a cabeça! Estão loucos, vou botá-los em ferros, em camisas de força", mas não me importava com o que eu gritava, ainda achava que estivesse dançando enquanto me debatia entre os braços daqueles canalhas, um vórtice me tragava, de todos os lados lufadas de vento levavam para longe Caroline Matilda, embora para sempre, pensei, ferido por aquela palavra como pela luz ofuscante de um cristal que atravessava minha cabeça, sentia-a dentro, uma dor agudíssima, estendia as mãos para ela, os círculos de luz eram o contorno de suas vestes, eu não tinha mais controle, teria arrancado aquelas vestes, teria beijado sua boca e a derrubado no chão diante de toda a corte, como tantas vezes naquele quarto silencioso sob a torre, tantas noites, uma única, longa noite — não lembro como terminei no patíbulo, em vinte anos tantas coisas são esquecidas...

Um torvelinho de palavras, dentro, fora de mim, outras que se apagam, um filamento de névoa se desfaz, o céu está vazio. No quarto alguém assoa o nariz, risível trombeta do juízo, ouve-se uma cadeira tombar; quando saem — eu por sorte já tinha fugido para a oficina dos relógios —, o conde Von Hessen tem o rosto afogueado, como o de seus guardas quando se embriagam, o conde Bernstorff um ar de tédio, sonolento, e com eles invade o corredor um cheiro de mofo, de quartos fechados. Também Caroline Matilda tinha morrido fazia muitos anos, exilada em Hannover. Mas ela, segundo diziam, não se deixava invocar, ou talvez nem mesmo tentassem, uma adúltera envelhecida não interessa mais a ninguém.

Ah, o fim. O senhor também quer o fim, os médicos se interessam mais pelo fim do que por qualquer outra coisa. Até da infância, da adolescência, enfim, daquele tempo após o qual a morte começa. Um final quieto, modesto, uma pena irremediável mas silenciosa, aquele dia em que voltei para casa, a casa adjacente ao empório de meu pai, diante ainda não se sabe bem se do grande rio ou já do grande mar, e não encontrei mais minha mãe. Não me disseram nada, sim, alguma coisa vaga e açucarada que se diz às crianças, mas entendi que aquela ausência, aquele rosto que de repente não existe mais, é toda a realidade, não há nada mais senão aquele nada. Mas estou de novo me perdendo naquelas coisas acontecidas depois, devo estar cansado, talvez até meio agitado, deem-me alguma coisa, Serenase, Lítio, Belivon, Risperdal, assim fico tranquilo e volto a contar com ordem.

O final. Glorioso: a fogueira, como um rei bárbaro. Christiansborg queima por três dias e três noites, dizem que começou no grande depósito de lenha sob o teto, subitamente transformado numa capa candente. As chamas rasgam o ar feito flechas, trespassam o pálido marfim azulado do dia e o ébano da noite como tochas incendiárias lançadas contra os bastiões, abrem brechas de onde o vermelho desponta e se derrama, um rio de lava transborda das ameias, recobre e tinge todas as coisas. O dia, a noite e o céu têm as cores do fogo, uma única mancha rubra sob as pálpebras; até mesmo o ar ardente que corta a respiração e talha o rosto como uma foice é vermelho. Flores de flama se abrem, enormes, nas águas escuras dos canais.

A grande torre ainda está lá, um gigante negro em meio ao fogo, depois desaba com três assombrosos estrondos afundando todos os andares do edifício, que se espedaçam numa poalha sangrenta; na fumaça das salas tremulam línguas de fogo perdidas, os lampadários brilham como nas grandes festas, globos de luz escarlate e disforme, sóis que ardem antes de se precipitar e explodir. A oficina de relojoaria também está em chamas, esferas de cristal estalam com estampidos secos, pêndulos incandescentes jazem no chão entre ruínas, o tempo incinerou-se. Sombras vacilam e se dissolvem, alguém se revira no chão gritando, envolvido num cortinado em chamas que lhe caíra em cima.

Aquele vermelho não tem pressa, seguro que está de sua vitória final. Recordo como eu estava fascinado por aquela tranquilidade, por uma lentidão régia. — "A pira imensa enche meu jovem peito de emoção e deleite. Nunca vi um tal mar de chamas, um espetáculo tão terrível e esplêndido. Jamais contemplei com tanta vivacidade uma destruição tão esplêndida das coisas e da posse." — Obrigado, não sei quem é você do outro lado da tela, que gosta de se assinar Apolônio, mas — De qualquer modo não precisava, lembro-me bem do que escrevi em minha autobiografia. Uma mesa pesada de mogno resiste tenazmente; as chamas lambem-na com timidez, depois a investem e a envolvem com furos, mas a madeira é forte, o estrato externo carbonizado barra o passo às línguas ardentes, que se retiram vibrantes e mais finas, sufocadas pela própria fumaça; depois um forro incendiado que se destaca das paredes tomba do alto sobre a madeira, na camisa de Nexos nem Hércules por fim sobrevive, Pistorius foi eficaz ao narrar a velha história.

Às vezes a destruição arrefece, recua; então recolho um grande tição e o aproximo do batente de uma robusta porta de onde as chamas se haviam retirado. O tição lhes dá fôlego, reconvoca-as; elas regressam, lançam-se sobre aquele escudo que protege uma pequena sala, não o abandonam mais. Vasos, pinturas, frisos ornamentais se arruínam, queimam. Os holandeses residentes há gerações na pequena colônia de Amagen acorrem com seus antigos casacos de lã que continuam vestindo desde o tempo de seus antepassados, silhuetas negras e escarlates como as sombras projetadas nas festas sobre as paredes, e despejam baldes de água. O rei Cristiano VII está incrédulo, grita que o paço é seguro e não pode ser destruído, e ao fim é arrastado de lá à força. Magnificência da destruição, majestade que resplende na incineração de todas as coisas.

O teto da Sala dos Cavaleiros cai aos pedaços, as línguas de fogo envolvem os retratos dos soberanos dinamarqueses e dos nobres, serpentes de chama se retorcem ao redor das couraças e dos mantéis de arminho, arrancam-nos das paredes, os vultos antigos se contorcem nas chamas, os olhos saltam e desaparecem como centelhas, as figuras se ressecam e encolhem, fetos que reentram no nada. O grande relógio é uma mancha branca nas lufadas de vendo ardente. Quando, pouco depois, embarquei como grumete no carvoeiro inglês *Jane* — tinha catorze anos —, lembro como estava contente por não deixar nada para trás, por não ter nenhum lugar de minha infância ao qual pudesse regressar.

7.

Chegou correspondência. Colaborar, insistir, abri-la. Há uma mensagem. — "Não me queixo do destino, já encontrei outro caminho." — Adivinhe o que é. Ninguém responde? Ora, é aquele versinho de Cesare Colussi; ele chegou aqui nos antípodas com o *San Giorgio* em 1952, um ano depois de mim, quero dizer, cento e quarenta e nove anos. Certo, não é uma grande poesia, não é preciso dizer isso a mim, que, modestamente, entendo da coisa. Não por acaso escrevi dois romances, uma tragédia e uma comédia, além de vários ensaios, que só a inveja da camarilha literária londrina me impediu de publicar. Aliás, assim como a viagem à Islândia, que teria sido uma bomba. Mas tenho simpatia por Colussi, com sua paixão pelos banhos de mar, todo feliz de ter encontrado uma praia tranquila, próxima a Melbourne, onde podia deslizar com seu barquinho, matando um pouco as saudades da Lanterna de Trieste, o Pedocin, como o chamavam, aquele velho estabelecimento balneário que eu também frequentava quando jovem, famoso porque homens e mulheres ficavam rigorosamente separados — e até hoje, li isso no *Piccolo*, que me fazem ler para que eu pense que estou lá no Norte. Justíssimo, homens para cá e mulheres para lá, assim se evitam complicações dolorosas, confusões, chatices, tragédias.

Mas separar homens e mulheres não é suficiente. Os homens também, cada um por própria conta. Não, nem isso, estar em companhia de si mesmo já é muito, pega-se o gosto de se fazer mal, é como estar em bojkot. Se estivesse sozinho, sem esta tela, esta fita, sem mim, que alívio. Incógnito, em privacidade. Assim como na Lanterna, sem aquelas pernas de mulheres muito próximas. Colussi frequentou a Lanterna até o fim. Eu não, é claro, eu costumava ir a outro balneário, o da colônia penal de Goli Otok — "Esplêndidos banhos de mar para turistas, reserva de hotéis com...". Se acham que é espirituoso me mostrar esse fôlder ilustrado, distribuído no mês passado pela Agência de Turismo croata...

Colussi veio para cá depois que, de tanto procurar trabalho, suas calças começaram a arriar; e então ele emigrou, como muitos. Não sei por que vim para cá. "Baía Abaixo", dizia-se nos tempos do rei George para indicar a penitenciária austral. Mas o que eu poderia fazer, se a besta que me mantinha na boca já me mastigara o bastante e me abandonara? E eu ainda tive sorte, nem um ano; outros — Adriano Dal Pont, por exemplo — ficaram até 56, precisaram esperar que o companheiro Longo fosse lá e convencesse o companheiro Tito a fechar definitivamente aquele matadouro, a dar a seus cães carne enlatada em vez de carne viva. E, quando deixei a ilha dos mortos, como poderia continuar ali, em Trieste? Encontrar na rua o companheiro professor Blasich como se não fosse nada, ou ir à Lanterna e ver o mar onde tudo desaparece, onde minha vida desaparecera? Já tinha tomado banho demais.

Como se chega Baía Abaixo? Aquele Apolônio deveria saber, ele, que pretende narrar a história e ser Orfeu entre os argonautas. O *Woodman* partiu de Sheerness, na foz do Medway, o *Nelly*, de

Bremerhaven, e o trem para Bremerhaven, onde nos embarcaram no *Nelly*, de Roma e, antes ainda, de Trieste. E o vagão lacrado para Dachau — não, desse não se pode nem falar.

Os navios, os trens, os comboios, os aviões partem de tantos lugares, mas o ponto de chegada é sempre o mesmo e se chega de noite. A âncora desce até o fundo; além das janelinhas redondas está escuro; talvez na outra banda da Terra seja dia, o longo dia perpétuo no verão nórdico, e aqui, onde nós estamos, é a noite polar, seis longuíssimos meses infinitos. Em Port Arthur a punição mais dura era a reclusão por semanas na cela completamente escura. Disse semanas, mas não sei se são meses, dias ou anos, porque lá dentro, naquela escuridão, você não sabe como o tempo passa, se está ali há uma hora ou desde sempre, talvez o tempo não passe. Pelo menos assim me disseram, porque eu não estive naquelas celas. Em outras, sim, mais tarde.

Aqui é escuro, doutor, deve ser o fundo em que a âncora encalhou. O dormitório do campo de refugiados também está escuro, os andares inferiores estão imersos no breu; entrar no Silos, o antigo depósito de grãos triestino construído nos tempos do império austro-húngaro onde nos alojaram com todos os outros emigrantes antes da partida para a Austrália, era entrar num noturno e nebuloso purgatório — era Maria que dizia isso, anos mais tarde, quando também ela transitou por aquele purgatório para descontar meus pecados. Sua voz, nas soleiras da sombra, ilumina cada canto daqueles meandros. O tétrico depósito de grãos se abre como uma corola; há apenas um grande céu azul, cheio de vento.

Maria tinha aberto a gaiola, mas o passarinho de patas acorrentadas não alçou voo, e assim também ela se perdeu por nada... Nem me lembro bem de como vim parar aqui, doutor, em que navio cheguei, ou melhor, retornei para cá.

Que palavra estranha, tornar... Retornar com o velocino de

ouro, não importa depois de quantas circum-navegações. Talvez uma volta ao mundo, como naquela vez com o *Alexander*, de Hobart Town a Londres, quinhentos e oitenta e sete dias, tentando várias vezes dobrar o cabo Horn e jogados de lá para cá pelas tempestades, do Taiti a Santa Helena, aonde tinha acabado de chegar a notícia da batalha de Austerlitz — outras admiráveis simetrias, testemunhar o ápice da glória do Empereur ali onde pouco depois também ele acabará exilado e prisioneiro.

Quinhentos e oitenta e sete dias são muitos, mas valeriam a pena, se nos levassem para casa. Você vai voltar satisfeito de sua missão, Tore, acredite em mim — dizia-me o companheiro Blasich —, vamos mandá-lo entre os bárbaros, os cólquidos, os eslavos, nos confins do mundo, mas você regressará com a missão executada, paz entre os povos e entre os companheiros, a bandeira vermelha iluminada pelo sol que se põe sobre o mar resplandece como um velocino de ouro.

No fundo, estava apenas indo para Fiume, a setenta quilômetros de Trieste. Por que a viagem de volta foi tão longa? O companheiro professor Blasich diria que os argonautas devem sempre fazer muita estrada; segundo alguns, eles sobem até o Danúbio ou talvez o Don, atravessam a Sarmátia e o mar Crônio e descem pelo oceano para voltar pelas portas de Hércules — mare tenebrarum, grandes águas de ocidente, pôr do sol dourado como o velocino —, uma antiga moeda encontrada em Ribadeo, na Galícia, traz a efígie de um aríete de pelo de ouro. Ele, Jasão, volta com o velocino, mas eu, se procuro nos bolsos, não acho nada, no máximo essa sua bolacha, doutor, uma moeda de ouro que dissolve na boca e faz dormir; o dragão adormece, como quando bebe as poções mágicas de Medeia, e quando acorda o tesouro não está mais lá. Onde está a bandeira vermelha, quem a roubou?

Nenhuma viagem é demasiado longa e perigosa se traz de volta à casa. Mas ainda existem casas para onde voltar, alguma vez existiram? Achava que uma delas fosse a via Madonnina, mas, depois de Goli Otok, ela se transformou na porta das sombras. E o companheiro professor Blasich — o empresário de Caronte e de suas balsas abarrotadas —, se ainda está vivo, é porque desceu a tempo da barca e quem sabe estará ainda lendo e glosando suas *Argonáuticas*. Com certeza tinha outra cópia, além daquela que me deu. Mas ria por dentro quando eu lhe falava de minhas leituras — ele, que tinha estudado filologia clássica na Escola Normal de Pisa. Comunista doc, intelectual burguês do movimento operário. Mas eu também tinha feito minhas leituras, no liceu e, antes, graças à biblioteca de meu pai, nos fundos de seu empório, e também a seu amigo Valdieri, igualmente arrastado para o sorvedouro do mundo pelas forças de Coriolis, que fez universidade e depois teve problemas com a polícia, em Nápoles, porque militava entre os anarquistas. E eu o escutava quando ele dizia a meu pai, de noite à mesa, que os gregos tinham sido a infância e a juventude perene da humanidade, uma época insuperada, e que somente a revolução podia reconduzir a humanidade libertada àquela grandeza.

A revolução, eu pensava, era então uma volta para casa. Contudo, os gregos tinham dito e compreendido uma outra coisa, terrível, a tragédia e o sem sentido do mundo. O fedor de Filoteto, Jasão que leva a luz da civilização à barbárie da Cólquida e leva também uma nova barbárie. Glória e infâmia do progresso, a burguesia que destrói as sereias com uma apólice de seguro na nave de Ulisses; para os marinheiros, orelhas tapadas, e para os senhores, ouvidos abertos àquele canto inaudito, mas braços e pernas bem amarrados, como se deve, assim aquele canto que arrebata o mundo se torna inócuo.

Devia aniquilar toda potência, aquele canto; em vez disso, quem morreu e desapareceu no nada foi quem o entoou, a sereia da revolução. Já então terminada, nos primórdios, uma descoberta que transtorna a mente e o coração, Ájax que se enfurece contra os bandos e rebanhos. Um revérbero dos deuses para cegar os homens e torná-los culpados... — Claro, também sou culpado pelo sangue derramado por minhas mãos e pelo sangue vertido de minhas veias, pela morte dada e recebida, por tudo; até por existir, até por perder. Especialmente por perder; é uma culpa grave, quando se combate pela revolução. Essa nossa retirada — "Recuar, avançar... a história não é linear, amigo, vai aos zigue-zagues, pelo menos há muito tempo; agita-se, mas permanece parada, uma multidão que se empurra se debate se apalpa num show de rock em praça pública, nenhuma Longa Marcha, porque já chegamos, desde sempre, e o mundo não é infinito, infinita é só a Rede, a realidade que não existe. Vencer, perder, dá no mesmo: um jogo. A culpa é não ter entendido a tempo — aliás, não falemos de culpa, por favor, até a moda retrô tem um limite, faz tanto tempo que a culpa não existe mais." No entanto se espalha, mesmo se finge que não houve nada, como todos, parece que vejo seu sorrisinho... Nossa culpa está em toda parte, por termos perdido a batalha de Gog e Magog, por não sabermos mais dar um sentido à história do homem... O único consolo é que pelo menos sabemos disso, enquanto eles ainda acham que venceram; desfilam arrogantes na passarela entre aplausos e não se deram conta de que embaixo não há nenhuma rede, que dali se cai direto na cloaca ardente.

Não me queixo do destino, já encontrei outro caminho. Goli Otok, colônia penal para refrescar a memória dos de Port Arthur e de Dachau. Como continuava aquele fôlder que algum zombeteiro de mau gosto inventou? — "Mar extraordinariamente limpo, ambiente imaculado, imerso no silêncio" — grande silêncio do mundo sobre a dor e a infâmia —, "Goli Otok, ilha da paz, ilha de absoluta liberdade" — a agência turística fala como o Comitê Central, e a fotografia, com aquela água azul e as rochas brancas, é de fato convincente. Nós, pijeskari, cavadores de areia, devíamos estar com aquele mar até o peito, inclusive no inverno, raspando o fundo com a pá para recolher a areia e carregar os batéis, para cima e para baixo com a pá na água gelada. Depois de um tempo nem se sente o gelo; a pá sobe e desce, se não se move com rapidez e cheia de areia vem a bordoada, um deles quebrou o nariz e continuou ali, de molho até o peito, a cara arrebentada, sangue e muco de gelo. A pá se levanta e se abaixa, não se sente mais a mão. O sal esfola a pele mais que o vento, não é uma surpresa. O mar não tem piedade, mas por que só ele deveria ter?

Em todo caso, sempre o mar. O mar é como o Partido — são os outros que sabem aonde é preciso ir; não é você quem decide sobre as correntes e marés, simplesmente as segue. "Meu nome era William Kidd, quando zarpei, contra a lei de Deus pequei, quando zarpei, quando zarpei." A voz do cantador tentava superar os gritos dos vendedores de laranja e dos bêbados de St. Gile's, quando o *Jane* atracava por alguns dias em Londres, naqueles primeiros quatro anos de mar. Contra a lei de Deus também pequei, quando zarpei — tentava, naquele dia em Nyhavn, fingir comoção na despedida aos pais, a contida tristeza de meu pai, as lágrimas de minha mãe, o abraço de meus irmãos.

Talvez eu chorasse de verdade, tinha catorze anos. Os cabelos de minha irmã Trine, longos até os ombros, envolvendo-me como uma onda enquanto ela enlaça meu pescoço. Uma página comovente, podem conferi-la na autobiografia. Também me comovi sinceramente quando a escrevi e ainda me emociono quando releio, mas naquele momento, bem sei, a única comoção era o alívio da partida, o navio que vai embora, rumo a horizontes negros rasgados por ventanias, o rastro que se apaga atrás dele. Até o cetro da Islândia, mais tarde, deixei-o cair como quem abandona uma montanha e vai ao mar aberto, e assim meu pai, minha mãe, tudo. No entanto, mais tarde ainda, vi-me sempre arrastando tudo atrás de mim, meu coração, os corações dos outros, as bandeiras... uma carga pesada, que esmaga. Coluna partida. Mas reta. Imagine que satisfação.

Foi o mar que me levou a Goli Otok, muito tempo antes que para lá me levasse mais uma vez o *Punat*, aquela barcaça de Caronte, depois que a UDBA, a polícia política de Tito, me prendera no coração da noite e me jogara em sua estiva, sobre o monte dos outros companheiros acorrentados. Muitos deles nem sequer sabiam da existência de Goli Otok, antes de serem sovados até a loucura e a morte naquele pedaço de lua árida e ardente ou de se tornarem carrascos piores que os carrascos — às vezes acontece, também vi isso em Port Arthur, o companheiro de cela que o atormenta para agradar aos guardas e obter em prêmio uma hora de repouso ou um trago de rum.

Mas aconteceu com poucos de nós. Quase todos nos tornamos mais duros do que as pedras que devíamos quebrar com a marreta e carregar todo o dia para cima e para baixo — de vez em quando ofereciam um ou outro de nós como alimento aos ustachas, jogados lá dentro no final da guerra, que sentiam prazer em torturar mais uma vez os odiados comunistas, dessa vez por ordem de outros comunistas, e alguns conseguiam aguentar. Antonio De Pol, por exemplo, fora capitão no Quinto Regimento da Espanha e lá perdera um braço sem desistir, mas quando, em Goli Otok, dois ex-ustachas lhe quebraram o outro e mijaram em sua boca, ele não aguentou mais, subiu num rochedo e se atirou dali, arrebentando-se nos arrecifes.

Como disse, eu já conhecia Goli Otok e Sveti Grgur, as duas ilhas da morte. Passei algumas vezes por ali quando era jovem, depois de voltarmos à Itália com a voadora de meu pai, que nunca se cansava de rever aqueles lugares de sua infância, aqueles mares que havia desbandeirado em sua loja de Hobart Town, exibindo o quadro de Brun. Voltávamos com a barca repleta de pargos, escarpenas e até douradas, que são as mais espertas, até que se apaixonam e então abocanham a primeira isca, quase como se só quisessem ser fisgadas e acabar com tudo. Eu começava a ver as duas ilhas, primeiro Sveti Grgur e depois Goli Otok, quando saíamos da baía de Lopar, em Arbe, com o mistral. Olhava Arbe ficar para trás — não sabia, na época não podia saber, que se afastando no ar azulado se enveredava pelo futuro, um horrível futuro em que ela também se tornaria um inferno, como as outras duas ilhas, o Lager onde os italianos massacrariam eslovenos, croatas, judeus, antifascistas, partisans, até crianças — em Hobart Town meu tio Jure, emigrado um pouco antes de meu pai, brincava comigo de anjo-diabo, uma folha de papel com um céu azul num lado e um inferno vermelho e negro no outro, você acha que tem nas mãos um belo azul-celeste, mas se depara de repente com as chamas escuras... Mas quando partíamos de Lopar, eu não pensava que a folha pudesse virar. A vela branca se estendia ao vento que passava pelo meu rosto, eu olhava o rastro da popa, no azul sem fim, e adormecia.

Pouco me serviu navegar de bolina. Teria feito melhor se aprendesse a perceber o mau tempo antes que fosse tarde demais para atracar a barca, assim não acabaria sob Ante Rastegorac, que, com seu único olho, via imediatamente onde o golpe doía mais. Melhor viver para o mar do que para o Partido. É que se parecem — alguma coisa de grande, onde tudo se solda e que sempre sabe o que é preciso fazer, mesmo quando você cai na água no inverno e o boreste cega e sufoca a gente na neblina. O Partido também me parecia uma daquelas grandes ressacas que trazem o bom tempo no dia seguinte, e então, se alguém cai ou é jogado ao mar, paciência. Mas depois, certo dia, o Partido desapareceu de golpe, como se subitamente uma esponja tivesse enxugado todo o mar, adriático e austral, deixando barcos a seco entre imundície e lama coalhada.

Como se faz para voltar à casa, se o mar foi tragado pelo grande sorvedouro que se abriu sob ele e o despeja quem sabe onde, no vazio? A terra está seca e morta, mas não haverá uma outra, nem um novo céu. Onde, como voltar? *Argo*, em fuga da Cólquida com o velocino roubado, termina em Sirtes, de onde não há mais retorno. Tudo em volta é pântano, barro e algas sobre os quais se derrama a espuma do mar. *Argo* está encalhado, o velocino pende ressecado; os heróis no passadiço também estão em demolição, como o velho navio. Jasão se cala como sempre, não pode nem mais fixar o olhar perdido no mar, porque não há mais mar.

"A dor os arrebatou à vista do céu e do imenso dorso de terra semelhante ao céu, que se estendia ao infinito." Vê que bela tradução? É verdade, sempre gostei de ler em voz alta, desde o liceu, quando me preparava para a prova oral. Todos sempre me interrogaram. "Uma calma acidiosa possuía todas as coisas", o vento caía, e no coração dos argonautas talvez também caísse o desejo de regressar. Como, voltar de Goli Otok para onde? "Melhor", diz Jasão atolado, "teria sido morrer fazendo algo de grande." Sim, morrer em Guadalajara, em Dachau, na Cólquida, combatendo contra os guerreiros nascidos dos dentes do dragão, não em Goli Otok, estrangulados no lenço vermelho que tínhamos atado ao pescoço. Por mais que olhe o mar de todas as partes, só vejo a lama.

Sim, ergamos com força tenaz o navio com ombros incansáveis, ainda que descarnados até o osso pelo açoite dos carrascos inexaustos — "Ouvi uma história certa, que vós, nobilíssimos filhos de reis, erguestes no alto sobre vossos ombros com vigor e coragem o navio e tudo o que ele continha, e o levastes por doze dias e por doze noites sobre as dunas desertas da Líbia." *Argo*, levado nos ombros, atravessa o deserto e por fim alcança de novo o mar, reencontrando o caminho de volta. Já nossa nave desmoronou sobre nós; ficamos esmagados sob sua quilha. "Mas as penas e angústias que sofreram até o limite naquele esforço, dirão — quem jamais poderá narrá-las? Realmente eram de sangue imortal, dirão, tão grande foi a tarefa que a violenta necessidade os compeliu a assumir para si..." Ah, o senhor também conhece e adora essa passagem... Sim, quem jamais poderá narrá-lo? Decerto não um mitômano alucinado com tendências a exagerar as próprias travessias, como dizem os senhores, aqui se trata de algo bem diverso de uma História Nosológica...

8.

Amei o mar mais que a mulher, antes de entender que são a mesma coisa. Mas só entendi isso tarde, bem depois daquela noite em Londres, quando, fugindo daquela garota, fui bater na esquadra de alistamento forçado, que me arrastou numa barcaça sobre o Tâmisa e de lá a bordo do *Surprize*, um belo navio de guerra. Sim, fui embora. Acontece. O senhor nunca sentiu medo? Aquele corpo que não é mais seu, que não se reconhece nem pelo cheiro, um suor ácido — você perde o comando de si, não pode evitar o suor, não pode evitar aquele cheiro.

Gosto de comandar — e também de obedecer, dá na mesma, sou eu quem decide, inclusive me submeter ao Partido, por exemplo. Sabe-se o que se deve fazer e a quem cabe. Mas naquela noite em Londres, desembarcado do *Jane*, naquela pensão, com aquela garota, eu não sabia quem comandava e quem obedecia. Meu corpo estava lá, distante, suado, gelado; sentia que no amor, mesmo naquele de cinco minutos, não se comanda e não se decide. Como se faz com uma garota como aquela, o que se deve dizer, quem é que começa, o que vai acontecer...

Ir embora, cortar a corda, ainda que brutalmente, se ela insiste, assim que dobrar a esquina este medo vai passar, esta vergonha. Poderei beber em qualquer lugar uma caneca de cerveja fresca, que agora já não me desce, ah, a cerveja fresca, espumante, você sente de novo os braços, as pernas; até o suor é diferente, um bom suor. É uma delícia quando a cerveja desce pela garganta até a barriga e logo em seguida você vai mijá-la, até o pinto está de novo livre e desenvolto, de vez em quando incha dentro das calças sem motivo, mas é coisa dele e você não se importa, como quando lhe vem um arroto, e não demora a voltar ao lugar.

Tudo bem, daquela vez não bebi cerveja, a esquadra de alistamento forçado me pegou quase imediatamente, na viela, antes que eu pudesse enfiar-me noutra taverna. Mas não é isso que conta. O que mais me desagrada são aquelas maldades insinuadas por meus biógrafos, mais ou menos todos eles — Clune, Stephenson, Davies e agora esse tal de Dan Sprod, que sabe tanto. É verdade que escrevi que fui o único entre meus irmãos a não ser amamentado por minha mãe, eles foram verificar e então fizeram mil conjeturas sobre essa falta do seio, certamente não preciso explicar ao senhor essa mania, também muito presente aqui dentro... Afora que não fui eu que disse isso, mas Thomas, nas *Aventuras de Thomas Walter* — escrevi esse romance na prisão de Newgate, como afirma inclusive meu escrupuloso biógrafo, e inventei tudo. Oh, meu Deus, tudo, mas a questão é que nunca se inventa nada, e quando se escreve "eu"... e como se poderia dizer "ele", que é uma mentira ainda maior do que "eu"? Não vão me dizer que é com ele que os senhores estão falando agora...

Mas tudo bem, daquela vez não fiz sexo, podem escrever isso. Gosto de biografias que contam tudo o que não se fez. Mas era preciso estar ali naquela noite para entender... aquela confusão toda, na taverna e do lado de fora, ruas apinhadas, gritos, rixas, alguns caídos no chão, meio mortos, os ambulantes que passam ao lado vendendo pão de ló aos berros, multidões correndo para os bancos de mãe Proctor e disputando um melhor lugar para assistir ao enforcamento de Tyburn, os galos se massacrando nas brigas do Cockpit, o urso acorrentado estraçalhando os cães no Bear Garden e aquelas barracas cheias de monstros, aquelas bestas atônitas...

Em meio a essa barafunda, duas criaturas sós e perdidas, eu e você, garota sem nome, o que poderíamos fazer senão fugir sem dizer nem por cinco minutos falsas palavras de amor ou simular gestos amorosos? Fugi naquela noite, desertor do campo de batalha do amor, feroz como todos os campos de batalha. Se mais tarde tivesse fugido sempre assim — e no entanto não fui mais capaz de escapar nem de largar a bandeira —, talvez agora eu precisasse ter sempre três ou quatro bandeiras comigo; se você entrega a bandeira certa a quem de direito, dizendo que a arrancou ao inimigo na poeira na batalha, dão-lhe até um prêmio, e com ele se pode pagar o vinho na taberna... no entanto, veja onde vim parar com a bandeira vermelha, sempre agarrada na mão, sem jamais cortar a corda —

9.

Ah, mas às vezes a fuga também nos ferra. Se eu não tivesse escapado da garota, não teria topado com a esquadra de alistamento forçado nem teria acabado na Royal Navy. Ali quem comanda é a chibata, até quatro dúzias de chicotadas por um leve deslize, e com grande solenidade. O comandante ordena ao primeiro oficial que reúna a equipagem no convés, para que todos assistam à punição, e este transmite a ordem ao mestre de armas, que convoca os marinheiros. Os oficiais envergam o uniforme de gala. O culpado, nu até a cintura, é amarrado a uma grade de ferro. O punho da chibata é recoberto por um pano vermelho; as cordas, da grossura de um polegar, são trançadas.

Debaixo dos golpes a carne se contrai, tremula, estala, crepita; o sangue escorre escuro. Toda carne nasceu para sofrer, para terminar sob os dentes de alguém. É justo que sejam prestadas todas as honrarias a essa aflição, porque ela é a verdade da vida, a majestade de sua lei. Chicotear é cansativo, depois de duas dúzias de golpes o marinheiro não aguenta mais e passa o chicote a um outro. O réu punido urra, mas não protesta. Quando, algumas semanas mais tarde, cruzam com duas fragatas francesas, aqueles marinheiros alinhados no convés e seu companheiro açoitado combatem com o mesmo afinco, entregam-se por inteiro.

Os regulamentos do Almirantado, inclusive as punições com a chibata de nove pontas, não se discutem, assim como não se discutem as leis dos ventos e das chuvas. E nem os dos hospitais. Entendo, o princípio de realidade. Basta raciocinar com calma e você se sente bem... De fato. Nem sequer se sente a chibata de nove pontas estalando nas costas. Sim, uma vez também passei por isso, mas só uma, afinal não é muito. Fazer o que lhe ordenam, pouco importa disparar do *Admiral Juhl* contra os ingleses ou do *Surprize* contra os franceses. No convés ficam manchas de sangue, mas com um balde de água e uns trapos é fácil apagar tudo. No mar se esquece rápido.

No entanto, mais tarde, aquela mania de discutir tudo... Talvez seja culpa de meu pai. Tore, dizia com orgulho, mesmo quando os fascistas me metiam na cadeia, não dá para engolir as coisas injustas. Lembro-me de quando li o *Immigration Restriction Act* — tinha acabado de aprender a ler, entendia pouco, mas o suficiente para defender o lado oposto. White Australia Policy, Austrália branca anglo-saxã anglófona, para longe os negros de qualquer cor. Entendi imediatamente que eu também era e seria sempre e em todo lugar um negro, e não pelo antigo sangue de minha mãe, mas porque, onde quer que haja proscritos, cedo ou tarde você será proscrito também.

Quando lá no Sul, aqui no Sul, queriam expulsar um desgraçado que não fosse do agrado, a lei ordenava que se fizesse um ditado em inglês, numa língua que não era a dele. Bastavam poucas palavras erradas para fazer de um homem um pária. Desde então, todas as vezes que me davam uma prensa, eu tinha a impressão de fazer aquele ditado e de que todos os homens eram escolares maltratados por sádicos professores. Inclusive vocês, aqui, não fazem outra coisa senão me submeter a um ditado, constrangendo-me a repetir o que querem ouvir... quem sabe até me confundem de propósito. Também quando ia à escola, em Fiume, a professora Perich, depois Perini, me dava notas ruins nos ditados porque, assim que cheguei da Austrália, cometia muitos erros de ortografia. Mais tarde, frequentemente não sabia a língua falada por meus carcereiros; minhas respostas eram quase sempre erradas. Realmente erradas, aí está a tragédia, como quando eu disse em Fiume que a resolução do Cominform contra Tito era justa.

Queria mudar a lei, a língua, a gramática dos carcereiros. A revolução começa na cabeça, na ordem, ou seja, na desordem dos pensamentos, que confundem tudo, inclusive você mesmo, trocando-o pela feia língua falsa dos carrascos — "Com o risco de que, se não aprende depressa uma outra, você termina balbuciando e errando o ditado. Além disso, é preciso reciclar-se, não há mais erros de ortografia, gramática ou sintaxe. É ridículo continuar acreditando em regras; as tábuas da lei estão em frangalhos, e não pela ira de Moisés, mas assim, por uma ninharia. O mundo lá fora — não, desculpe, aqui dentro, não há mais um fora, um além —, o mundo mudou. Não se reprova mais ninguém. Nada mais de leis, somente interpretações livres, prurido e cócegas... cara ou coroa, como quiser, são sempre equivalentes" — E no entanto são justamente essas novas leis que reprovam os desgraçados. Quebrá-las, invertê-las — a revolução é necessária porque revira o mundo em sua cabeça; põe o falso de cabeça para baixo, como se deve, assim as roupas caem e suas vergonhas ficam expostas — "Mas, depois de um tempo, se lhe faltam as forças, o sangue invade sua cabeça, você começa a ter vertigens e também se vê com as pernas ao ar, como os selvagens nos antípodas..." — Terra Australis incognita, como toda a Terra. Mas é preciso aprender a se levantar todas as vezes como se nada fosse, com uma bela pirueta, e o joão-bobo sempre volta a erguer a cabeça.

Obedecer, submeter-se, aprender a esquivar os golpes. Quase nunca experimentei o chicote, somente uma vez. Nem mesmo a bordo do *Woodman*, que nos levava para o inferno de Port Arthur — naquela minha última e definitiva viagem da Inglaterra à Terra de Van Diemen, condenado a trabalhos forçados por toda a vida —, nem mesmo naquela barca de Caronte, onde todos estavam acorrentados dias e dias na própria imundície, sem poder ao menos jogar um balde d'água por cima do corpo, porque a água mal dava para beber, eu, nas galés como os outros, comia com os oficiais. Sim, porque o cirurgião Rodmell logo me notara e me nomeara seu ajudante, de modo que eu podia me entupir de comida, inclusive de rum, e também o ajudava a cortar uma perna, quando necessário. Depois que ele morreu de febre tropical, tomei seu lugar e cuidei bem da turma até Hobart Town — é claro que a coisa me impressionava, pôr os pés ali vinte e três anos depois, dessa vez como condenado, ainda que, à diferença dos outros, com os pés livres dos ferros.

Pois mesmo lá — ou seja, aqui, embora queiram me fazer acreditar que aquilo que vejo ali ao fundo é a Lanterna do velho Pedocin — não passei nem um dia sequer nas celas de Port Arthur. Logo me designaram como empregado contábil no Departamento de Alfândega e Impostos, seis pence ao dia e alojamento no Departamento da Marinha, com permissão para circular dentro dos limites da cidade. Quando mais tarde, graças ao doutor Ross, me puseram na redação dos jornais da colônia penal, eu tinha até alguns ajudantes; o único inconveniente é que queriam me obrigar a rezar quatro vezes por dia.

Por que depois tudo foi tão diferente? Talvez porque eu tenha querido pôr o mundo nos eixos em vez de buscar um abrigo para mim, e isso o mundo não perdoa. Até o senhor, doutor, considera esse fato uma ideia fixa, coisa de doido. Comecei a bancar o maluco quando deixamos a Itália e voltamos à Austrália em 1928, porque meu pai não podia viver num país fascista, mas meu destino já estava marcado desde antes, talvez desde que soube daquela história do ditado; em todo caso, desde que conheci Ivo durante o período na Itália. Ele se inscrevera no Partido em 1922; em 24, os esquadristas o massacraram quase até a morte, mas ele não tocava no assunto, porque a regra do Partido era falar das poucas pancadas dadas, e não das muitas recebidas, para não baixar o moral dos companheiros. De vez em quando vinha comigo e com meu pai no barco, especialmente quando partíamos de Ossero, onde ele tinha nascido.

Havia como uma aliança, mas também uma luta, entre o Partido e o mar. O mar estava ali, azul-escuro com o mistral e esverdeado com o siroco, negro com o neverino que vinha de golpe do Valebit; existia e ponto. A única coisa a fazer era escutá-lo, dizer sim e seguir adiante como sempre, sem pretender que deixasse o pandemônio se abater de vez em quando sobre o canal da Morlacca ou que os cações chegassem até o Quarnero. No entanto, Ivo dizia que as coisas não podiam continuar assim como estavam, que era preciso mudá-las, que, se alguém estivesse mijando contra o vento, não era sempre que devia mudar de posição ou virar-se de lado, mas podia pegar o vento pela gola e fazer com que mudasse de direção ou pelo menos construir um belo muro contra o qual ele batesse o focinho e fazê-lo entender que não se deve brincar nem com os pobres-diabos.

Mas Ivo também me explicava que, quando se pesca muito peixe, não se vê abundância nas peixarias, porque os atacadistas o jogam fora para não abaixar o preço, de modo que as pessoas, por terem pescado muitos barbos, não têm nem sardinha para pôr nos dentes, e isso, por exemplo, era uma coisa que precisava mudar, e não era suficiente confiá-la à ação do mar, com suas temporadas ricas ou pobres de peixe.

Ouvindo Ivo, percebia-se que tinha sido o Partido que o

ensinara a olhar o mundo sem se perder na confusão das coisas, a entender que não existem apenas douradas, pargos, badejos, muçus e siris, mas também peixes, moluscos e crustáceos. Ele morreu em Dachau; pelo menos teve a sorte de ser torturado e trucidado pelas SS, e não por companheiros. Sabia que, quando se navega, é possível naufragar, mas o Partido o ensinara a voltar toda vez ao mar e a não ter medo. Quanto a mim, o Partido me deu mar até demais, aquelas horas e dias e meses com os outros pijeskari na baía de Goli Otok, tirando areia com o vento que nos gelava a cada onda. Ao menos em cabo Horn, tantos anos antes...

10.

Quinhentos e oitenta e sete dias de Hobart Town a Londres, o retorno de Jasão. Fui um deus quando reconduzi o *Alexander* a Londres, depois de ter fundado Hobart Town. Na primeira vez o cabo Horn nos fez recuar, mas na segunda o traspassei assim como o dente de um narval fende as ondas — os vagalhões desmoronam enormes, o céu se agita e arrebenta como o teto da Sala dos Cavaleiros em Christiansborg, mas o *Alexander* já está do outro lado. Talvez tivesse sido melhor se o cabo Horn me rechaçasse uma segunda vez e eu ficasse no mar. No mar existem tantas coisas, bem mais que na terra.

As baleias, por exemplo. Com o *Fanny* pegamos muitas, descendo durante a viagem de ida rumo a Cape Town — onde cortei a corda, como tinha feito antes com o *Surprize* —, e pegamos ainda mais depois, em Hobart Town, quando ainda não era Hobart Town. Nós lançamos ao mar o jato de sangue para batizar Hobart Town, já que a terra foi logo banhada com o dos condenados. Eu não. Eu derramei o das baleias. A primeira baleia abatida naqueles mares, sacrificada por Jorgen Jorgensen aos deuses da cidade ínfera.

A caça à baleia é um belo quadro movimentado, uma luta entre as cores. A baleia emerge do mar, dorso azul-marinho, ventre branco celeste, o jato dispara cândido e azulado contra o céu e se rompe em crestas de espuma, a garupa torna a submergir, mas o arpão a atinge, flores escarlates desabrocham no mar, a água borbulha num regurgito purpúreo, o borra telas do universo enxágua o pincel ensanguentado no mar e tudo volta a ser calmo e azul, a baleeira retorna ao porto com o bicho enganchado na borda.

Mas o sangue cansa, às vezes não aguento mais. Aquele do francês que jorrou sobre mim, no convés do *Preneuse*, era tanto que pensei que fosse meu. Abordamos o *Preneuse* na baía de Algoa, durante a viagem rumo ao grande Sul; eu estava no *Surprize* registrado com o nome de Jan Jansen, trinta e quatro anos, na realidade dezenove. Topei com aquele francês no convés, de chofre, como uma baleia que emerge inesperadamente da água. Dois olhos escuros dilatados, o braço que se estende e a mão que aponta a pistola na minha cara, um terceiro olho preto e fixo em mim — tudo é muito lento, a trepidação do navio, a fumaça que paira no ar, rostos, esgares. Minha mão vibra o sabre, o arpão penetra a baleia. O francês olha assustado sua pistola que cai no convés, rola para trás como um tronco de árvore e se choca contra o parapeito. Mal tenho tempo de recuar e pular no *Surprize*, porque o capitão, L'Eremite, que sabe das coisas e não perde a cabeça diante de seus marinheiros que tombam ao redor, destaca num golpe o *Preneuse* de nosso bordo e se afasta aproveitando o vento, depois de nos ter impedido de segui-lo rasgando nosso traquete. Mais tarde, em nosso navio, entre os hurras dos marujos que comemoram a vitória de Sua Majestade, observo o olho negro da pistola do francês, que trouxe comigo, perscrutando aquele escuro. Às vezes, com tantos arpões e lanças fincadas nas costas, não se consegue mergulhar de novo.

Em pouco tempo deixei o *Surprize*, assim como fiz logo em

seguida com o *Fanny*. Algo me impelia Baía Abaixo, à Terra Australis incognita. Foi o *Lady Nelson* — sessenta toneladas, seis canhões, quinze homens e uma novidade da arte náutica, as três balsas com as quilhas que deslizam em águas baixas, a apenas quatro pés de profundidade, feitas especialmente para as barreiras coralinas e os mares de baixios ainda não mapeados — que me desembarcou na foz do Derwent, aquela imensa boca de Aqueronte.

Antes, porém, houve o *Harbinger*. Michael Hogan, mercador de navios, baleias e homens, tomou-me como segundo oficial sem pagamento, registrando-me como John Johnson. Cidade do Cabo—Port Jackson, sem passar ao sul da Terra de Van Diemen, mas seguindo a rota de Bass e Flinders, os quais descobriram que aquilo não era uma península, mas uma ilha, e que é possível ganhar quinhentas milhas chegando à Nova Gales do Sul pelo estreito ao qual o doutor Bass, que aprecia mais as velas do que seus instrumentos cirúrgicos, deu seu próprio nome. Mais tarde o vi desembarcar todo satisfeito em Port Jackson, com o mapa de seu estreito impresso em Londres por Arrowsmith; levava-o na mão e o esfregava entre os dedos, contente de apalpar o mundo que arrancara das trevas.

Nós também passamos por aquele estreito. Vejo que alguém inclusive transcreveu em meu belo sítio — "Os vagalhões rolam imensos e negros rumo ao horizonte, até a espuma parece negra. Uma pesada cavalaria ao assalto, gigantescos estandartes de nuvens se rompem sobre as cabeças dos cavaleiros, as ondas inimigas se fecham ao redor da presa, mas o *Harbinger* se enfia entre uma cresta e outra, um pássaro branco na malha de uma rede escura, bastaria um nada, a onda golpeia a vela e a procelária ferida se precipita no abismo, mas eu lasco e cazzo quel che basta" — coisa bem diferente de surfar, como vocês fazem, confortavelmente sentados — queria vê-los entre essas ondas, caros surfistas de poltrona que só mexem os dedos, não posso me permitir errar um golpe e não erro — "Lasco e cazzo quel che basta, e a procelária rasga a muralha d'água que se despedaça com fragor, alça voo entre as ondas esquivando o grande tubarão que já tem a boca negra escancarada para engoli-la." O navio está no cume das ondas, equilibrado sobre as cristas finas como lâminas, pendente como uma asa alisando a água, as rochas agudas às vezes se aproximam muito e roçam o casco querendo espedaçá-lo. Como *Argo* regressa das águas da morte, através dos rochedos fatais? — "Não há saída/ dessa funesta travessia/ mas transbordando dos velozes turbilhões dos ventos/ as Simplégadas se transformam precipitando-se umas sobre as outras/ e o ribombo chega ao pélago e ao vasto céu... A pomba revolteia inquieta/ os rochedos se fecham como lâminas cortantes a espedaçar as asas, tomba o pássaro no féretro borbulhante..." O leviatã poderia engolir o mundo, mas a onda reflui de suas fauces abertas e a nave escapa por entre as mandíbulas sem se ferir, fugindo com um volteio ao sorvedouro das águas que tornam a precipitar-se na garganta hirta e negra.

O capitão Black está tão admirado que me deixa guiar o navio como se o comandante fosse eu. Ele sabe o que faz. Três anos antes, quando os amotinados do *Lady Shore*, que também se dirigia à Nova Gales do Sul, baixaram-no ao mar com os marinheiros que permaneceram fiéis, ele conduziu o bote até as Índias Ocidentais. Ou talvez isso tenha acontecido com o major Semple. Amotinar-se no mar parece tão inevitável quanto navegar. — "E você, meu velho, já se amotinou alguma vez?" Poderia até não responder, como se faz com as cartas anônimas ou com quem se esconde de algum modo, como esse grilo falante que se diverte usando minha máscara e fazendo-se passar por John Johnson. Digamos que compreendi... aí está, que ao se rebelar sempre se perde e se arranjam novos desastres para todos. Como ocorreu com os rebeldes que vimos enforcados no yard arm do *Anne*, quando entramos com o *Harbinger* em Sydney. Não, eu não me deixei convencer por padres como aqueles condenados irlandeses em Castle Hill, na Terra de Van Diemen, que depois serviram de caça aos cinquenta fuzileiros mandados em seu encalço.

Aqui dentro também aprendi a não bancar o bravateiro, e, depois de certo tempo, até os enfermeiros pararam de me tratar mal, como fazem com os outros. Até de eletrochoque ouvi falar. Talvez já não esteja na moda, acontece também com as torturas. Mas o que é essa música agora, quem é que pôs esse cassete?... Porém, basta girar um botão e já não escuto a "Internacional".

É muito difícil ser rebelde. Cada um faz por conta própria, Tito tem razão, não, é Stálin que tem razão; e nos digladiamos entre nós, enquanto os outros continuam compactos e unidos numa excelente disciplina, sempre prontos a nos perseguir. O movimento operário debanda como um rebanho desorientado, os touros não atacam os matadores, mas dão chifradas entre si. Diante dos fuzileiros os rebeldes irlandeses se mostram inseguros, uns avançam e atacam, outros recuam; já os soldados avançam e disparam com ordem, logo em seguida é somente uma caçada aos homens, os soldados rompem as filas e se lançam à perseguição dos fugitivos, encorajados por seus oficiais. É um justo prêmio pelo bom comportamento, depois da disciplina é preciso soltar um pouco os freios e conceder alguma satisfação; divertem-se mais golpeando e matando um bicho cercado e ferido do que se embriagando na taverna e passando a mão nas garotas que servem cerveja.

Matar os fugitivos, os cangurus, as baleias — todas as baleias, auspicia o governador Collins, porque elas atrapalham os operários na foz do Derwent —, as focas. Na grande baía de North Cape centenas de carcaças de focas jazem esfoladas na praia; os barcos carregados de suas peles se afastam da orla em direção ao navio, pássaros já estão descarnando os animais esmagados a golpes de bastão — até os filhotes, cândidas almofadas sujas de sangue. A longa onda chega com um sopro profundo, baleias grávidas alcançam a foz do Derwent, viajaram milhares de quilômetros para dar à luz ali, como há milênios; os filhotes saem do ventre das mães arpoadas, sangue viscoso do parto e sangue límpido da morte. Eu também arpoei, era o chief officer da baleeira *Alexander*, chamavam-me de capitão Johnson; ainda há necessidade de óleo, não, o governador Collins aliás escreveu em seu relatório semestral enviado a Londres que eu fundei a indústria baleeira naqueles mares.

O Leviatã prende a criação entre os dentes como um pedaço de carne, e se nos fizermos de cordeiro seremos todos devorados pelos lobos. Porém, quando não era mais necessário e ninguém me olhava, eu lançava o arpão de modo que ele acabasse nas águas e deixava algumas baleias fugir; gostava de ver o grande animal desaparecendo ao longe, de imaginá-lo livre e feliz por oceanos intocados pelas naves. Mas gostava ainda mais de deixar as focas escaparem, quando podia — passávamos diante dos bandos que se aqueciam rolando nas praias, uma gigantesca onda que flutua e se confunde com as marolas que quebram e se retiram.

Algumas focas olham melancólicas; todos conhecem a história do marinheiro que surpreende a foca na noite em que se tiram as peles, uma belíssima mulher nua do mar que ele leva para casa e a quem desposa na igreja e ela, em vez de olhar o sacerdote e a cruz, se vira continuamente para o mar rumorejante. Essa também é uma história que se conta em cada porto; até na Dalmácia, entre a ilha Longa e as Coroadas, onde descíamos de vez em quando com a barca de meu pai vinda de Lussino ou de San Pietro in Nembi. Uma história triste, de final nostálgico; a mulher que anos depois reencontra sua pele, coloca-a no corpo e desaparece no mar. Suas duas crianças ficam sozinhas, mas, quando vão brincar na praia, uma foca lhes leva esplêndidas conchas.

Uma bela história melancólica, mas a verdade é que os homens diante das focas se abandonam a atos bestiais e depois se descarregam nos filhotes com a desculpa das peles, porém o verdadeiro motivo é a libido, carne e sangue frequentemente vão juntos. Em Port King presenteamos um par de camisas àqueles negros saídos dos bosques, os marinheiros pegaram duas mulheres e não acabavam mais, mas os negros ficavam olhando como se não se importassem com nada. Depois, não sei bem como aconteceu, alguém arremessou uma lança e outro disparou por nada, como sempre ocorre, mas não se pode evitar, nós nos afastamos com a barca e os negros se retiraram nos bosques. Na margem ficou uma camisa branca ensanguentada, o rastro de nossa passagem e de nossa viagem de exploração, que confirmou a descoberta do doutor Bass e forneceu muitos dados para o conhecimento e a cartografia do estreito que leva seu nome.

Quando entramos com o *Harbinger* em Sydney, os amotinados pendurados no mastro do *Anne* que balançava sobre as ondas nos saudaram como uma grande bandeira içada em nossa homenagem. Em Sydney há muitas coisas, carne de porco salgada, rum e uma infinidade de notícias. Um ano antes, a esquadra inglesa comandada pelo almirante Parker e, como vice, por Nelson, bombardeou Copenhague para forçar a Dinamarca a retirar-se da liga dos países neutros, manipulada por Napoleão. Mil e duzentos canhões ingleses contra seiscentos e vinte dinamarqueses. Liquidados, os dinamarqueses pedem a rendição, mas Nelson aproxima a luneta do olho vendado, I'm damned if I see it, e não vê nenhuma bandeira branca. O massacre continua até as duas e depois se faz solene e felizmente a paz. Inglaterra e Dinamarca são irmãs; não à toa eu, Jorgen Jorgensen, crescido no palácio real de Copenhague, navego, depois de ter sido desembarcado em Sydney pelo *Harbinger*, como John Johnson, não, Jan Jansen, no navio de Sua Majestade britânica chamado *Lady Nelson*, que transporta grãos pelo Hawkesbay River avançando entre rochas, eucaliptos e manguezais para a prosperidade da Nova Gales do Sul e para a expansão da potência inglesa até os cantos mais remotos da Terra.

A história é uma luneta colada ao olho vendado. De vez em quando, como depois dos combates com o *Preneuse*, olho o cano da pistola. Talvez lá no fundo haja alguma coisa, a faixa que em Oriule, diante de San Pietro in Nembi, separa o mar verde do azul, o limite sutil da vida verdadeira, mas I'm damned if I see it, naquele breu não há nada, nem de um lado nem de outro, poderia até apertar o gatilho, às cegas, já que não há ninguém.

Depois chega a notícia de que em Amiens a paz foi firmada, mas aqui se continua a morrer. Quarenta e sete forçados morrem de febre no *Royal Admiral*, catorze são enforcados no *Hercules*, mas sempre chegam outros, Caronte traz montanhas de carne a Cérbero. A água apaga os nomes, como o do navio naufragado que encontramos em King Island; os arrecifes tinham afundado o casco justamente no ponto em que estava escrito o nome, e os pedaços de madeira com as letras já tinham sido dispersados fazia tempo pelas ondas. O navio quase rachou em dois, inclinado de banda; a depender da maré, a água entra e sai pelas escotilhas; um machado rola para cima e para baixo, batendo contra uma mesa revirada.

A bordo há apenas um gato; talvez se alimente de pássaros e de ovos e à noite volte para dormir no navio. Quando nos aproximamos, ele desaparece no escuro da estiva, por um segundo se viam os dois olhos, duas tochas na sombra, depois as brasas se apagaram. Observo dentro da noite como num imenso cano de pistola. Escura como aquelas placas em sua mesa, doutor, sob as quais o senhor escreveu meu nome errado, mas não tem importância, aquele vazio escuro sou eu, um céu negro sem nada — Nos olhos daquele gato, ao contrário... — Quando a maré começou a fluir nas escotilhas e partimos, nós o vimos sair num pulo, escalar um mastro torto e empoleirar-se no topo.

Antes de chegar a Hobart Town, fomos para lá e para cá com o *Lady Nelson*, regressando várias vezes a Sydney. Quando lançamos âncora na foz do Fitzroy River, na margem meridional da Grande Barreira de Coral ao longo do trópico de Capricórnio, Westall, o pintor, retratou os corais. Lá os corais são negros, em águas incrivelmente azuis. Submergi naquela água, entre as pedrosas flores de treva que desabrocham quando já não há vida. O coral é um esqueleto. Eu nadava entre aquelas espirais estratificadas, circunvoluções do gigantesco cérebro de uma outra espécie.

Não é despropositada minha sugestão ao governador King de se prevenir contra as intenções dos franceses, que sempre acampam no estuário do Derwent, na Terra de Van Diemen, com o pretexto de que foi descoberto por D'Entrecasteaux em 1792. O *Géographe* e o *Naturaliste*, sob o comando do comodoro Baudin, circulam por estes mares com a desculpa de explorações científicas, mas na realidade preparam um cerco militar. Sugeri ao governador que escrevesse, sim, a lorde Hobart, secretário de Estado para as colônias, mas que não esperasse a resposta por meses, e sim anunciasse oficialmente que o projeto de uma colônia — ainda que penal — nas proximidades da foz do Derwent já fora aprovado e mandasse militares e forçados para lá. E assim partimos — eu parti, fui fundar a cidade de minha ruína, como mais tarde construí o mundo que desmoronou em cima de mim. Oceano Pacífico ou Adriático, de qualquer modo sempre no mar, grande sudário que pus sobre a cabeça.

Na primeira vez, o *Lady Nelson* foi obrigado a recuar diante de violentas tempestades, mas na segunda eu disse ao capitão o que deveria fazer para vencer as tormentas — fui um grande marinheiro, afirmo isso sem falsas modéstias, e frequentemente soube vencer a fúria do mar. Desse modo dobrei aquelas ondas e ventos misericordiosos que queriam lançar-me para trás e cheguei aonde nunca deveria ter chegado. Em 6 de setembro de 1803, leio em minhas anotações confirmadas pelos documentos do Almirantado transcritos nas biografias, o *Lady Nelson*, com seu carregamento de condenados, lança âncora em Ralph's Bay e, finalmente, no dia 9, em Risdon Cove, a futura Hobart Town.

11.

A mensagem voltou, embora não me lembre de tê-la enviado nem saiba se eu perguntava ou respondia. O que a carranca murmurava a Jasão quando estava na proa? Ele, o rosto inerte e triste, não ousava, não queria saber o que ela via com seu olhar atônito e dilatado. A carranca é posta na proa para olhar, para perscrutar algo que é proibido aos marinheiros e cujo conhecimento seria fatal.

Enquanto os companheiros estavam dobrados sobre os remos, ele, incerto como sempre, olhava a carranca, inclinava o ouvido ao farfalhar de suas copas de carvalho que se perdia no rumor do mar. No meio-dia firme e ofuscante, a voz remota dizia deixe estar, envolva-se no velocino como num cobertor e durma. Ajude-me a dormir, doutor; o sono é uma empresa heroica, a vitória sobre as ânsias e os sobressaltos, sobre o projeto e a angústia do amanhã, que roem o coração. Não fique aí mudo e parado feito aquele rosto de madeira, sei que os oráculos não falam, nem hoje nem ontem; quem sabe se cala, e vocês, alunos de Esculápio, são especialistas em sabedoria e em silêncio, mas pelo menos o senhor poderia me dar uma dessas moedas de ouro que se dissolvem na boca.

Passei tantas noites insones em Goli Otok. Já na proa do *Argo* era muito fácil adormecer, abolir as coisas. Até a lua era excessiva, e eu a via declinar e desaparecer com alívio no fundo do mar, como um peixe. Quando desembarcarmos em Corinto, puxarei o navio para o seco e me deitarei à sua sombra, vou dormir sob a sombra da proa e da carranca que muda de expressão acima de mim, um rosto altivo e venerando, grandes olhos oblíquos e boca cerrada de mulher que sorri de um prazer insolente e convida a dormir a seus pés. Eu...

12.

Em 28, ao voltarmos para cá, antes de nos estabelecermos em Sydney, estivemos por uns dois meses em Hobart Town, porque meu pai preferira fixar-se de novo lá. Sendo assim, Tore, ele me dizia, você vai ver aquela praia onde entrou no mar pela primeira vez, nos braços de sua mãe. O estuário é imenso, um rio que já é mar antes de desembocar e se dissolver no oceano, os confins do nada.

Flinders e Bass dizem o mesmo nas descrições da viagem que fizeram. Eu, nas margens daquele nada, construo o mundo. Durante três semanas os forçados que conduzimos a esta terra incógnita derrubam árvores, constroem cabanas. As árvores são gigantescas, um emaranhado de galhos que mal deixa a luz passar, enormes folhas gotejando de umidade; a chuva não cai do céu, é o próprio céu, sombrio, infinito. Os pinhos de Huon são velhos milenares; sob os arbustos cresce, entre os troncos tombados e podres, uma floresta de mofo, de fungos e líquenes. Regatos escorrem frescos no rio-mar, riachos cândidos e espumantes de pequenas cascatas formam pequenos lagos; às vezes invadem e encharcam as trilhas que os condenados estão abrindo na terra, as estradas da Cidade, onde Clark, um livre agricultor, constrói o primeiro edifício de pedra. Em Hunter Island já há dois depósitos do governo. Na baía, centenas de cisnes negros; quando um grupo passa diante de um barracão que estou construindo para o futuro erário, decido que são doze, doze pássaros augurais para a Cidade que estou criando, baluarte de ordem e de civilização às bordas do Nada. O estuário à tarde é uma espuma vermelha; o sol submerge em águas de sangue como uma baleia arpoada.

Os forçados abatem troncos, talham pedras e constroem pequenos diques e pontes sobre os riachos que enlameiam as ruelas. Sim, eu sei, anos depois também me tornei um deles, mas — À noite se come peixe, carne de canguru e de wallaby, selvagem e adocicada. Alguns aborígines aparecem como sombras, a pele espalmada de gordura animal e de ocre, o rosto pintado de carvão e saliva. Oferecem um papagaio, recebem um lenço colorido, desaparecem na sombra pantanosa da floresta. Quando o papagaio bica Barrett, um dos forçados, ele o arremessa contra uma árvore e dá um murro no indígena, que leva a mão ao nariz, observa com espanto o sangue em seus dedos negros e se afasta, recuando na selva.

O reverendo Knopwood inventa um brasão com um canguru, um emu, uma armadura, um veleiro, uma estrela-do-mar e o lema *Sic fortis Hobartia crevit*. Arbeit macht frei, Trabalho socialmente útil, Deixai toda esperança, vós que entrais; todos os Ínferos têm uma insígnia sobre os portais. A Cidade é ordem, mais forte que a desordem da natureza. O homem, está escrito, dominará a terra; parece frágil, mas suas mãos desenraízam árvores enormes, desviam rios, arrancam terra ao mar.

Um mar mais mar que os outros, pois não tem nenhuma memória. Outros conservam vestígios da miséria e grandeza do homem, glória de soberanos ousadia de mercadores penas de náufragos, nomes de almirantes e de aventureiros inscritos no abrasivo espelho d'água. Aqui, ao contrário, não há nada, nenhum evento, nenhum nome; por séculos os indígenas, vindos dos bosques, mal se aproximaram da orla, recuando à vista da própria face negra a tremular entre as ondas. Nunca se lançaram ao mar, para eles o estreito de Bass é o fim do mundo. Quase todos aqueles lugares ainda são sem nome, a História é uma pedra que cai na água e desaparece sem deixar rastro, uma lança que sibila na floresta. Uma gaivota tomba como uma flecha, fisga um peixe e alça voo de novo, enquanto o mar alisa imediatamente a breve encrespação.

O machado abate eucaliptos e arbustos, pela primeira vez não é o raio que fende a madeira nodosa, mas uma lâmina de ferro. Os galhos cortados se misturam à folhagem e aos líquenes e logo se tornam mofo, desfazem-se nas profundidades fluviais, a garra do gato-tigre deixa uma marca que a umidade destaca e depois dissolve. Surgem filas de cabanas, troncos se tornam eixos quadrados e regulares; no bosque se abrem clareiras, a ramagem as envolve rapidamente, mas o machado abre outras veredas, outros vazios. O desenho sapiente dos ramos e troncos e folhas, a ordem que sobe da cortiça até a nervura das folhas, tudo se confunde num caos de amontoados e lixo.

Onde está a ordem, eu me perguntava, comandando as operações de desmatamento necessárias para obter os materiais para as cabanas, onde está a desordem? Aquelas cabanas em fila, aquelas trilhas lamacentas, ressecadas e alargadas a ponto de se tornarem quase ruas trazem ordem ou caos? As barracas em Dachau também eram bem alinhadas, cada qual com seu número. O registro dos mortos é igualmente impecável. Um mocho mascarado tomba sobre um bandicot, o barulho de um machado que se abate contra um tronco os faz silenciar e sumir de repente na floresta. Os astros surgem e declinam no espaço, a Terra gira em torno do Sol, os navios de Sua Majestade sulcam os mares, as foices se erguem e se abaixam sobre fustes decrépitos. Os ponteiros dos relógios giram na oficina de meu pai e de meu irmão. Dias, noites e anos vão e vêm como as figuras que saem e circulam ao redor das torres das cidades; como os detidos que levantam, põem-se em fila, quebram pedras, refazem a fila e voltam para a cela, quando não terminam pendurados numa forca, como em Sydney, em Parramatta, em Castle Hill, em todo lugar. O mundo é uma floresta de enforcados.

Homens, focas, baleias, cangurus, indígenas, a cada um o seu. Às vezes, naquelas florestas tão intricadas, é difícil distinguir os dois últimos, a cor escura é semelhante e ambos saltam lépidos e leves entre as moitas. Aqueles cinquenta negros mortos perto de Hobart Town tinham chegado perseguindo em altos brados um grande bando de cangurus. Alguns soldados pensaram que fossem gritos de guerra e temeram um ataque, outros ouviram o gemido rouco dos animais, ficaram assustados e começaram a disparar no aglomerado de homens e bichos; os negros sobreviventes continuaram por um tempo atrás dos bichos, automaticamente, no ímpeto da caça, sem entenderem imediatamente por que tantos deles caíam por terra, depois deram as costas e fugiram aterrorizados. Os cangurus, percebendo-se de repente diante dos soldados, se dispersaram; alguns deram meia-volta e escaparam na direção de onde tinham vindo, seguindo e às vezes atropelando os indígenas; outros se lançaram contra os soldados, que continuaram disparando furiosamente contra negros e cangurus.

No chão estavam caídos cinquenta negros e muitos cangurus; a culpa — diz o reverendo Knopwood — não é de ninguém, são coisas que infelizmente acontecem quando ainda não nos conhecemos bem ou não nos entendemos, honestamente qualquer um se assustaria ao ouvir aqueles homens negros, nus e gordurosos gritando como alucinados; é humano pensar o pior e pensar em salvar a pele.

O reverendo também dispara. Nos cisnes negros, porque adora sua carne e se refestela sempre que pode, embora se lamente de que têm gosto de peixe e peça ao doutor Brown que, na condição de cientista, tente encontrar um modo de remediar esse inconveniente. Os cisnes, feridos na água, se inclinam como uma nave atingida em cheio por um canhão, dobram-se lentamente, sacodem as asas e tombam de lado. O longo pescoço se desenrola feito uma serpente, o olho vidrado se fixa para sempre numa estúpida, aterrada maldade; se um deles é fisgado e puxado para o fundo por um peixe mais ágil que o barco, o reverendo Knopwood se enfurece, vermelho e esfomeado.

Cisnes negros, cangurus de todo o mundo, uni-vos. A Liga Antifascista, que Frank Carmagnola tinha fundado em Sydney em 1926, contava com cerca de trezentas pessoas na cidade; dois anos depois, assim que voltei da Itália, também dava tudo de mim na tipografia do Partido Comunista para imprimir *Il Risveglio*. O Partido me mandava para cá e para lá, por meia Austrália. Também a Melbourne, para ajudar a fundar o Círculo Matteotti, que reunia todos os antifascistas. Também demos neles, em Battistessa e nos outros esquadristas que tinham vindo para destruí-lo. E na Russell Street, na Temperance Hall, dois anos depois, também demos naqueles canalhas de camisa negra que estavam celebrando o aniversário da marcha sobre Roma. Foi uma das poucas vezes, nas outras quase sempre levamos.

Obrigado, doutor, estava mesmo precisando de um pouco dessa água. O senhor também está com sede, percebo. De qualquer modo, enquanto quem bate são os outros, os inimigos, os infames, é uma coisa que, se a gente tem fígado, consegue suportar. O pior é quando quem nos mete num poço de cobras são os nossos, e depois de um tempo você nem mais sabe se aqueles são os nossos ou se são a corja que você sempre tentou derrotar com os seus. E um pouco mais tarde você já nem sabe se ainda é um dos nossos ou se se tornou um deles. Aí está por que depois de Goli Otok já não se sabe bem quem são os nossos... E eu? Eu sou aquele que desembarcou os forçados em Hobart Town com o *Lady Nelson* ou o que chegou com o *Woodman* ao mesmo porto com os pés acorrentados? — Tudo bem, é verdade, eu tinha descoberto um jeito de me libertar, já contei isso. Em todo caso, mesmo sem os tornozelos tão inchados, eu era alguém que estava sempre com a corda no pescoço; muitas vezes nem me lembrava dela, era quase como se fosse uma echarpe, mas, se desse na telha, eles podiam puxá-la a qualquer momento e acabar com tudo, e eu era sempre um condenado à morte admitido com benevolência à pena perpétua de trabalhos forçados, ou seja, um morto constrangido a continuar na Terra, rejeitado pela barca de Caronte. E eu que me perguntara, quando tantos anos antes havia partido de Hobart Town para Londres com o *Alexander*, se algum dia tornaria a vê-la...

13.

"Caro Jorgen, uma carta minha precedente ficou sem resposta e uma outra voltou, mas espero que esta o alcance. Um secretário do senhor Jermyn teve a gentileza de fazê-la chegar às suas mãos, caso tenha mudado de endereço nesse ínterim. Mas para que..." — De onde veio esta carta, foram vocês que deram o endereço? Como ousam, o que vocês querem fazer, um psicodrama? De resto não acredito que seja de Marie, não é seu modo de agir — Deve ser contrafação de um dos meus biógrafos, desejoso de acrescentar um pouco de papa sentimental. Eu tinha decidido não mencionar essa história, aliás, fico espantado de tê-la recordado na autobiografia. Mas por acaso há um porquê para o fato de não conseguirmos ficar juntos, dormir e acordar um ao lado do outro, compartilhar todas as noites e as manhãs? Podem fantasiar e escarnecer quanto quiserem; o senhor, homem de terra, não pode entender. Nos navios, sem mulher e sem amor, você se esquece da felicidade, da impossibilidade de ser feliz, da vergonha de não ser. No *Argo* Jasão só tem seus companheiros, nenhuma mulher. Sim, Atalanta, mas essa já está com Meleagro, não existe para ele, nem ele para ela, nenhum problema. Ele logo abandona suas mulheres — Hipsípila ficou em Lemnos, aliás grávida, e ele foi embora, e assim quase sempre acontece. Não por acaso, a única vez que levou uma mulher com ele, Medeia, foram problemas sem fim, sobretudo para ela. Eu não quero arruinar nenhuma mulher, por isso fugi, antes mesmo de começar realmente. Quando se começa, tudo já está perdido.

Gostava de escrever para ela, é verdade, e também de receber suas cartas; achei esta aqui no bolso de meu casaco rasgado — o uniforme de protetor da Islândia, que eu usava não para me vangloriar, mas porque não tinha outro depois que me reconduziram à força de Reykjavík a Londres; tive que penhorar até as roupas com um agiota de Stepney para pagar aquele tugúrio no Spread Eagle Inn, mas nunca me desfiz daquela divisa. Porque, porque... as coisas acontecem e pronto. Ou não acontecem.

Marie Philippina Frazer, dezoito anos. Eu a conheci em Londres, por meio de sir Joseph Banks. Sim, eu a pedi em casamento. Naturalmente esperava uma recusa daquele anjo abençoado e puro, bem mais jovem que eu, e esperava principalmente que um nobre cientista como o pai dela, célebre artífice de instrumentos matemáticos, me fizesse pagar por aquela impertinência. Como se pode entregar uma menina, uma casta virgem, a um marinheiro afeito a todas as torpezas da estiva e do submundo — é um estupro, uma infâmia, pais degenerados que se desembaraçam de uma filha depois de a manterem fechada em casa, pura e intacta como uma flor, só para que mais tarde um porco possa deflorá-la com o beneplácito do rei e de Deus, rufiões mais torpes do que aqueles que atualizam a lista das putas do Covent Garden, porque se regozijam em violar e sujar o que é imaculado.

Ah, o abjeto da vida, ranço das axilas e do coração — é o medo que segrega esse suor ruim, esse hálito ácido na boca, que envergonha o beijo da manhã depois de uma noite de distância.

Eu sei, Maria, quero dizer, Marie, não conhecia nem medo nem asco, não temia o preço a pagar à angústia e à imundície — para ela amar era tudo, desejar, envelhecer e decair juntos, e também se revirar na cama sem conseguir dormir, depois de muitas noites sem beijos — mas uma só carne, gloriosa ainda que desfeita, consumada juntos —

Claro, se na época — agora não... mas como escolher entre o amor e a ânsia, vício solitário do marinheiro sem mulher, o vício secreto conhecido de todos. — É mais fácil prosseguir na imundície sozinho, é menos arriscado que viver e ser feliz a dois. Marie está atrás da porta, mas eu não abro, volto atrás sem fazer barulho. Que ninguém ouça esses passos, essa fuga ignominiosa diante da única aventura verdadeira. Fugir, desertar.

Parti na manhã seguinte — como teria podido sustentar seu olhar depois de ter retirado minha mão da maçaneta daquela porta? Deixei-lhe uma carta. Posso imaginá-la enquanto abre e lê o papel — os olhos arregalados, carranca que percebe a inevitável catástrofe, Eurídice que vê Orfeu virar-se e abandoná-la para sempre ao nada... bela essa reprodução da *Eurydice* com esses olhos saltados, em que se lê o naufrágio... Está no museu naval de Portsmouth, diz a legenda. Vai saber quem a enviou a mim, aqui, e por qual motivo; algum perverso que quer me fazer lembrar, me fazer sofrer...

14.

"Estrangeiro, por que demorastes tanto tempo fora da cidade?" — É fácil para o companheiro professor Blasich zombar de mim antes de me mandar ao matadouro ou pior, quando lhe falei de Maria, daquele encontro lá em Fiume, naquele dia de verão. Um verão viscoso, o calor escorria do céu velado que amolecia feito o betume das ruas. Eu tinha acabado de desembarcar da Austrália, olhava ao redor de mim sob o sol opaco, olho turvo de um céu caolho; via os navios imóveis diante dos pesados edifícios ecléticos da orla, palácios empastados de barro panônico em face do mar oleoso que se estendia até os confins do mundo. Não sabia para onde ir, e foi Maria que, descendo a rua e me vendo indeciso, me perguntou aonde eu queria ir e indicou a direção da via Angheben.

Ela me sorriu, um sorriso mais forte que o destino. Eu tinha chegado. Aquele sorriso desfazia como um vento o ar escamoso, uma margarida branca se abria no prado ainda extinto. "Estrangeiro, por que demorastes tanto tempo fora da cidade?" — caçoava Blasich, declamando suas adoradas *Argonáuticas*. Nos poemas,

Tore — dizia-me —, o estrangeiro sempre tem sorte; quando o mar o arremessa numa praia desconhecida e hostil, há sempre uma Nausícaa ou uma Hipsípila ou uma Medeia para o Ulisses ou o Jasão da vez. Em Lemnos, como sempre, Jasão não sabe o que fazer, fica indeciso às portas da cidade, e é Hipsípila que, enrubescendo, o apostrofa e o conduz ao palácio, como Maria com você na rua, como se chamava?, ah, sim, Angheben, sabe-se lá como se chama hoje. Talvez agora a reencontre em Fiume, sua Maria, que você certamente abandonou naquela vez, como costuma acontecer. Deve ser uma boa mãe de família, e uma boa mãe de família — lembre-se das palavras de Lênin — vale uma comissária do povo. Quem sabe como lhe sorrirá essa sua Maria, como será a acolhida. "Vós então ficareis conosco, e se tu quiseres/ fixar aqui tua demora e assim te aprouver, eu poderia dar-te/ o trono que foi de meu pai, e desta terra/ não, não haverás de te queixar: é mais fértil que qualquer outra/ entre tantas ilhas que povoam o mar Egeu."

Não, não a abandonei, não fugi. Não sei quem insinua dentro de mim essa história torpe, difícil de carregar — essa voz odiosa que me arremeda, como se saísse de minha boca, mas só para adulterar minha vida. Se eu pudesse fazê-la calar — por acaso é o senhor, doutor? Quem sabe o senhor é um ventríloquo e toda esta história que me arrasta na voragem é sua, é o senhor quem conta, de qualquer modo o senhor deve ser mestre em fazer que os outros digam aquilo que quer, sem que nem mesmo percebam. Velho truque dos policiais: eles falam, fazem-no repetir e depois transcrevem; em seguida você assina, e é como se as palavras deles tivessem saído de sua boca...

Não fugi. Mas como poderia me ocorrer uma coisa dessas depois que fui com Maria mergulhar naquelas enseadas, em Ičići, em Ika, em Laurana ou nas ilhas do Quarnero, Cherso, Canídole, em Levrera, San Pietro in Nembi com seu mar brilhante, tão decantado por meu pai, a praia de Miholašćica — cheiro de sálvia, de mirto e de pinho, o fogo dos oleandros, o chiado incessante das cigarras, horas lentas como marés, sarça ardente do estio e do amor. Em Oriule, grandes aranhas escuras e douradas tecem enormes teias, finas e imortais. Maria sai da água uma vez, várias vezes; o pé se imprime na areia e a ressaca apaga os rastros.

Eu tinha voltado à Europa fazia pouco, expulso da Austrália — sim, em 1932, por ter participado, em companhia de Frank Carmagnola e de Tom Saviane, da manifestação contra o cônsul italiano em Townsville, Mario Melano, um fascista que, junto com seus asseclas, aprendeu nossa lição. Depois disso o governo australiano empastelou nossos dois jornais, *La Riscossa* e *L'Avanguardia Libertaria*, e expulsou alguns de nós, entre os quais eu. E assim regressei. Desembarquei em Fiume, onde uma prima de meu pai me oferecera hospitalidade em sua casa, na via Angheben — em 47, quando retornei com os de Monfalcone, chamava-se Zagrebačka Ulica, e tinham levado tudo daquela minha prima de segundo grau e a expulsaram de casa; foi assim que ela também rumou para Trieste, como milhares de italianos da Ístria e da Dalmácia, e ficou no campo de refugiados no Silos, onde — mas quem poderia imaginar na época? — eu também acabaria, depois de tantos naufrágios e descarrilamentos.

Depois de algum tempo com Maria, acreditei que havia chegado em casa. No entanto, quando o Partido me pediu que eu fosse a Turim para reorganizar uma célula que tratava das redes de contato nas escolas e que fora quase desmantelada por uma série de detenções, nem sequer pensei em dizer não, e não queria, porque não teria podido amar Maria com a vergonha e a desonra no coração. Teria preferido trabalhar lá, em defesa dos eslavos de minhas terras, eslovenos e croatas que eu via tão brutalmente espezinhados pelos fascistas e olhados com desprezo por tantos italianos, talvez até antifascistas, mas cheios de preconceito; porém o Partido achava que eu era muito conhecido nas minhas bandas.

Eu já tinha perdido o emprego na Sidarma, depois da primeira e breve prisão por atividade antifascista. E assim parti para Turim. O amor não pode viver na escravidão, nem própria nem alheia. E Maria pensava e sentia como eu: aliás, foi ela quem me ensinou isso, foi nos braços dela que me tornei um homem. Como teria podido beijar aquele sorriso e dobrar a espinha? Fui com o coração apertado, mas sem me sentir vil. Sabia que não faríamos amor por nem sei quanto tempo, talvez nunca mais, porém, quando já se fez tantas vezes com plenitude e entrega, quando se é um do outro, uma só carne, não se teme mais nada pelo próprio corpo nem pelo corpo amado, e justamente porque se deseja tanto fazer amor é possível renunciar a ele, se o bom combate o solicita.

Foi com o padre Callaghan, em Hobart Town, que aprendi essas palavras, como uma só carne ou o bom combate. Bom católico irlandês, ele sempre estava do lado dos oprimidos, como aqueles sacerdotes que intrépida e inutilmente haviam organizado a revolta dos galés na Nova Gales do Sul, o *Rising of the People*, que devia desencadear a palavra de ordem "São Pedro" e levou os rebelados à forca. Sim, doutor, eu sei, cento e vinte anos antes, mas e daí? Mais cedo ou mais tarde, dá na mesma quando se sente a corda no pescoço. Nada de novo sob o sol. Mas não, trovejava o padre Callaghan, tudo é novo e ocorre pela primeira vez; cada pecado permanece eterno diante de Deus, e o príncipe deste mundo, seu carnífice, já foi julgado. Ele ensinava o catecismo e a servir à missa como se deve, mas também a lutar pela liberdade e a dignidade — um cristão é um homem livre entre livres, dizia, e não dá trégua enquanto houver um irmão em Cristo injustamente acorrentado, e o amor faz os músculos crescerem, tornando-os capazes de romper as correntes.

Não, não abandonei Maria, doutor, companheiro Blasich e

todos os outros. Em Turim fiquei na via Ormea, com o nome de Flavio Tiboldi e todos os meus documentos falsos em ordem; o Partido era bem organizado, tanto é que me avisaram a tempo que a polícia estava na minha pista, e eu consegui escapar antes que me pegassem. Já Claudio Vincenzi, que operava comigo, não conseguiu se safar e ficou em péssimo estado; até sua família acabou sendo envolvida. Por isso não tive coragem de expor Maria a sabe-se lá que perigos e desgraças — Não lhe escrevi, não deixei que soubesse de nada, desapareci, mas para protegê-la, preservá-la —

Talvez eu tivesse aprendido excessivamente o arbítrio do Partido, que decide fazer o bem dos outros mesmo quando os encaminha para a morte. Como não consegui entender que o amor é subir no mesmo barco do outro e fazê-lo subir no próprio, partir ao largo ainda que o mar se enfureça sob a borrasca que se abate sobre o Quarnero, e que deixá-lo em terra é uma abjeção mais torpe do que deixá-lo partir sozinho?

Eu a deixei em terra, perdi seu rosto. Desaparece no mar dos anos e dos eventos e, junto à face abismada nas ondas, eu também afundo e me perco; não sou mais ninguém, mas isso não me ajuda a fugir do ciclope, seu olho negro e cego aponta sobre mim.

Não vejo nada, Maria desaparece e o mundo é escuro. Depois do naufrágio, o mar devolve a carranca devorada e corroída pelas águas, os traços cancelados voltam a ser quase simples madeira; as dobras das vestes, sulcos de um tronco; boca, nariz e olhos, rachaduras ou nós de uma árvore. Ajude-me a encontrá-la, doutor! O senhor sabe onde ela está, senão, como teria conseguido aquelas suas fotos — sim, é ela, veja o calendário, vire as folhas, os meses. O quê? Tudo bem, não é um calendário; dizia isso porque essas figuras de mulheres seminuas me lembravam os calendários dos barbeiros de antigamente. Enfim, um catálogo, um livro, tanto faz. O que importa é que ali dentro esteja ela, a imagem dela. Vire as páginas — aqui está, quem sabe como foi parar naquele Museu de Ringkøbing na Dinamarca... Olhe que cabeça belíssima, sim, as rugas no rosto, rachaduras na madeira, pele que murcha e resseca, é claro, os anos passam para todos, mas logo se vê que é ela, deve ser ela debaixo dessas escoriações do tempo. Vire as folhas desse calendário, assim, com discrição, sem dizer que se trata de uma foto sinalética, talvez alguém a tenha visto e possa me indicar sua pista.

15.

Certas estalagens são como a estiva, e a cama não é melhor que o catre onde o marinheiro se deita à noite. Nem é melhor que a cama de varas da prisão, embora aquela de Carey Street, onde, recém-tornado da Islândia, eu fora parar por causa de dívidas, fosse bastante dura. Saído dali, pensava que Marie nunca mais conseguiria me achar, quando, tendo perdido de novo — jogando num café perto de Covent Garden — tudo o que eu tinha obtido com a venda de minhas roupas, meti-me num porão em St. Giles's, que eu dividia com um compridão de cabelos ruivos e a cara desfigurada por um eczema. O piso era de terra batida, uma cadeira servia de armário para as roupas e de apoio para um jarro d'água, mas rapidamente o cômodo se tornou mais confortável, porque o companheiro de catre não apareceu mais, nem para pegar sua trouxa que ficara na cadeira, e à noite eu podia pôr uma vela acesa na cadeira e ler o Livro dos Hinos.

Os barulhos da noite chegavam à cantina, o vento encanado fazia a vela tremer, sombras escuras saltavam nas paredes, línguas pretas e obscenas de cães infernais, mas a alma que crê em Deus está firme que nem uma rocha, e eu, em meu catre, lia na cama, sereno e ocioso como um aristocrata. Mas acima de tudo sozinho, e isso é o que conta. Um coração é muito estreito para que se possa estar a dois. De fato, quando entra um outro, é uma grande confusão, um ir e vir de um lado a outro, uma ânsia.

E naquela paz e solidão consegui pôr em ordem os papéis sobre a experiência islandesa, reorganizar o relato daquela aventura encerrada fazia pouco — e não inglória, apesar das aparências. É bem mais fácil que responder às cartas de Marie. Eu escrevia febrilmente, porque sabia que Hooker e Mackenzie, aquele outro escrevinhador malévolo, tinham a intenção de publicar sua versão — alterada com malícia por Mackenzie e com ingenuidade por Hooker. Relia algumas frases em voz alta e ficava contente, recuperava o fôlego. E quando chegou — não sei como, vai ver que foi o senhor que a enviou, doutor — uma carta de Marie, o que senti não era mais o vazio ao meu redor, protetor e confortante, mas um desânimo que se dilatava na alma.

Fugir — de um buraco a outro, Cripplegate, Whitechapel, Southwark, Smithfield, St. Giles's. Descida inexorável como a gota de umidade que escorre pela parede, cada mudança mais leve e cada antro mais imundo. Saía, mas raramente, de manhã. O gim em jejum aperta o estômago, uma queimação ácida sobe até a boca, mas o rosto aquecido dá prazer naquele ar úmido e fétido. De início sentir-se sujo nos incomoda, mas pouco a pouco a gente se habitua. A barba longa, o suor que resseca no couro, a camisa colada na pele se tornam tão familiares quanto o próprio corpo, cujo cheiro jamais incomoda; são um outro estrato de epiderme que protege contra o exterior. Entendo por que os iora, no continente austral, vivem cobertos de gordura rançosa de peixe e nunca se desfazem dela.

Vou saltando sobre o lixo, encaminho-me pelas vielas estreitas rumo ao Tâmisa. O rio é esverdeado e negro, as ondas se enrolam numa espuma imunda; certas vezes os passos me levam para perto da fossa dos loucos, as pessoas descem baldes das janelas e recolhem a água marrom. Do rio se ergue um rumor, que às vezes cresce e se torna um estrondo abafado; vozes se cruzam e se perdem, gralhas e gaivotas gritam, no sol pálido um grumo de névoa reluz como uma alba.

Rasgo a carta de Marie. Uma gaivota se precipita sobre um fragmento de papel que desce aos giros, engolindo-o com uma pressa faminta e raivosa; tento imaginar quais daquelas palavras inapeláveis, que li pouco antes, foram parar naquele bico rapace. Na mesma noite deixei aquele porão em Smithfield; gastei os últimos trocados enviando o manuscrito islandês ao editor Murray, que depois — pelo menos foi o que ele disse — o meteu em algum lugar e não o encontrou mais.

16.

Quando encontrei Maria sob aquele céu de Fiume, que derretia no mormaço, eu tinha acabado de desembarcar do *Ausonia*, que me reconduzira à Itália depois de ter sido expulso da Austrália pelo que ocorrera em Townsville e pela atividade comunista ilegal, mas não me sentia absolutamente um exilado, um estrangeiro, e não só porque voltava a locais que eram minha casa. Também porque eu pensava que o mundo inteiro fosse minha casa, que irmãos e carrascos podem estar em toda parte, mas sobretudo que ser mandado para fora — ou para dentro de uma prisão — por ter defendido a liberdade era um motivo de orgulho. A primeira noite no xadrez, a primeira esbórnia, o primeiro beijo. Os exilados têm alguma coisa de real, e um verdadeiro rei não fica todo o tempo sentado no trono como num vaso sanitário, mas arrisca seu reino para torná-lo mais livre e maior e escolhe o exílio em vez da escravidão do colaboracionista. E caso os reis confundam o trono com a sentina, de onde nunca se levantam e no qual continuam cagando, inclusive enquanto os cortesãos lhes fazem reverência, como com os reis de França, no final lhes cortam justamente as cabeças, como aconteceu com eles.

As pancadas recebidas na prisão de Townsville não me pesavam nas costas. Claro, enquanto as recebia elas doíam muito e eu até gritei, mas sem me envergonhar, porque um homem não deve envergonhar-se da própria fraqueza nem bancar o herói. Porém, depois de alguns meses, com os ossos no lugar, eu já tinha esquecido. Aqueles ajudantes de policial, como todos os capangas, eram mais miseráveis que nós; não sabiam o que estavam fazendo, e eu tinha até pena deles, embora fosse capaz de quebrar-lhes a cara com prazer, pois não entendiam que, ao nos darem aquelas sovas, estavam fabricando suas próprias correntes. Eu estava convencido de que, se tivéssemos tido tempo de explicar-lhes as coisas, eles teriam se tornado nossos amigos e companheiros. Cada homem, eu pensava então, é um potencial companheiro, ainda que não saiba que é, e está destinado a tornar-se mais cedo ou mais tarde um dos nossos. Depois, no entanto...

Seja como for. O que me deixava mais triste eram as divergências que dilaceravam nosso movimento e tornavam nossa vida tão difícil na Concentração Antifascista da Austrália, as polêmicas entre *La Riscossa* e *L'Avanguardia Libertaria*, a expulsão de Bertazzon, acusado de anarquismo, do Círculo Matteotti em Melbourne — ele também expulso, mas por nós, ou seja, por si mesmo, e não pela polícia, como eu. Só mais tarde entendi nossa vocação a nos destruirmos entre nós mesmos, nosso destino de perdedores que perdem porque se estraçalham entre si, ao passo que os outros, sempre tão unidos, nos enchem de porrada.

A revolução também tem seus frangos de cabeça para baixo, que se bicam ferozmente como os capões levados por Renzo — não precisei da cadeia para ler *Os noivos* ou outros grandes livros, como vários companheiros que os descobriram nas escolas clandestinas organizadas pelo Partido nas prisões fascistas. Apesar de minha vida desregrada, fiz meus estudos regularmente, como se deve. Não só o que eu escutava do professor Valdieri à noite, em nossa casa. Também no liceu, sim senhor. Um liceu com todos os papéis em ordem, o liceu Dante em Trieste, com professores que sabiam o grego antigo tão bem quanto o italiano. Alguns até fascistas, como Masi; fui vaiá-lo no comício de 25, quando Fachinetti, o candidato republicano, com sua venda sobre o olho perdido na Grande Guerra, botou-o em seu devido lugar. Ele também tinha um olho tapado, mas tapado do modo certo, para não ver o próprio medo e seguir adiante. Não terminei o liceu porque tivemos de voltar à Austrália. Quando entrei no ginásio, Blasich estava na última superior e depois se transferiu para a Escola Normal de Pisa. Não sei se na época já era comunista, mas com certeza não se comportava como se fosse. Vai ver que era o Partido que o instruía a agir assim.

Mas por que tantos kroz stroj, tantos frangos de cabeça para baixo que se ferem com bicadas nas fileiras da revolução? Os frangos são estúpidos, não conseguem nem entender quem é que se aproveita deles, não sabem mais em quem ou em que acreditar...

Viver é acreditar; é a fé que faz a vida, vocês não podem entender isso; vocês viveram aqui dentro, no nada, e não podem saber que a fé move montanhas, meu Deus, e como. Se não se acredita no amor, não se é nem capaz de fazê-lo. Sei disso. Há muito tempo não faço mais e nem tenho vontade de fazer, e não acho que seja por causa da idade — quanto anos, a propósito? — nem por causa dessas suas pílulas; quando se ama, nada nos detém, e quando não se ama, nada nos desperta. Essa é minha culpa, minha traição; quem não faz amor e perdeu a saudade de fazer é um renegado. É justo mantê-lo aqui dentro. Ainda que o deixassem livre, ele não saberia o que fazer com o mundo, a vida, as cores, a luz da tarde; um eunuco num harém não sabe por onde começar. Também a revolução não existe mais, nunca existiu, desde que não acreditamos mais nela.

O rosto de Maria, naquela manhã, comunicava toda a sua fé, todas as coisas grandes e belas e elevadas em que acreditava e que tinham esculpido seu rosto, intrépido e esquivo. Teria podido me amar se tivesse me encontrado na primeira vez, quando uma borracha já havia apagado de meu rosto todas as coisas em que eu acreditava, ou seja, mim mesmo? Nausícaa vê a cicatriz de Ulisses nu, à beira do mar, mas minha cicatriz não é a de Ulisses, é a ferida purulenta e fétida de Filoteto, o talho da foice de Cronos que castra para sempre todo céu — então é preciso esconder a imunda mutilação, não podemos nos despir para fazer amor.

No entanto, tudo tinha começado tão bem, inclusive aqui. Quando, durante as greves de 34, nosso cônsul em Melbourne incentivava os desempregados italianos a assumir o posto de trabalho dos operários australianos que estavam em greve e nós íamos por aí, todos juntos e unidos — estavam conosco até companheiros istrianos croatas —, vestindo camisas vermelhas e boicotando os fura-greves, tentando explicar-lhes que eles também eram companheiros e que — como eu poderia ter pensado que, anos depois, alguns de nós poderiam encontrar-se em Goli Otok, ainda juntos, mas quem sabe um deles em bojkot e outro que o mete em bojkot?

Como, o que isso tem a ver com o amor? Se não entende por conta própria, é inútil que eu explique. Nem mesmo eu entendo realmente. Escutar essas coisas, senti-las reboando dentro de mim, me confunde, atordoa-me — onde é que me enfiaram esse disquinho que tagarela com minha voz? Ou talvez com a sua, que imita tão bem a minha? É tão fácil, esses discos são muito finos, basta uma fenda para introduzi-los, e eu estou cheio de fendas, de cortes, de chagas abertas; é tão simples pôr dentro de mim uma dessas coisinhas lisas. Em Dachau metiam sal e substâncias ácidas sob a pele, mas essas palavras também queimam. Devem ter enfiado dentro de mim um desses discos, como fazem à noite, quando nos obrigam a ouvir um pouco de música porque dizem que tem um efeito relaxante. E assim eu ouço todas essas coisas que essa minha voz simulada me diz; bem simulada, devo dizer, parece de fato a minha, mas é um truque, uma dessas provas falsas e convincentes que as polícias de todo o mundo sabem construir tão bem.

Na verdade, conta fanfarrices. Essa Maria... Seria melhor não pensar nela, distrair-me na frente da televisão. Pronto, aqui estou diante do aparelho, que à noite nos permitem assistir, ou melhor, quase nos obrigam a ver. A antena não funciona, aquele rosto se desfaz numa poeira, numa neve fina, um nada; o disco empaca, a agulha destoa e repete sempre a mesma palavra, a mesma sílaba, não é mais uma história, com certeza não é a minha, somente um arranhão, um chiado, um salto...

17.

Peço desculpas, doutor Ulcigrai, às vezes a culpa é minha, deixei-me levar pelas lembranças mais calorosas e fiz confusão. Aquela história de Marie veio depois, como talvez o senhor já tenha percebido. Mas espero contar com sua indulgência se me deixei vencer pelas recordações do amor e falei sobre ele antes do momento apropriado, não se comanda o coração. Portanto — para retomar o fio —, em 14 de novembro de 1804 o *Alexander* zarpou de Hobart Town. Em Sydney recebemos as últimas notícias vindas da Europa. Napoleão proclamara-se imperador e mandara fuzilar o duque de Enghien. A indignação me fez esquecer o massacre dos negros em Hobart Town. Aquela infâmia ficou tão impressa em mim que, anos depois, na estiva do *Bahama*, o navio-prisão do Tâmisa onde me trancafiaram por duas semanas depois da aventura islandesa, escrevi uma bela tragédia, *Enghien e Adelaide*, citada por mais de um dos meus biógrafos. Leia aqui um trecho, ouça que belo final. A puríssima Adelaide, exalando o último suspiro, diz apenas: "Posso?". Entende-se que não, que ninguém pode nada. — "Finalmente, começamos a raciocinar. Agrada-me aquele ódio pelo usurpador corso, por quem acha que pode refazer a realidade e a história a seu bel-prazer, transformar os homens. Pensam que podem tornar retas as pernas dos cães e terminam cortando suas cabeças..." — Talvez a minha também, por isso esbravejo e reclamo — dizem que as cabeças guilhotinadas continuam balbuciando por alguns instantes, ah, este instante dilatado, alguém no cinema interrompeu o projetor e se vê apenas a boca aberta, sangue, saliva, agonia, palavras, lava contida... Pronto, voltou a girar. Mas que brincadeira...

Em North Island, na Nova Zelândia, onde paramos com o *Alexander*, alguns maoris sobem a bordo, bamboleiam como se sofressem do mal de mar, talvez seja seu modo de fazer reverência. Dois deles, Marquis e Teinah, querem ir à Inglaterra, e concordo sem pensar duas vezes; eu tinha em mente um plano de expansão comercial nos mares do Sul e pensava que os dois poderiam vir a ser muito úteis.

Decidi voltar à Inglaterra rumando diretamente ao cabo Horn, para evitar os espanhóis, e depois subir até o Rio de Janeiro. Navegamos com os Ruggenti Quaranta, depois com os Cinquenta, depois quatro dias de ventos selvagens e tempestades que nos desviaram mil milhas da rota. Sim, mil, e não adianta fazer essa cara. Por que essa insistência em não acreditar em mim, em achar que sou um mentiroso, um desviacionista, um traidor? Sei que me aconteceram tantas coisas que nem parece verdade, mas não é culpa minha, eu seria o primeiro a ficar feliz se a carga fosse menos pesada. Com aquelas mil milhas a mais as provisões não eram suficientes para a viagem prevista, e decidi fazer uma parada no Taiti, para reparar o navio e reabastecer-me de víveres e de água. Quando entramos em Matavai Bay, a primeira coisa que vi foi a carcaça do *Harbinger* encalhada na praia. No flanco emborcado e torto, ainda era possível ler, sob o novo nome com o qual empreendera aquela última viagem, *Norfolk*, o nome originário. Mudar o nome de um navio, dizem os marinheiros, dá azar.

18.

Desculpe de novo, doutor, foi apenas uma tontura, por um instante não vi mais nada, só uma poeira brilhante que me feria os olhos. Acontece. Agora já passou e tudo está claro, como o rosto de Maria. Culpa daquela porta giratória envidraçada do café Lloyd, em Fiume, aonde íamos de vez em quando, à noite. Uma ocasião eu a vi entrar; eu já estava lá dentro, esperando, e ela atravessou a rua, sorriu para mim do lado de fora da porta transparente e entrou fazendo girar as folhas de vidro; enquanto ela passava entre as portas, sua figura e seu rosto se espelharam naqueles cristais que rodavam e se espatifaram em reflexos cambiantes, um punhado de estilhaços luminosos e dispersos. Assim, entre uma porta que girava e a outra, desapareceu.

Devo ter permanecido muito tempo olhando o reluzir daqueles batentes; anos sentado lá dentro, enquanto as portas giravam cada vez mais lentamente e ninguém entrava. É compreensível que a cabeça de alguém também possa girar e ele nem sequer se lembre mais de quem desapareceu entre um vidro e outro, de quem era aquele sorriso. Por um instante, por exemplo, acreditei, ao vê-la de longe na rua, que fosse Mangawana; que ela também tivesse atravessado o grande mar. Era eu que a chamava assim, debaixo dos grandes eucaliptos inclinados sobre as águas do Derwent, com aquele antigo nome aborígine, para caçoar de sua pele morena como a de minha mãe. No entanto era Maria — sim, era também Mangawana, porque Maria era o mar onde deságuam todos os rios. Amar uma mulher não quer dizer esquecer-se de todas as outras, mas amá-las e desejá-las e tê-las todas nela. Quando fazíamos amor na praia solitária da Levrera ou naquele quarto em Miholašćica, havia também a floresta austral às margens do oceano, Terra Australis incognita.

Mas em Fiume, naquele dia... Quando Maria, vendo que eu era incapaz de partir, pegou-me pela mão, passou-a sobre o seio e me guiou rumo à porta, em meio ao cheiro da alvorada, ajudando-me a ir — a viagem é o início do retorno, sorriu-me, mas eu sabia, ou pelo menos acho, que não haveria nenhum retorno, por decretos dos deuses que eu, com um arbítrio disforme do coração, elevara acima do meu coração e daquele sorriso.

Talvez nunca a tenha amado como então, quando eu mentia sobre o retorno e embarcava em busca do velocino; enquanto ela ainda segurava minha mão por um segundo e ao mesmo tempo me ajudava, terna e indomável, a soltar a minha, Hipsípila que saúda Jasão: "Parte, e que os deuses te concedam retornar com teus companheiros/ sãos e salvos e trazendo ao rei o velocino de ouro,/ como tu queres e como desejas. No entanto esta ilha/ e o cetro que foi de meu pai serão teus se, no futuro, de volta à pátria, quiseres ainda voltar aqui./ Recorda-te, pois, de Hipsípila mesmo distante, mesmo quando/ terás regressado, e...". — "E então, não sabe seguir adiante, como na escola? Vamos lá... repita, 'e deixa-me uma prole, de que eu possa cuidar com todo o meu coração,/ se os deuses me concederem a graça de dar à luz um filho teu'." — Chega, não estamos na escola, soprando durante as sabatinas... Não vamos agora declamar o livro inteiro, vamos? E não me pergunte, por favor, se os deuses... sei lá disso, o que posso saber... Nem Jasão a olha nos olhos quando responde, solene: "Hipsípila, oxalá aquilo que disseste possa cumprir-se segundo a vontade divina". Quando ergui meus olhos, ela já não estava lá, havia desaparecido — não, estava lá, como sempre, mas eu não sabia quem era, carranca belíssima e sem nome que a fúria da tempestade arrancou da nau afundada e que vaga flutuando sobre as ondas, os grandes olhos voltados para o alto, para um vazio ainda maior que aquele do mar.

19.

Também passei uma temporada na nova Citera. Pelo menos é o que me parece. Esqueço rapidamente as coisas. Aquelas noites na orla, a ressaca fragorosa, os cabelos das mulheres, o cheiro doce e selvagem de suas peles, as guirlandas de flores cândidas — eu as esquecera por inteiro, mas quando li os diários de Bougainville e de Cook na biblioteca de sir Joseph Banks — claro que os li, isso é confirmado inclusive por meus biógrafos —, reconheci de pronto aquelas árvores, aquelas vozes e aquelas cores, exatamente como em meu diário, escrito pouco depois, para fixar aquelas lembranças. E aquela pele um pouco mais clara das plantas dos pés, os pés nus das mulheres...

No Taiti, deixei Peggy. Falava com ela como a uma filha, mas não é minha filha; pelo menos não creio, embora nunca se tenha certeza quanto a essas coisas. Peggy Stewart, catorze anos, é filha de John, um dos amotinados do *Bounty*, levado embora acorrentado no *Pandora*, que viera recolher os rebeldes, e que morreu afogado quando o *Pandora* naufragou na barreira de corais, ao passo que a mãe morreu de melancolia. Peggy é a única indígena convertida;

assim como acontecera trinta anos antes com dois missionários espanhóis, também agora os trinta missionários ingleses — dissenters e metodistas — guiados pelo reverendo Jefferson não conseguem lidar com as mínimas coisas. O gigantesco rei Pomare, que se entope de taro, peixe fresquíssimo, coco e carne de pato, diz que Master Christ é very good quando pede um brandy, mas, se não lhe dão a bebida, blasfema Jesus e entoa hinos aos deuses do Taiti.

O reverendo Jefferson circula entre as cabanas, o rosto macilento e um olhar abatido; afasta com irritação os tufos de hibisco e passeia pela orla sem nem mesmo ver a ressaca azul-escura que se rompe e se dissolve em cândida neve. Naquela ilha, em que os corpos florescem num esplendor que parece incorruptível, o reverendo se depaupera como uma fruta ressecada. Aquele paraíso é mortal para quem já se habituou há muito tempo a não viver mais no Éden, acostumando-se aos miasmas do mundo decaído. Em Londres, nas ruas enevoadas e malcheirosas, a face do reverendo Jefferson era certamente menos pálida: movia-se naquela enxurrada lamacenta com um à vontade adquirido nos séculos por sua espécie, que floresce naquelas impurezas como um peixe de pântano no lodo.

As flores de espuma na ressaca, o índigo azul do mar a distância, a glória do hibisco e o sopro dos alísios são perigosos para os pulmões afeitos ao ar viciado. Luz e sol demasiados para plantas tísicas, que ao fim se queimam e fenecem. Também o sol do porvir, que observamos longamente, nos cegou e queimou.

Mas ainda temos bastante força para fazer murchar mortalmente aquele paraíso que nos incute tristeza. Peggy Stewart não brinca com os outros; deixa-se estar temerosa sob uma palmeira e canta os salmos com os pastores, tantos pastores para uma só ovelhinha. Onde está o sinal da salvação, por que aquela fronte sombria em vez de iluminada pela promessa do Reino?

Jack — um taitiano muito esperto que, junto com um outro, Dick, decidiu seguir para a Europa com o *Alexander* — não para de criticar a religião e a prepotência dos brancos. Ouvindo Jack, surgiu-me uma ideia ambiciosa: escrever um livro sobre o cristianismo pelos olhos de um polinésio pagão. É como vê-lo pela primeira vez. O que é a cruz, duas madeiras de través, para um indígena que mergulha entre polvos e tubarões?

Mas certamente não queria escrever um livro cruel e equivocado contra nossa verdadeira fé. Nunca fui um negador, um desviacionista, como tantas vezes disseram de mim. A ideia de meu livro era outra. Pouco a pouco, passando por todas as maldades ou pelo menos pelas inépcias dos missionários, devia-se chegar ao desdobramento puro e glorioso da verdade cristã que emerge do erro, estrela que sai esplendorosa do negro da noite. A revolução também é verdadeira, apesar de seus missionários. Afora tudo isso, não deixa de ser uma boa técnica para dizer, a respeito de algo, todo o mal e todo o bem que se quiser. Comecei a rabiscar algumas páginas durante a navegação, dois meses depois, em julho de 1805, quando o *Alexander* rumou para o mar carregado de água, fruta, coco, taro e carne de porco salgada, levando também Jack e Dick.

20.

O *Alexander* dobra o cabo Horn em outubro. O horizonte pertíssimo, cada vez mais perto. Uma muralha de água avança e se encurva sobre as cabeças, uma única onda gigantesca se arqueia como uma abóbada e se fecha às costas do navio; estrondos fragorosos rasgam o horizonte e erguem colunas de espuma que traspassam o céu e tombam abrindo na água crateras negras e borbulhantes. A serpente do mar acossa o navio, mas manobramos com o traquete nas viradas de proa, o vento bate por trás nas proximidades da ilha do Diabo, estamos prontos para dar velas e escapar às espirais. As correntes que chegam do mar se cruzam, rajadas de vento cobrem de enormes flores brancas o mar escuro e as desfazem num átimo, gritos na noite, como sob os golpes daqueles carcereiros que arrebentavam meus ossos, cada onda um novo golpe, mais sal sobre a ferida. Se não desisti não foi por coragem, e sim porque não compreendia mais nada, nem sequer o que me perguntavam nem o que deveria responder para fazê-los parar.

Meu navio dobrou o cabo Horn. Eu não, eu fiquei do lado de cá, aquém do muro nunca desmoronado, muralha de água que se ergue até o céu, crestas brancas como enormes cacos agudos; as mãos sangram, abrem-se, e eu caio para trás, aos pés do muro. Águas e ventos se enfurecem, cruzam-se, batem-se, engolfam-se; arrastam-me para o abismo, forças de Coriolis enlouquecidas redemoinham em sentido horário e anti-horário, e eu no meio, no buraco negro que me engole vertiginoso e imóvel. O furacão arremete, mas no buraco negro o tempo estanca, enormes vagas furiosas e congeladas. No Lager o sangue pulsa com lentidão secular, uma ferida demora milhares de anos para fechar, e eu estou aqui, estou afundando lentissimamente, quase parado, parado, cada vez mais abaixo. Deslizo rente às altíssimas paredes de água; o céu é uma escotilha cada vez menor e escura, não consigo ver adiante nem atrás no rodopio espumoso. Aquelas portas giratórias envidraçadas do café Lloyd, em Fiume, onde Maria desapareceu, rodavam em sentido horário ou anti-horário, para a frente ou para trás? Aí está, elas giram de novo e arremessam, no café onde estou sentado, punhados de cacos de vidro.

Os espelhos opacos da porta não refletem nenhuma imagem; se aproximo o rosto do vidro não vejo nada, somente a sujeira do tempo. Permaneci lá dentro, sentado — Jasão permanece em Corinto, sentado em seu palácio, é Medeia que parte.

A vida está lá, para além do muro de água, mas como atravessá-lo? Agarro-me à carranca que flutua entre as grandes ondas, aperto aqueles seios carcomidos pela água. Na fúria do mar agitado, o açoite das ondas chega de todos os lados. Naquela ocasião em Turim — não, em Milão, acho — foi a primeira vez que levei uma lambada do Partido, porque me parecia justo, quando tocávamos aquele nosso jornal, o *Rivoluzione Antifascista*, que também os socialistas se manifestassem, eu sabia que o Partido tinha as ideias mais claras do que todos, mas naquele momento tive a impressão de que era melhor que todos nós déssemos as mãos contra os fascistas, que nos capturavam um após o outro. O importante era que todos os peixes nadassem juntos para romper a rede e libertar o mar das redes. Quando o Comitê Político me acusou de permitir a infiltração de ideologias adversárias no movimento operário, não me pareceu justo, mas aceitei e obedeci para não aumentar a cizânia entre os peixes, que só interessa aos pescadores e suas redes. — "Coisa de Matusalém, um pouco de lifting nessas rugas do cérebro, meu amigo! Chega de tantos escrúpulos, dessas nostalgias de esclerosado, essas megalomanias! Só existem as regras do jogo, nada de justo ou injusto — nenhum aut aut, mas sim vel vel, se você se lembra de seu latim." — Velho truque, meu caro, a polícia que o adula e pisca o olho, mas comigo não funciona...

Giuseppe Boretti, no nosso jornal, tinha até me contestado, mas era um companheiro de primeira ordem. Eu o vi morrer na Espanha, nas colinas além do Ebro, sorte dele que morreu pela liberdade, ao passo que eu —

Eu o quê, doutor? O senhor deve saber, é o senhor quem deve fazer a análise, o diagnóstico, a anamnese e depois me explicar. Não, foi em Elba que conheci Boretti; era ele quem me contava sobre as divergências com os socialistas, reprovando-me quando lhe dizia que era ele quem estava errado e o Partido também, quando afirmara que a social-democracia era social-fascismo e que era bom que o nazismo a derrotasse, porque assim nós, derrotando o fascismo e o nazismo, construiríamos diretamente o comunismo. Parecia-me um delírio que nos trucidássemos feito frangos, mas, para não contribuir em meu pequeno raio de ação com uma matança ainda maior, achava justo obedecer ao Partido e dar-lhe razão, ainda que ele estivesse errado.

Se eu me sentia humilhado por isso? Bem se vê que aqui não se sabe o que é a escravidão, a liberdade, a luta, o que significa combater pela dignidade de todos, mesmo daqueles que você não conhece, mesmo de seus inimigos, que um dia se tornarão — você sabe disso, no fundo do peito tem certeza, inclusive quando o obrigam a beber óleo de rícino — seus irmãos, pouco importa se nesse dia você o verá ou morrerá antes em suas masmorras. Dirigimos esse apelo até aos irmãos de camisa negra; também eles poderiam se tornar homens livres, capazes de morrer conosco pela liberdade. Pietro Iacchia também fora fascista de primeira hora e depois morreu às portas de Majadahonda, nas fileiras da Garibaldi.

A morte dele e a nossa, para fazer calar quem gritava Viva la muerte. A Resistência sempre vence os impérios. Na Espanha, nem Napoleão e seu marechal Marmont conseguiram dobrá-la. Aonde vai, Marmont? — cantavam antigamente. No pasarán. Os corpos dos companheiros são uma muralha, a rocha contra a qual se rompe a fúria do mar. Mas então por que, já na Espanha, nos dilacerarmos entre nós e ajudar a morte a passar?

O ar está escuro, o mar sobe, dos oblôs atingidos pelas ondas não se vê nada; nado, nado, mas depois de um tempo não é mais possível, afunda-se na água e na escuridão. No entanto, no entanto — a luz daqueles dias perseguidos, vigiados, lacerados, aquele outono em Turim, para onde eu tinha ido... Sim, agora me lembro para onde fui a fim de estabelecer os contatos entre o Partido e o que sobrara do grupo de Justiça e Liberdade depois das prisões de maio de 35.

Aquele outono pelas estradas turinenses, fazendo circular alguns textos clandestinos, entregando cartas, organizando uma reunião, restabelecendo os contatos nas fábricas e nas escolas, prontos a cerrar fileiras e a seguir em frente quando algum companheiro era apanhado, a não perder a bússola, mesmo quando você é que era fisgado no anzol. Não, quando me pegaram com os panfletos e me mandaram a Fossano, as pancadas não me fizeram embotar o vermelho daquele outono sobre a colina, que eu via ao caminhar pelas ruas de Turim, grandes avenidas arborizadas e retilíneas que cortavam a cidade e levavam longe, ao descampado, boa e esquadrada geometria, cinzenta como qualquer trabalho, marcha ordenada rumo ao futuro.

Também em Guadalajara, mais tarde, o batalhão seguiu em fileiras cerradas contra o vermelho que incendiava o mundo, opondo-lhe um outro vermelho — da bandeira, das folhas, do fogo, das uvas colhidas sem medo. É verdade, éramos soberanos naquele outono turinense — controlados, perseguidos, encarcerados, mas livres, alheios àquele medo que o torna escravo de si mesmo, de seu eu prepotente e trêmulo como o de todos os senhores. Lá, naquelas alamedas, com meus documentos falsos no bolso, eu respirava fundo; o vento que passava em meu rosto vinha das montanhas, de um mundo puro e forte como o que estávamos criando, e as manchas vermelhas na colina eram taças de vinho novo sobre a mesa de uma tasca onde faríamos a festa, o sol do porvir cegava nossos olhos e surgia sobre o mundo grande e terrível que se tornaria bom.

Sim, mais cedo ou mais tarde haveria de vir a guerra, sabíamos que ela viria, mas também sabíamos que, uma vez que tivéssemos criado o mundo novo ressurgido do dilúvio, não haveria mais guerras... Que confusão, com estes tempos e modos verbais que não funcionam mais, com esses futuros anteriores abortados, aqueles conjuntivos de períodos hipotéticos não mais hipotetizáveis e agora simplesmente banais, irreais. A água sobe, uma onda vem e me faz engoli-la, falta-me o fôlego, ajude-me, leve-me até a margem, faça-me uma respiração artificial, as palavras sobem à minha boca, revoluçãoreaçãosocialfascismo, que náusea este catarro e este sal, a Terra gira e o mar se agita, até o Sol e as estrelas e a história giram, e os homens vomitam, que alívio, aí está, passou, está passando, desculpe-me.

Antigamente, quando sentia esses calafrios, eu me envolvia no velocino que tínhamos conquistado e aquela lã avermelhada me mantinha aquecido. Mas agora o pano está todo consumido; olhe aqui quantos buracos, devem ser as traças ou o tecido muito velho, que perde os pelos ruivos e se desfaz, o vento entra através do cobertor por todas as partes, não se pode navegar com uma vela esburacada, gostaria de ter visto se no cabo Horn a vela se rasgava e as rajadas a trespassavam como descargas de fuzis através da camisa.

21.

Nada de velocino, cobertas e bandeiras, somente Maria sabia abrandar meu medo naquele seio que me abrigava da fúria do mar. Naqueles olhos eu via meu rosto, agora os espelhos estão vazios. Vocês por acaso sabem onde foi parar o companheiro Cippico — Čipiko (também Cipico) —, que concordou com a decisão do Partido de deixar Maria do outro lado da fronteira, de abandoná-la à vingança dos carrascos de Goli Otok, depois que ela havia arriscado tudo por mim? Sim, eu sei, isso aconteceu depois, bem depois de Milão e Turim e Fossano e Guadalajara e todos os lugares onde nos jogaram — num depois absoluto, depois da minha vida, porque quando me calei diante daquela decisão do Partido eu mesmo me perdi. Desaparecido. Displaced person. E mesmo esse certificado de displaced person só veio mais tarde, mas para vocês, não para mim. Para os mortos não existe o antes e o depois; no Hades todas as sombras são e não são simultaneamente, *Argo* e *Punat* e *Woodman* e *Nelly* vacilam no mesmo mar de trevas sem ir para a frente ou para trás.

Meu navio cortava reto as ondas enquanto Maria estava na

proa. Quando me ordenaram jogar a carranca no mar, obedeci. Talhei-a com um golpe de machado e a deixei cair na água, para que o navio navegasse mais veloz sem o lastro. As ondas a levaram embora. Porém, depois que ela se foi, o navio de repente ficou mais pesado. Uma calmaria mortal o bloqueava entre as águas, e nós a bater os braços, galés ao remo, mergulhando as pás nas águas pegajosas. De vez em quando eu a buscava, descia às profundezas escuras onde a deixara cair, algas lodosas se enrodilhavam em meus braços e nos cabelos cobrindo-me os olhos, nas mãos apenas dejetos, um Orfeu sujo emergia esquecido de Eurídice, retomava submisso o remo e, quando lhe davam ordens da ponte de comando, punha-se obediente a cantar, para a edificação da turba e a glória da empresa.

Então que direito eu tenho de me lamentar por ter ido parar nas águas de Goli Otok, recolhendo pedras e areia? Nosso *Argo* apontava para a ilha dos mortos, e emprestei minhas forças para aguentar o timão. Goli Otok, nossa ilha de mortos-vivos. Contudo, quando em tempos mais remotos eu partia com a barca de Port Arthur e descia a baía para ir sepultar um dos meus companheiros presos na ilha dos Mortos — ela se chamava precisamente assim —, sentia-me tranquilo e bem vivo na popa; não ia para morrer, como mais tarde, mas para escrever lápides e epitáfios dedicados àqueles mortos, mais escriba que passageiro de Caronte. Jack Mulligan, a glória dos céus espera por quem conheceu as trevas sobre a Terra. Timothy Bones, pequei mais do que imagina o próprio juiz de Sua Majestade que me mandou para cá, mas um outro juiz verá que minha vida não foi somente de baixezas. Sarah Eliza Smith...

É um belo ofício, compor inscrições fúnebres. E nem é difícil; os temas estão sempre à mão, basta dispô-los juntos. O mar, o pecado, o arrependimento, a misericórdia divina. Depois é preciso inserir, numa linha ou no máximo em duas, algo que pertence apenas àquele morto, a identidade que lhe coube em vida. Para Tim Bowley, por exemplo, a pedra que atirou na cabeça do rei; para outro, talvez, uma grande esbórnia. Mary, você precisava fazer isso comigo? Soa bem. Também gostava de desenhar as letras, dizer ao gravador como dividir a frase em tantas linhas; depois republicava cada texto no jornal, numa seção pela qual me pagavam mais dois xelins. Como Robertus Montanus naquela minha comédia juvenil que, honestamente, eu já tinha esquecido, mas que meus biógrafos, sobretudo Stephensen e Clune, tratam com respeito. Depois de muitos anos de estudo em Oxford, ele também ganha a vida escrevendo lápides para os conterrâneos.

Eram belos dias aqueles, quando íamos à ilha dos Mortos. As águas daquela baía são tranquilas, um pouco encrespadas; respirava fundo o ar fresco e tinha a impressão de honrar aqueles defuntos mais do que o reverendo Knopwood, que sempre murmurava veloz a mesma reza, enquanto eu quebrava a cabeça para encontrar a cada vez palavras novas. Quer dizer, mais ou menos as mesmas, mas misturadas com uma certa diversidade, o que para aquela canalha era até demais. Quando passávamos sob o Puer Point, de onde se jogavam no mar todas as crianças prisioneiras, quando não aguentavam mais — e naquele horror, muito rapidamente não aguentavam mais —, me passava a vontade, sentia que nem eu mesmo aguentava mais, e me parecia que de repente um vulcão enorme fosse emergir das águas e explodir tudo num vermelho mar de fogo.

Naqueles dias as folhas das colinas turinenses também estavam vermelhas. Eu ainda estava vivo naqueles dias. Na boca do dragão, mas o dragão com certeza deveria sucumbir à nossa espada, e eu voltaria para Maria com o velocino de ouro, esteira de nossas noites felizes. Até em Santo Stefano, perto de Fossano, eu estava vivo, na prisão, meu Deus, mas livre, um senhor — entre aqueles companheiros eu estava em casa, podia tocar com as mãos como pode e deve ser a vida quando se está junto, e aquilo que conta não é seu fígado, mas a vida, que só é sua se for de todos, e você está pronto a jogá-la e perdê-la —, lembrava-me do padre Callaghan, que no catecismo nos dizia que quem quer salvar a própria vida a perderá, e quem está pronto a perdê-la a salvará. Assim se vive a fundo, mesmo se calhar o dois de espadas, porque o jogo roda e roda também a garrafa na mesa e os amigos naquela mesa são uma bela gangue. Ah, na prisão não tínhamos nem baralho nem vinho, confiscavam até os pacotes que recebíamos dos familiares — realmente recebiam, eu não tinha ninguém, mas todos repartiam tudo. O Partido teve até de recomendar que não exagerássemos com a igualdade e de lembrar ao coletivo de nossa cadeia que podiam existir exigências diversas, e que não era uma velhacaria fumar sozinho um cigarro mesmo que um outro não o tivesse.

Que liberdade, doutor, não tem comparação com aqui dentro! Sim, porque não pensávamos na nossa, na liberdade de sair da prisão e vagar por aí, mas na de todos, mesmo a liberdade só é sua se for de todos. Megalomanias, o senhor diz, grandezas de folhetim nacional popular dos tempos em que os canhões cantavam? Sim, ao dizer isso agora, como faço aqui, sinto pena por vocês não saberem e não se lembrarem de mais nada. Mas fazê-las e vivê-las como nós, antigamente...

Nunca falávamos de amarguras ou de dificuldades pessoais, menos ainda nas cartas que enviávamos para casa, para não dar ao censor que as leria o prazer de debochar daquelas fraquezas. Mas especialmente para não despejar aquela tristeza nos nossos, para não fazer pesar nosso destino sobre uma mãe, uma mulher ou nos meninos, que deviam viver suas vidas e não a nossa, de encarcerados. Eu não tinha ninguém, mas não me dava conta, porque também me habituara a calar a tristeza e, à força de calá-la, me esquecia dela.

Ser transferido também era uma tristeza, um adeus aos companheiros. Ponza, Ventotene, Fossano, Procida, Civitavecchia, Pianosa, Volterra, Piacenza — sobe-se um degrau depois do outro, aquelas cadeias são as estações do progresso, sobe-se de cabeça erguida, é nosso caminho comum, a Via Láctea de nosso peregrinar rumo à salvação. Alguns param numa estalagem e, se não conseguem retomar a estrada, passam o saco de viagem a outro.

22.

Sim, doutor, eu também menti. Enfim, menti — meu autobiógrafo embelezou um pouco as coisas, como ocorre quase sempre quando se escreve. Encontrei minha autobiografia nos fundos daquele sebo de livros em Salamanca Place — e logo li o volume com entusiasmo, é claro. Evidentemente não esperava topar com uma cópia banal da realidade. Senão, por que o teria lido? Só para descobrir coisas que eu já conhecia? Era o resto que me interessava.

É verdade que, durante a viagem de volta com o *Alexander*, de Hobart Town a Londres, após dobrar o cabo Horn rumei diretamente para o Rio de Janeiro, apesar da escassez de água e de víveres a bordo; mas não fui eu que decidi, foram os ventos que me empurraram para aquela rota. Costeamos o Párama; espinheiros e líquenes por entre a lama salobra, terrosa, diz o diário de bordo. Cruzar uma nave da frota franco-espanhola do almirante Villeneuve e capturá-la não dá trabalho; com uma manobra fulminante, que aproveita a única nesga de vento, abordamos de repente o navio e saltamos a amurada para o combate antes que os espanhóis pudessem disparar um só tiro de canhão; marinheiros e soldados surpreendidos em seus postos de manobra, ainda despreparados para o confronto com armas brancas. Os sabres sobem e descem, reluzem como os raios de sol que dançam na água e vibram perfurantes sobre os flancos das naves. Diante de mim um oficial espanhol, trespassado por uma lança, cai lentamente por terra, abrindo a boca e engolindo avidamente o ar.

Vendida a nave em Santa Catarina. Exato, confirmo. O porto ferve de escravos, dorsos reluzentes e resinosos, olhos brancos brilham entre o vermelho de lenços e pedaços de pano imundo. Um xale vermelho, flor que se abre na noite, uma boca carnosa que ri. Agora tenho a impressão de recordar — de resto, por que se escreveria senão porque se esquece e, sendo assim, para reencontrar as coisas esquecidas? E ainda que não me lembre de ter escrito esta página que alguém agora me põe sob o nariz, tão colorida e exuberante... gostaria de ver as coisas desse modo, mas — mas claro, deve ter sido exatamente assim, as madressilvas se enroscavam nas cancelas fechadas e nas colunas brancas de um pátio. A tarde era grande naquele jardim, na escuridão verde que baixava antes que o breu nas estradas; pássaros voavam velozes e rasantes como flechas, as estrelas se abriam de golpe por entre os ramos e tombavam, enormes flores brancas abatidas. Além das cancelas e sobre as fachadas dos edifícios a luz do dia morrente, dos lampiões a óleo e das velas resistia ao avanço das trevas, abria vãos e rasgos luminosos em suas muralhas pesadas, seteiras de claridade. Já no jardim a escuridão engolia tudo; uma flor gigante se abria, corola negra em que tudo se precipitava.

E aquela mulher que se escondia por trás das flores amarelas do ipê, esquivando o rosto e os grandes olhos oblíquos da luz da lua e das janelas do palácio em frente que a perseguiam, como um arpão persegue um peixe para arrancá-lo às águas escuras... porque não está escrito mais nada, como vou fazer agora, aquele pé rosado salta feito um peixe, desaparece nas profundezas, e também ela desliza numa anfractuosidade de sombra, um orvalho negro desce sobre aquelas folhas e flores — hibiscos, quaresmeiras brancas, lilases e rosadas, empalidecidas na noite —, uma noz de coco se abre, minha cabeça, dentro há apenas breu que se expande devorando as coisas...

O que realmente aconteceu naquela noite, naquele escuro? Nada? É sempre demasiado o que acontece a um homem, a estiva sobrecarregada de coisas vai a pique e lá embaixo não se pode fazer um inventário. Em todo caso, os registros do Almirantado são confiáveis. Portanto, depois de ter feito escala em Santa Helena, aonde acabou de chegar a notícia de Austerlitz, em 26 de junho de 1806 o *Alexander* atraca em Gravesend, nas margens do Tâmisa.

23.

Creio que tenha sido sir Joseph Banks, o ilustre cientista e explorador, presidente da Royal Society, que me enviou — pouco depois de nossa chegada a Londres — a Copenhague, para aquela missão da qual depois surgiram todas as denúncias de traição que choveram sobre mim, espião inglês para os dinamarqueses, desertor aliado ao inimigo para os ingleses. Isso costuma ocorrer quando se é enviado em missão; talvez até seja verdade, embora — Quem é, agora? — "Também aqueles que o Partido mandava para a Rússia, por exemplo, tornavam-se facilmente desviacionistas, às vezes até espiões fascistas, como Gianni Vatta, Vattovaz, que mantinha as ligações com o Partido iugoslavo e tanto fizera para chegar a um acordo entre os companheiros sérvios e croatas e depois, quando foi a Moscou prestar contas e insistiu para que não se menosprezasse o problema nacional de alguns partidos irmãos, descobriu-se que fazia jogo duplo e ele desapareceu para sempre na Sibéria." — Seja como for, erros podem acontecer, como quando disparamos num grupo dos nossos em Jarama, porque não sabíamos que eles já tinham ocupado aquela colina e pensávamos que os franquistas ainda estivessem ali. O Partido também, certas vezes —

De qualquer modo, em Copenhague não traí ninguém. Sim, fui recebido pelo primeiro-ministro, conde Schimmelmann, apresentei um grandioso projeto mercantil dinamarquês para os mares do Sul e solicitei que me confiassem uma frota para o Taiti. Mas eu pensava numa Dinamarca aliada à Inglaterra, para o bem de ambas e, portanto, sem faltar em relação a sir Joseph e sua incumbência, tanto é que, como atestam pelo menos duas biografias — senhores da Corte, submeto-as como requisitos da defesa —, enviei a ele, por intermédio do capitão Durban, que partia com o *Atrea* para Londres, um relatório confidencial. Inclusive defendi abertamente, discutindo com Harbo, o chanceler, a necessidade, naquele momento, do bloqueio naval inglês contra a Dinamarca. — "Ah, às vezes é necessário defender necessidades desagradáveis, como tivemos que fazer com o pacto Molotov-Ribbentrop, por exemplo, não é mesmo? Triste, aliás, uma coisa asquerosa, mas inevitável." — Tudo, meu caro amigo, depois, é inevitável. Até o duelo com o chanceler Harbo, quando me acusou de traidor. À pistola, a dez passos. Experimento uma curiosa euforia, sinto-me leve, como quando se bebe um pouco demais, mas não realmente muito; a morte e sua possibilidade flutuam, porém como um leve zumbido. Deixo-me conduzir pelas coisas, que sabem como conduzir, e pelo corpo, que sabe o que fazer. Vejo o rosto grande e aceso do chanceler, a boca crispada num grumo, o olhar em alarme. Quem sabe como está minha boca, penso, enquanto alço a mira; tento entender movendo os lábios e, pondo-os um sobre o outro um par de vezes, disparo. O chanceler, atingido no braço, deixa cair a pistola; logo em seguida tudo termina, estou muito mais abalado com a notícia de que o capitão Durban, ao invés de ir para Londres, fugiu para Göteborg com meu manuscrito confidencial. Digam-me onde foi que traí.

Por que precisei defender-me continuamente da acusação de traição? Por que esse legado imutável, eu, traidor, inimigo do povo, espião dinamarquês, inglês, do Cominform, do Ocidente... Quando, pouco mais tarde — a Dinamarca, aliada de Napoleão, havia declarado guerra à Inglaterra —, aceitei comandar o *Admiral Juhl*, um bergantim de cento e setenta toneladas, vinte e oito canhões, em ações de ataque contra a frota inglesa, eu o fiz, tal como declarei em Londres após ter sido feito prisioneiro, com a intenção de levar o navio e entregá-lo à Marinha de Sua Majestade.

Como? Claro que capturamos naves inglesas no Kattegat e nos defendemos quando o *Sappho* nos pôs em dificuldade, mas eu tinha o dever de fazê-lo, por meus marinheiros e também por minha família, para que não tivessem problemas em Copenhague. É por isso que, durante o interrogatório em Londres, depois de ter sido feito prisioneiro, pedi que enviassem a Copenhague a *London Gazette* — de 5 de março de 1805, exato — em que se noticiava o combate, nossa ferrenha resistência, e também se descrevia a dignidade com que, sobre o convés do *Sappho*, desafivelei o sabre de minha bela divisa azul e o ofereci ao capitão George Langford.

Em todo caso, uma bela cerimônia. Repensando em todas essas coisas, enquanto as releio, até as mais terríveis se tornam leves como bolhas de sabão; depois, no entanto, deve ter acontecido alguma coisa, a História me riscou com sua faca e me revejo cheio de cicatrizes que queimam. Sou a massa desandada, o dinossauro adulterado, o cartucho de memória reposto mas danificado — é compreensível, ainda estamos numa fase artesanal imperfeita, um precursor atabalhoado concebe cedo demais um nascido tarde demais...

24.

Não, não me lembro de ter acontecido nada de importante em Barcelona, disse naquela ocasião o companheiro Luttmann ao passear conosco em Battery Point, tentando olhar pensativo o mar, ali onde antigamente havia o velho canhão posto como sentinela da cidade sobre o promontório, outro olho cego e negro apontado para a vastidão do mundo. Viera visitar as organizações do Partido entre os emigrados para a Austrália, especialmente os da Venezia-Giulia, que tinham chegado assim como eu depois da Segunda Guerra Mundial, e não era o caso de desencorajá-los — de desencorajar-nos; eu também comparecera à reunião, pelo menos acho, embora já não estivesse inscrito, mas, como dizer... Nada de importante para quem? Numa execução capital, a quem ocorre realmente alguma coisa, ao condenado ou ao carrasco que, depois de abrir o cadafalso, apertar o botão ou acionar a alavanca, volta para casa e ajuda o filho a corrigir as tarefas sem olhá-lo diretamente nos olhos? Talvez naquela ocasião, na Espanha, o companheiro Luttmann tenha posto a venda sobre o olho errado e apontado a metralhadora contra os companheiros anarquistas. No pasarán, eles também gritavam com a gente, e no entanto passaram e nós ajudamos a abrir o caminho, um pelotão de estrábicos com o olho bom tapado que atirava no bando, sem se dar conta de que atirava em si mesmo. Abatemos nossas fileiras, comunistas contra anarquistas, socialistas contra comunistas, e abrimos brechas para a morte. Os fascistas amam a morte, Viva la muerte, a morte ama o vazio através do qual pode entrar. A revolução é uma couraça de escudos, mas, se um escudo cai e outro se rompe, a couraça se fragmenta e desmorona, sepultando quem está embaixo; o inimigo avança sobre os muros e lhe cai em cima, lá embaixo já não se sabe quem é o amigo e quem é o inimigo, e você combate a esmo, em meio à poeira e às trevas não é mais preciso uma venda para perder a visão. Já naquela época eu deveria ter entendido que a empresa nascera malvista pelos deuses e que voltaríamos sem o velocino de ouro, mas apenas com trapos encharcados de sangue fraterno, derramado por mão fratricida e suicida. Desde a origem o velocino está manchado de sangue sacro; o sangue de Frisso, o hóspede, assassinado por Eeta.

Mas naquela bandeira do PCI que em 18 de setembro de 1936, em Madri, o companheiro Gallo ofertou ao Quinto Regimento também há nosso sangue, e há honra e vergonha para todos naquela bandeira. — "Mas como é possível reconhecer os irmãos, a si mesmo, na noite?" — Ah, é você de novo, sempre pronto para jogar com essas novas engenhocas, tentando escavar coisas antigas. Mas afinal, se o verdadeiro Apolônio... "Tínhamos zarpado com o *Argo* da ilha do Urso, depois da hospitalidade fraterna recebida dos doliões e de seu rei, Cízico, que reinava naquelas terras, e após termos trocado oferendas e votos de paz. Porém, chegada a noite, o vento cessou e tempestades contrárias os impeliram para trás, de modo que mais uma vez tocaram as margens dos doliões hospitaleiros. Desembarcaram/ em plena noite./ Ninguém percebeu de imediato que a ilha era a mesma/ e na noite tampouco os doliões compreenderam/ que eram os heróis de retorno; pensaram no entanto que estivessem/ desembarcando as tribos pelasgas de seus inimigos, os macrieus,/ por isso envergaram suas armas e se aprestaram ao combate./ Uns contra os outros, cruzaram as lanças e os escudos/ semelhantes ao ímpeto agudo do fogo, que se abate sobre a floresta árida e cresce./ Também a mim, também a mim o destino surpreendeu naquela mesma noite/ na batalha com eles." Conosco, porque eles eram os nossos, quando os ceifamos feito ervas.

Como se faz para ver no escuro? As barricadas ardiam naquelas noites de maio, a polícia do governo vermelho da Catalunha disparava e os anarquistas da FAI disparavam, todos contra todos, contra os traidores da revolução libertária e contra os traidores da unidade de ação. O general Lister restabelece a ordem em Aragão, e a ordem é morte. Viva la muerte, gritam os franquistas que avançam enquanto nós nos matamos, talvez seja verdade que a OVRA e a Gestapo fomentassem a discórdia, do contrário como teríamos enlouquecido assim? Nas trevas não se vê nada e se dispara a esmo. Depois, com um pouco de luz, se vê a verdade, que é apenas um enorme amontoado de cadáveres.

Sim, nós estivemos nas trevas. Porém, e disso se ouvirá o grito forte no vale de Josafá, nós lutávamos contra as trevas, ainda que às vezes errássemos a mira, ao passo que eles, os camisas negras e pardas, criavam a treva que nos fazia perder a estrada.

"Ao alvorecer uns e outros reconheceram seu erro/ funesto, irreparável", mas nós o reconhecemos mais tarde, depois de muitas alvoradas. Talvez apenas aqui, em Battery Point, diante daquelas palavras, Não aconteceu nada de importante. É sempre tarde demais. "Choraram e arrancaram os cabelos por três dias inteiros/ todos juntos, os heróis e os doliões./ Depois por três vezes/ com as armas de bronze giraram ao redor do defunto,/ sepultaram-no numa tumba e segundo o rito/ celebraram os jogos na planície Relvosa, onde ainda hoje/ está o monumento que as gentes futuras verão." A bandeira vermelha desfila pela rambla de Barcelona antes de deixar a Espanha — 15 de novembro de 38, lembro-me bem, suas pílulas funcionam —, a glória é a derrota, a saída de cena.

Eu sei, algo aconteceu depois. Aqueles nomes apagados como proscritos, espiões, traidores, oportunistas e desviacionistas regressam homenageados em placas de bronze e também eles, os irmãos que temos e que nos fizeram cair, apertam nossas mãos fraternalmente, porque longa e escura era a noite em que o poderoso inimigo estava à espreita e era tão fácil, naquele escuro, golpearmo-nos às cegas. Agora tudo está em seu lugar, todos reabilitados — reabilitados de todo o mundo, uni-vos, não, dispersai-vos antes que seja tarde demais.

25.

Em alto-mar, quando se encontra o Holandês Voador e sobrevém o inevitável naufrágio, a tradição manda que o marujo, para se salvar, se agarre à carranca. Eurídice não se vira, flutua nas águas em tempestade observando atônita e sarcástica o vazio do céu, do mar, não o Orfeu agarrado às suas saias. Quantas Eurídices entre as carrancas. O seio vem à tona e desaparece no peplo e no escuro; o fundo sombrio das águas as espera. Eu, apertando-me a ela, acabei me salvando. Teria querido levá-la para casa, como tantos marinheiros, quem sabe colocá-la sobre meu sepulcro, embora os sacerdotes se lamentem e ponham obstáculos, porque não querem aquelas mulheres seminuas em terra consagrada. O mar reconduziu à orla muitas carrancas, mas não Maria. Aliás, sim, trouxe-a também, mas depois de uma longuíssima viagem por todos os oceanos, até o outro lado do mundo, até aqui, doutor, uma viagem que corrói e consome dia a dia, e quando se chega se está destruído.

Na Islândia também é noite durante seis meses do ano, e o mar é escuro. Quando sir Joseph voltou a me falar da Islândia — eu ainda estava detido provisoriamente no Spread Eagle Inn, depois do episódio do *Admiral Juhl* —, mostrei-me bastante informado. Afinal de contas, sou dinamarquês, e aquela ilha que eu ia lhe dar de presente era nossa. Pouco depois até lhe escrevi um relatório sobre como melhorar as condições dos islandeses e sugeri anexar a Islândia à Inglaterra. Para proteger os islandeses — que, posso afirmar com segurança, não desejam outra coisa senão tornar-se súditos da Inglaterra, mas não ousam manifestá-lo por medo dos dinamarqueses — será conveniente fingir que se impõe a anexação com a força. Entretanto se tratará, na realidade, de uma escolha livre e entusiasta do povo, como aconteceu com a Tchecoslováquia em 48. Além disso, a Islândia será uma ótima base para o tráfico marítimo, um precioso ponto de apoio contra o bloqueio napoleônico.

Associo-me imediatamente a Savignac e Phelps, dois mercadores que se agregam à expedição islandesa, abastecendo o *Clarence* com uma carga assegurada em mil guinéus e um projeto de vender comida aos islandeses famintos e comprar a baixo preço enormes quantidades de sebo para depois revendê-lo vantajosamente. Na biblioteca da Royal Society encontrei um pouco de coisas nórdicas, o suficiente para refrescar a memória; aliás, quando descrevi a sir Joseph o palácio de Christiansborg em chamas, declamei as palavras escritas por um poeta. É lógico, eu as recordava melhor do que as cenas que havia visto, seja porque as tinha acabado de ler, seja porque em geral me lembro mais das palavras que das coisas, ou melhor, recordo apenas palavras, e muitíssimo bem, mesmo quando já não sei o que querem dizer.

26.

Seja como for, aquela história de rei da Islândia era uma palhaçada, que só servia para divertir os bêbados do Waterloo Inn, os quais me faziam reverências e me chamavam desse modo. Puseram a anedota em circulação para me desmoralizar, para me denegrir — é tão fácil tachar um homem, basta uma pequena mentira inicial ou até mesmo uma coisa verdadeira, mas isolada do resto, um fragmento da vida de um homem sem a vida inteira, que assim, destacado, se torna mais falso que uma mentira, e o miserável está ferrado.

Mas sou um dos poucos que eles não conseguiram enjaular. Pensavam, por exemplo, que me fariam apodrecer para sempre em Port Arthur, e no entanto estou aqui. Agora os mortos são eles, tão seguros de me terem jogado naquela vala comum em Hobart Town, onde agora há um parque não distante da livraria em que encontrei minha autobiografia. As pessoas passeiam naquele parque — também vou lá, doutor, embora o senhor pense que nas tardes livres eu passeie por aqui, em Barcola ou em Miramare. Aqui é um modo de dizer; é o senhor que pensa isso, e tanto melhor para mim, pássaro solto de bosque que todos pensam ter engaiolado. O capitão Jones também pensava o mesmo, depois das três semanas do meu reinado islandês, quando me reconduzia a Liverpool acorrentado no *Orion* — mas o fato é que tiveram de me soltar bem depressa, ainda avistávamos o cabo Reykjanes, porque com aquela tempestade repentina, se não me tivessem desacorrentado e posto no comando da nave, todos nós teríamos nos arrebentado nas rochas de Fuglasker.

De qualquer modo, nunca me passou pela cabeça proclamar-me rei na Islândia. Nós, Excelência Jorgen Jorgensen, protetor da Islândia, comandante em chefe de terra e de mar, diz meu segundo decreto, aquele de 11 de julho. Sim, 11 de julho de 1809, é inútil perder tempo com checagens, ninguém pode saber melhor que eu. Fiz isso — e com muita honra — por aqueles pobres islandeses. Morriam de fome às pencas, desapareciam no escuro como flocos de neve e, antes de morrer, se cobriam de pústulas, descamavam feito peixes lançados à orla, as pernas inchadas. Não chegava nada à ilha, naqueles tempos de guerra e de bloqueio nos mares, e como se não bastasse tudo isso o governador dinamarquês, aquele tal conde Trampe — que nem teve tempo de terminar de roncar e de arrotar quando o depus e prendi, agarrando-o pelo cangote do jeito que estava no sofá, onde ressonava meio embriagado, e jogando-o na primeira cela —, aquele canalha do conde Trampe proibia que se vendesse um pouco de trigo à população faminta por menos de vinte e dois dólares o barril, de modo que quase ninguém podia permitir-se comprar nem sequer um punhado, e assim se continuava morrendo. De fato, uma das primeiras coisas que aquele meu decreto diz é que o preço do trigo deve ser submetido a um teto estabelecido segundo o nosso, isto é, o meu incontestável juízo.

A verdadeira revolução liberta o mundo. Essa é também a desgraça da revolução, o que a faz desandar, porque nós queremos libertar todos, inclusive os irmãos de camisa negra, ao passo que eles só querem nos meter na cadeia. Mas nós também constrangemos muita gente, gente nossa, a ver o sol do futuro nascer quadrado...

Quando o *Clarence*, que tinha partido de Londres em 29 de dezembro, se aproximava da Islândia, não se via nenhum sol na noite ártica, mas as auroras boreais riscavam o céu com luzes iridescentes, bandeiras escarlates se desfiavam no vento de espaços infinitos, verdes primaveras brotavam no escuro; e eu acreditava no sol que devia surgir para todos e que eu estava levando àqueles raquíticos mortos de fome e consumidos pelo fogo de Santo Antônio. Nem em Dachau eu via o sol, nem quadrado nem de forma nenhuma; via somente o negro da morte, mas jamais duvidei, naquela noite ártica do mundo, de que o sol voltaria a aparecer. Talvez eu não o visse, pensava, porém sabia que ele tinha apenas descido sob o horizonte, como sempre ocorre, mas para ressurgir, como o tinha visto reaparecer a oriente depois da morte de tantos amigos e companheiros. Agora não sei mais para onde olhar, onde está o leste e onde o oeste — é como se não só o sol tivesse desaparecido, mas também o próprio horizonte.

No entanto, quando o *Clarence* não conseguia entrar na baía de Reykjavík, posso garantir que eu sabia muito bem onde estavam o leste e o oeste, podia entender de onde o vento sopraria e via os bancos e os escolhos à flor da água. Eu era Jorgen Jorgensen, o melhor marinheiro de Sua Majestade, e me vi quase sem perceber na torre de comando, ao lado do capitão, que olhava constrangido para o outro lado. Eu gritava ordens a homens que não conseguia nem sequer enxergar, enterrados nas muralhas das ondas que se abatiam sobre eles; sem mim, todos teriam se acabado contra as Vestmannaeyjar, as primeiras ilhas daquelas bandas a serem banhadas por sangue humano, na noite dos tempos, quando Ingólfur Arnarson, o primeiro viking, navegava rumo à Islândia.

Tronco da estirpe, diz o escaldo, senhor da lança. Jorgen tal como Ingólfur, o homem que veio trazer vida à ilha do fogo e do gelo, o urso conduzido pelas geleiras de que narra a saga, o soberano vindo do mar. Assim dizia a ode que Magnus Finnusen, o poeta, escreveu meses depois em minha homenagem, quando regressei pela segunda vez à Islândia e libertei o povo islandês e ressuscitei o Althing, a assembleia dos vikings livres que em séculos passados se reunia uma vez por ano, toda quinta-feira da décima semana de verão, a fim de decidir sobre as leis e dirimir as disputas, estabelecendo quanto um assassino deveria pagar para ressarcir a família do morto.

Tive apenas tempo de ler aquela ode, mas não de ouvir Magnus recitá-la, porque três semanas depois, no dia previsto para a minha homenagem, o capitão Jones, vindo de Londres com o *Orion*, pôs-me em correntes, e assim Magnus alterou aqui e ali sua composição e a dedicou a ele, definindo-me no poema como um tirano e um sedicioso, Vidimus seditionis horribilem daemonem omnia abruere. Não é o caso de se espantar, não é a primeira vez que um herói do povo se torna um traidor.

Finnusen havia exagerado em sua ode; assim faziam antigamente os escaldos, dizia, ou os autores das sagas, não me lembro mais; de qualquer modo, basta verificar na autobiografia, onde cito a ode escrita para mim e depois retocada e adaptada para o capitão Jones, meu carcereiro. Seja como for, aquele longo proêmio servia para nós dois. Claro, Magnus estendeu-se demais naquelas coisas antigas, mas teve todo o cuidado em não mencionar aquela gente que morria de fome, porque quando baixaram minha bandeira, a bandeira azul com três bacalhaus brancos que eu tinha dado à minha Islândia livre, e içaram de novo a dinamarquesa, o preço do trigo também voltou a subir, e as pessoas recomeçaram a morrer.

O fato é que consegui levar o navio para a baía, evitando os escolhos à flor da água que a névoa havia apagado. As nuvens tinham cedido aqui e ali, abrindo frestas de onde chovia uma luz palidíssima. Pássaros alvos recobriam como neve os negros rochedos e alçavam voo, assustados pelo navio — flocos brancos que flutuavam no ar, e a terra tornava a ficar escura.

O batel aproximou-se de nós quando já estávamos na metade da baía, em águas tranquilas — faces largas e escavadas sob sujos barretes de pelo, olhos remelentos e barbas cortadas à faca estendiam as mãos, erguendo para o alto os olhos velados de cão. Dei-lhes algumas bolachas; um deles agarrou minha mão com uma luva que só cobria a palma e o dorso, e apertei aqueles dedos imundos.

Também essa história me foi sequestrada. Ao voltar para Londres — no segundo retorno, quando tudo estava terminado —, aproveitando-se do fato de que me haviam metido no cárcere de Toothill Fields sob a acusação de ter deixado a Inglaterra sem permissão, rompendo assim minha palavra de honra, imprimiram não o meu livro, mas os de Hooker e de Mackenzie, que narravam a revolução da Islândia segundo o ponto de vista deles. Sumiram com meu manuscrito, e por isso tive de reescrevê-lo, mas nesse meio-tempo os outros livros já tinham sido publicados. Quase iguais ao meu.

Magnus Finnusen, que três semanas antes havia sido meu bardo, também adaptou o final de sua ode quando me depuseram e encarceraram. Leia, doutor — o poema também é citado no grosso livro daquele Dan Sprod —, Vidimus seditionis horribilem daemonem, seria eu, armis succintum omnia abruere, atrum vexillum erexit dicens se pacem et libertatem adferre. O que me diz desse latim, companheiro professor Blasich da Normal de Pisa e da sede de via Madonnina? Não esperava esse latim lá do Norte, hein? No entanto, na escola de Bessastadir se estudava latim, além de grego, hebraico e teologia. Destinei imediatamente mil dólares para as necessidades daquela antiga e gloriosa história, com seus volumes venerandos, cheios de narrativas antigas que acabam mal, e a Bíblia islandesa — mil dólares de verdade, tomados aos funcionários dinamarqueses que eu tinha deposto e a quem obrigara trocar aquele dinheiro por minhas cédulas azuis, recém-impressas pelo meu governo junto com os decretos. Eu era o diretor daquela escola, ao lado do bispo Videlinus e do preboste Magnussen; firmei o decreto de minha nomeação e sabia quais eram minhas responsabilidades.

Todos aqueles livros da veneranda biblioteca de Bessastadir contam histórias que acabaram mal, dragões que guardam inutilmente tesouros malditos e são degolados, mas o ouro é fatal como o velocino, e ao herói que mata seu guardião está destinado um futuro pior que o de Jasão; é puro e invencível, mas cairá ferido à traição e seu sangue chamará mais sangue, assim como a revolução — o regurgitar do sangue sufoca a estirpe, o lenço vermelho aperta a garganta, princesas são pisoteadas por brancos cavalos. Nessas histórias de ferro, o mundo, os homens e os deuses vão ao encontro do fim, do grande fogo destruidor, e como eu poderia pretender que apenas minha aventura terminasse bem? Todas as histórias terminam na fogueira...

27.

Digam o que quiserem, de mim e de minha revolução; a mentira e a infâmia são a mercê do revolucionário. Mas quem é que agora, escondendo-se atrás de um pseudônimo, vem falar da deposição do capitão Liston, afirmando que foi ele quem desarmou a guarda do governador dinamarquês de Reykjavík, o conde Trampe? Tínhamos acabado de chegar a Londres pela segunda vez, com o *Margaret and Ann*. Era um domingo de junho, um sol baixo e emaciado gotejava do céu como o sangue da pele de um animal esfolado, pendurada a enxugar. Pretendia insistir com o governador para que proclamasse o livre comércio e, assim, permitisse a venda de um pouco de trigo a um preço razoável para a esfomeada população islandesa.

A residência do governador era uma casa branca, um pouco maior que as outras, perdidas ao redor. Em frente à porta, um amontoado de gelo estava derretendo, no ar pairava um cheiro de peixe podre e óleo de baleia. Dei um chute no monte de lama e entrei.

Três soldados da guarda estavam derreados num banco; ao

meu pedido de falar com o governador, um me respondeu que eu fosse embora e, vendo que eu insistia, levantou-se e tentou me dar um empurrão, mas, pouco antes de erguer o braço, o atingi quase sem me dar conta; um golpe no pescoço e outro no estômago, e ele já estava no chão. Ao pressentir o brilho da faca que um outro estava desembainhando, arranco a pistola do soldado caído e, apontando-a com um sabre que pegara da parede, ordeno aos três e a outros dois que tinham chegado naquele instante que entrem numa despensa, onde os mantenho presos.

A confusão nem chegou a acordar o conde Trampe, que continuava meio adormecido num sofá do escritório. Balbuciava, tossia e arrotava sem entender o que estava acontecendo, quando o puxei pelo capote e o sacudi; fixava-me com olhos aquosos enquanto eu, sentindo seu hálito e seu suor, lhe comunicava que ele era um prisioneiro, e só então apareceu Liston, que continuara no navio e chegara justo a tempo de pegar no laço outros dois soldados da guarda que voltavam do serviço religioso, metê-los na mesma despensa, levar embora o governador entre aplausos tímidos da pequena multidão que se reunira diante da casa e embarcá-lo no *Margaret and Ann*, que disparou um tiro de canhão enquanto, do outro lado da baía, o navio dinamarquês que pouco tempo antes retornara de Copenhague com o conde Trampe içava a bandeira branca.

Depois Phelps, Liston e Savignac — mais tarde, Hooker declarou que naquelas horas não estava a bordo, mas recolhendo maços de *Trichostanum canescens*, a planta branca que nem neve — confabularam por algumas horas até que me vieram com a proposta de assumir temporariamente o poder, visto que eu era dinamarquês e, sendo assim, não comprometeria a Inglaterra. Desembarcaram para me dar a notícia — eu não os acompanhara de volta ao navio, fiquei bebendo alguns copos de rum com minha gente, na taverna de madame Malanquist, a única da cidade —, e no dia seguinte, 26 de junho, já sediado na residência, emiti o primeiro decreto, com meu nome e carimbo. Nós, Excelência Jorgen Jorgensen, assumimos o governo dos assuntos públicos, com o título de protetor da Islândia, até o momento em que for oficialmente aprovada uma Constituição com plenos poderes de decidir a paz e a guerra com as potências estrangeiras... As Forças Armadas nos conferiram o título de comandante das tropas de terra e de mar... consequentemente, todos os documentos públicos serão firmados de meu próprio punho e terão meu carimbo, até que os representantes eleitos pelo povo se reúnam em assembleia. A partir deste momento, juramos depor toda a nossa autoridade nas mãos do povo, bem como obedecer à Constituição que seus representantes promulgarão.

Teria feito isso, caso me tivessem dado tempo. Sei que as revoluções quase nunca o fazem, mas é um erro. Quando se compreende a tempo, muitos problemas podem ser evitados, e também um grande vazio no coração. Ricos e pobres terão partes iguais no regimento do Estado... A liberdade de comércio é sagrada... O preço do trigo será submetido a um teto segundo nosso incontestável juízo... Os oficiais e os funcionários dinamarqueses serão afastados dos negócios públicos, mas serão protegidos pela lei do povo livre da Islândia, e quem lhes fizer qualquer mal será condenado à morte.

A revolução deve ser magnânima; do contrário, não é mais revolução. Começa-se punindo os inimigos vencidos, inclusive os canalhas, depois se toma gosto pela coisa e não se acaba mais de punir, de matar, num movimento sem fim; exterminados os verdadeiros inimigos, deve-se eliminar os que não queriam exterminá-los e depois os que não queriam exterminá-los imediatamente e depois outros ainda, todos, a revolução deve destruir a si mesma e assim desaparecer do caminho. Aconteceu tantas vezes; seus inimigos, os inimigos do povo, não é preciso que façam nada, basta que fiquem ali, observando e esperando que o povo corte a própria cabeça. Não se deve permitir que esse mecanismo se instale; é preciso interrompê-lo imediatamente, antes que fique de pé, antes que se inicie. Por isso é necessário condenar à morte qualquer um que queira torcer o pescoço daqueles funcionários parasitas e exploradores, ainda que o merecessem — seja como for, diz o decreto, toda sentença deverá ser firmada por nós antes de ser executada. O que já é uma garantia; de fato, não precisei firmar nada, e ninguém foi executado naquelas três semanas. Depois de dois dias, libertei até Einersen, aquele funcionário dinamarquês que tentou uma contrarrevolução. No entanto, nas alturas do Ebro e em Barcelona... Bandeira vermelha, véu ensanguentado — A bandeira da Islândia, que juramos defender e honrar mesmo que custasse nossa vida e nosso sangue, é azul com três bacalhaus brancos.

Abri as velhas prisões, confisquei trinta mosquetes, organizei o Exército — cento e cinquenta voluntários se ofereceram, entre os quais escolhi oito, mais que o suficiente para minha armada. Assinei um tratado de paz entre Islândia e Inglaterra; se a resposta de Londres tivesse chegado a tempo, reconhecendo assim meu cargo de plenipotenciário, três semanas depois aquele tal de capitão Jones deveria ter me apresentado suas credenciais, em vez de me prender. Mas a viagem por mares agitados é longa e as cartas sempre chegam tarde demais, quando já são inúteis. Toda carta chega a um morto. Até aquelas de Marie — De resto, eu sou um morto, enterrado em algum canto do parque de Hobart Town. Onde exatamente, não sei, não me lembro se indiquei isso em minha autobiografia.

28.

“Cabe ao senhor cortar o baralho, se não for incômodo para Sua Majestade.” — Querem disputar com aqueles alcoolizados do Waterloo Inn? Pelo menos lá dentro entra e sai quem quiser, às vezes expulso a pontapés caso durma debaixo de uma mesa, mas sem pedir tantas permissões, como aqui dentro. De qualquer modo, doutor, sua permissão, ou melhor, sua ordem para jogar — tudo bem, convite, disposição, sugestão, como quiser — é realmente algo ótimo, e à noite, quando a escuridão sobe pelas janelas como uma maré, mesmo um punhado de cartas ajuda a... No Spread Inn, onde me alojei depois de voltar da Islândia, também jogava com prazer. A pensão me agradava, inclusive por aquela insígnia sobre a porta, uma águia que abre as asas sobre a gente que entra e sai. Gostava dela também porque o albergueiro tinha me contado que, muitos anos antes, aquela águia havia sido uma carranca e que o último capitão do navio, um tal de Barrow, a levou com ele quando o navio foi mandado para demolição e a deu de presente ao proprietário da estalagem, que desde aquele momento mudou de nome. Eu gostava de olhar para ela. É verdade, as carrancas autênticas têm forma de mulher, com a mão a recolher sobre o seio o vestido que cai flutuando e encrespando como uma onda, o olhar atônito e dilatado sobre o mar e sobre iminentes catástrofes. Já os olhos da águia eram os de um pássaro empalhado, redondos e raivosos por se verem, caídos do céu, entre o galinheiro de quintal. Também acontece dessas coisas com quem navega. Enquanto se está no mar se é soberano, mas ao desembarcar nos transformamos em pobres-diabos, que bamboleiam como ursos amestrados.

Protetor da Islândia, se me permite, digo toda vez enquanto distribuo as cartas, um homem do povo que protege o povo de todos os que querem chupar-lhe o sangue. Sabe-se lá a quem, agora, caberá um bom rei.

Aqui estão, treze por cabeça, e agora a última, valete de espadas. Então o início, para esta rodada, são as espadas. O valete enverga uma casaca com uma larga borda de pelo e carrega uma espécie de alabarda recurva; boa para uma abordagem, para enganchar um parapeito. O gancho dispara no ar e arpoa o flanco da nave, com um salto se passa ao convés, como naquela primeira vez na baía de Algoa; um cheiro de pólvora e de queimado, o sabre se ergue, brilha por um átimo no sol e se abaixa com violência, uma grande rosa rubra se alarga no peito do oficial francês, que cai e olha para o alto, boca aberta e olhos dilatados, morrer é a coisa mais natural do mundo, mas é sempre uma surpresa.

Pois é, doutor, o jogo é uma bela coisa, e o senhor, que à noite de vez em quando nos dá essas cartas, também sabe disso. É bonito misturá-las velozmente; você não pensa mais em todas as tristezas, números e figuras se confundem num caleidoscópio vertiginoso — Sim, já vai, agora lhe dou, só um momento, por favor, deixe-me respirar — Cartas demais, imagens demais, coisas demais. Desembarcar, vaguear. Vai ver que é por isso que gosto de responder às suas perguntas, tenho a impressão de que assim faço as coisas saírem de minha cabeça — mas depois elas voltam, amontoam-se, não sobra nem um cantinho para mim. Na Islândia há tanto vazio, tanto branco; pode-se respirar profundamente.

29.

Pois é, a Islândia. Assim que resolvi as questões mais urgentes, decidi visitar o país, atravessá-lo até as costas do Norte, para conhecer meu povo. Antes de partir, fiz a necessária visita a Magnus Stephensen, ex-governador e supremo magistrado, na ilha de Videy. O velho enverga a túnica escarlate e calças azuis, com a espada guarnecida de prata, e me cumprimenta, murmurando um solene augúrio pela viagem perigosa ou talvez me desejando de coração a morte certa numa cratera — com esses anciãos nunca se sabe, veneráveis cãs e barbas brancas são como a peruca de um juiz ou de um capitão de navio, para consegui-la bastam poucos xelins, mas também é fácil arrancá-la e expor à vergonha a obscena cabeça pelada — vícios inomináveis, a carne nua é uma vergonha, é um mistério que uma mulher não se desgoste do membro ereto e daquela glande que desponta lisa e calva.

Stephensen, rígido e estufado, doou-me duas fivelas de prata e uma tabaqueira de presa de morsa, e eu, por meu turno e como retribuição, nomeei-o governador da ilha de Nyö, com direito exclusivo à pesca em sua zona costeira, declarando a deposição do governo dinamarquês. Pouco me importa se a ilha, surgida em 1783 dos terremotos e das erupções vulcânicas daquele ano, logo submergiu de novo, antes que a frota dinamarquesa chegasse para tomar posse dela em nome do rei, encontrando ao chegar apenas águas geladas de chumbo. Seja como for, declarei oficialmente deposto o domínio dinamarquês, embora o capitão Olafsen, de Aarhus, tivesse fincado a bandeira sozinho na água, porque uma proclamação, mesmo feita a ondas desertas, é um ato oficial e deve ser revogada de acordo com todas as regras. Assim como submergiu, a ilhota poderá vir à tona algum dia, e nesse caso Stephensen tomará posse da ilha ressurgida do mar e ainda gotejante, com peixes fugindo entre as últimas águas. Quando o ancião me saúda com meu selo, que pus em suas mãos, um bacalhau em campo azul, já estou longe.

30.

Parti com seis homens, o que é muito, quase todo o exército, e já em Bessastadir, após ter prestado homenagens àquela velha escola e ao bispo Videlinus, mandei cinco deles de volta para casa. Um é mais que suficiente. Aliás, até poderia perfeitamente prescindir dele, mas um chefe precisa de um subalterno, pelo menos de um. A revolução ainda não se completou, e até aquele momento não somos todos iguais. Mesmo no Quinto Regimento, eu era eu e o comandante Carlos era o comandante Carlos.

Antes de avançar pelo interior do país, ordenei que transportassem de Bessastadir seis velhos canhões de cento e cinquenta anos e os coloquei no alto de uma fortaleza improvisada, Fort Phelps. Os velhos canhões miram o mar deserto; as ondas batem transbordantes e fragorosas contra as rochas negras, os pássaros se erguem com estridor, a poalha dos jatos sobe como a fumaça na batalha. O flanco do rochedo é mais sólido que as bordas de um navio de guerra; as balas de canhão se arrebentariam inutilmente contra ele, e até as descargas d'água tombam inúteis e despedaçadas, mas o mar insiste, ataca, percute, desgasta e consome as rochas que lenta, lentissimamente, cedem e se racham. Cada onda que reflui ao mar leva consigo uma onça de pedra esmigalhada; a batalha é longa e perdida, mais cedo ou mais tarde a terra descerá aos abismos e o mar se tornará o único senhor do mundo, uma imensa extensão vazia e igual, o triunfo do Dilúvio. Eu me sentia alegre; gostaria de ter disparado os canhões contra as ondas, um profundo e alegre ribombo a ecoar de todos os lados, mas se aqueles canhões enferrujados tivessem falhado teria sido um duro golpe em minha autoridade.

31.

Sim, autoridade, meu amigo. Apenas por três semanas, mas o suficiente para fazer entender, uma vez na vida, o que quer dizer comandar. Nem sequer três semanas, dez dias, para ser exato — os dez dias de minha viagem real entre desertos e vulcões. Talvez nem mesmo dez, mas três, quando estive de fato só. Apenas a solidão confere uma legítima autoridade. Eu e as extensões geladas. Enquanto estamos em meio aos outros, somos marionetes, e pior ainda se precisamos comandar; cada ordem gritada se baseia em tácitos compromissos e favores, ainda que não se perceba.

Quem dá ordens se ilude de comandar. Como os Kapo em Dachau, que acreditavam que escapariam à morte dando a morte e gritavam e batiam, empurrando-nos a bordoadas para a praça da chamada. Emil, o Kapo do crematório, pensava que fosse um sinal de grande autoridade meter pessoalmente o laço no pescoço do condenado que enforcava nas traves e fazê-lo estrebuchar por um minuto; ficava orgulhoso e contente disso. Não por acaso Dachau nasce em 1898 como instituto para fracos e doentes da cabeça, idiotas e cretinoides, diz a placa posta pelo príncipe Starhemberg para celebrar o cinquentenário de jubileu do reinado de Francisco José. Hitler o aperfeiçoou em 1932, transformando-o em campo de concentração. Outra placa, Dachau, escola avançada para as ss. Mesma coisa: idiotas e cretinoides.

Também a autoridade de Deus se rompeu quando ele renunciou aos infinitos espaços vazios e começou a distribuir mandamentos e vetos, constrangido a punir ou a negociar quando eram burlados. Ordeno a Brarnsen que cavalgue atrás de mim, assim não o vejo e me sinto mais só, mais rei, em meus domínios despovoados.

32.

Skáholt, altares antigos entre nascentes sulfúreas e líquenes esverdeados, madeiras apodrecidas da velha igreja caída poucos anos antes, cicatrizes de catástrofes, terremotos e erupções. Uma cratera se escancara, a terra é a boca de um tubarão; a única coisa possível é escorregar entre uma presa e outra, como os heróis das fábulas que terminam na barriga do grande peixe, mas vivos. Aqui foi justiçado, nos tempos antigos, o último bispo católico da Islândia, Jon Arason, e com ele os dois filhos, sobre os quais recaiu o duplo pecado da falsa religião e da luxúria. Se a porca pecou, diz o ditado, que chorem os leitõezinhos. Não, a revolução faz cessar os inúteis sacrifícios à maldição de viver, àquela boca obscena e voraz que não merece lágrimas. Subo até a beira da cratera, aproximo-me e mijo naquele fundo escuro; o jato cai bem no centro da terra, áurea homenagem à velha oficina de vida e de morte. Também seria melhor dourar o velocino de mijo que avermelhá-lo de sangue.

Quando chegamos a Almannagiá, após termos avançado até as encostas do Hekla, é noite, uma chuva quase nevisco bate no rosto e nos casacos. Há horas estou a cavalo; é como estar no alto do mastro, quando o vento e a água açoitam a cara e não se entende como não se despenca; as mãos congeladas não soltam a presa, talvez lhes falte a força de se abrirem. Uma vez, em meio à batalha, ao lado do cano de um canhão havia um marujo sempre parado, com um estopim na mão, apoiado ao cano, e somente quando o fogo cessou nos demos conta de que estava morto e apenas então ele tombou por terra e o jogamos ao mar.

Talvez estejamos mortos, e este cavalgar sob a água quase neve, na pálida noite, seja a eternidade e sua pena. Em Goli Otok o gelo morde ainda mais, o coração e a mente. Mas em Vorkuta, no gulag ártico, o inferno é ainda mais gelado — soube por Julius, muitos anos depois. Julius Sattler: o Partido o mandou à União Soviética e ele acabou naquelas tenazes ardentes de gelo — nem ele jamais soube o porquê, que culpa o fizera parar ali, encontrei-o muitos anos mais tarde, um dos poucos que voltaram. Tornamo--nos especialistas em gelo; a História que nós vivemos é o zero absoluto, a morte da matéria. Lá dentro também, quero dizer, nessas telas, deve fazer muito frio... Cybéria, Sibéria... Em Dachau o doutor Rascher, SS Hauptsturmführer, imerge os prisioneiros na água gelada para ver se depois, esfregando seus corpos exânimes nos corpos nus de algumas deportadas, enviadas de Ravensbruck especificamente para isso, consegue reanimá-los. O fogo de Christiansborg...

Na velha casa o pastor, um albino de olhos cavados, nos ofereceu trutas e leite.

"Sim, é meu caixão", ele indicava a caixa num canto da igreja. "Há tão pouca gente... quando chegar a hora, não se pode esperar que pensem em tudo, já é muito se o metem nos ombros e o levam até o cemitério. Aliás, quando eu perceber que está para vir, me estenderei lá dentro com a Bíblia na mão, assim como fez Sera Asmundur Sveinsson, meu antecessor, que agora jaz sob um rio de lava. Dois anos, meu senhor, as cinzas enegreciam o céu quase todo dia; depois crateras de lava, rios escaldantes escorriam do Hekla, o sol era escuro feito sangue, aqueles pássaros pretos que só existem no Hekla caíam fulminados no ar ardente.

"Tínhamos acabado de sepultar Sera Sveinsson quando do vulcão chegaram aquelas nuvens e a lama de fogo, verde venenoso salpicado de sangue. Transformaram-me em pastor naquele mesmo momento, a mim, jovem como era, rapaz de curral, porque Sera Sveinsson me havia ensinado a cantar salmos e eu era o único que conhecia algumas páginas da Bíblia. E assim o enterramos como convém a um cristão e a um sacerdote, sob a vingança de Deus que chovia do céu. O Senhor já apagou Sodoma e Gomorra, aqui havia poucos pecados porque havia pouca gente; de qualquer modo, Sera Sveinsson esperava que com tanta cinza e lava seu pecado com o jovem Einar, que aliás era surdo, ficasse selado, mas nada fica selado, nem debaixo destes rios de pedra e desta capa escura. Se o senhor olhar bem, poderá ver tudo o que há embaixo, ler como num livro aberto. Esta terra partida é como o coração de um homem quando explode — um grumo esponjoso que se torna duro, uma pedra, e que traz inscritas como runas todas as histórias desse coração.

"Não se deixe enganar por esta penumbra; tudo é claro, até o sol parece escuro feito sangue seco quando o Hekla cospe suas cinzas, mas quem sabe olhar além da fuligem o vê claro e resplandecente, como no dia da Criação. Não há razão para tanta crueldade. Einar não tinha barba e o chamavam de pau mole, as pessoas o insultavam ferozmente quando ele vinha recolher o líquen para a paróquia, mas eu o protegia na igreja. É inútil fazer-nos tanto mal quando estamos todos entre as garras da Besta, e ele era gentil, nas estações propícias às vezes trazia à igreja gerânios selvagens e gencianas brancas, que recolhia nas encostas do Hekla.

"Surdo e tolo como era, a princípio não tinha entendido o que Sera Sveinsson queria dele, e nem depois teve a coragem de dizer não, porque tinha medo do pastor, que inclusive o ameaçou dizendo que faria a mesma coisa com sua irmã, que também é meio idiota, e isso que a cólera de Deus certamente não perdoou, Sera Sveinsson ficou devendo, porque é uma canalhice amedrontar um homem como um animal de abate, mas o pastor também gostava dele, não podia ficar sem ele e às vezes o acarinhava com ternura, o puro carinho de um irmão. Os homens são assim, bons e cruéis; os animais não pecam, mas não são melhores. Foi Einar quem fez esse caixão; sabia trabalhar com a madeira, mas coube a mim entoar para ele o *Dies Irae*. Surdo como era, não escutou a gritaria, e aquele pedaço de montanha que veio abaixo o soterrou.

"Aqui acontecem muitas coisas, o senhor sabe. Não é só vazio e silêncio, como parece, mas cheio de fatos, de sofrimentos, de paixões e de pecados", gesticulava, os olhos ardiam, seu azul desbotado se tingia de sangue, as mãos agarravam o ar como se prendessem pássaros, depois me pegavam e apertavam meu braço, "viver entre esta igreja e duas ou três casas espalhadas na landa é como ler o *Livro dos Reis*, o filho que se ergue contra o pai, o irmão que se deita com a irmã, as mulheres que morrem afogadas por seus pecados — quando o carrasco açoita o condenado, recita o pai-nosso, quando o decapita, entoa o credo. Aqui está o mundo, meu senhor, com suas tribulações, suas imundícies e a esperança de que, apesar de tudo, Deus pôs no coração do homem o verde da relva que nem mesmo o Helka, com seu fogo e suas cinzas, consegue ressecar para sempre. Não vá embora", dizia-me, "fique aqui o senhor, que deve ainda aprender a segurar o cetro que Deus pôs em sua mão, aqui o senhor poderá ver tudo, a solidão, a vileza, a perseverança, a culpa e a lei, a reação das coisas que não deixam ninguém impune — o senhor, que quer governar, observe aqueles vulcões e a cólera de Deus e a infinita piedade que refloresce sobre a cólera, como o líquen sobre a lava..."

O senhor também, doutor, que pretende governar, comandar, dirigir, manter-nos presos aqui dentro ou dizer-nos quando podemos ir passear por uma hora, desculpe-me, doutor, se agora agarrei seu braço, não queria de modo nenhum ganhar intimidade, imagine, nem aquele pastor, aliás, ao contrário, lamento por tê-lo rechaçado, mas o senhor também, doutor, deixe-me ficar, e o senhor, companheiro Blasich, e o senhor, comandante Carlos, todos os que as fúrias constrangeram a dar ordens, olhem ao redor, vejam que gelo e desolação e morte é a danação de comandar.

Quando consegui me livrar dele — não do senhor, doutor, falo do pastor, que não queria soltar meu braço, foi desagradável... —, encaminhei-me para o fundo da igreja, onde, entre paredes de madeira, fui acomodado numa espécie de langeldur, de estufa, e me deitei sobre uma pele que puxei até cobrir minha cabeça. O vento batia contra a igreja, nos lampejos do fogo as sombras se alongavam negras, os grandes pássaros negros do Hekla, asas que deslizam no escuro, pálpebras que batem cada vez mais lentas...

33.

A noite é branca, clara; não há noite, somente um dia perpétuo, em que o sol parece estar sempre se pondo sem desaparecer jamais. Snorri, o poeta que cantava as espadas mas tinha medo delas, diz que, na ordem das coisas, o homem vem logo depois do verão. Folheie aquele seu velho livro que fala de homens, de deuses e de metáforas que transformam incessantemente os homens, os deuses e todas as coisas do mundo, fazendo-as escorrer e transformar-se umas nas outras. Quem me mostrou o livro foi o preboste Magnussen, na biblioteca de Bessastadir, traduzindo aqui e ali alguns versos. Os escaldos, explicou-me, os antigos poetas da Islândia, cantavam o destino e a morte e chamavam cada coisa com o nome de outra. Talvez fosse até um modo de fugir da morte. Eu também estou habituado a ter muitos nomes — caem um após o outro, mas depois de cada um há sempre um outro; se um está morto, o outro está vivo, e assim por diante, confundindo os papéis de todas as polícias do mundo.

Por isso não me prenderão, pelo menos até o fim, quando baixará a eterna noite ártica, aquele escuro final em que morrem as metáforas e, portanto, eu também; mas agora é verão, o longo dia do verão nórdico, meu dia de rei. Antes do homem, diz o poema do velho Snorri, na hierarquia dos homens vêm os deuses, as deusas, a poesia, o céu, a terra, o mar, o sol, o vento, o fogo, o inverno e o verão. Eu venho logo depois do verão. Fiz que o preboste Magnussen lesse e relesse várias vezes para mim aqueles versos, prometi aumentar futuramente a verba da escola e o salário dos professores.

Penetro neste verão, nesta perpétua demora da luz do crepúsculo. Quando nos transportavam para Dachau, era sempre noite no vagão de chumbo. Naquele vagão eu estava na noite ártica do mundo, no negrume mais negro que já existiu. Para que a vida fosse digna de ser vivida, eu sabia que devíamos raspar aquele negrume da face da Terra. E, meu Deus, nós conseguimos, e isso vale mais que tudo. Sim, Jasão é um assaltante e um mentiroso e, depois da vitória, se comportou como um porco. Sim, também sou um porco. Mas matei o dragão que trituraria e devoraria o mundo; aquele reino do dragão se proclamava milenar, prometia mil anos de Dachau, mas o destruí depois de doze, despedacei-o como um urinol. Transpassei o dragão e mereço isso, merecemos o velocino, companheiros; é verdade que depois o sujamos, mas o velocino vermelho de nosso sangue e do sangue do monstro é a bandeira vermelha do verão. O negro daqueles vagões herméticos parecia eterno e irremovível, mas em Stalingrado a neve o cobriu de branco e o lavou como uma sujeira qualquer. Gosto do branco, do branco da neve, da Islândia.

Cavalgava naquele clarão opaco escutando Brarnsen. Ele me contava que certa vez tinha estado por três dias num balão — em Berlim, acho, não me lembro — com um nobre inglês que o contratara quando havia chegado à Islândia com a expedição de sir Joseph Banks, muitos anos antes. Lá em cima é um espetáculo, diz ele. Nuvens se desenrolam que nem muralhas, grandes ondas negras do céu dissolvidas por um raio de sol, a terra que foge escura e veloz.

Escuto distraído, olhando ao redor. Rios de lava represados, bolhas que proliferam no deserto de cinzas e líquenes, excrescências malignas. Aquele sopro mefítico aprisionado é a flatulência do abismo, arroto da fornalha que tritura a vida e a morte. O fedor é o arauto da morte. Só de sentir o sopro e o cheiro do dragão, Jasão recua, o braço tomba com a espada nua. É difícil não ter medo quando você sente aquele cheiro. Quando o vento soprava de repente, não contra as barracas do Lager em Dachau, mas contra as casernas das SS, levando o mau cheiro que emanava com a fumaça da chaminé dos fornos crematórios, os canarinhos nas gaiolas paravam de cantar e se abatiam. Eles, os carcereiros, os mantinham para isso, para saber quando deviam desligar os fornos, antes que aquele fedor chegasse até eles. Não era somente asco; era medo também, creio, e muito, como aliás qualquer asco.

No entanto, aqueles cidadãos de Munique — naquela vez em que protestaram contra o trem cheio de cadáveres mortos a gás no castelo de Hartheim, ali perto, que estava abandonado — devem ter tido medo daqueles mortos e de seu cheiro. Levantaram a voz até contra os Leichenkommandos, as esquadras responsáveis pelos cadáveres, que não faziam bem seu trabalho.

Sim, o cheiro do dragão mete medo. Até Jasão teria escapado sem Medeia. Eu também, sem Maria, quem sabe tivesse escapado, e talvez tivesse sido melhor para mim. Em Dachau, eu tinha medo das torturas e da morte, como todo mundo, mas como se tem medo de raios quando eles caem ao redor, de todas as partes, ou da nevasca no mar, porém eu era um homem — assustado, aterrorizado, mas um homem, enquanto eles, os carrascos, não eram mais homens desde tempos imemoráveis. Talvez nunca tenham sido, nasceram porcos e, para se tornarem bichos, não precisaram passar pelo leito de Circe. Podem apenas causar piedade, ainda que seja necessário abatê-los para que não façam mais nenhum mal.

Sim, em Dachau eu temia a morte e me desesperava ao ver tantos amigos e companheiros morrerem. Como é possível não se cagar inteiro quando pegam seu vizinho e o metem numa câmara de descompressão acelerada vertiginosamente, que o faz explodir, só para obter dados úteis ao adestramento aeronáutico? O senhor acha que eu poderia não ter medo? Simplesmente o cansaço e a fome me esgotavam e, assim, o atenuavam um pouco. Mas, quando conseguia pensar, pelo menos sabia por que e contra quê, se tivesse podido, eu teria desejado combater. Quando as SS forçavam alguns prisioneiros a acompanhar a execução de um condenado à morte ao som de violinos, meu estômago se revirava, mas também tinha orgulho daquele homem que, à revelia de seus miseráveis carrascos, rumava para a glória, e daquela música que o coroava.

34.

É preciso realmente dizer que vocês fazem de tudo por nós. Agora, aos sábados, até jogos de azar, só para nos distrair. Não importa que a enfermeira-chefe nos dê as fichas grátis, a febre é sempre a mesma. A bolinha gira na roleta, os dias e as semanas giram e desaparecem, a parada é breve e o número é sempre um número errado... A bolinha corre, um tremular luminoso, o sorriso de Maria — talvez seja um cristal daquela porta transparente que se partiu no café Lloyd de Fiume, projetado nesta mesa verde. Como adorava os prados verdes, Maria, as planícies — estendo a mão para ela, mas já fugiu, rola sobre a superfície curva, corre pelo declive, desaparece. Aposto tudo, em todos os números, até no zero, por segurança, mas ela não para, desapareceu no escuro, na fumaça da sala que paira sobre a mesa —, a bolinha veloz continuou a girar e a girar, não conseguia vê-la, até que parou naquele número, o número de matrícula no Lager...

35.

Cantar as espadas, manejar as espadas. Enquanto cavalgo através deste nada árido e gretado, Magnus Finnusen está compondo, como me prometeu em Bessastadir, o seu poema, o canto de Jorgen, protetor da Islândia, senhor da lança e tronco da estirpe, o urso trazido pelas geleiras, o soberano vindo do mar com a espada e a balança. Quero um poema à altura e, se for preciso, lhe darei uma mão, a escola do velho Pistorius não é indigna da de Bessastadir. Um belo poema de toda a minha vida — toda, portanto inclusive a morte.

Escrever e encenar a própria morte, como um ator que estudou bem o seu papel. Então saberei quem sou, por que é a morte, a fogueira, o túmulo que narra a história de um homem, até a ele mesmo, melhor que as biografias e autobiografias. Em Reykjavík prepararei de qualquer modo minha cerveja fúnebre, como quer o rito das exéquias solenes. Os cavalos avançam, o futuro é uma tela pintada e a vida a rasga sem cerimônia. Aquela cerveja fúnebre, quem sabe a bebo toda antes.

36.

Numa fazenda, não distante das grutas de lava de Stefán Hellir, há um bastão da infâmia, um poste com a cabeça de um cavalo. O camponês, um homem ossudo e escrofuloso, não recorda para quem. Cometem-se tantas infâmias, e erguer um poste para acusar o opróbrio é a coisa mais certa. Sua filha pecadora também foi sentenciada no pântano das afogadas. As jovens gritam quando metem suas cabeças para baixo, mas certa vez uma delas conseguiu fugir, nadando até a outra margem. Tomarei os bastardos sob minha proteção, farei deles minha guarda, como o sultão com os janízaros. E as mães receberão um subsídio, contanto que não se intrometam.

37.

Quase nos confins do meu reino. Do mundo? Em Myvátn, gelo e lama borbulhante. Jatos de lava explodem e caem na água gelada, rochas se retorcem, um abraço interrompido. A tristeza cobre as coisas, veias azuis estriam o céu cinzento — uma fresta rumo àquela luz azul, rumo ao Norte... O mar gélido se enfurece, cristas brancas, um reino de neve. O Norte é aquela luz devastadora, como em Nyhavn. O mar... negro, branco, selvagem. O cinza escorre do céu, intolerável.

38.

Maria e eu, em Lussino, muitas vezes pegávamos uma barca na baía de Cigale, a mais bela da ilha, e íamos ao largo. Vou com você, não confio na espera, quem sabe se você volta depois, ela dizia rindo, porque naquela baía — em croata se chama Cikat, cekati quer dizer esperar — as mulheres aguardavam o retorno de seus homens, que se haviam lançado ao mar. Partir, voltar, esperar o retorno — Quando desembarquei pela primeira vez na Islândia, em janeiro, havia atrás de uma casa uma estátua de neve, uma mulher de rosto belíssimo e impetuoso que olhava para o alto, uma carranca de gelo, e alguns meninos brincavam ao redor. Vai me esperar, pensei ao partir, esperará minha volta. Mas em junho, quando voltei, ela não estava mais lá, uma lama úmida grudava sob os sapatos.

39.

Gosta? Olhe que rosto — lindo e genérico, diz a explicação, como deve ser a beleza, depurada de toda escória acidental e particular, de toda dolorosa expressividade individual. Pudesse apagá-las também do meu rosto, como as aplaino e aliso do rosto desta carranca, as rugas marcadas em meu coração, minhas e só desgraçadamente minhas. Uma boa ideia, doutor, essa de nos fazer trabalhar, de não nos deixar cair em melancolia, de braços cruzados; a cada um sua tarefa, sua especialidade. Ergoterapia, Arbeit macht frei, conheço o tratamento. Não me queixo, porque me divirto esculpindo e entalhando essas mulheres de madeira. Para ser franco, nem precisaria daqueles belos catálogos ilustrados que me dão para que eu copie as figuras. Não sou um iniciante, também já ganhei uns trocados fabricando ou reparando um par de carrancas para alguns navios que chegavam a Hobart Town com a proa e a figura de proa corroída. Até por isso não me desagrada ter entre as mãos esses seios de madeira, aplainá-los até que fiquem lisos, e é um prazer acariciá-los, oh, nenhuma obscenidade, por favor, é que me recordam os trabalhinhos daquela época, tentei até modelar os lábios reservados de Norah, ávidos e imperiosos ao máximo, mas...

Entendi que os rostos dessas mulheres que acompanham os homens no mar devem ser regulares, serenos, imperturbáveis; ai se demonstrassem paixão, personalidade. Além disso, quem poderia arriscar-se a exibir uma personalidade? Somente um bufão, feito de falsa e ambígua carne em vez de boa madeira, que não engana — se é carvalho é carvalho e se é zimbro é zimbro, ao passo que a carne, especialmente a humana, é sempre sofisticada. Em todo caso, os homens suspensos sobre os abismos já têm muita fúria no peito e pedem apenas serenidade, ou seja, impessoalidade incolor como a água.

Bonita esta ilustração, uma alva carranca desconhecida, conservada — lê-se embaixo — no Museu Marítimo de Antuérpia. Quando a olhamos de frente, tem uma expressão dolorida, mas quando estava na proa, o lugar para o qual tinha sido feita, não se mostrava de frente aos marinheiros, mas de perfil, e esse perfil é impassível, genérico, claridade não ofuscada por nenhuma angústia. "Apenas a nobre simplicidade e a serena grandeza podem sustentar a visão da górgona, suportar como uma cariátide o intolerável peso do real..." Está bem dito no opúsculo, mas o fato é que ela cai em cima de nós, esmaga-nos, arrebenta nossa cabeça. Veja lá o senhor, naquelas chapas em sua gaveta, que geleia é meu cérebro.

Pense um pouco se o rosto nobre e inexpressivo desta carranca de Antuérpia poderia reduzir-se a isso, nem mesmo Dachau lhe causaria frio ou calor. Claro: atrás e dentro dela não há nada, e ninguém poderia fazer-lhe nenhum mal, a esse nada, nenhum punho pode aferrá-lo ou esmigalhá-lo, aí está por que me agradam tanto essas figuras de proa. Gosto também de esculpi-las e construí-las. Pudesse copiar todas as figuras deste catálogo, alheias a paixões, dores, identidades, assim é que valeria a pena ser imortal...

Aqui está escrito que Thorvaldsen, mestre de escultura neoclássica, fez seu aprendizado na oficina do pai, que entalhava carrancas para a frota dinamarquesa, assim como eu, criador dessas figuras que ninguém poderá mandar aos trabalhos forçados.

Olhe como saíram bem, o torso cresce de um vórtice de vento que, na base, parece encrespar as ondas e prolongar-se nas vestes flutuantes, linha ondulada que se dissipará no informe, mas no entanto... E aqueles olhos arregalados para o além, para iminentes e inevitáveis catástrofes. Os olhos de Maria... bem diversos dos meus, cegos... aí está, os olhos eu faço assim, escavando a madeira, criando uma cavidade, somente o vazio pode sustentar a visão do vazio; veja quanta serragem no chão, são os olhos de minhas carrancas triturados e transformados em pó, como fazia meu irmão Urban com as safiras e esmeraldas, olhos azuis e verdes, frios como o mar da Islândia...

40.

Durante o retorno a Reykjavík, Brarnsen cai numa fenda e grita daquele fundo escuro. Eu desço, escorrego pelas paredes gélidas, estou ao lado dele. Deve ter sido o quadril, não conseguiremos sair daqui. Brarnsen me olha no rosto. Não digo nada, continuo a tocar sua perna, mas quase sem pressão, para não lhe fazer mal. Não há nada a ser feito, é impossível tirá-lo para fora. Daqui a umas duas horas você poderá levantar, digo a ele, deve apenas ficar parado e o mais aquecido possível. Tome isto, tiro meu casaco, passo-o sob sua cabeça, o casaco escapa de minhas mãos e cobre seu rosto. Espere, deixe-me ajeitar melhor, e embolo ainda mais a pele sobre a cabeça dele, como se fosse inábil. Entretanto saco a pistola; enquanto ele arfa sem ver nada, carrego-a rapidíssimo, encosto-a na têmpora sob o casaco, o tiro ribomba na fenda, mas ele não chega a ouvi-lo, o impacto é violento apesar do casaco, o sangue espirra em cima de mim, limpo-me com as mãos molhadas e depois me lavo esfregando-as no gelo. É inútil torcer o nariz, o médico piedoso torna a ferida mais dolorosa, os médicos são bons e, se mandam você para o outro mundo, é por amor. A História é uma mesa operatória para cirurgiões de pulso firme. Fui apenas ajudante de cirurgião, mas aprendi o ofício.

41.

Na Islândia não há árvores, ou quase. Mas a revolução precisa de árvores, de bosques. Para abatê-los, é claro. A revolução segue adiante, penetra na grande taiga siberiana; o homem novo avança na floresta, a foice e o martelo abatem a floresta selvagem da escravidão, cada árvore antiga que cai se torna muitas folhas de papel que narram aquela épica empreitada, as colunas de cifras dos planos quinquenais. Aqueles números, aquelas estatísticas são poesia, a poesia da revolução que chega como um grande vento da estepe — "Os poetas dizem muitas mentiras, nós sempre soubemos..." — Você de novo, Apolônio? Eu sei, as estatísticas disparam números, cada árvore caída mil, dez mil páginas de mentiras. Porém os outros mentem ainda mais, é lógico. Quem quer manter os homens em estado de escravidão — como os fascistas, os nazistas, os capitalistas, os... — deve mentir, é seu ofício de guardião do Lager, de Kapo de si mesmo. Mas nós não deveríamos ter mentido, nem talvez abatido as árvores...

Na Islândia não derrubei nem uma sequer, ao contrário, já

tinha preparado uma lei que proibia tocá-las, quer ainda existissem ou não, de qualquer modo as leis são feitas para proteger os mortos e as coisas mortas. E se não me tivessem deposto à traição, justamente quando se estava para cantar minha glória —

42.

Li o poema de Magnus Finnusen assim que voltei a Reykjavík, mas quando, poucos dias depois, ele o leu em voz alta na taverna de madame Malanquist, já o tinha retocado e adaptado para celebrar o fim da minha revolução, junto aos outros que brindavam minha queda. Assim ele declamava a rendição do Terror, o final da sedição, e eu não era o urso bom que havia chegado do mar, mas o urso feroz levado embora pelas geleiras que se desprendem da terra e desaparece entre as brumas. Não fiz caso quando vi içarem no mastro a bandeira dinamarquesa; apenas pensei que o trigo voltaria a subir às estrelas, de onde eu o havia baixado. Era 22 de agosto, mas tudo já estava acabado — meu Deus, nada acaba para sempre, nem mesmo com a morte, de fato, aqui estou — uma semana antes, quando o *Orion* entrara no porto e o capitão Jones, que já tinha instruções precisas e se pusera de acordo com o conde Trampe, me acusara de insubordinação, de atos arbitrários de guerra contra os dinamarqueses e, simultaneamente, de acordos secretos com eles, atestados por minha divisa. De fato, eu havia subido a bordo do seu navio envergando o velho uniforme de comandante do *Admiral Juhl*. Capote azul, botões dourados, ombreiras, calças até os joelhos e o tricórnio, que se recusava a parar em minha cabeça.

Não disse nada, inclinei-me e entreguei a espada. Pedi apenas — ou melhor, pretendi e ordenei — que o povo não se apercebesse de minha rendição, e ele teve que concordar, até porque, do contrário, aquele meu povo se revoltaria e ele se veria em maus lençóis. Ai de quem tocar diante de minha gente em seu Jorundar — é assim que me chamam na Islândia. Então descemos à terra. Nas ruas parei como sempre e falei com as pessoas, dizendo que iria a Londres defender sua causa perante o lorde do Almirantado e meu grande amigo sir Joseph Banks, e prometendo voltar em breve. Depois fomos todos à madame Malanquist.

Quando entramos, Finnusen estava declamando sua ode emendada e refeita de novo, Vidimus seditionis horribilem daemonem omnia abruere, ele berrava e eu ria com os outros. Então ele, desafiador, perguntou-me se eu queria minha cerveja fúnebre, colocando um barril na minha frente, e aí o peguei pela cintura e o atirei dentro do barril, depois o puxei para fora, jogando-o prostrado ao chão, tirei o tricórnio, mergulhei-o e revirei-o na cerveja como um caneco e comecei a beber de um só trago, anunciando que o capitão Jones oferecia rum a todos para que bebessem à saúde do rei da Inglaterra ou da Dinamarca, como quisessem, dei uns giros de dança com Gudrun Johnsen, que antes andava me cercando, e até entoei o canto de Ragnar entre as serpentes, que o preboste Magnussen me ensinara em Bessastadir: "As serpentes me ferem cruelmente, a víbora faz ninho no meu peito... cinquenta e uma batalhas, todas combatidas sob minha bandeira, tingindo de rubro as espadas, jamais encontrei rei maior que eu". Nenhuma batalha sequer, graças a Deus. Com aqueles pobres raquíticos e desnutridos seria difícil tingir de vermelho as espadas, enferrujadas há séculos, eu pensava olhando ao redor da taverna enquanto cantava e bebia minha cerveja fúnebre, a cerveja que se bebe quando se dá sepultura a um chefe — porém, sobre minhas batalhas, claro que eu podia falar. Algoa, o Kattegat, Guadalajara — "Desde a infância aprendi a tingir de vermelho a espada, agora os deuses me chamam, não é preciso chorar o final." Mais que chorar, vinha a vontade de rir, a mim e a todos também, com aquela cerveja que eu espalhava gesticulando. Até tropecei no barril, sim, o canto era o mais adequado, "Vou depressa atingir a meta" — e que vontade de mijar, é lógico, depois de tanto beber. "Vou beber a cerveja com os asi no palácio erigido pelos deuses. Meu tempo já transcorreu", com certeza, "e vou embora sorrindo..."

Por sua vez, Jones retirou-se furioso em meio à baderna geral; somente o velho Magnus Stephensen, a quem ele confiara o poder provisório, mantinha-se taciturno e digno, e disse uma solene frase latina sobre a instabilidade da sorte e a vaidade de toda glória terrena. Seu olhar maligno dizia que agora cabia a mim reinar em Nyö, já que metiam minha cabeça debaixo d'água, mas continuei a beber e dei de presente meu tricórnio a um menino, cobrindo todo o seu rosto. Guarde-o para quando eu voltar, não estarei fora muito tempo. Fui para a praia seguido de toda uma corja, empertiguei-me sobre a barca e ordenei aos remadores que rumassem para o *Orion*, dizendo que não queria viajar no *Margaret and Ann* com Trampe e outros vira-casacas como Phelps e Savignac, que retornavam a Londres.

A barca seguia e eu, deitado no fundo, continuava bebendo. Bebo ao meu funeral; pena não poder ser o mausoléu de si mesmo, beber as próprias cinzas, como a rainha Artemísia bebia as do amante real, e depois exalá-las num arroto. Espicho a cabeça da borda da barca, as ondas se erguem até mim e acima de mim, as cristas deslizam e fogem a meu lado, entre uma onda e outra vejo a costa, meu reino que se afasta — uma grande onda azul se abaixa, é uma bandeira que ondula, minha bandeira azul que me cobre, cada vez mais escura, cada vez mais azul.

43.

Acordaram-me entre o cabo Reykjanes e Fuglasker Rocks. O vento é violento. Gowen, o capitão do *Orion* — Jones assumiu o comando do *Margaret and Ann* —, gostaria de girar ao largo, mas não consegue alinhar o navio. Estou no convés, sem que ninguém tenha dito nada. Ordeno que passem entre o cabo e a rochas. Meus comandos são rápidos como o vento; infiltram-se entre uma rajada e outra, é como se eu visse cada peça e cada parte de vela, reteso e afrouxo quanto basta para saltar entre as massas de água, seria capaz de esquivar até as balas de canhão. De repente o *Margaret and Ann*, bem à frente de nós, está em chamas. O *Orion* o persegue como um tubarão, o outro navio está à mercê do vento e das águas, açoitado de ambos os lados, e as chamas crescem. O *Orion* avança entre as fendas das ondas e o aborda. Subo no *Margaret and Ann* e ordeno que desçam as chalupas; depois, em menos de uma hora, estão todos a bordo do *Orion*. Deixo o navio por último, um gesto de comandante antes de voltar aos grilhões.

O óleo e o sebo de Phelps, que abarrotavam o *Margaret and Ann*, alimentam as chamas que se alastram por toda parte. O lenho arde, pedaços de vela e de corda caem e lambem os mastros da nave como línguas de fogo; depois tudo desmorona, cataratas incandescentes, um pedaço de estandarte tomba de pé, guerreiro que se contorce nas labaredas como na Sala dos Cavaleiros em Christiansborg. O navio se racha, o fundo de cobre se destaca e flutua em brasa, sol decaído que queima o mar. De repente uma explosão imensa, o paiol de pólvora estoura e os canhões explodem, disparam a esmo contra o céu e contra a noite clara — salvas de canhão pelo meu fim, a noite floresce com os disparos, uma rosa intensa se abre em pétalas escarlates.

Quando o *Orion* se afasta, um braseiro arde sobre o mar, sangue que escorre na copa escura. O fogo é duro de morrer, tudo é duro de morrer, a vida se defende feroz e por isso faz mal, seria melhor terminar logo com ela. Agora o mar está tranquilo, Gowen pode retomar o comando e voltar com o *Orion* a Reykjavík, para tornar a partir em 1º de setembro e chegar a Liverpool dezoito dias depois.

Foi uma velhacaria o que me fizeram em Londres, onde me prenderam nos cárceres de Toothill Fields sob a acusação de ter deixado a Inglaterra sem consentimento, rompendo minha palavra de honra, e ainda de ter tramado contra o governo de Sua Majestade, com o pretexto de ajudar aqueles mortos de fome. "Então tudo foi feito por amor àquela gente raquítica e tinhosa, mas a quem pensa que engana?" — e assim por horas, na cela fétida, com perguntas e interrogatórios e... — E dizer que, depois de desembarcar, até um dia antes de ser jogado na prisão, eu estava de novo no Spread Eagle Inn, onde me alojara, com as mais encorajadoras garantias de sir Joseph Banks...

44.

O que é esse vermelho, uma enorme bituca acesa na sala já em penumbra? Ah, o vídeo interno, o anúncio da sessão coletiva no grande salão-anfiteatro do andar −1. Ou seja, no subsolo. Terapia de grupo, presentes e ausentes, próximos e distantes; você pode dar cotoveladas em quem se senta ao lado e conversar graças a esses PCS à nossa disposição, com quem quiser, até com quem está do outro lado do mundo, com a cabeça para cima. Todos juntos, multidões, massas, à espera do início. A sala está apinhada, ondeia como um mar. Onde estão os imputados, os detidos neste vale do Juízo? Vejo apenas Kapo, cães de guarda que se empurram mutuamente, com mordidas ferozes, no enorme matadouro; toneladas de carne abatida e moída, dizem que carne de cachorro é ótima, quem dera ter tido um pouco dela no Lager.

"Quantos serão os danados, os detidos, os imputados, os internados à força, os Kapo?" Muitos, uma turba imensa. O senhor deveria saber melhor que eu, com esses registros e empregados a seu serviço, mas entendo que com todos esses números seus computadores tenham dado tilt. Um computador é um cérebro, e os cérebros dão tilt, é sua especialidade. Mas não é preciso ser esnobe com os números. Os números estão vivos, é possível tocá-los, apalpá-los. Números nas cartas de baralho, nas matrículas, nas moedas, nas cédulas, no braço, na mesa da roleta, nas celas.

Mesmo nas mesas de jogo — posso dizer com convicção, já que me depenei nelas — você os vê, brilhantes e febris, rabiscando cifras para descobrir a ordem oculta na ciranda das probabilidades, as leis misteriosas que regulam o caos do jogo e do mundo, que fazem girar a bolinha como um planeta nos espaços, mas que também a controlam, impedem-na de abandonar sua trajetória e se perder no vazio infinito e a obrigam a parar sobre o cinco, sobre o doze. Quem sabe descobriremos essa ordem, acumularemos diante de nós o ouro do tempo, poeira dourada que foge entre os dedos e fica no tapete verde, no grande prado estéril onde se amontoa a turba daqueles que quiseram tornar-se semelhantes a Deus.

Eles roubaram o ouro, o velocino sagrado, e agora esperam o julgamento do Tribunal do Povo, todos espremidos na enorme sala de jogo com aquela tapeçaria vermelha, as velas que ardem, cachos humanos pendurados à esquerda e à direita da mesa verde, o altar do Senhor. Inocentes, culpados, de qualquer modo danados, suspensos naquela mesa como animais no gancho, queimados pelo fogo das velas que lançam uma luz de sangue nos rostos suados e nas mãos que puxam as moedas para si. O vermelho da sala é um fogo que envolve todas as coisas, em torno da mesa todos se contorcem como os cavaleiros e os reis dinamarqueses no palácio de Christiansborg em chamas.

Tudo bem, quase sempre perdi naquelas mesas, mas também me diverti e, de resto, não me importava muito de perder aquele pouco que tinha... Os biógrafos deploram, e eu recito meu papel de impenitente arrependido. A única coisa é se assemelhar ao próprio retrato, feito não importa por quem. Minha vida é aquela que os outros me contam. Se não, o que poderia saber de quando havia apenas nascido, de quando comecei a andar, se chorava ou não de noite? Os outros me contaram tudo isso, e eu repito, tal como escutei deles. Como? Não, não, não é isso. Isso não vale apenas para a primeira infância. Vale para cada instante da vida. Acaso sei como era meu rosto ontem, quando me puseram de novo perto daquela máquina, como eram meus olhos, minhas mãos, por acaso eu poderia descrevê-los? Claro que não, eu não me vi, não me conheço. Mas, se o senhor me diz, aí eu sei e posso então contar.

Saí logo de Toothill Fields, mas fora dali era ainda pior. Cripplegate, Whitechapel, Southwark, Smithfield, St. Giles's — cada vez mais embaixo, em quartos cada vez mais sórdidos, as roupas cada vez mais sujas —, pelo menos joguei, mesmo tendo perdido sempre. Entretanto, depois daqueles verões em Cherso — longos, longuíssimos, nem sei mais quantos, dois, talvez um ou nem mesmo um —, não tive mais tempo nem ocasião de jogar. Nem cartas nem nada. Minha infância, minha adolescência, minha juventude acabaram logo, depressa. Ponza, o Guadarrama, o Valebit, Dachau, Goli Otok e... e o quê, depois de Goli Otok? Não me lembro, tantos anos metidos num saco, pesados que nem chumbo. O saco envolvido na lona desliza através da abertura na amurada — "E o corpo será jogado ao mar", diz o serviço fúnebre do navio. Vai ao fundo rapidamente. A água torna a fechar-se com um soluço sufocado.

45.

De toda essa história, disseram-me Vidali e a Bernetich em Trieste, quando voltei de Goli Otok, não se deverá saber e não se saberá de nada. De fato fiquei calado, como todos. O arquivo de Fiume, com toda a nossa história, também foi queimado em 1955 por Marini, nome de guerra Banfi: cinco malas de documentos, foi preciso um dia inteiro para queimá-los. Um grande esforço, as páginas se retorciam e escapavam do monte em chamas, era necessário recolocá-las no centro com chutes e às vezes queimando as mãos. Nossos nomes se dilatavam antes de se transformarem em cinzas, crepitavam e voavam entre os sopros criados pelo calor. Inclusive algumas fotografias. O rosto treme e se contorce, desaparece numa fumaça negra, uma língua de fogo se acerca do retrato de um jovem com lenço vermelho, a serpente o aspira em sua garganta ardente, todos os argonautas desaparecem nas fauces do dragão. Nós não contamos nada e agora já não sabemos; as coisas, é preciso contá-las continuamente senão acabam esquecidas. O Partido passou todos nós para a Seção Olvido.

Ah, e se em vez de...

46.

E se em vez de nada, aquela é sua vida, você a viveu e assina embaixo da primeira à última página. Você que é tantos, companheiro, o você potencial da gramática que a professora Perich-Perini nos ensinava, a internacional humanidade futura, você que sempre esteve do lado errado no momento errado. Aí está, no tribunal construído com os cacos do muro de Berlim — parece que caiu, assim ouvi dizer, mas de fato nunca existiu, posso lhe afirmar, era apenas um truque, um frágil barro, bastava um empurrão para deitá-lo abaixo, desde o primeiro dia, mas quem podia imaginar isso? O Partido está no banco dos réus, e você, testemunha de acusação, um dos tantos, militante anônimo da revolução, se levanta, jura dizer a verdade, mostram-lhe a foto com aqueles bigodes bonachões e os olhos miúdos de elefante maligno e você o reconhece, é ele, o dragão que roubou o velocino e o tingiu em rios de sangue, a pura, repulsiva, gloriosa bandeira do futuro, sol sufocado no breu.

Você se ergue, testemunha de acusação em nome da imensa turba escura encurralada no vale do último dia, pega seu amontoado de papéis; tantas folhas, a lista de infrações é interminável, serão necessários meses, anos para ler tudo perante a corte. Você pigarreia, pega esses papéis, pena para mantê-los juntos, depois ergue a cabeça e diz em voz alta: "Proletários de todo o mundo, uni-vos".

Quer dizer que cada ato de infração cai por terra e não há mais nenhum acusado? Não, senhor presidente. Do Tribunal, da República, do Hospital, de não sei o quê. Um acusado existe, e não tenho dificuldades de indicá-lo. Aliás, não é a primeira vez que um companheiro acusa um companheiro que errou. Não tenho certeza de seu nome, mas sei quem ele é. Sou eu. Como se vê, os documentos falam por si, o dossiê é grande. Proletários de todo o mundo, uni-vos, está escrito. Declaro-me culpado de ter contribuído deliberadamente para minar essa união e fomentar divisões. Pequenas cizânias e rompimentos irremediáveis. Pecados veniais, dizia o padre Callaghan, e pecados mortais. Portanto eu também, talvez sem que o soubesse, Viva la muerte, a cada qual seu quinhão.

47·

O de Mariza, por exemplo, veio em plena festa da Libertação. Poucos dias, dezessete. Todas as libertações são breves, passeios de meia hora no pátio da cadeia. — "Dezessete dias, de 9 a 26 de setembro de 43, palavra de Nevèra." — Obrigado, não precisava. Dos números me lembro bem; de resto, Nevèra sou eu, se me permite. São os rostos, os olhares, as vozes que se dissipam cada vez mais na neblina. Também as mulheres. O vidro se embaça e esconde o sorriso de Maria. Tento limpá-lo, mas quanto mais o esfrego, mais ele se torna opaco, e se, de tanto esfregá-lo, abro uma brecha na sujeira, aquele sorriso, aquele rosto do outro lado não está mais lá. Foi embora, quem sabe se cansou de esperar; ou então me enganei e a confundi com outra. Com essa fuligem dos anos é fácil se confundir.

A breve libertação de Split e Trau, quando, no dia seguinte à reviravolta de 8 de setembro, nossa Divisão Bérgamo, que ocupava a zona — e eu estava na quarta companhia, soldado raso, mas no Partido clandestino estava um pouco mais acima, embora não muito —, se rendeu aos partisans de Tito. Smrt fascismu, sloboda narodna. E eu, agente da história universal, que estava lá para eliminar Mariza. Sem saber, obviamente, mas quando o Partido o envia em missão você nunca sabe o verdadeiro fim de sua incumbência, o que deverá fazer. Nem na vida, aliás: quando se começa uma coisa, nunca se sabe no que vai dar. O Partido é grande e imperscrutável como a vida; vale dizer, inconsciente e ingênuo como ela, e assim segue em frente tateando, igualmente convicto de ter em si a própria justificação. Por isso acabou em ruína; a vida não pode durar, corrompe-se, infecta-se, morre. Estamos todos mortos, doutor. Essa obsessão terapêutica é inútil; um Partido de entubados em salas de reanimação, e a tomada ali, bem à vista, acessível ao primeiro espirituoso que queira destacá-la.

Sim, quando cheguei a Trau — militar convocado, saído dos cárceres fascistas na Itália e expedido com o Exército régio à Iugoslávia, mas sempre ativo no Partido, com o qual havia mantido contatos mesmo na prisão — ignorava que tinha sido enviado ali para a danação de Mariza, isto é, a minha também. Sabia apenas, ao chegar a Trau, que deveria trabalhar na organização de grupos e células do Partido entre nossos soldados, ali, desbaratados, antes mesmo do quiproquó do 25 de julho e do 8 de setembro. De fato, poucas semanas mais tarde, quando os alemães já tinham chegado e reocupado Split e Trau, em 26 de setembro, naquela debandada geral de todos contra todos, começaram a operar nossas brigadas garibaldinas da Divisão Itália e, à espera de alguma figura mais forte do Partido, encontrei-me subitamente no cargo provisório de vice-comissário político, com o nome de Nevèra.

Sentia-me contente por estar em Trau, até mesmo antes daqueles poucos dias felizes com Mariza. Claro que ela era minha namorada, e foi tudo culpa minha. No entanto Maurizio — também esse um nome de guerra, é óbvio — falava do caso como se a culpa fosse dele, mas era só para insinuar que o namorado era ele, exibido como era. Fico satisfeito por ele, assim pôde viver mais contente em seus últimos dias, antes de morrer em Split. Como um corajoso, devo dizer, um bravo companheiro.

Não era a primeira vez que eu estava lá, em Trau. Escondera-me na casa de um tal Tihomir, que tinha conhecido meu pai quando, anos antes, navegava num vaporeto que fazia a linha Split-Fiume, parando em quase todos os portos e até nas ilhas. Embarcamos nele umas duas vezes em Cherso, para ir a Fiume, evitando o ferry de Porozine e a linha regular, e meu pai tinha feito amizade com ele, que era membro do Partido Comunista iugoslavo, caído na ilegalidade em 21. E assim, umas duas vezes, sempre naquela biboca, fomos com Tihomir até Trau, onde ele também tinha uma canoa. Eu gostava de Trau, cercada de mar, bela e regular com seus lados alinhados, como a figura de um livro de geometria que define e limita as coisas. Há tempos não suporto nada de infinito, uma verdadeira alergia que faz com que meus olhos ardam feito cebola; até o céu eu prefiro olhar emoldurado numa janela, talvez até com grades, como naquela sua sala mais barulhenta, doutor.

Eu gostava de olhar o mar, de me perder no tremor de seu revérbero ofuscante. Gostava também do cheiro daquele mar, misturado ao de betume e de peixe assado com alho, e gostava de tocar a asa e a juba do leão de San Marco, de sentir a pedra forte e quente sob o sol. É confortável ficar sentado sobre o leão. E dali ainda se veem nitidamente o palácio e a catedral de San Lorenzo, com todas as figuras no portal do mestre Radovan.

Gostava também dos reis magos que cavalgam no alto — a subida é árdua, mas eles olham para cima e seguem adiante, é evidente que não podem se perder nem acabar mal, já cavalgam faz séculos, e sua estrela vermelha jamais declinou. A pata do leão com as garras sobre o livro, e inclusive o focinho, reencontrei-os meio destruídos, quando regressei, porque algum celerado nacionalista eslavo teve a bela ideia de golpeá-los a marteladas naquela famosa noite de dezembro de 32.

Entretanto a revolução — eu pensava —, após ter vencido e talvez rachado algumas cabeças, não teria destruído nada, mas sim conservado e preservado todos os vestígios da história humana, finalmente encerrada, mas não esquecida em seu sofrimento; as águias romanas, as cruzes, as meias-luas, os leões venezianos, as estrelas de davi, as pirâmides egípcias e astecas, tudo sob a bandeira vermelha...

Para dizer a verdade, vinte anos depois, no trágico pandemônio daquele agosto de 43, não tive nem tempo de lamentar aquele nariz e as garras partidas do leão, mas gostaria de ter arrancado os espinhos daquelas patas feridas. Talvez até porque, na vigília daqueles dias de colheita sangrenta, eu me tivesse apoiado naquele leão, com Mariza em meus braços, mesmo com o sangue já transbordando das tinas, fuzilamentos nos vilarejos, tocaia nos bosques, represálias, deportações. Era Natal, o Natal de 42. Hristos se rodi. Srećan Božić, disse Mariza, oferecendo-me a boca. Beijo inocente de Natal, como é o costume, que se torna outro beijo — o tempo se dilata, detém-se, precipita-se naquela boca. Lá, naquela pedra leonina, minha vida foi longa, todo o curso de um rio com suas sinuosidades, suas cascatas, suas expansões. Aquele pedaço da minha vida é maior que minha vida inteira, um minuto contém horas e uma hora contém anos, ainda que se dissolva tão rápido.

48.

É, se dissolve. Se fosse só isso, paciência. Um beijo, no fim das contas, é apenas um beijo, um soldadinho em dia de folga deve ter o direito de divertir-se um pouco. Até Marie, quando começou a criar muito caso, me cansou, tanto é que quase a eliminei da minha autobiografia, como aliás tinham feito mais ou menos os biógrafos que me precederam. Como é possível sustentar o amor? Não digo uma mulher. Uma mulher ainda vai. Não importa que se gire o mundo entre mil travessias, até os antípodas, sempre se pode levar uma mulher consigo e também respeitá-la e querer bem a ela e defendê-la diante de todos, mesmo que seja uma puta velha ou pior, como fiz com minha Norah, inclusive quando caía de bêbada pelas ruas de Hobart Town.

Uma mulher ainda vai, mas e o amor? Ele desmorona sobre você, esmaga-o. Já é bem duro viver, sobreviver, desviar-se dos golpes que chegam de todos os lados, soltar ou puxar a vela no instante exato, antes que o barco se arrebente ou vire; envelhecer, adoecer, ver morrer os amigos, acertar as contas com a infâmia, a vergonha e a traição que você traz dentro de si. E como se esse acúmulo não bastasse, ainda o amor? É uma guerra muito dura, entende-se perfeitamente que às vezes não resta nada senão desertar.

49.

"Tudo já estava pronto para a deserção desde antes, desde aquela noite em Gravesend, não é? Nenhuma improvisação, poucas desculpas... Seu John Johnson..." — Ah, você de novo, agora usando meu nome falso; melhor assim, quer dizer que não é comigo... Marie tinha voltado, não, eu tinha voltado, não importa, tínhamos nos encontrado e tudo parecia estranhamente belo, fácil. Estar juntos, viver juntos, fugir... eu tinha a sensação de não ter mais medo, apesar de — Ela podia me ajudar a sair da Inglaterra. Mas não é por isso que — não, não só por isso. O irmão dela fazia a ronda no Tâmisa, com as patrulhas que vigiavam as poucas docas de onde um barco podia partir. Marie era muito ligada a Abs — seu verdadeiro nome era Absalom; tinham quase a mesma idade, haviam crescido juntos. Foi fácil para ela, instigada por mim — que estranho, aquele repentino, falacioso domínio sobre as mulheres, até um segundo antes inacessíveis e depois, de repente, prontas a fazer qualquer coisa por você —, convencer o irmão a patrulhar o rio mais ao norte, dizendo-lhe ter visto gente que escondera barcos entre a vegetação. Assim, da margem desguarnecida, poderíamos pôr na água nossa canoa e alcançar o navio, onde o oficial das provisões, que já tinha recebido as esterlinas, me incluiria com o nome de George Rivers entre a tripulação.

Sim, eu sei que era idiota dizer a Marie que ela também viria comigo, aproveitar-me dela porque acreditava piamente em tudo o que eu dissesse — é o amor, dizem, mas não sei se é verdade. Amar quer dizer entender e, portanto, desconfiar, saber que a mentira está à espreita, que viver é mentir... Mas então ela e eu, eles, não... Seja como for, eu precisava dizer isso a ela, caso contrário teria sido uma complicação. No último instante — para poupá-la um pouco, para lhe dar um pouco mais de fôlego — lhe diria a verdade; que era impossível, que assim que arranjasse as coisas com um mínimo de calma, livre e em segurança, eu a chamaria. Juro que teria feito isso. Mas Went, um espião, tinha soprado o plano à polícia, e assim me pegaram e trancafiaram em Newgate. Abs, o irmão de Marie, foi imediatamente processado por conivência e enviado a Port Arthur. Eu não soube mais nada; nem depois, quando também me mandaram para lá. Dizem que se atirou na água pulando dos rochedos próximos a Puer Point, como as crianças, e que os tubarões o estraçalharam, mas não acredito nisso. Não tive notícias nem de Marie, por muito tempo. O quê? Não, não sei nada de nenhum menino, deixe-me em paz, o que eu tenho a ver com isso, é absurdo...

Então foi bem mais que um dissolver-se. Amor e morte. Viva la muerte. É fácil dizer, mas um pouco menos quando se morre ou se mata de verdade. Vocês estão certos ao me manterem aqui dentro. Não por essas histórias que não recordo, ainda que aquele tal as ponha bem no meu nariz; mas eu sei por quê... Tudo tinha começado tão bem naquele Natal de 42 e nos meses seguintes; até aquela guerra cada vez mais terrível e o trabalho político sempre mais difícil — entre meus companheiros de armas, caçadores circundados por uma caça enfurecida, os partisans que nos mordiam como as barracudas mordem uma baleia esquálida, e eu, baleia que se prepara para ser barracuda — me pareciam uma aurora. Gostávamos de passear no pátio do palácio Čipiko. É justo que o tenham tirado de você, Mariza zombava de mim, assim você aprende a trocar de nome e a passar para o inimigo; aliás, com esse uniforme lhe cai bem um nome de renegado e traidor, e eu lhe respondia que ela parecia a Mulher posta no átrio daquele palácio, que bizarramente tinha meu mesmo nome, ou quase, e que ela era a carranca na proa do meu navio, como a Mulher estivera na proa do galeão de Alvise ou Alvižo Čipiko — também ele um resentà como eu — em Lepanto, cara a cara com o galeão do temível Ucciali, o pescador calabrês que se tornara o rei corsário da Argélia.

Para ser franco, a Mulher parecia tudo, menos uma dócil escrava, nua e áspera como era, uma daquelas magras sem seio que na cama devoram como lobas famintas. Também Mariza, bela e altiva no vento como uma bandeira, era às vezes um estandarte de guerra, e em seu amor implacável havia algo que dava medo. Desprezava aqueles canalhas da costa sempre prontos a mudar de nome, aqueles dálmatas croatas de repente com nomes italianos, ou os dálmatas italianos de nome eslavo que trocavam a alma e o nome como palavras gritadas e estropiadas ao vento — Nós, cétnicos, não nos deixamos marcar de qualquer jeito como gado pelos patrões que vão e vêm, não temos patrões e morreremos todos, antes que um ustacha, um alemão ou um italiano pise em solo sérvio, dizia.

Seu irmão Apis era líder de um grupo mais ou menos disperso de cétnicos e havia recolhido muitos dos sérvios que viviam entre a costa e os Alpes Dináricos, de onde a nevèra se lança ao mar. Combatiam contra todos — contra o invasor alemão e seus cães ustachas, mas também contra nós, digo, contra os comunistas, que começávamos a roer os flancos alemães, e em parte flertavam conosco, ou seja, com os italianos, que tínhamos igualmente posto por duas noites nosso rei no trono de Zagreb, como num penico, mas, como também tínhamos um rei, podíamos agradar ao coronel deles, Draza Mihajlović, promovido a general por ir à frente do nosso pelotão de fuzilamento. Falo de nós, comunistas, porque Tito era um dos nossos, ou melhor, nós éramos dos seus, e eu também estava ali para trabalhar para a revolução, ou seja, para ele — agora é estranho pensar nisso, depois que me fez trabalhar para ele em Goli Otok.

Os alemães tinham ódio de nós — mas claro, nós, italianos, é óbvio — quando nos alinhávamos com os cétnicos em vez de massacrá-los junto com eles. Não lhes interessava que os cétnicos combatessem mais contra nós, comunistas, defensores da Iugoslávia agredida, do que contra eles, que a agrediam; para eliminar Tito e os comunistas, diziam, não precisamos de ninguém, nem dos aliados italianos. De fato, depois do 8 de setembro, eles também começaram a exterminar os soldados italianos, e assim, por um momento, nós éramos realmente nós mesmos, exército régio ex-exército régio e ex-partisans em uniforme régio ou não; é verdade, por um breve período as coisas pareciam mais claras, era claro quem éramos nós e quem eram eles. Para atirar em alguém ou cortar-lhe a garganta, é preciso pelo menos saber em quem atirar e de quem se esquivar.

O senhor me dirá que nunca aprendi esse princípio e que atirei em mim mesmo quando pensava estar disparando contra um inimigo. Pode ser. É fácil, tocaiados no escuro, confundirmos a própria sombra que desliza no muro com a de algum outro.

No entanto eu tinha Mariza, severa como a Mulher no átrio do palácio que tinha meu nome, ou quase o mesmo nome. A Mulher vinha do mar, de um mar aberto e distante que ressoava batalhas ferozes, mas eu a olhava através da porta escura do palácio, via aquele seio nu aflorar da sombra do átrio escuro. O seio áspero de Mariza também dizia que o amor é uma pausa em meio à guerra, um fruto mordido às pressas com a boca árida, arfante sob o avanço impiedoso do estio. Aquele Alvise-Alvižo, meu antepassado ou não, deve ter sabido que as mulheres nos dão coragem. Talvez tivesse medo, apesar de todos os Obradovich, Chrescovich, Dobischovich, Vidobinovich, Steffilovich, Francinovich, Nicolich Gozdinevich e Ribobovich que iam no convés, gente pronta para ir ao ataque, a matar e a morrer por ele, pela cruz, mas acima de tudo pelo leão de San Marco, que segurava a cruz entre as garras como se fosse um osso já limpo e chupado. Mas não basta ter homens bravos ao lado para vencer o medo; é preciso uma mulher. E, não podendo ter uma de carne e osso a bordo, mandou colocar pelo menos a Mulher na proa de seu galeão, para lhe dar mais coragem quando se visse diante do terrível Ucciali...

Sim, a mulher é nosso grande escudo, e o fixamos entre nós e a vida, para aparar seus golpes. Meu grande escudo, Maria Marie Mariza — enquanto o empunhei estive a salvo, mas depois tive medo, deixei-o cair, fugi; o escudo abandonado no chão, pisoteado pelos cavalos e carros, salva no entanto minha pele, que não valia a do cabrito esfolado na Cólquida. Toda vez que a morte estava para me alcançar, eu deixei o amor cair, um pedaço do meu coração; atirei-o à matilha faminta em meu encalço, escapei mais leve.

50.

Verão breve de Trau, verão breve de liberdade e de glória. Travamos um bom combate contra os alemães e os camisas negras, prontos como estávamos para morrer pela futura humanidade internacional. Quem disse que não nascem mais heróis? O exército de libertação iugoslavo foi heroico, travou a devastadora máquina de guerra alemã, a fez comer poeira; tenho orgulho daqueles meus irmãos com a estrela vermelha. — "Merito damnabis Eorum sententia qui affirmare solent effeotam esse naturam nec producere tales viros quales priscis temporibus extiterunt omnia mundo senescente degenerasse..." — De onde vem esse latinório, agora? Mas a quem você pensa que impressiona? Livros e memórias ilustres de família. Só gostaria de saber de onde o desencavou. Nós, companheiros, somos a verdadeira, antiga, futura nobreza. Aqui está meu nome. Coriolanus Cepio, Koriolan Cipiko, rouxinol dos tempos passados, César e Tito Lívio da Dalmácia e da Panônia do Sul, como ele chamava a Bósnia, ilha emergida do antigo mar panônico. O autor de *Petri Mocenici imperatoris gesta*, conhecido também como *De Bello asiatico*, começo do primeiro livro. Meu pai se entusiasmava ao mostrá-lo a mim. Entendia de heróis, Coriolanus Cepio, sabia que não tinham morrido nos tempos antigos, mas que a terra os produzia cada vez mais, como o seu Pietro Mocenigo, de quem havia cantado as gestas contra os turcos, assim como aquele Alvise — ou Alvižo — Čipiko, seu neto ou bisneto, com sua Mulher na proa em Lepanto, cara a cara com Ucciali, como eu, bisneto de seu bisneto naquele mesmo mar ensanguentado.

Ex hoc maxime apparet como é falsa a falação dos heróis que pertencem apenas aos tempos antigos, o discurso senil de Nestor sob as muralhas de Ílio. Ao contrário, quanto mais o tempo passa, mais nascem heróis, e esta é a maldição da terra, das catástrofes em que os homens, só pelo fato de terem que enfrentá-las, já são heróis, e a roupa de cama estendida a enxugar na ruela é a selva de bandeiras rasgadas que pendem de um céu de sangue e de bronze.

Eu deveria ter entendido quando vi alguns partisans titistas matando aqueles soldados da Divisão Bérgamo que tinham se dispersado e se rendido. Mas pensava em organizar a divisão garibaldina para combater os alemães e os camisas negras que se encarniçavam feito feras sobre os eslavos, e assim nem me virei em direção àqueles nossos mortos nos primeiros dias de liberdade, que para eles, no entanto, foi a morte.

Não comprometer jamais a unidade partisan, ordenava o Partido. Portanto havia pouco tempo para pensar naqueles dezessete dias, porque em 26 de setembro os alemães chegaram, tomaram conta de tudo e também começaram a fuzilar eslavos e italianos; contra os alemães pelo menos havia o alívio de saber de que lado se estava.

Não, nem eu tinha tempo de pensar em tudo naqueles dezessete dias. Mas em Mariza, por causa do irmão dela, precisei pensar. Até aquele momento os cétnicos tinham estado em parte do nosso lado, em parte contra nós; porém, quando os italianos se renderam em 9 de setembro, os partisans de Tito se tornaram os donos de Trau e decidiram que era hora de acabar com aqueles inimigos da revolução e que o bando de Apis, mesmo tendo eliminado tantos ustachas, também devia desaparecer.

Na verdade, disseram-me que devia ser desarmado e neutralizado. E então, quando Mariza confiou em mim e disse, entre meus braços, onde o irmão estava escondido com seus homens, eu jamais teria pensado que, ao passar a informação logo em seguida ao companheiro Vukmanović do VII Corpus... aconteceu assim, no estrondo e no caos daqueles dias a gente se confunde, lhe dizem uma coisa lhe pedem outra ele responde. Uma palavra distraída e inocente — como se pode imaginar que ela trará sangue? O sangue sobe, cresce como aluvião, sufoca; aquele fluxo que sai dos lábios parece a princípio vinho.

Naqueles lugares, meu amigo, escorre muito sangue, ustachas, cétnicos, camisas negras, SS, drusos. O sangue é contagioso, basta apertar um botão — clicar no mouse, obrigado, eu sei que se diz assim — e a pequena flecha o faz esguichar para todos os lados. Além disso, nesses lugares dálmatas... — Espere, olhe a flecha, ela sabe aonde ir e onde golpear, o que arrancar daquele poço do passado escondido atrás da tela como debaixo duma tampa... belos lugares, essas costas... Bem, se quiser posso imprimir. — "Ali há séculos os uscoques, como Martin Possedaria ou Giurissa Aiduch, se vestiam com a pele dos esfolados e as mulheres os incitavam com palavras injuriosas a sair pelos mares e a flechar e a roer com os dentes os turcos e venezianos e ragusanos e quando, sob a Morlacca, deceparam a cabeça de Cristoforo Veniero, depois mergulharam o pão em seu sangue."

Naquelas bandas cortam-se cabeças facilmente. Um morto ali custa bem pouco, cabeças de partisans cortadas por ustachas e postas no meio da rua, de ustachas cortadas por partisans, de alemães, de italianos — às vezes é até estranho sentir a cabeça ainda sobre os ombros. Mária, a mulher uscoque — tempos antigos, eu sei, mas e daí, tudo é presente, todo ocorre hoje —, tinha tido onze maridos, com os quais se casara um após o outro durante a vigília fúnebre do precedente, fazendo um único banquete para as núpcias e o funeral, a morte e o amor são um grande leito. Era uma bruxa que invocava o vento boreal sobre o Quarnero, mas, se dava a palavra, era sua palavra e nunca pagaria a traição com traição.

Sretan Božić, dissera no dia de Natal em Senj, onde nasce o vento boreal, oferecendo a boca a um tal Santissimo vindo da Itália que, pouco depois, capturado pelos venezianos que tinham vindo vingar um roubo de panos escarlates e roxos nas fozes da Narenta, deu com a língua nos dentes o que Mária lhe dissera ingenuamente. Enfim, revelou que os uscoques, guiados pelo irmão dela, estavam para lançar-se ao Pago e tinham escondido, afundados no mar perto do golfo de Mandre, os batéis, e que, com os homens se revezando nos remos em turnos, faziam milhas e milhas numa só noite, e se preparavam para retirá-las de lá e depois se lançar sobre o galeão veneziano ancorado no porto de Mandre. Santissimo havia indicado o lugar, e na mesma noite oito uscoques foram pendurados nas ameias do castelo de Purissa, oito enforcados e outros tantos massacrados e jogados ao mar, inclusive o irmão de Mária, mas ela não quis saber de renegar o esposo, o décimo segundo e traidor, e quando parentes e amigos lhe pediram que jurasse embeber o pão em seu sangue se o capturassem, ela inclinou a cabeça e respondeu que tinha sido ela que, quando o irmão surpreendido pelos venezianos estava para ferir Santissimo — que partira com eles para indicar o local —, lhe dera um empurrão fazendo sua espada cair por terra, e assim os venezianos o golpearam e quase o fizeram em pedaços antes de jogá-lo ao mar. — "Então Mate Aiduch avançou contra ela desembainhando a espada; contudo, por mais que a atacasse junto com outros dois, as lâminas não conseguiam encontrar a via de seu peito, que saía branco do lenço, até que finalmente uma estocada a atingiu na barriga, matando a criança antes dela." — E essa talvez tenha sido sua vingança contra Santissimo, levar à morte não ele, mas seu filho, e ela caiu de joelhos, ainda desferindo golpes a esmo enquanto recitava o Confiteor.

Quem sabe se pedia perdão também pelos golpes que dava naquele momento, pelo corte com que arrancou a orelha de um sujeito que se aproximara demasiado dela; confessava as culpas e os pecados a Deus Onipotente, à Beata Maria sempre Virgem, ao arcanjo Miguel e a todos os santos, porém não batia no próprio peito, mas tentava atingir os dos outros, porque a vida é pecado, e o sangue que escorre violento e sonoro nas veias pede que se derrame o sangue alheio que foge por outras veias. O confiteor que sai da boca com o último suspiro é talvez a única coisa a dizer, porque não pretende explicar nem justificar nada, mas apenas confessa ter feito o mal, boca do homem que se arrepende de ter dilacerado o homem.

Também quanto a Goli Otok só se podia pedir perdão, e no entanto todos explicam como e por que, a necessidade, a história, a Terceira Internacional, a dialética; não sei como Mariza morreu, sei apenas que foi ela quem me salvou quando Apis, surpreendido pelos nossos, já estava alçando a mira e gritando ódio e desprezo a mim; foi ela quem lhe arrancou a metralhadora e assim ele foi abatido e jogado no mar; depois ela fugiu com três ou quatro dos seus, assim me disse Maurizio. Foi encontrada no bosque, um tiro de pistola na testa, mea culpa, mea maxima culpa, e também a última estocada de Mária, antes que caísse no chão com a cara na terra, um golpe que por pouco não trespassou seu assassino, era um pecado, mas não tão grande quanto o meu. Teria sido melhor se Mariza tivesse salvado seu irmão e me deixado morrer; por ela e pelo filho que levava no ventre teria dado na mesma, de qualquer modo seriam mortos pelos titistas ou pelos alemães, mais dia, menos dia, faz pouca diferença quando se morre, mas eu teria tido uma sorte melhor.

O corpo de Mária foi jogado na praia, aos corvos e às gaivotas. Um mestre de Pola a viu sobre a orla, nua e terrível como uma cobra que não se sabe se está morta ou morde ainda, e com aquele talho no ventre, obsceno corte cesariano feito para tirar-lhe a vida que se negava a ir embora. Algum tempo depois, em sua oficina, o mestre polesano fez uma carranca áspera e altiva como aquela mulher lançada às gaivotas, amora verde que no beijo lhe trava a boca, e Alvise Cippico a colocou na proa como uma haste aguda para traspassar o calabrês Ucciali e depois, retornando para casa após a grande vitória de Lepanto — que poucos anos mais tarde era como se não tivesse existido, como todas as vitórias —, a assentou no átrio fresco e escuro, onde permaneceu por tantos anos e séculos — admirada, perscrutada, acariciada.

Li que ainda estava no átrio do palácio depois que ele foi confiscado pelo regime socialista. Um belo dia simplesmente desapareceu, e desde então não se soube mais nada sobre ela, exceto os boatos da cidade que tornam todas as conjeturas possíveis. Ladrões profissionais, é o que se diz, teriam roubado preferentemente os valiosos objetos de ouro e prata do tesouro da catedral que ficava ali perto. Mas lá no fundo quase todos estão convencidos de que se tratou de um autêntico rapto — como se a carranca não fosse uma coisa, mas uma criatura animada, que não se rouba, mas se rapta. Seja como for, levaram-na para longe de mim, também ela.

51.

Um belo palácio aquele meu palácio Čipiko de onde desapareceu minha carranca. Está em todos os guias turísticos. Monumento nacional, protegido pelas Belas-Artes, com a fachada em estilo gótico floreal, as tríforas, o portal renascentista de Ivan Duknović. Edifício histórico. Estou em casa na História. É um dever estar presente às jornadas históricas, ainda que se tornem cada vez mais numerosas. O que é um homem somente com sua vida, sem notícias memoráveis que a iluminem como os fogos de artifício clareiam a multidão espremida no escuro? É sombra, obscuridade. É preciso estar lá onde o Destino está, pôr-se atrás dele como sua guarda de honra e desfilar sob seus arcos do triunfo, enquanto das trevas que se escancaram de um lado e de outro se erguem aplausos — ou também injúrias, pouco importa.

As jornadas históricas se multiplicam. Mesmo quando o governador põe em fila, no pátio, os detidos de Hobart Town diante do mar, isso também é uma jornada histórica. Mais modesta, é verdade, mas ainda assim histórica, e quando se pensa que talvez um deles tenha chegado muitos anos antes — na época em que não havia nada, somente aquele mar — para fundar a cidade, aquela também foi uma jornada histórica assim como foi a inauguração da penitenciária, onde ao final foi parar o mesmo fundador, e o é hoje de manhã, doutor, por volta das dez, sua visita, quando o senhor passa com o cortejo de assistentes entre nossos leitos. E o foi também a visita de Kardelj e Ranković a Goli Otok, entre nossas fileiras e os gritos de "Tito Partija!".

Na História é como na mesa de jogo, primeiro se vence e depois se perde, alguém dobra a aposta com Austerlitz, mas na rodada seguinte vem Waterloo. Claro que eu estava em Waterloo, por que duvidar? Vamos, não banque o procurador no Tribunal do Povo, companheiro doutor, não vá também pensar que eu sou um mentiroso. Em Waterloo também venci, porque meu relatório de testemunha ocular valeu-me o perdão e poupou-me, portanto, a cadeia ou até mesmo a forca por ter deixado a Inglaterra sem ter permissão.

Sei bem como transcorreu aquele dia. Sim, eu mesmo; é o meu nome, não me interessa se tantos outros também se chamam assim.

Contrariamente ao que foi dito e repetido, o duque de Wellington não estava perdendo quando chegaram os prussianos. Foi atacado de surpresa, isso sim, eu estava ali quando nossa longa e sutil linha vermelha sobre Hougoumont foi rompida pelos sol dados franceses surgidos de repente por trás da colina. Era nossa brigada mais avançada, que estava se organizando num quadrado, mas foi atacada antes que tivesse tempo para isso, quando ainda era uma longa faixa vermelha, uma serpente que se desenrolava sobre a relva, e num instante todos aqueles cavalos sobre ela, os sabres que subiam e desciam brancos no ar chuvoso e de fuligem, a serpente cortada em pedaços, cada espiral se debatia e era talhada em fatias cada vez mais finas, palpitava e se torcia em torno de alguma espada arrancada à mão de quem a empunhava e caía do cavalo, envolvida por aquelas espirais furiosas e moribundas. Escondido naquele acampamento, entre a palha e as traves destruídas, eu não...

52.

Uma correria arfante e precipitada, cavalos que se arrebentam em Hougoumont sob a artilharia dos franceses; duas companhias alemãs de Nassau, dizimadas, deixam suas posições e recuam cada vez mais depressa, o terreno pipoca ao redor como uma infinidade de pequenos vulcões. Tropeçar, reerguer-se, um casco esmaga uma cabeça afundada de cara na lama, as barricadas e os anteparos de madeira espalhados sobre a colina estão em chamas — atravessar o fogo e passar para o outro lado, ali se estará a salvo, além da grande e intransponível muralha ardente. Um cavalo me ultrapassa vacilando, o cavaleiro que se segura abraçado ao pescoço do animal não se equilibra na sela; agarro-me à sua manga, quase por acaso, e o alemão despenca sozinho, sem que eu o tenha derrubado de propósito, ainda está caindo quando uma lança francesa o prende ao solo; estou na sela e dou com as esporas, sinto o estouro de uma granada e o cavalo explode sob mim; quando rola pela terra, as vísceras se enroscam em suas patas.

Tive tempo de não acabar debaixo do cavalo, pelo menos de não acabar inteiramente, porque uma perna ficou presa sob o corpo do bicho, mas não tento tirá-la dali nem me levantar; fico ali, com a cara na lama, imóvel ao lado do cavalo ferido e agonizante. Assim, estendido, ninguém se dá conta de mim, e até fecho os olhos. O barro na cara é tépido, ali embaixo a batalha não chega, estouros e baques vêm abafados, é como no mar, quando se põe a cabeça embaixo d'água; sinto a lama na ponta da língua, a sujeira nos joelhos que eu lambia quando era menino...

Assim que me levantei e percebi que não tinha nenhum osso quebrado, não havia mais ninguém naquela encosta, afora os mortos. Depois que cheguei a Gent, onde estava a corte de Luís XVIII, reencontrei a desenvoltura necessária para contar a derrota de Wellington com minúcia de detalhes. E recuperara essa desenvoltura ainda mais quando, poucas horas depois, enquanto chegavam escoltas e mensagens de Bruxelas, entendi imediatamente, pelas poucas frases apanhadas no ar, que a situação estava se invertendo ou já se invertera — entendi tudo rápido o bastante para revirar minha narrativa e anunciar a vitória de Wellington, mas atento a não negar o relato da fuga inicial, ao contrário, reforçando-o com aqueles mínimos detalhes indeléveis que atestam a autoridade do narrador e a confiabilidade da testemunha, prosseguindo minha história até revirá-la do avesso, sobretudo deslocando o ângulo de visão e o ponto focal, de modo que aquela narrativa, que antes era toda a batalha, se reduz e se transforma num episódio entre os tantos que compõem o evento total, a jornada histórica, a batalha de Waterloo vencida por Wellington.

De resto, entender atrasado nem sempre é uma desvantagem. Como é que disse aquele espirituoso francês? Ah, sim, que o duque de Wellington tivera sorte de ter aqueles reflexos meio lentos, pelo menos em comparação aos de Napoleão. Se tivesse sido ágil como seu adversário, entre as três e as quatro teria notado que estava sendo derrotado e bateria em retirada, perdendo definitivamente, mas assim, ao contrário, graças ao fato de não ter percebido instantaneamente o que estava para acontecer, tornara-se vencedor, quem sabe igualmente sem se dar conta de imediato...

53.

Não é verdade que aquela descrição do ataque a Hougoumont derive do relato que me foi feito pelo conde Lobau, que comandava uma guarnição em Waterloo. Claro, certamente conversei com o conde; viajamos juntos até Gent. A barca deslizava num canal tranquilo, cortava as imagens dos choupos que se refletiam na água e saltavam velozes como um cardume de peixes, velhos moinhos afundavam na noite. O conde, empertigado em toda a sua estatura, com aquela voz estentórea que se impunha durante as batalhas, mesmo em meio a tiros e canhonaços, falava de sua companhia de Nassau, atacada enquanto se organizava em quadrado, da sutil linha vermelha que se desenrolava como uma serpente entre a relva, dos cavaleiros em fuga, dele que salta sobre um cavalo que ficou sem cavaleiro e do cavalo que, logo depois, explode debaixo dele atingido por uma granada...

Claro que eu estava lá, em Hougoumont, no meio do pandemônio. Quem se pergunta onde é que eu estava exatamente e onde é que estava o conde, nunca deve ter estado em meio a uma batalha. Do contrário saberia que naquele momento, enquanto as granadas explodem e a lama espirra e os cavalos relincham e os homens gritam, ninguém sabe o que está se passando, se a granada partiu dos inimigos ou dos companheiros, de quem é aquele sangue que se vê ao redor, às vezes sobre o próprio casaco.

Lorde Uxbridge perdeu uma perna em Waterloo e a enterrou com toda a solenidade, um verdadeiro funeral, com os soldados perfilados, prestando as últimas homenagens. Mas eu não juraria que aquela fosse de fato sua perna, quem sabe os serventes do hospital de campo não se enganaram e pegaram a de um outro. Mas qual é a diferença? Acontece até com o corpo inteiro, especialmente depois de um tal massacre; todos os mortos se parecem entre si, e os soldados mais ainda...

54.

Não sei como os alemães conseguiram me capturar no Nevoso, em Leskova Dolina, aonde fui levado por um companheiro da Brigada Tomsić após a batalha de Mašun, quando caí e fiquei para trás, levemente ferido. Na época eu era Strijèla, o comandante Strijèla de um grupo de ex-soldados italianos da Divisão Bérgamo que, depois do 8 de setembro, eu ajudara a organizar-se numa formação partisan que, na Ístria, para onde nos deslocáramos, operava em contato com o Batalhão Budicin de Rovigno. Não me chamava mais Nevèra, mas Strijèla — achei que era justo, naqueles dias de guerra fraterna contra nazistas e fascistas, adotar um nome eslavo. De resto, caía-me bem, eu me chamo mais Čipiko que Cippico. Trst je naš, escreviam nos muros, Život damo Trst ne damo, não é Tito que quer a Ístria, é a Ístria que quer Tito — Bobagens, eu dizia aos companheiros, não é verdade, mas não tem importância, se os proletários do mundo estão unidos, não há mais fronteiras, e a Ístria não é nem italiana nem iugoslava, mas internacional, internacional humanidade futura.

Realmente é estranho como os alemães, os domobrances e os

camisas negras que estavam com eles — carrascos que vinham de Arbe, aquele Lager que o general Roatta construíra perto da baía, onde exterminaram tantos judeus e eslavos, inclusive crianças — puderam descobrir aquele esconderijo em Leskova Dolina, quase invisível no bosque. Alguém deve ter pelo menos indicado aquele local, mas não posso acreditar que tenha sido um companheiro que talvez, poucos dias antes, tivesse içado a bandeira vermelha junto comigo num vilarejo esloveno recém-liberado. Por acaso o senhor já passou algum dia por um daqueles vilarejos? Se tiver a ocasião de voltar à Europa e passar por nossas bandas, visite essas cidadezinhas. Não há uma que não tenha a lápide com a estrela vermelha e os nomes dos trucidados pelos nazifascistas; tantos nomes, dezenas de nomes num povoado de duzentos ou trezentos habitantes, que é como se em Roma tivessem matado centenas de milhares.

55.

Traídos, traidores, todos mirando com o olho vendado, em todos os lugares. Por que me surpreendi tanto quando, em Fiume, me acusaram de ser um agente do imperialismo americano, como todos os cominformistas? A História Universal não passa de calúnia e difamação; o céu sobre o vale de Josafá é um teto infrangível com uma fenda no meio, uma grande vagina aberta na noite, de onde chovem sobre os condenados milhões de denúncias anônimas. Os juízes as tomam todas por verdadeiras sem nem sequer averiguá-las, porque não têm tempo — de resto, honestamente, seria impossível.

56.

O céu, olhando para o alto, é de um roxo escuro, e vai passando ao celeste à medida que o horizonte se aproxima. Bem, não se pode pretender que aquele Brarnsen fosse um cientista, já é muito que ele soubesse descrever bem as cores daquela sua viagem no balão. Mas também em Berlim o aeróstato, no qual o príncipe Pückler-Muskau me fez gentilmente subir, se ergue veloz no azul-índigo, as pessoas e as tílias se tornam cada vez menores, a Sprea logo se torna uma faixa sutil, e os barulhos e gritos que nos saúdam se atenuam naquele zumbido que já é o sopro do vento.

Aquele azul ofuscante atraía como um vórtice. As nuvens acima de nós — durante pouco tempo ainda há uma acima e uma embaixo, mas depois... — quase já se fechavam; restava um pequeno orifício de onde irrompia luz violenta, disco reluzente que ao olhar ofuscado parecia negro — a boca de um canhão, um olho vendado. Em seguida aquele olho desaparecia, e as nuvens se espalhavam num mar agitado, ferruginoso.

O príncipe tinha sido gentil ao me convidar para aquele voo no balão a freio, em companhia do senhor Reichhard, o ilustre cientista de Berlim. Assim eu podia ver do alto a cidade aonde eu fora depois de Waterloo a fim de recolher informações que o Foreign Office, sempre desconfiado, foi um tanto obtuso em não utilizar. O balão atravessava as nuvens, mergulhava de vez em quando numa espuma de ar negro, bancos de madrepérola se desfibravam, filamentos de verde e rosa desapareciam no ar.

A aurora boreal na Islândia... brancura de neve, seio tênue da noite. De repente não havia mais névoa nem nuvens, apenas um leve flutuar leitoso e depois o céu vazio — o balão se precipitava naquele azul ofuscante e purpúreo, o horizonte se erguia e recuava, as nuvens fugiam lá embaixo —, placas de gelo, lápides brancas, anjos fugazes e funerários sobre um interminável cemitério.

Com os solavancos do aeróstato, o champanhe aberto pelo príncipe esguichava para fora, um nevisco de bolhas douradas evaporava na poalha do ar rarefeito e frio — leia aqui, doutor, como o príncipe descreve bem, foi exatamente assim, posso garantir porque eu estava lá em cima, o senhor foi muito gentil ao me emprestar este velho livro impresso em belos caracteres góticos, que parecem surgidos de alguma biblioteca de família triestina, talvez pense que assim eu terminarei acreditando que estou em Trieste, como o senhor afirma. Seja como for, aquele champanhe foi mais espalhado pelo vento do que degustado. O fluido ígneo, explicava o senhor Reichhard fazendo suas medições com o eudiômetro, se opõe à atração das partículas últimas da matéria e, quando prevalece, os sólidos se volatilizam como bolhas de sabão, como gotas de champanhe, o universo é um gás hilariante. Aqui em cima é uma brincadeira sem fim, os elementos se divertem libertando-se das ligações recíprocas, aqui se separa e se divorcia numa tola alegria; o espaço cósmico é um festim de cheiradas.

O senhor não acredita que eu tenha estado lá em cima? Cá entre nós, sabemos bem como as coisas aconteceram, toda uma queda, uma precipitação, ou talvez nem isso, apenas um continuar na terra e arrebentar-se do mesmo modo.

Com a *Mir* não se podia acabar pior, com aquele naufrágio na descida... Mais baixo que aquilo não se pode, nem Baía Abaixo... Trezentos dias de escuridão no espaço, com todos aqueles raios e aqueles... como se chamam, mísseis vetores, obrigado, que impulsionam a astronave em órbita... Muito gentil, doutor ou quem quer que o senhor ou você seja, que se preocupa tanto comigo e me faz topar com belas surpresas, como os presentes sobre a cama no dia de são Nicolau. Caridade um tanto interessada; no entanto, rasga-se o papel, abre-se o pacote e se encontra o carvão para os meninos travessos.... Com este CD sobre aquela viagem do companheiro Krikalev na *Mir* pelo espaço você quer me fazer entender como era breve a distância entre a União Soviética e o nada?

Depois de tantos dias a astronave aterra sobre o sol do futuro colapsado, o mundo se precipita num buraco negro, mas antes eu subia, subia... — "Que ar puro." — O príncipe se segurava nas cordas com graça despreocupada — "Quando se pensa que lá embaixo o grande cadáver apodrece há milênios, exalando seus miasmas mefíticos... — Não por acaso apenas um quinto do ar é respirável, e me admiro que se chegue a tanto. — ... e aqui em cima não se sente nada, nenhum mau cheiro... Daqui a pouco estaremos a doze mil pés, poderíamos fazer como aquele bom compatriota jacobino que, para festejar a proclamação da Constituição, subiu dos Champs Elysées num balão e de lá de cima se pôs a recitar em voz alta a Declaração dos Direitos do Homem, certo de que o Eterno o estivesse escutando, e depois, ao descer, começou a atirar cópias da Constituição sobre as cabeças das pessoas — Isso já me parece mais interessante, e o senhor Reichhard poderia calcular, considerando-se o peso de cada brochura, a aceleração de seu movimento durante a queda e a espessura da caixa craniana, de que altura é preciso estar para despachar ao outro mundo os cidadãos que recebessem a Constituição na caixola." — Entendido, companheiro Sergej? De resto, os companheiros já saíram de moda, mais até do que os príncipes...

Senhores, acreditam mesmo que venceram somente porque nós por ora perdemos? A *Mir* navega no espaço vazio eu estou parado ela avança talvez recue parti da pátria dos trabalhadores em 18 de maio de 1991 bandeira vermelha foice e martelo a "Internacional" de todos os alto-falantes logo emudecida no fragor do lançamento... Deixo atrás de mim as constelações, Argo também avança lentamente no céu, onde os deuses a acolheram. Na manga esquerda do meu uniforme está costurada uma pequena bandeira vermelha, uma nesga do velocino. Aquelas zombarias de nobrezinhos parasitas não me causam impressão. Seja como for, abaixo esta alavanca na cabine de comando de minha astronave e disparo no espaço folhetos mais leves do que o ar que não há, tirinhas compridas de uma única frase, Proletários de todo o universo, uni-vos.

Com certeza neste vazio cósmico também há proletários. O big bang, a entropia, o movimento dos astros e a luz das estrelas são uma gigantesca tirania, uma potência absoluta que seguramente esmaga qualquer um, pouco importa que cara, que forma ou natureza tenham os oprimidos. Talvez sejam triturados naquela poeira cósmica lançada para cá e para lá no nada. A antimatéria, a massa escura do universo que não se vê — Proletários de todo o universo, uni-vos. As tirinhas flutuam no escuro, serpentinas de Carnaval, o companheiro Sergej Krikalev vos saúda, punho cerrado na noite negra, lanço aquelas palavras na noite. Um chuvisco luminoso, gotas da Via Láctea, pérolas de champanhe espumam e evaporam, noite de festa. *Mir*, paz, paz e glória na Terra e nos céus aos companheiros de boa vontade, aquela estrela vermelha no horizonte cósmico indica o caminho e...

"Mas olhem lá, olhem lá!" O aeróstato voltara a descer, encontrava-se um pouco mais abaixo de uma montanha íngreme e revolta, que desmoronava no vento. O gigantesco balão surgido subitamente no topo ondeava sobre espumas que se desfaziam lentamente, e as três enormes formas estavam circundadas por um arco-íris. Ergo lentamente um braço, punho cerrado, e um lá de cima ergue o seu, esticando o punho até tocar o arco-íris.

Medir as coisas, os jogos e os efeitos de luz, estudar as leis da refração, não se deixar enganar pela areia que de longe, no deserto, parece um oásis de água, nem por um rosto que esconde os processos de sua desintegração. O céu é azul e aquele azul não existe, porque quem cai dentro dele é circundado por um vazio incolor — Alguém move os braços e se agita, como aquela figura lá em cima, o ângulo dos raios se desloca meio grau e aquela agitação acabou, não há mais ninguém, apenas o bocejo do céu oco. O céu está sonolento, decrépito; ventos e chuvas refazem continuamente sua maquiagem, mas logo as nuvens voltam sublinhando suas rugas e bolsas e à noite também se vê o exantema que mancha sua pele. Ergo o chapéu e me saúdo, homenagens ao rei sobre aquele trono de nuvens e de neve — e que Deus até escarneça quando ouvir dizer que os céus dizem sua glória.

Enquanto eu estava — estou, estarei — aqui-lá na *Mir*, a União Soviética deixou de existir, a bandeira vermelha foi arriada no Kremlin e agora só existe na manga esquerda do meu uniforme espacial. Agora a *Mir* realmente orbita no vazio — Proletários de todo o mundo, rompei os diques. Há três meses o Partido, medida de todas as coisas, e a pátria dos trabalhadores só existem na *Mir*, nesta nave que navega nos espaços infinitos e no espaço finito de minha cabeça, a cabeça de Sergej Krikalev, último e único cidadão da União Soviética. Portanto sou o Todo, o Partido, o Estado, afundados nas trevas de minha baba cerebral, papa primordial em fermentação, águas fecundadas pelos genitais da revolução que lá no alto se castrou com a própria foice. Faço com dificuldade minha descida ao mar escuro e denso, mas meus braços fendem o emaranhado das algas, braços ainda fortes e jovens, aqui o tempo escorre lento e espesso como aquelas algas oleosas. A *Mir* desce, retorna sobre a Terra, mas a Terra já não existe, desapareceu enquanto eu girava em torno dela — Aqui em cima continuamos jovens, a revolução ainda é a aurora de todos esses sóis do futuro ao redor, mas na Terra quem sabe quantas rugas no rosto dos companheiros, dos irmãos com quem crescemos juntos...

Mas pouco me interessa, doutor, que o senhor envelheça antes ou depois de mim. Afinal não sou seu irmão. Muito menos irmão gêmeo, aquele panfleto tem uma fixação por gêmeos, mas não entendo o que isso tem a ver e por que um envelhece antes do outro. Talvez ficar na Terra, enfim viver desgaste mais... quem sabe então os companheiros... Eu os verei logo, desço, estou chegando — A noite também desce e o balão ainda mais velozmente, quase como se quisesse fugir ao incêndio que se alastra no céu; a descida se torna muito rápida, é preciso liberar-se do peso e começamos a jogar fora da navezinha tudo o que nos cai nas mãos, até dois faisões assados e algumas garrafas, talvez até... não, eu fico, eis-me aqui. O balão cai na noite flamejante, um globo de cristal se incendeia e se precipita na Sala dos Cavaleiros.

A terra está próxima, os galhos das árvores já agarram como anzóis o balão que se prende entre as frondes, o voejar de uma galinha alpestre. O senhor Reichhard está às voltas com cordas e válvulas, nós começamos a afastar os ramos para descer, o albergue Zum Einsiedler deve estar nas redondezas, mas não o vejo, não o encontro, não há mais nada — Onde estão as bandeiras vermelhas, a foice e o martelo, quem roubou o velocino de ouro? Um pedaço de jornal jogado de cá para lá no vento diz apenas que a União Soviética, aquela de Stalingrado, desapareceu em 31 de dezembro de 1991, soprada para longe, o sol do futuro extinto como uma velinha sobre a torta de fim de ano. Dou alguns passos incertos na base espacial abandonada, este uniforme com a bandeira vermelha no braço me parece o figurino de teatro daquelas apresentações na paróquia de Hobart Town, que o padre Callaghan nos fazia encenar. De uma barraca despontam dois ou três velhos caquéticos, tenho a impressão de reconhecê-los, devem ser os operadores da plataforma de lançamento, mas agora parecem duas múmias... — Sinto-me fraco, os ossos e os músculos doloridos depois de poucos passos nesta clareira deserta; também estou envelhecendo de repente, como se deve, após o retorno. Somente o sorriso de Maria não pode envelhecer, margarida na alvorada. Deve ser porque ela se afasta cada vez mais rápido destas ruínas....

57.

"Fui muito ameaçado." — Isso eu devo ter escrito... aqui está, em 1817, 25 de julho. Mas por que depois acrescentei: "Não perder de vista os detalhes. Não apostar tudo de vez contra a banca"? Que detalhes? Agora tudo está tão confuso — os anos, a nave, o muro que cai, e eu sob seus destroços —, meu corpo é uma fronteira vazada, a Cortina de Ferro tombou em cima de mim, partiu-me em dois, um pedaço aqui e outro lá, e cada qual se contorce por conta própria — aqueles anos, de 1817 a 1820, desaparecidos num redemoinho — "Período obscuro", leio, "se possível, apagá-lo de minha existência." Febres altas e violentas, pesadas letargias, acordar dando pontapés na realidade, enrodilhar-se no sono. O quarto que aluguei de Sarah Stourbridge em Warren Street, Fitzroy Square, depois de ter sido solto provisoriamente à espera do julgamento — graças à intervenção de Hooker —, é um buraco que arrasta para o nada, noite após noite. A espada volta à bainha.

Uma turba imensa fervilha nas ruas de Londres, ratos famélicos e gatos sarnentos escapam no escuro, nas carroças algumas prostitutas se deixam foder sem nem mesmo tirar a roupa. A cidade é um campo de batalha; as nuvens têm um halo lívido, batalhões de maltrapilhos marcham e desaparecem na noite.

Sim, claro, eu também me mexo, olhe aqui o curriculum em apêndice, publico com outro nome uma breve biografia do capitão Flinders e um ensaio sobre Madagascar — escrito em Newgate, na prisão —, que poderia ter sido muito útil se não tivessem arbitrariamente decidido tratá-lo a priori como falso. É tudo verdade, os arbustos espinhosos que agarram o céu, aquele baobá gigantesco de cujos galhos um lêmure naquele dia me observava com grandes olhos de criança faminta — aquela árvore deve ter visto a Terra como era antes do dilúvio, se a cronologia dos botânicos e da Bíblia estiverem corretas. Os indígenas veneram um único Deus, Andriamanitra, aquele que desmata a floresta, insaciável, o eixo central da Terra, criador de todas as coisas — um outro nome dele é "Dias", o indeterminado escoar do tempo, com o qual apenas ele não se assombra. No entanto, pouco se importa com o que acontece lá embaixo, aqui embaixo, e os senhores do mundo são de fato os razana, os antepassados, que depois da morte se tornam a alma das coisas. Para os malgaxes a morte é uma festa, porque transforma o indivíduo num chefe, num deus. Por isso ele é festejado com o sacrifício dos zebus; certa vez, durante as pompas fúnebres de um chefe de tribo, vi abaterem cinquenta, o sangue fumegava e escorria, os animais caíam se contorcendo, grandes fogueiras ardiam paralelas ao morto...

Talvez aliás se devesse festejar a saída de Newgate em cima da carreta, eu pensava ao escrever na cela esta monografia sobre Madagascar, porque o patíbulo também é um modo de se tornar ancestral. Não recebi nem um xelim sequer por aquele livro, somente a habitual acusação de falsidade. Mas não é verdade, ao contrário do que me acusaram, que todas aquelas coisas sobre Madagascar, inclusive a história do rei Radam, filho de Andrianampoinimerinandriantsimitovianimandriamoanjioka, eu as roubei de Jacques Roulin, aquele negreiro francês que estava na cela comigo.

Estive lá, naquela grande ilha, quando viajava no *Lady Nelson*, forçado pelas tempestades a um grande desvio de rota. Não é culpa minha se aquele desembarque não foi relatado nos registros do Almirantado. Se confundi os nomes de algumas baías foi só porque, depois de tanto tempo e de tantas travessias, a memória de vez em quando se racha, como a terra durante um terremoto, e deixa as coisas escaparem através de suas voragens. Mas eu vi aquelas coisas — a cerimônia da exumação do corpo, por exemplo, as pessoas que o reverenciam e falam com ele como se estivesse vivo, e os ossos a circular pelo vilarejo, em triunfo. É bonita essa festa aos mortos, à carne que se desfaz debaixo da terra e que regressa, como numa prévia de ressurreição — aqueles ossos secos, cobertos de pó, admirados como as bochechas de uma jovem... É tão duro levá-los por aí durante toda a vida, os ossos, por terra e por mar. E aquelas festas, aquelas danças... as Escrituras dizem que os ossos humilhados exultarão...

Saio sozinho de noite, daquele quarto em Warren Street. Circulo sob a chuva de Londres por horas e horas. Quem sabe como chove na foz do Derwent, no rio-mar. A lua é macilenta, amarelada. Até quando, Senhor? A última coisa a sair de meu bolso é um relógio de meu pai, além do colchão, dos lençóis e de outros móveis de Sarah Stourbridge. É um alívio quando a mulher, junto ao policial Henry Crocker, me leva em 15 de maio perante o magistrado R. Birmie de Bow Street, sob acusação de furto de uma cama, quarenta xelins, uma almofada, cinco xelins, dois cobertores, quatro xelins, e um travesseiro, dois xelins.

No julgamento, em 4 de dezembro, o juiz Newman e os doze jurados se veem diante de um homem que se declara culpado — como se fosse possível fazer o contrário, se alguém errou, deve ter sido eu, assim como tantos companheiros, não o Partido. Culpado, mas também inocente — mas isso não interessa a Vossas Senhorias, e é justo que seja assim. A voz do juiz, "Condenado a ser enforcado pelo pescoço até que a morte sobrevenha, e que Deus tenha piedade de sua alma", me chega de longe, diz respeito a um outro.

58.

No início me recuso a pedir clemência. Mas isso foi antes — Sim, depois do processo e do juiz Newman, mas um século antes daquela reunião em Trieste, na via Madonnina, quando os companheiros deram ordem de não abrir a boca quanto a Goli Otok, de onde eu acabara de voltar, de não dizer nada, porque o Partido reconhecia que a resolução do Cominform, imposta brutalmente por Stálin, estava errada, ainda que não fosse o momento de dizê-lo em público, e que Tito tinha, sim, cometido erros graves, mas era preciso recosturar a unidade operária e, portanto, bico fechado sobre tudo o que pudesse servir aos imperialistas para difamá-la e enfraquecê-la.

Revejo o olhar velado de Carlos, um olhar de tigre com a presa entre as garras ainda tensas, e aquele subserviente e severo da Bernetich: nunca se saberá nada desta história. A grande mão mutilada do companheiro Vidali — o comandante Carlos tinha deixado o polegar na Espanha, junto com um forte estilhaço de granada — amassa as folhas de papel e joga tudo no lixo. "Um belo artigo, companheiro Cippico, esse que você escreveu sobre as histórias de Goli Otok, mas que só serve para *A defesa adriática* ou algum outro jornaleco fascista — ou mesmo trotskista, posso acrescentar. Mas no *Trabalhador* é uma verdadeira sabotagem, isso eu garanto" — o olhar meio enevoado, escondido por um véu sonolento, mas em alerta, de jaguar que calcula o bote, perdia-se por um instante na melancolia. Eu sabia quanto lhe custava dizer aquelas coisas, ele que, se vociferava, por fidelidade àquela resolução do Cominform tinha até tentado uma revolta de oficiais da Marinha iugoslava, em Pola e Split. De tudo isso nunca se saberá nada — E aquela dura melancolia subitamente desapareceu do rosto largo de molosso.

Cedi, retirei o artigo, pedi clemência. Admiti que tinha errado. Tudo. E, portanto, por também ter resistido a Goli Otok, em nome do Partido...

Em Goli Otok não, não pedi clemência por nada. Nem em bojkot cedi; não gritei que Tito tinha razão e que o Partido estava errado. Mas era mais fácil, porque na época eu estava no Partido, ou pelo menos achava que sim; estava, pois, em casa, árvore com raízes que ajudam a suportar a fúria dos ventos, bandeira vermelha que não teme aquele vento. Porém, quando o Partido me tapou a boca, aí sim minha cabeça girou, como quando em Goli Otok a metiam no buraco da privada.

O vento que me atingia não era o boreal, mas o gás venenoso que sai da torneira galopante e sobe ao cérebro, e então eu disse sim, retiro, retrato-me, permanecerei calado, não aconteceu nada, peço clemência, assino tudo o que quiserem, como aqui dentro, quantos papéis já assinei desde que estou aqui. Todos ficaram contentes, mostraram-se mais uma vez bons e cordiais comigo. O mesmo em Bow Street: quando apresentei meu pedido de clemência, elogiaram-me "por assim ter demonstrado respeito pelas autoridades". Portanto, pena comutada por trabalhos forçados durante toda a vida em Port Arthur. Partida com a primeira nave prevista para a minha esquadra. Nesse meio-tempo, volto a Newgate, sabe-se lá por quanto tempo. Os deportados à espera são muitos. Assim como em Trieste eram muitos os refugiados em lista de espera para a Austrália — em 49, em 50, em 51. Agora eu deveria finalmente dizer adeus, mas não sei para quem...

59.

"O que é um pedaço de madeira? Nada, um galho que se parte, um tronco apodrecido que talvez já nem sirva para queimar e produzir um pouco de calor, porque só faz fumaça que infesta o ar — assim como vosso cheiro e o fedor de vosso suor, meus irmãos, que a ira de Deus pôs a apodrecer entre estes muros e que logo estarão em frangalhos, mesmo que os sinos da igreja do Santo Sepulcro não anunciassem que, para vós, soou a hora da justiça terrena, a hora de balançar na forca para divertir um pouco os outros pecadores mais pecadores ainda do que vós, que vão para a praça gozar como pagãos a morte alheia a fim de não pensar na própria morte eterna! Não, meus irmãos, nenhum de nós vale mais que um pedaço de madeira carcomido pela água, e eu também, a quem a bondade de Deus chamou para anunciar Sua palavra sem cuidar dos meus pecados, não sou senão madeira boa para arder! É inútil que me observeis com esses olhos esbugalhados ou com o ar melancólico de quem se ilude de ser piedoso, podíeis ter pensado antes, canalhas, ladrões, adúlteros, fornicadores, assassinos, podíeis ter tido piedade da viúva que defraudastes ou das crianças que deixastes órfãs — No batismo vos foi dada uma veste branca como a neve, e se agora ela está suja como o trapo que limpa a sentina, não é culpa nem do rei nem do Senhor que blasfemais, mas apenas de vossa abjeção.

"Sois um pedaço de madeira. Mas o mísero lenho contém em si o mistério da cruz. O mundo é um mar imenso, mas a madeira da nau, se é madeira benta, o atravessa e retorna à pátria.

"Somente quatro dedos de madeira, no máximo sete, como diz o poeta antigo — porque até mesmo aos pagãos a incomensurável sapiência divina concedeu às vezes pressentir a verdade —, somente poucos dedos de madeira sob os pés vos separam do triste abismo do mar amargo e sem misericórdia, das negras e profundas voragens onde se aninham o Leviatã e os peixes cruéis e obtusos como o ódio, e basta um só pecado para furar o fundo da nave e nos fazer perecer a todos na perfídia das correntezas, mas se estivermos firmes na fé e fortes o suficiente para reconhecer nossa fraqueza e nossa nulidade a nau atravessará segura as tempestades e chegará a um porto. Não temeis o mar amargo, lugar de toda desventura, pois é o amargo do vosso coração que vos instila o veneno da morte, é o vosso coração corrupto o lugar de vossa ruína, é esse mar que vos pode fazer naufragar! Meus irmãos..."

A voz do reverendo Blunt era um coaxar borbulhante, embora não fosse o caso de dizer-lhe isso, porque senão ele poderia recusar-se a me dar o xelim que tínhamos combinado para cada sermão que eu lhe escrevia. Em todo caso, o reverendo recuperava metade dos xelins gastos jogando cartas comigo e bebia tudo em cerveja, oferecendo-me — é preciso reconhecer — de vez em quando uns bons goles, quando o carcereiro a trazia ao final da partida. Eu não me irritava com isso, até porque o reverendo, quando pregava os sermões escritos por mim, sempre inseria alguma coisa dele — para pior, naturalmente, exagerando nas repetições, deixando escapar umas vulgaridades e confundindo imagens e citações da Bíblia.

Seja como for, graças àqueles sermões eu tinha conseguido uma cela só para mim, uma boa provisão de papel e de velas e, nos últimos tempos, até um escrivão que me arranjava os livros necessários e de vez em quando escrevia o que eu lhe ditava — "Não por preguiça, mas para ver se o texto se prestava à leitura em voz alta", expliquei ao reverendo, de modo que ele apoiasse meu pedido.

Bem diferente de Goli Otok. Lá eu não buscava ouvir os fragores do mundo nem me aliviar com eles. Talvez porque estivesse surdo, até porque os carcereiros de lá me romperam os tímpanos. Já em Newgate, sim. Quando a porta externa da prisão se abria, quem sabe para mandar um de nós balançar em Tyburn, eu tentava escutar os barulhos da rua, os gritos dos mercadores ambulantes e dos bêbados, a algaravia indistinta da vida. E na cela, de noite, também escrevia para combater o silêncio. Escrevo para os gostos de cada um, exalto a liberdade dos mares e o rígido protecionismo. Se me contradigo? No mar há lugar para todos e tudo, vida e morte, liberdade e regras. No mais, é bom escrever, para cada livro, sua negação e publicar apenas as negações, só para pegar na armadilha os críticos prevenidos: eles acabam com sua autoparódia e aí você saca o livro verdadeiro e eles não podem mais atacá-lo. Fiz isso também com meus livros sobre o estado do cristianismo na ilha do Taiti e sobre o cristianismo como religião natural...

60.

Este último eu escrevi na prisão. Faz bem, na cadeia, escrever sobre Deus. Uma palavra grande, vazia, que enche o espaço de barulhos familiares. Por que isso não me ocorreu no Lager? Sem Deus somos crianças perdidas — um bom começo. Mas onde foi parar aquele volume? Uma obra sobre a religião, mais exatamente sobre o *Cristianismo como religião natural*. Um desafio aos ateus, a quem não crê. Para ser um companheiro, é preciso ter fé. O mundo não pode ser autossuficiente, uma matéria eterna, uma geração depois da outra cai na vala como gotas em um mar sempre igual, navios afundam e tripulações desaparecem, mas não acontece nada...

Mas mesmo aqueles outros, deístas, teístas, enfermeiros, enfermeiros-chefes e médicos, estão no mesmo saco, porque não basta que Deus tenha criado o mundo, como estes talvez admitam, mas achando que depois ele o deixe seguir por própria conta, sem intervir mais. O mundo é grande, belo, ilhas de coral e flores ao vento, mas ainda há o medo e o choro que sobe à garganta quando nos sentimos sozinhos, e também aquele ódio e rancor que crescem por dentro e sufocam a alma... Meu Deus, não basta que Ele permaneça lá em cima, como se não existisse — que responda ao grito, que separe o mar Vermelho, que faça cessar a tempestade e conduza as naus ao porto, e que também castigue, se quiser, que mande o dilúvio, mas que se faça sentir...

Mas como ele manda dilúvios. Confutar ponto por ponto os orgulhosos teístas, livres-pensadores que elevam o homem a um pedestal de argila e o entregam à sua própria miséria. Todo império é grandeza vã, Atlântida engolida pelo mar. Quanto aos livros, consigo-os dos quacres que visitam os presos e conversam longamente comigo, sobretudo mrs. Elizabeth Fry, com suas damas piedosas que também tratam de recrutar mulheres para a Nova Gales do Sul e para a Terra de Van Diemen, enviadas como esposas dos daqui.

Mrs. Fry me dá uma Bíblia de presente. A Bíblia é a verdadeira ciência, e cada pedra confirma isso. A terra mostra os vestígios do dilúvio, com as conchas e os peixes fósseis encontrados nas montanhas, os esqueletos de animais desconhecidos e os ossos das hienas gigantes. Em Dachau também se encontrariam muitos vestígios do apocalipse, esqueletos humanos, grafites, marcas de sangue, mas ninguém tem vontade de escavar, todos fingem que não houve nada. Mas até que é bonito pensar no dilúvio, nas grandes chuvas que caem incessantes sobre os vagalhões e as samambaias das ilhas, águas do céu que se despejam sobre a terra quase para se rejuntarem com aquelas do mar, como nas origens...

O dilúvio destruidor também é bom. A água submerge, purifica. No hemisfério austral as águas não se retiraram de todo, cobrem ainda uma grande parte do orbe, e talvez o continente austral seja água mesmo, água congelada. Segundo sir Richard Phillips, o eminente geólogo, o ponto em que me situo — sim, naquele pedaço da Inglaterra onde construíram a prisão de Newgate — foi recoberto três vezes pelos oceanos em tempos imemoráveis, e por três vezes voltou a emergir. Talvez fosse bom estar lá embaixo, no fundo, sob a grande abóbada das águas mais alta que a do céu, lá onde se arrasta a serpente do mar — a serpente primeva, que se refugiou lá embaixo porque não precisam mais dela, os homens criados à imagem e semelhança de Deus já estão corrompidos e persuadidos no mal. As águas são pretas; e também a cela é preta quando a vela se apaga, uma água preta que sobe.

Quando finalmente consigo imprimir um cartaz que anuncia a publicação do livro, solicitando às damas, aos senhores e aos cavalheiros que subscrevessem a aquisição por não mais que meio guinéu, os queixumes que já circulavam na cadeia por causa dos pratos especiais que me davam no refeitório explodiram, e o bando de Carlile, um grupo de escrevinhadores condenado pela publicação de porcarias blasfemas e irreverentes, ergue a voz, acusa-me de ter escrito, por trás de uma veste pia, um libelo cheio de venenos sutis contra a religião. Essa mania de perseguir os livros, de metê-los no índex, de queimá-los. De ler tudo, os livros, e até cartas, como infames mensagens em código usadas pelos inimigos do povo. Escritores e leitores de todo o mundo, uni-vos. Vocês são, nós somos, os verdadeiros proletários, os proscritos, cada palavra nossa é um delito. É preciso aprender a calar-se. Sim, é verdade, fui eu que escrevi aqueles papéis em Newgate, e que depois um deles, um do bando, surrupiou de mim e foi mostrar ao capelão. Mas era um desses meus textos escritos deliberadamente para ser contestado, que devia ressaltar por contraste, no livro que eu escreveria logo em seguida, se me tivessem dado tempo, a verdade da fé.

61.

"Mas a lua, irmãos", coaxava Blunt, "que desce lançando-se na escuridão da noite, é o símbolo do homem, que não brilha com luz própria, porque sozinho seria engolido pelas trevas, mas a recebe de Deus, como a lua do sol. O homem deve morrer, assim como a lua que desaparece, para renascer na eterna aurora do sol de Deus. Jericó foi destruída por sete toques de trombeta; e assim nós, quando Deus nos disser, com voz mais estentórea do que a de sete trombetas, que a hora é chegada, seremos destruídos como Jericó. Ignorantes como a lua, sábios como a lua, aqueles por quem o sino está para dobrar! Porque o Senhor tornou ignorante a sapiência e sapiente a ignorância! Alguns de vós estarão em breve na casa do Pai — é inútil que se queixem lá no fundo, seus canalhas, pensai sobretudo que nem a forca vos poupa de uma boa sova até poucas horas antes —, alguns de vós, eu dizia, estarão logo em casa, e que Deus vos assista em sua última hora. Outros deverão navegar ainda por muito tempo, antes de chegar ao porto. O mundo é um mar amargo, que sacode o pequeno barco, e para onde quer que o olhar se volte, sobre a superfície negra das correntezas, não vê senão imagens de morte.

"Ai de quem confia na própria força e na habilidade de piloto, ainda que tenha navegado entre escolhos e tempestades, ainda que tenha dobrado o cabo Horn sob a fúria dos ventos. Com o vento oriental tu despedaças, ó Senhor, as naves de Tarsis. Tremenda é a tempestade do mar do mundo, mais que qualquer furacão sobre os oceanos, porém, se o mastro da nau é a madeira da cruz e vós a abraçardes forte, nenhum vento infernal que surja das águas turvas vos poderá arrastar ao abismo. Não temais, permanecei agarrados a esse mastro, e a nau atravessará o furor das grandes águas como a arca de Noé.

"Sim, sucumbireis, sucumbiremos ao naufrágio, irmãos. A verdade cristã não é aquele mel com o qual as sereias pagãs inebriam o navegante e o fazem perecer nas voragens profundas. A verdade cristã é um fármaco que cura, mas é amargo como a morte e como o mar: ela vos faz cuspir a alma negra até a última gota de bile, assim como as ondas vos fazem vomitar para além dos parapeitos, mas somente se esvaziardes a estiva do vosso coração de toda a sujeira e de todo o veneno podereis atracar no porto. Sim, sucumbireis ao naufrágio! O porto é a morte — se não naufragardes na fé, como diz o apóstolo, não encontrareis salvação e sucumbireis a um naufrágio bem mais terrível, nas águas das trevas eternas!

"O velho Adão deve morrer para que nasça o novo, o marinheiro deve cair no mar para alcançar a orla abençoada. Não vos lamenteis, porque somente o Senhor pode repreender as ondas; alegrai-vos, pois o silvo do vento entre as velas é o anúncio do combate final e do porto vizinho. E, se o mundo não conservará memória de vós, porque as naus não deixam rastros de si no mar, o Salvador, o piloto que vos conduz ao porto, não vos esquece..."

Eu também declamava em voz alta quando ditava essas prédicas, que tornava a ouvir no dia seguinte, na igreja. Às vezes Blunt chegava muito cedo e se sentava, esperando que eu terminasse de escrever o sermão que lhe servia. Era pequeno, arfava sobre o ventre protuberante, a boca fina no rosto gordo e suado, e os tufos de pelos que lhe saíam das orelhas. Olhava atônito para fora da janela, passando a língua nos lábios; de vez em quando piscava um olho, não se entendia se por um tique ou porque perseguia um raciocínio sagaz, como falando entre si. Uma vez, ao entrar na cozinha, o vi de costas em seu sobretudo negro, com uma mão enfiada debaixo da saia de uma doméstica. Nenhum dos dois dizia nada — estavam ali, na eternidade daquele instante e do fluxo sanguíneo que acendia as bochechas do pastor. O reverendo não se moveu. Peguei um pão e saí sem dizer uma palavra, silencioso como eles dois. Meia hora depois, retirando o manuscrito, o reverendo não se mostrou embaraçado. De profundis clamavi ad te, Domine. O corpo sua, corrompe-se; a carne que carregamos em nós se deteriora como aquela mal conservada nas despensas da prisão. A mão debaixo da saia de Marie? Tudo é tão desgostoso e inocente.

Os sermões — até porque o pastor Blunt se estende bastante, confundindo-se talvez com as folhas — terminam sempre em gritaria, com algum prisioneiro a gargalhar e outro, mais comovido, que o cobre de socos para que fique calado, e outros que entoam a canção da bela Mary e de seu Tom, que só quando lhe metem a corda no pescoço empina-se duro e forte, como se deve.

O sino do Santo Sepulcro toca frequentemente; a folha com o nome dos condenados é afixada em geral às quartas-feiras, e depois de um tempo a gente se habitua a lê-la como os números das corridas ou da loteria. Quase todos sobem à carreta com as próprias pernas; de vez em quando é preciso empurrar um à força, ou até mesmo mantê-lo de pé, mas depois tudo vai, e é só um instante para dizer uma reza e acabar com o assunto. Até o reverendo Blunt protestou, dizendo que eram muitos de uma vez só e que não lhe davam tempo de fazer uma oração com a solenidade necessária. Quantos homens, em todo o mundo, morrem a cada minuto?

Antigamente as correntezas negras cobriam o mundo, e tudo era apenas uma imensa água escura na noite. A Terra era uma ilha que a qualquer momento podia submergir. Maravilhoso e grande oceano austral; muito mar e pouca terra, como nas origens, ilhas desabrochadas como corais que podem facilmente sumir de novo, grandes chuvas que velam todas as coisas. O Juízo Universal ocorrerá sob a água. O homem é uma isca com a qual o Senhor pegará o dragão, o Leviatã originário, assim como os marujos pegam os peixes, metendo-lhes na boca pedaços de carne com o anzol que se enterra na garganta.

62.

Enquanto isso, com aquelas acusações de cominformismo — quero dizer, de ateísmo —, vejo-me em apuros. A denúncia mais infamante, a de não ter fé. Você deve ter fé. Em Deus, no Partido, na bandeira. Não há lugar para quem não crê, e sendo assim é melhor livrar-se dele. Como posso explicar a verdade, convencê-los de que sou um homem de fé, alguém que sempre acreditou em tudo? Sei que é difícil; diante do Tribunal do Povo é raro ver testemunhas de defesa, porque terminariam no paredão antes mesmo do acusado.

Quem pode me ajudar? Talvez lorde Castlereagh se lembre dos meus méritos e possa me tirar daqui; ele teria o dever, até para ficar com a consciência em paz, ele, que mandou bombardear minha Copenhague; seria uma espécie de ressarcimento. Mas as trevas estão descendo sobre lorde Castlereagh; vê em todo canto ódio e conspiração ao redor de si, passa as horas em seu quarto delirando sobre planos e conjuras. Sua astúcia, que lhe permitiu controlar ministros e cabeças coroadas de meia Europa, ao final só lhe serve para enganar o médico e encontrar a lâmina que havia escondido. Depois soa a campainha — o último gesto imperial, quase como se quisesse comandar depois da morte —, e quando o doutor Bankhead chega correndo, encontra uma cabeça quase cortada pelo talho na garganta e não consegue entender as últimas palavras sufocadas pelo sangue.

O protesto contra aquele meu livro ateu chega à mesa de Robert Peel, Home Secretary, que não quer confusão com assuntos religiosos, os quais não lhe interessam; ordena que a sentença seja imediatamente executada e que eu seja mandado aos trabalhos forçados no primeiro navio de partida para a Austrália.

Parto, mas sem me lamentar. Peço apenas a Hooker que de algum modo faça Marie acreditar que estou morto, desaparecido no mar. Escrevo a outra carta a meu irmão Urban, em Copenhague. Escrevo-a na carroça, enquanto me transportam para Woolwich. O governador de Newgate ordena que eu seja acompanhado por uma boa escolta, temendo que eu possa fugir, mas isso não me desagrada, tenho a impressão de estar na Islândia e de que aqueles homens a cavalo, que vejo pela janelinha, são minha guarda de honra. Quando escrevo para meu irmão dizendo que estou partindo numa importante missão em Madagascar, eu mesmo quase acredito nisso. A carroça passa perto do Spread Eagle Inn, da catedral de Saint Paul, na ponte de Londres, mas não me dá nostalgia rever aqueles lugares e ir embora. Depois de um mês na nave-prisão *Iustitia*, onde a chibata assovia bem mais do que em Newgate — apesar de ser um dos poucos a não senti-la nas costas —, sou embarcado com um grupo de cento e cinquenta prisioneiros no *Woodman*, quatrocentas e dezenove toneladas, cap. Daniel O'Leary, que toma o largo da foz do Medway em 6 de dezembro de 1825. O *Nelly*, por sua vez, zarpou em 15 de agosto de 51.

63.

Viagem de luxo, um autêntico cruzeiro. Até dou risada dos que lamentam a velharia daqueles navios, o ranço das cabines, o calor, a imundície e a comida insossa. Para alguém que vinha do Lager, um tratamento digno de nobres. Naves de Lázaro, como as chamavam, navios que transportavam para a Austrália gente como nós, emigrantes triestinos, istrianos e dálmatas — sim, navios de retorno dos reinos da morte. Lázaro, levanta-te de Dachau, sai daquela estiva do *Punat*; a pedra rola do sepulcro, o diploide emerge do fundo do convés, um menino sai das águas da gruta escura, o ressurgido sobe dos ínferos.

Este navio também se dirige Baía Abaixo, ao inferno de Port Arthur. Os infernos são muitos, em toda parte. Reconheci o capitão, sempre o velho Caronte sob o nome de Daniel O'Leary; a maquiagem convence, um lifting que o faz parecer bem mais jovem, mas se veem suas rugas apesar do disfarce, o antigo pelo branco sob a tintura. É fácil enganar o velho, que depois de séculos e séculos começa a confundir-se. Para começar, desde que partimos de Sheerness, na foz do Medway, em 6 de dezembro de 1825, não passei nem uma noite sequer com os ferros nas pernas ou em meio aos meus excrementos ou os do vizinho, como os outros cento e cinquenta forçados, cento e quarenta e nove, para ser exato.

Quando o condenado à forca Robert Burk — pena comutada em trabalhos forçados perpétuos por ter assassinado, bêbado, um taverneiro, arrebentando-lhe a cabeça com um banquinho — começou a vomitar para todo lado um líquido avermelhado — tínhamos acabado de ver as falésias de Dover sumir, aquele branco a se perder numa leitosa distância —, logo entendi que o cirurgião Rodmell não sabia como se virar e lhe sugeri aqueles emplastros aplicados à nuca e umas pílulas diaforéticas, boas para fazer suar e reduzir a febre, como eu aprendera com o segundo assistente médico do *Lady Nelson*, um bom rapaz que depois fugiu com a mulher de um capitão e perdeu um olho num duelo com aquele. Rodmell se preocupava com os forçados, desde que o governo estabelecera que daria ao cirurgião dos navios meio guinéu para cada prisioneiro que desembarcasse saudável — visto que os navios, entre febres, disenterias, infecções e comandantes que enriqueciam poupando o alimento dos prisioneiros até fazê-los morrer de fome, aportavam no destino com metade da carga humana, e mesmo os que chegavam vinham devastados pelo escorbuto e pela desnutrição, prestando-se pouco aos trabalhos forçados. E assim, depois de ter desencavado com ar solene a *Chirurgia* de Wieseman, que se encontra na biblioteca das enfermarias há meio século, e de tê-la recolocado imediatamente em seu lugar, ele me nomeia com dignidade seu ajudante e me faz comer à mesa dos suboficiais.

Viagem, isto é, retorno. Voltar para casa, para a cidade que fundei num tempo remoto. Com o velocino? Manto real, bandeira vermelha enrolada pudicamente ao redor dos flancos e depois escondida sob as toalhas. "Cada qual se espichava para tocar o velocino, para tê-lo nas mãos. Mas Jasão afastou todos eles, cobrindo-o com uma capa. A nau avançava empurrada pelos remos." — Quantos chegaremos até lá? A travessia é longa — com esses navios alquebrados, sem nem mesmo uma boa quilha que fenda as ondas, arremessados para cá e para lá como cortiças, cento e vinte e sete dias sem escala, dizem cento e quarenta e seis com uma parada na Cidade do Cabo e cento e cinquenta e seis com escala no Rio, como fazem os comandantes mais ávidos pelas possibilidades de tráfico e contrabando oferecidas pela capital brasileira.

Tão poucos dias? Estou em viagem há anos; a chegada ao porto é incerta. Os funerais no mar são melancólicos e rápidos; depois das primeiras vezes o capitão se cansa e passa o ofício fúnebre ao contramestre, que o mastiga às pressas, Amém, ploft, vórtice que se aplaca, rastro que se apaga, risco no registro. O clandestino encontrado no reservatório de água potável do *Liberty*, que levava cento e oitenta e dois emigrantes de Bremerhaven à Austrália, foi descoberto — todo decomposto e putrefato, disse-me um dos emigrantes, um fugitivo de Rovigno que eu conhecera nos Silos de Trieste — quando navegavam rumo a Port Philip Bay, no *Victoria*. O mar é grande, para quem morre nele ainda haverá lugar por milênios.

Depois de Goli Otok, para mim, em todo o resto do mundo não havia outro lugar onde apoiar a cabeça. O companheiro Blasich, quando apareci diante dele algumas semanas antes, em via Madonnina, como um cão que se enfia entre uma porta, me olhara por um instante, um longo instante — havia um espelho na sala da secretaria, o companheiro estava de ombros para ele, em pé, na minha frente, e eu via nossos dois rostos, o meu no espelho e o dele diante de mim. Talvez apenas naquele momento eu tenha visto em meu rosto a abrasão... não, não dos anos, os anos contam pouco, no mais das vezes não devastam, mas enriquecem um rosto, modelam-no mais vivo e mais forte, assim como o mar não só desfaz a orla, mas também lhe leva conchas e cacos de garrafa brilhantes como esmeraldas, seixos mais cândidos que pérolas. Em meu rosto eu via as crenças perdidas, as cicatrizes do desengano e da traição, minha e dos outros, e compreendia que ele também, o companheiro professor Blasich, via em meu rosto o dele, assim como eu o via no espelho, e via nele o estilicídio de horas e anos de dissimulação, mentiras e omissões.

Por um segundo os olhos dele se arregalaram; havia um grito, uma tristeza naqueles olhos que pela primeira vez percebiam em meu rosto a sua verdade, e a boca fina também se entreabria num iminente grito de confissão, de socorro ou de medo, mas logo em seguida as pálpebras se estreitaram, fresta da armadilha que não deixa escapar a presa, e ele me disse que estava indo a um encontro com operários de Muggia que estavam em greve e que devia convencê-los a sair da fábrica ocupada, e que eu passasse à outra sala para encontrar o companheiro Vidali e a companheira Bernetich, que me esperavam e aos quais, explicou-me apertando levemente a mão, dissera que não se importassem muito com meu artigo sobre Goli Otok, que eu o havia escrito numa compreensível exaltação e que certamente não seria publicado, é óbvio, e nem eu gostaria que saísse, ele tinha certeza disso, mas devia ser entendido e enquadrado naquela dolorosa situação, dissera a eles. Aliás, para o Partido, ou seja, para os seus dirigentes — já tinha saído, encaminhava-se para as escadas —, era um material muito útil de reflexão.

Não, não lhe guardo rancor, até porque, quando o vi sair com a espinha quase imperceptivelmente curva, entendi que estava partida e que eu voltara como um homem acabado, mas para acabá-lo, como ele vagamente intuíra naquela vez, naquela mesma sala, quando me mandara partir com os outros monfalconenses. Foi defenestrado pouco depois, como para encontrar alguém a quem atribuir um pouco mais de culpa pelo desastre da ruptura com Tito, de modo que os outros, o Partido, se aliviassem um pouco de suas próprias culpas. De resto, aquele colóquio — chamemos assim — serviu para me preparar melhor ao encontro na outra sala. Na parede havia o retrato do Chefe, "Eeta, filho do sol que dá luz aos mortais, de olhar terrível". O companheiro Gilas, antes de mandar ao bojkot e ao kroz stroj a nós, fiéis ao Chefe, por acaso não escrevera que sem o Chefe nem mesmo o sol poderia resplandecer como resplandecia? "Eeta, como o sol de raios adornado."

O companheiro Vidali, comandante Carlos, jaguar do México, estendeu-me sua garra viril e possante sem o polegar, tanto que minha mão escorregou até o cotovelo dele, coisa que em geral o irritava muitíssimo, mas não daquela vez. Não me surpreendi com o que disse sobre meu artigo, nem quando a companheira Bernetich acrescentou que ninguém nunca saberia nada sobre aquela história, que no entanto hoje é sabida por gente até demais. Já estava preparado para aquilo, mas não esperava que me dissessem que, no momento, o Partido não podia encontrar uma colocação para mim, nem mesmo no aparato, eram tempos difíceis e o dinheiro era pouco, infelizmente o ouro de Moscou era uma invenção da direita, quem dera fosse verdade, enfim, em Trieste e na região não havia lugar para mim. Aliás — emendou en passant, quase com pressa — eu não podia me lamentar, já que, quanto àquela missão que eu recebera do Partido quando Blasich me mandara à Iugoslávia com os monfalconenses, ou seja, para relatar e informar, com a devida discrição, sobre as atitudes, tendências e iniciativas dos companheiros que viajaram comigo, eu não fizera nada, absolutamente nada, nunca um relatório confidencial, como me fora solicitado, nem sequer uma linha. Certo, aquela trágica ruptura entre a Iugoslávia e o Cominform chegara atrapalhando tudo, mas antes, até aquele momento, eu teria podido, ou melhor, deveria ter feito alguma coisa. Portanto... Seja como for, em Roma o Partido seguramente acharia algo para mim, quem sabe no Sul.

E assim eu nem lhe disse que no Silo, no campo de refugiados, naquele velho depósito de grãos apinhado de miseráveis que haviam deixado Fiume e a Ístria perdendo tudo (porque na época, para os iugoslavos, bastava ser italiano para ser fascista), eu também tinha encontrado um lugar, uma esteira no escuro, longe da claraboia — Pelo amor de Deus, eu tinha direito a isso, também era um italiano que chegava de lá da fronteira e que apanhara dos titistas bem mais do que eles. Ali também encontrei aquela prima de Fiume que me acolhera em sua casa na via Angheben, quando eu tinha acabado de voltar da Austrália com o *Ausonia* — antes, muito tempo antes, talvez até antes de ter lançado âncora na foz do Derwent, num tempo ainda mais distante. Ela ficava lá, calada, e a única coisa que sabia dizer de alguém é que estava morto. Como a professora Perich-Perini, por exemplo. Como... bem, tantos outros, já não tem importância. Mas os outros exilados, errantes como eu, enxotados como eu, não me deixaram em paz desde que alguém espalhou que eu era um comunista, um traidor, alguém que havia dado a Ístria de presente a Tito, um cúmplice de sua desgraça, que também era minha, e não só porque minha casa tinha sido dada a um deles e a sua família quando eu tinha ido para Fiume, dada a alguém que perdera tudo, assim como eu. Agora eu tinha perdido tudo, até a casa; não digo que tenha sido por culpa daquele lá, a culpa é dos fascistas que quiseram a guerra e dos italianos, que acreditaram que pudessem chutar a bunda dos eslavos para sempre. Somos todos vítimas do duce, eu disse, mas eles pularam em cima de mim e me deram uma boa surra, embora eu também tenha dado alguns murros neles, graças a Deus, eu teria quebrado o focinho deles, de todos aqueles idiotas, mas também teria quebrado o meu, porque ser um frango entre outros de cabeça para baixo que se bicam entre si antes que lhes torçam o pescoço é uma cretinice que merece ser punida.

De qualquer modo, eles eram três ou quatro, e eu estava só, mas estou habituado a essas relações de força, nisso o Partido foi uma grande escola. Aliás, nem me surpreendi quando a polícia, que alguém havia chamado durante aquela confusão toda, tenha dado um ou dois golpes de cassetete em mim, que estava prostrado no chão, e não nos outros. Inclusive me levaram à delegacia, interrogaram-me e ainda me deram umas porradas, mas também mereci porque banquei o gaiato, chamando-os de companheiros; seja como for, fizeram-me entender que meus documentos, entre Itália, Iugoslávia, cidadania, nacionalidade, residência, domicílio etc., estavam totalmente irregulares e que eles poderiam criar grandes problemas para mim, em todo caso, com aqueles buracos, nem pensar em achar um emprego ali, enfim, seria melhor que eu desaparecesse de circulação o quanto antes e, se tantos italianos bons e infelizes estavam indo para a Austrália, eu poderia agradecer aos céus e ir também com eles — se é que me aceitavam, porque a ASIO, a Australian Security Intelligence Organisation, certamente não queria infestar e infectar de comunistas o próprio país.

Mas por sorte, mais tarde, no Cime — sim, o Comitê Intergovernativo para as Migrações Europeias, que tinha seu escritório minúsculo no passeggio Sant'Andrea —, encontrei um dirigente que perdera um irmão em Dachau, no hospital, pouco depois da liberação do Lager, que eu assistira e ajudara. Ele até me dera uma carta para que eu levasse aos parentes, em casa, e assim aquele sujeito do Cime se comoveu e me ajudou com os trâmites para a Austrália e aqui estou eu, consegui chegar. Baía Abaixo, como dizíamos desde o tempo das primeiras colônias penais; também em Miholašćica, com Maria, dizíamos "Baía Abaixo" quando descíamos ao mar, todo para nós. A Austrália sempre foi a carta coringa quando a corda aperta o pescoço, a alternativa infernal daqui debaixo ao inferno lá de cima. Na estiva do *Woodman*...

64.

Estiva é modo de dizer. Como eu já disse, o cirurgião Rodmell logo me nomeou seu ajudante — os doentes eram tratados exclusivamente por mim, com mercurocromo, infusões, bandagens — e me convidou para comer na mesa dos suboficiais. Aquele meio guinéu por prisioneiro que chegasse são e salvo era um bom achado humanitário, o único modo de tutelar minimamente os forçados; bem melhor que as inspeções de algum representante da Câmara dos Comuns que, ao perguntarem aos prisioneiros se eles tinham alguma queixa de maus-tratos sofridos, sempre recebiam um não como resposta, porque do contrário, assim que a comissão deixasse o navio, cairiam na chibata durante toda a viagem. O mesmo ocorria em Dachau e Goli Otok com a chegada de membros da Cruz Vermelha ou das delegações de companheiros franceses, quando todos os prisioneiros se punham a louvar a comida e as acomodações, pensando no que poderia acontecer quando aqueles senhores bem-intencionados voltassem para casa.

No primeiro dia, quando ainda estou embaixo do convés, roubam-me as poucas coisas que consegui trazer comigo. Até vi quem foi, mas não digo nada. É uma vergonha e uma estupidez que os peixinhos na boca da baleia se dilacerem entre si. Essas ninharias não valem nem as cicatrizes nas costas do ladrão nem uma briga de morte na estiva. Quando, graças a Rodmell, subo ao convés, convenço o capitão e os oficiais a não darem ouvidos às denúncias. O fato é que todos sabemos que esse é o melhor caminho para gozar de um tratamento melhor. Um pouco de tabaco ou de açúcar clandestino, um pedaço de pão furtado na despensa, um queixume contra os oficiais são uma mercadoria preciosa para quem vai dar com a língua nos dentes lá em cima e depois é premiado, embora isso seja perigoso, porque no escuro é fácil levar algum objeto de ferro na cabeça ou desaparecer além da amurada.

Quando você está no meio do inferno, é compreensível, é humano trair e mentir; nem que seja por um segundo de alívio. Nada de sermões; é preciso ter estado lá, naquelas trevas, para poder ditar moral. E, se você esteve ali, sabe que faria qualquer coisa para não acabar na câmara de descompressão ou mesmo num bojkot; você estaria pronto a comer vivo seu irmão, que se debate entre seus dentes como os caranguejos dos restaurantes japoneses, que estão em toda parte, imagine na Austrália.

Mas é justamente por isso, porque nossa espinha dorsal é tão frágil e porque é tão fácil dobrá-la e quebrá-la — e aqueles carniceiros fazem de tudo para nos quebrar e nos transformar em carniceiros que nem eles —, é justamente por essa razão que não devemos permitir isso. Melhor ser espancado até a morte, como Umberto Gioco, matrícula de Dachau nº 53694, ou Mario Moranduzzi, nº 54081, fugidos de Kottern e recapturados, do que espancá-los até a morte, como Massimo Gregorini, Kapo três vezes, cão dos cachorros alemães, ex-homem, se é que o foi um dia. Não, é melhor terminar na boca daqueles animais do que se tornar uma hiena que se nutre do companheiro moribundo;

melhor ser um osso duro e ficar entalado na garganta deles, pois assim você se torna a espada ou o fogo que o mágico pensa que vai engolir e no entanto lhe queima ou lhe rasga as vísceras, a toupeira que perfura a terra, a revolução que um dia vai emergir das fossas como um sol que desponta.

Quanto a mim, não me desagrada imaginar-me como um sol que desaparece no horizonte. O rum, que não falta na mesa, é bom. Também rezo, como se deve quando nos entregamos ao mar imenso.

Beber e rezar diante de todo aquele mar deserto. Escrever em casa seria manchar aquele grande vazio, um grito que desfigura o silêncio. Hooker me fez saber que Marie está em Edimburgo; acha que parti para sempre para a América do Sul, talvez naufragado, mas entendeu que não me verá mais. Que paz no coração. Uma âncora enferrujada desencalha do fundo, aquela pradaria nas profundezas do mar vai reflorir tenra e pura. O ar acima do mar aberto é fresco, as falésias de Dover ficaram para trás há uma infinidade.

65.

Atravessar a noite, atravessar o mar. Não como um albatroz de asas abertas. Como uma serpente dos abismos. O trem corre na noite, as janelas acesas no escuro, as escamas saltam, perfuram as águas das trevas. Seu ventre está cheio de náufragos, mas o monstro é longilíneo e ágil, torpedo que atinge sem perdão. Trieste, Roma, Frankfurt, Hannover, Bremerhaven; a viagem é longa, dias e noites a fio, mas sobretudo noites. Olho para fora da janela, é difícil dormir assim, tantos apinhados num compartimento. Trem, estiva, vagão lacrado...

Nômades, culpados e sem casa, como prisioneiros. Águas negras da noite. A janela ilumina por um instante amontoados de árvores, postes de luz, arbustos aquáticos fluorescentes, casas apagadas, carcaças afundadas; um enorme peixe-lua desaparece numa espuma mais densa no céu escuro.

O coração se aperta enquanto o levam embora, para longe, e então se começa a falar, a contar. Um punhado de histórias fragmentadas, um punhado de areia que se dissipa no mar. Quando a água lhe desce pela garganta é bom falar, ainda que pouco se entenda desse gorgolejar e que as palavras sejam soluços, pequenas bolhas de ar a sair da boca de quem foi jogado na água e que explodem — no mar era praxe afundar as garotas, empurrar a cabeça delas para baixo da água. Somente em Pedocin, com aquela separação entre homens e mulheres, isso não era possível.

Palavras nas trevas, pequenos peixes escapados das redes e engolidos pelas voragens — você pode confessar qualquer coisa trancado no compartimento, morto de sono e incapaz de dormir, infâmias verdadeiras e inventadas. É um prazer estranho se sentir miserável naquele breu, imundícies descarregadas pelo navio. É proibido jogar lixo pelas janelas, atirar-se no escuro. É proibido ultrapassar as fronteiras do inferno, profanar a divina Samotrácia, os mistérios tremendos dos deuses indizíveis aos mortais. "Os ritos sagrados não nos são permitidos cantar." Mas no escuro, na viagem que nos leva quem sabe aonde, dá um alívio cruel profanar aqueles mistérios inefáveis — não nos vemos cara a cara, o sacrilégio não tem rosto, e então você conta tudo o que viu e não deveria ter visto, se os deuses do Olimpo estivessem sustentando o mundo, e não as divindades antiquíssimas da Noite e do Érebo. *Erebus* e *Terror*, os dois últimos navios que vi partir de Hobart Town pela noite antártica com o comodoro Ross. Cada um narra como se transformou em homem, bem como as horríveis iniciações de violência, de infâmia e de morte — Os argonautas na Samotrácia escutam o grito da Grande Mãe quando a serpente a estupra e fecunda, o vagido do deus recém-nascido e estraçalhado, o barulho das águas que escorrem no túnel escuro e lavam o sangue.

Mistério abjeto e banal que não se pode nomear — a iniciação sagrada que o transforma em homem quando você toca com a mão imunda as trevas que o envolvem, mefítica exalação dos paludes do Estige, quando você se dá conta da infâmia e logo em seguida a comete, quando a lama com que o menino fazia castelos na praia resseca e se transforma em seu coração árido e inerte. Na celebração dos inefáveis mistérios da Samotrácia, diz-se que Zagreu, o bezerro recém-nascido e sagrado — talvez fosse um cordeiro —, foi estraçalhado pelos dáctilos, os pequenos demônios desenfreados e devotos da Grande Mãe, a Tríplice Deusa. "Eis um talho na cabeça, os outros cortaram cada qual um membro e, enquanto a música soava desenfreada ao redor deles, desmembraram o deus infante e salpicaram os argonautas com seu sangue, para louvá-los." Assim se conta. E aqueles, tomados pelo êxtase, reduziram a nada a carcaça mutilada, comendo a carne avidamente...

66.

"Stop! As cestinhas chegaram?" — Quase não havia carne naquelas cestinhas que nos traziam na pausa para o almoço durante as filmagens nos degraus do Coliseu, onde, naqueles dias entre a chegada do trem de Trieste e a partida de Roma para Bremerhaven, alguns de nós ganhávamos dois tostões como figurantes num filmeco de época sobre Nero, cristãos, gladiadores e feras de circo. Já era hora que o de lá de cima, com o megafone, desse o sinal do fim das tomadas. É que estávamos com fome, e aqueles sanduíches raquíticos, nos quais a produção aproveitava até as crostas de queijo, eram melhores que nada — no anfiteatro, de tanto bancar bisteca para leões, a gente ficava com mais vontade ainda de comer uma bisteca de verdade. Quem sabe de noite, dia sim dia não, naquela semana de filmagem, poupando aqueles dois tostões, você não conseguia uma bisteca antes de voltar do Coliseu para o campo de refugiados, onde nos tinham amontoado provisoriamente, com o roteiro na mão — aqui está ele, mas como vocês o encontraram? —, para repetir, odeio repetir, não dizia nem uma palavra sequer, enfim, para repassar as cenas do dia seguinte.

"Escadarias do Coliseu — Externo — Dia. Provocados pelos guardas com deboches e risos, os cristãos, escolhidos entre os mais jovens e robustos...", jovem não, mas robusto evidentemente sim, eu era, senão, com tudo o que passei, já teria esticado as canelas muito tempo atrás, *"... mas reduzidos a um estado lamentável por causa das privações sofridas"*, justamente, sei como é, *"são vestidos de gladiadores."*

Um papel escolhido a dedo para mim, como se eu fosse um daqueles grandes atores para os quais os filmes são feitos. Os outros que estavam naquele compartimento do vagão que corria no escuro não sabiam de nada, tinham chegado algumas semanas depois àquele campo perto de Roma, de onde fomos levados todos juntos para Bremerhaven, naquele trem que nos conduzia através da noite; chegaram quando as filmagens já tinham terminado. Estavam rodando um filme em Cinecittà sobre cristãos e gladiadores e catacumbas, e pegaram alguns de nós como figurantes. Cristãos dados em pasto para as feras, um papel perfeito.

O grito da multidão — os que gritavam lá no alto também ganhavam dois tostões e uma cestinha; quanto os guardas de Dachau ganhavam por grito? — "Mantenham os gladiadores em stand by!" — *"O anfiteatro já está lotado de público barulhento. Nero, circundado por vestais e cortesãos, ocupa seu lugar. Tem um ar entediado, mas parece excitado e ávido de emoções."* Roteiros desse tipo um amigo meu de Pola, que por sorte se infiltrara em Cinecittà, fazia aos montes; depois alguém os assinava, um peixe maior ou não tão pequeno, e enquanto isso ele ia sobrevivendo.

"Vozes no meio da turba. Dizem que farão os cristãos combater entre si. Hoje vai ser divertido." — "Camera ready!" — *"Primeiro plano dos cristãos de rostos dóceis e sofridos, metidos em armaduras coruscantes de gladiadores, forçados a empunhar adagas e clavas. Muitos rezam em murmúrios. Rumor das orações."* — "Ação!" Um grito do megafone. — *"Travelling nas fendas dos elmos de onde*

emergem os olhares dos cristãos." Meu olhar. O mundo através da fenda. Uma arena. Uma adaga que cintila, uma couraça que reflete a luz, lâmina que cega e fere os olhos. A fenda é estreita, vê-se apenas uma fina fatia do mundo, o fio daquela adaga, não quem a empunha, se amigo ou inimigo. Então é partir para o ataque, antes que seja tarde e aquela adaga, brandida por ignota mão fraterna, se enterre em sua barriga. "*Refletores apontados para a arena.*" Naquela luz ofuscante não se vê nada, como de noite. "*O público, emudecido, espera que a batalha tenha início.*"

Todos os olhares se voltam para a arena. É verdade, todos gozam ao ver os outros se estraçalhando, nós nos estraçalhando. Esse filme dura desde sempre, e este é o meu papel. Eu até o trocaria, mas ninguém me queria em outros papéis, e assim, por dois tostões... Amiga ou inimiga a mão que empunha a adaga, para lhe proteger o flanco ou derramar seu sangue? Não sei, companheiros, não sei. Então, obediência. "Ação!", a voz reboa do megafone. Que venha o próximo...

"Ninguém na noite compreendeu de pronto, nem sequer os doliões entenderam, pensaram que os desembarcados fossem das tribos inimigas, os macrieus; assim sendo, envergadas as armas, entraram em combate. Uns contra os outros cruzaram lanças e escudos, semelhantes ao ímpeto agudo do fogo — tomba sobre os doliões, tremendo, impetuoso, o tumulto da batalha." Eu não conseguia ver quem me golpeava na estiva do *Punat*, onde tínhamos sido jogados pela escotilha, ainda estava com os olhos ofuscados pelos faróis. Os refletores que apontaram para os nossos rostos, descendo do caminhão, no navio, no set — talvez em outro lugar, não sei... seja como for, sempre cegados e ofuscados, sem distinguir o amigo do inimigo. E eu, também lá, no set, enquanto os outros, parados, aguardavam o sinal previsto, comecei a desferir golpes com minha adaga de papelão, num grande redemoinho, e que venha o próximo — "Stop! O que está acontecendo? O que esse imbecil está fazendo?", urrava o megafone — Eu via os rostos surpresos, que nem se esquivavam dos meus golpes de papel — "Fora!" — "Ao raiar do dia, uns e outros reconheceram seu erro funesto, irreparável..." — tarde demais, aquele vermelho da aurora é o crepúsculo, o sangue, a bandeira caída.

"O que é?", dizia o ajudante do assistente do diretor, expulsando-me do circo enquanto me tirava escudo e couraça, "não repetimos mil vezes a cena, vocês não sabem ser cristãos nem representando, por cinco minutos? Não leu o roteiro, três linhas, não mais que isso, é claro, nunca lhe daríamos o papel de Ursus ou de Nero — e estragar uma cena, não sabe quanto custa uma cretinice dessas?" Enquanto isso, atrás de mim, na arena, "Ação!", gritou de novo o megafone, e acontece — como está escrito, é verdade, aquele safado que me levou embora tem razão — "*Um fato inesperado*: *os cristãos*, *primeiro um*, *depois outro*, *enfim todos jogam suas armas e seus escudos no chão e se abraçam*, *fazendo o sinal da cruz*", como diz o roteiro. Deixem-me voltar, eu também, se pelo menos tivesse sabido, também quero abraçá-los, companheiros, porque me enganei, foi um equívoco, tantos equívocos, quando nos ferimos uns aos outros... "*O público se insurge*, *protestando enfurecido*." "Canalhas, é uma vergonha, é um insulto ao imperador, que sejam dados em pasto aos leões!" Eu sei, conheço o papel que sempre se espera de nós, espada contra espada e escudo contra escudo, e quanto mais nos massacramos entre nós, mais eles aplaudem, e até aumentam a diária se fizermos tudo certo e racharmos nossas cabeças.

Mais um empurrão e estou fora do Coliseu; virando-me para trás, ainda consigo ver os cristãos se ajoelhando no centro da arena. A essa altura — claro que li o roteiro, conheço-o de cor, repito o mesmo papel há uma vida, antes só me confundi por um momento — a esta altura chegam os leões, como diz o texto, que irrompem na arena — a cena vai ser rodada no Circo Zavatta, depois a montagem a encaixará no ponto certo, é óbvio, colocando feras e vítimas juntas, mas só na tela, enquanto eu, enquanto nós, com aquelas outras feras do Lager, menos despeladas que os pobres leões de circo... — Lamento não ter podido ver depois o dramalhão — "*Os leões irrompem na arena, lançando-se sobre os cristãos estendidos na terra*", por um segundo rolando entre as garras um amontoado de trapos ou um manequim, bem espalhados entre a areia e a serragem. O que resta de nós, a carcaça mutilada. Como lhe dizia, feita em pedaços. E se é falsa, como naquele folhetim, ainda pior, pois não temos nem mesmo aquilo, a carne a ser esquartejada, como o vitelo — ou o cordeiro, o cabrito, não sei — que esquartejamos lá, na Samotrácia, como quer o roteiro dos sacros mistérios indizíveis, outro filmeco.

67.

Assim, comendo as carnes do deus, tornaram-se como deuses. Este é o segredo, uma banal, excitada porcaria. Sim, despedaçamos o deus, matamos o deus menino que habitava no coração — e aquele deus ainda mais menino, cujo coração batia sob o de Maria, fui eu que o conduzi, levado pela mão, aos sacerdotes que não tinham nem mesmo uma faca para o sacrifício, somente botas para os chutes no ventre da mãe. Cada um de nós, na noite da longa viagem rumo a uma noite ainda mais funda, narra, ninado pelo balanço, para o desconhecido ao lado, a escuridão que penetrou seu coração. Carnes trituradas e mal digeridas tornam em refluxo até sua boca; o mau hálito se mistura à respiração e às palavras, fétido incenso espalhado no ar celebrando aqueles mistérios indizíveis da nossa vergonha, do mal feito e sofrido. E cada um a contar esse mal, a desvelá-lo, revelando como e quando se tornou vítima e carrasco e cúmplice, padreco que chacoalha o turíbulo e empesta o ar enquanto os grandes sacerdotes dizem que é preciso calar sobre toda essa infâmia, é um insondável mistério divino. E a gente desabafando e difamando-o, a sussurrar no escuro nossas porcarias; de todo modo, ninguém vê nossos rostos enquanto falamos.

Se um lampejo ou uma lanterna rompe as trevas por um instante, aquilo que se descobre, naquele instante, é o reflexo do próprio rosto no vidro da janela, e assim se fala, falamos; os condenados e os fugitivos são conversadores, têm muitas coisas a contar. O velocino é a pele daquele tenro filhote despedaçado por deuses bestiais, por nós. O que me resta na mão é um trapo, bom para limpar sapatos. Mas dizem que, certa vez, alguns valorosos soldados, para não entregar a bandeira ao inimigo, fizeram-na em pedaços, e cada um pegou o seu na esperança de reencontrar-se e recosturá-la. Nós também, uma tira de bandeira vermelha por cabeça — porém, quando devíamos nos reencontrar para refazê-la juntos e içá-la no mastro, não havia ninguém. Por isso fiquei com esse trapo na mão.

Também falei de Maria naquela noite, não sei com quem. — "Pareceu que um astro resplandecente se houvesse precipitado no amável seio da jovem." — Ah, você está de novo aqui, tagarelando sobre amores antigos, grandiosos e trágicos... sim, o amor explode se cai em cima de você, por isso Jasão se livra dele e deixa que apenas ela o suporte e afunde sob seu peso.

Fui eu que a empurrei para o fundo. Maria, ressurgida naquelas trevas, impelida por mim mais uma vez para as trevas em que falo ao acaso a companheiros desconhecidos e a voz é uma ponta de cigarro no escuro. Na estiva do *Punat*, naquela manhã em que os da UDBA me jogaram lá embaixo, ela não pôde vir comigo. Eles a escorraçaram brutalmente; vou tirar você daí, gritou para mim, enquanto o *Punat* se destacava do cais. Escutei a voz dela no reboar dos motores e das águas, clara, límpida, forte, e naquele momento, ali embaixo, estou salvo, pensei, se Maria existe, nada me faltará.

Nos meses em Fiume finalmente nos reencontramos: eu nos

canteiros de obras, ela na *Voz do Povo*, ambos nos matando de trabalhar para a internacional humanidade futura, mas esquecendo trabalho e futuro quando íamos namorar em nossa Miholašćica e depois mergulhávamos no mar, a baía e a onda eram seus flancos e seu respiro — naqueles dias, naqueles meses, fui imortal. Os companheiros que sacrificavam a vida para construir um mundo diferente, touros livres e selvagens que livremente se puseram ao arado para arar a terra e torná-la digna do homem, também eram deuses, prontos a criar um mundo. Como teria podido vigiá-los, enviar relatórios secretos sobre eles — sobre como pensavam e viam as coisas — ao companheiro Blasich, que me mandara para lá com essa missão? Quando voltei, fizeram-me pagar caro por isso também. E eu paguei, mas mesmo assim muito pouco em relação ao que fiz com Maria — é mais fácil falar dessas coisas no escuro, sem ver seu rosto, como agora, sem que o senhor possa ver o meu.

68.

"Eles, os incansáveis príncipes, tinham o coração e os braços nos remos; o mar imenso sob a quilha fendia de ambos os lados, inchando-se de espuma." Eles, não eu. Esquivei o corpo e saí para o convés, distribuindo calomelano e aproveitando as provisões de bordo. Cento e cinquenta argonautas que voltam para casa, a antiquíssima Moira curvando-os sobre o remo, errantes pelo mar.

Todos nas fauces de Argo, que custodia o velocino, assim como Jasão antes que Medeia o enrede; no ventre da serpente de mar que atravessa os oceanos e reaparece ao final da viagem. O trem chega à estação enegrecida de fumaça e fuligem, o navio lança âncora na turva baía, nos recessos no mar Inóspito, águas escuras do antro extremo que engole os navegantes. Desde menino eu mergulhava na Plava Grota sob Lubenice e voltava à tona no mar resplandecente, mas dessas águas austrais não há retorno.

Não, não retornei, estou sepultado aqui, e não sob aquela avalanche de tomos que teria caído sobre mim, como inventou aquele mentiroso William Buelow Gould — não há por que se espantar, um prisioneiro engenhoso, mas resto de cadeia como eu, ninguém vai acreditar naquilo que diz. Fui sepultado como todos. A turbulência na orla cedeu, a terra avançou pelo mar e agora os jardins públicos de Hobart Town são meu túmulo. Fiquei lá. É inútil que tentem me enganar, doutor, vejo bem que o castelo de Miramare e a catedral de Pirano, do outro lado, e Punta Salvore que invade o mar são um truque, um diorama de papelão ou uma tela sobre a qual seu comparsa projeta imagens luminosas.

Ninguém retorna. Na cabine do primeiro oficial folheio os registros, apago os nomes de alguns que a febre cerebral, ultrapassado o trópico de Câncer, envia para as profundezas; por sorte são poucos, poucos xelins a menos na chegada. Conservo as fichas de todos, vivos e mortos. Nunca se sabe, talvez para o vale de Josafá.

69.

Todos tragados no escorredor. A escotilha se ilumina, meus amigos, estranho ver nossas faces surgirem; os náufragos espicham a cabeça para fora da água, olham ao redor a extensão deserta, o trem se afasta, estamos sós na planície, um mar uniforme, plano. O *Nelly* parte daqui a pouco de Bremerhaven. Já não é o momento de falar; estamos calados, estranhos um ao outro, com nossas trouxas e nossas malas. As palavras das noites no vagão se dissiparam, umidade que se dissolve na manhã.

Não me envergonho daquilo que disse, que senti. Ninguém lê em nossos rostos as histórias que nos contamos, o Hades é um poço negro e borbulhante de palavras que ficam lá embaixo; é como não as ter dito e não as ter ouvido. A viagem nas trevas é apenas incômoda, horas e horas espremidos no vagão entre as malas remendadas e em companhia de outros fugitivos, cada um com sua história exagerada. Cada um com sua culpa, e até a exagerando — sentir-se culpado faz bem, acreditem, confere um destino, explica e justifica as pancadas e as catástrofes. O complexo de culpa é uma grande e bela invenção, ajuda a viver, a dobrar a cabeça que, seja como for, é dobrada de qualquer jeito.

Nenhum desses companheiros que subirão comigo no navio que vai para lá, displaced persons, gente sem nome — durante a viagem, a IRO, International Refugee Organization, sequestra até nossa carteira de identidade —, irá se lembrar dessa história de Maria, assim como não me recordo mais deles. Quando nos encontrávamos por acaso, anos depois, em Perth, em Hobart Town ou quem sabe onde, nunca falávamos daquele poço negro que nos descarregara aqui embaixo. Como vai, perguntávamos uns aos outros, e o salário, o trabalho, para alguns a mulher e os filhos, o Clube Fiumano e Giuliano de Perth, a Família Istriana de Melbourne.

Ninguém aqui se lembrava da história ouvida aquela noite no trem. Foi Maria quem caiu no poço profundo. Escorregou, ficou para trás — talvez eu mesmo a tenha empurrado; quando se afunda e alguém se agarra a você, é preciso empurrá-lo para longe, deixá-lo ir e afundar naquele mar turbulento e noturno, é humano. Mas não, fui eu que me agarrei a ela, à minha carranca, quando a grande onda veio para cima de mim. Depois que fui parar em Goli Otok, ela partiu para Arbe, onde estava o irmão, que era tenente da Marinha militar iugoslava e vigiava com sua lancha as costas das duas ilhas malditas, de onde não se regressa. "E nenhum mortal penetra por aquela senda/ nem indígena nem estrangeiro, ou jamais ultrapassou seu limite, já que/ o impede absolutamente a terrível divindade/ que com o sopro excita o furor raivoso de seus cães/ de olhos de fogo."

Eu sabia que Maria estava lá, para além daquele braço de mar inviolável. Graças a Absint, o irmão — esse não era de fato o nome dele, chamavam-no assim porque tinha o hábito de esvaziar copos e garrafas —, ela me passou aquele pacote. Pão, queijo de Pago e um bilhete que ele, inocente, pôs nas minhas mãos em papel oleado. Preparou bem a fuga, para aquela noite. Convenceu o irmão a levá-la com ele na lancha, e só mais um marinheiro, para o giro habitual de rápida inspeção ao redor da ilhota, e depois, na volta, tomar banho em Samarić, a baía de Arbe voltada para Sveti Grgur. É justo, os dois infernos que se olham — ambos de algum modo criados pelos meus. Pelos meus correligionários em Arbe, pelos meus companheiros em Sveti Grgur. Em Goli Otok ainda estávamos na água, recolhendo pedras. Para ela foi fácil, depois que o irmão e o marinheiro adormeceram entontecidos com o Luminal que ela pusera no vinho, pagar a lancha — que ela sabia guiar —, aproximar-se da reentrância da ilha Calva onde eu estava escondido e levar-me a Krušćica para, em seguida, atravessando o dorso do Cherso com outra barca, conduzir-me até a Ístria, numa praia entre Brestova e Albona.

O barqueiro que nos levou à Ístria era um homem de Vidali, pertencente à rede que ele organizara para o seu fracassado complô contra Tito. O irmão de Maria, quando acordou, deve ter temido, aterrorizado, que o tomassem por um dos conjurados, por um cúmplice deles, e dizem que perdeu a cabeça... Mas eu já estava do outro lado, a salvo, na Itália. O jaguar do México não conseguiu levar a cabo seu plano grandioso e mirabolante de derrubar Tito com o amotinamento dos marinheiros em Pola e Split, quem sabe aquilo também não fosse apenas um boato, mas aqueles trabalhos miúdos, fazer alguém como eu atravessar a fronteira escapando da ilha, ele os organizara bem, e assim, duas noites depois, um *passeur* experiente em trilhas ocultas conduziu-me ao lado de lá, cruzando os arredores de Pesek, e desde então, doutor, nunca mais pus os pés num país socialista, estive andando cada vez mais longe da Terra Prometida — disseram-me que não existe mais, que desapareceu, Atlântida engolida por um maremoto. A roleta atirou a esfera para fora da órbita; somente na Lua, acho que li em algum lugar, ainda tremula a bandeira vermelha, lançada para lá por uma astronave soviética — tremula é um modo de dizer, lá em cima não há um fio de brisa, o véu suspenso no mastro nodoso pende imóvel.

No entanto será preciso ir buscar aquele véu, nossa frouxa bandeira rubra. Quem sabe recuando, em marcha a ré, como *Argo* impelido ao mar e também ao céu por um lançamento de popa. Navegar lá no alto, entre as constelações, para retomar aquilo que é nosso, proscrito da Terra.

70.

Eu também uso o calomelano, mas Rodmell só conhece isso. Quando, superado o trópico de Câncer, se alastra entre os forçados uma epidemia de febre cerebral, ele só sabe redobrar as doses, dez, vinte, trinta pílulas. Quatro morrem mesmo assim, e pouco antes de morrer têm até tempo de ficar loucos; um agarra uma lâmpada, quer acendê-la e lançar-se nas águas negras que vê irrompendo de todos os lados, grita dizendo que quer ver as trevas que estão para engoli-lo. Já Rodmell tem a sorte de cair fulminado de manhã cedo; cai da cadeira, fica um tempo a se debater no chão e morre. Lembro-me das infusões e dos emplastros do doutor Rox, o médico da prisão de Newgate, e depois de alguns dias a epidemia cessa sem outras vítimas. Passo da mesa dos suboficiais para a dos oficiais.

71.

Ao me ver tremendo de frio, aquela boa velhinha em Krušćica me deu um cobertor amarelado, uma velha pele de ovelha com que cobrimos a cabeça, Maria e eu, tentando dormir algumas horas. Maria me tirara das fauces da serpente para onde ele me tinha lançado, o Chefe, Eeta que refulge feito o sol adornado de raios e que nos observava pelos retratos com olhos terríveis, aqueles pequenos olhos imperiosos e cruéis dos quais não havia salvação. "Não haveis, pois, nenhum respeito nem temor por meu poder soberano/ nem pelas fileiras dos cólquidas em defesa de meu cetro?", indagava com voz tremenda. E nós a obedecer, indo lá embaixo para construir seu reino, sacrificando-nos em seu nome e enfim nos acabando, por ele e obedecendo a ele, na ilha Nua, Calva e infernal. Era o outro que se pusera em seu lugar, o traidor e rebelde, o marechal envaidecido; era ele agora o sol que refulgia adornado de raios, observando-nos de seus retratos pendurados em toda parte como chamarizes de taverna, com olhos aparentemente benévolos e alegres, mas no fundo gélidos e impiedosos, pelo menos enquanto não ouvisse nosso coro de danados, Tito Partija, Tito Partija!

Aquela noite em Kruščica, nos braços de Maria, sob aquela pele gasta de ovelha. Eu dormia na cavidade entre sua cabeça e o ombro, naquela enseada, finalmente no fundo da baía. No alto, no céu noturno, Argo navegava num mar se sargaços fosforescentes; astros floriam, luminosas medusas de púrpura venenosa.

A primeira de nossas novas noites, eu pensava. A última, ao contrário, de insídia e de engano. Naquela noite nos arredores de Pesek, o *passeur* devia conduzir-nos ao outro lado um de cada vez, segundo nos tinham dito; em dupla seria muito arriscado, Maria deveria passar três dias depois, era mais seguro. Melhor uma semana, seria ainda mais seguro, disse-me mais tarde em Trieste um sujeito que eu nunca tinha visto antes e que organizara outras fugas, mais complicadas do que a minha. Sim, tudo bem, do que a de vocês, acrescentou depressa quando protestei que se tratava de nós dois. Eu deveria ter compreendido que quando o destino — ou o Partido, o Comitê Central do destino — decidia que a passagem era muito estreita para alguém...

Nem sempre se passa através dos penhascos Simplegades quando se sobe do Hades e se regressa do mar dos mortos. "Não há escapatória da funesta travessia,/ mas transbordadas dos velozes vórtices de vento/ elas se chocam e se precipitam umas sobre as outras/ e o ribombo chega ao pélago e ao vasto céu... A pomba revoa inquieta entre os penhascos com a divina ambrosia no bico", mas os penhascos se fecham como lâminas cortantes despedaçando suas asas, "tomba o pássaro no precipício borbulhante em lesta morte", a nave se arrebenta entre os escolhos.

A pomba caiu, a asa partida. Maria, disse-me Blasich por ordem de Carlos — ele, o comandante, estava com pressa e saiu quase correndo, atarracado e coxo como era, no rosto virado para o outro lado havia uma mancha vinácea, vergonha ou quem sabe me iludo —, Maria era cidadã iugoslava e inscrita no Partido Comunista iugoslavo, que ainda não voltara a ser irmão, mas que logo, talvez, embora, de todo modo — não era o caso, agora que o doloroso fratricídio parecia acenar —, não, não ao término ainda, infelizmente, quem sabe — mas não era o caso de espicaçar a ferida sangrenta com ingerências indevidas — e dar asilo a Maria, acusada pelo procurador de Rijeka — era a primeira vez que não dizia Fiume —, mais tarde, sim, sem dúvida, de qualquer forma o Partido acompanharia a coisa e daria todos os passos, com a devida energia, claro, não agora, e — então Maria do lado de lá, e eu de cá, fronteira que corta o amor como uma maçã, uma metade cai na lama e logo também apodrece.

Disse sim a Blasich? Não, não disse nada. Silêncio de aquiescência? Pode ser. Eu estava lá, naquela sala, um cansaço de séculos pesando em meus ombros — "O diploide se recordara subitamente dos seus anos, ultracentenário imbecilizado..." — Eu sabia que devia dizer alguma coisa, dizer não a algo de horrível, mas num instante tudo saíra da minha mente, não entendia o que Blasich estava falando, o que significava esse oficial afogado e semiestraçalhado nos arrecifes, encontrado no meio do mar próximo à ilhota de Trstenik, as ondas o tinham levado até ali desde a baía de Samarić, onde ele caíra ou se jogara sobre as rochas. Flutuava feito um tronco, uma pequena ilha vagante; assim nascem as ilhas, do sangue, inclusive as Assirtides, minha Miholašćica, nasceram do corpo de Absirto feito em pedaços e lançado ao mar, a flor floresce da morte, maremotos e vulcões submarinos fazem emergir do mar arquipélagos maravilhosos.

Mas quem é aquele homem, por que se jogou no mar; o que eu tenho a ver com isso, não sabia nem que Maria o tinha deixado lá, adormecido. Melhor assim, ouvia Blasich dizer — a voz dele chegava de longe, atravessava séculos —, senão o teriam logo processado como cúmplice ou negligente em sua fuga ou talvez nem o processassem, mas com certeza o fuzilariam. Até por isso era melhor não se enrolar com Maria por enquanto, inclusive pelo bem dela; se soubessem que tinha nosso apoio, seria pior para ela, seria acusada de espiã ou de agente a nosso serviço, e quem sabe qual seria seu fim. No entanto, agindo desse modo, uma condenação seria inevitável, é verdade, mas depois ela escaparia, encontraria uma maneira, uma estratégia adequada, discreta, e então — empurrava-me atônito e dócil para a porta, como o senhor agora, doutor, sim, já vou dormir, estou cansado, é verdade, tomei todas as pílulas, aliás, tomei umas duas a mais, só por gula, gosto desses caramelos e estou mesmo cansado.

Dizer qualquer coisa, rebelar-me, é uma infâmia, não, Maria não, melhor estar de novo em Goli Otok, mas estou tonto, entorpecido, não entendo o que o companheiro Blasich me diz, as ondas se abatem sobre o convés, quebram-se sobre mim — que estrondo, golpes das ondas contra os flancos do navio, batidas de um coração enorme, monstruoso, que resfolega lá fora —, uma vez, diante da foz do Derwent, os marinheiros tinham capturado, içado a bordo e esquartejado um tubarão, arrancando o coração dele e deixando-o se debater em agonia no convés por uma boa meia hora, esponja sanguinolenta que secava e morria ao sol. O coração do mundo bate tão forte que sufoca as batidas do meu, o mundo é uma grande baleia e eu estou em seu ventre, entre tantas coisas escorregadias, sob o grande coração que soluça e se contrai acima de mim e que um dia terminará por explodir, um rasgo que afunda o peito do bicho e vomita tudo fora, inclusive a mim, um trapo de imundície que flutua na água e é arremessado na praia.

72.

"O infeliz se joga, rendição louca ao deus que trai, que ensina a devorar os filhos — joga-se, o infeliz, no fundo das águas salgadas pelo ímpio assassínio da prole, arrastando o pé para além da orla marinha, do alto escolho sobre o mar. Ó, leito de tantas penas, quantas desgraças já provocaste aos mortais — O que eu vi..." — Canalha, mostre sua cara, não se esconda...

Não, não vi nada, apenas ouvi algumas conversas. Sabia e não sabia que ela estava grávida; é tão difícil para um homem — dá ternura, desconcerto, você não sabe o que é, se existe ou não existe, se já é um filho ou — alguma coisa, alguma coisa que — por isso talvez ela, tão orgulhosa, não quisesse tocar no assunto — agora eu sei, meu filho, nosso filho, o sol do futuro no ventre — Não se vê enquanto ainda está lá dentro, debaixo do horizonte, no escuro, mas existe, pequeno grande sol a caminho, para fazer o dia no peito — e no entanto. Dizem que foi um militar, um herzegovino, que lhe encheu a barriga de pontapés durante o interrogatório, mas que Maria o provocara, o desafiara a dar aqueles chutes assassinos; pôs a faca na mão dele, até que — Quantas parteiras para um só menino. Os heróis aprendem com os deuses a devorar os próprios filhos — eu a salvo, do lado de cá, e Maria, e eles dois, do lado de lá — como poderia sequer perguntar por ela, depois que — na ilha dos Mortos, em frente a Port Arthur, há apenas mato a ser ceifado.

73.

A vida é uma viagem, dizem e reiteram todos os pregadores. Blunt, então, era maníaco pela ideia, e para mim, que estava em Newgate, era uma festa, bastava sacar o peregrino de Bunyan, a alma a caminho da Cidade da Perdição à Cidade Celestial, modificando apenas alguns detalhes ou acrescentando e forçando alguma imagem, e ele tinha seu sermão, e eu, meu meio xelim.

Displaced person, forçados, bloody newaustralians, convicts, dagos, wogs, rápido, subam todos, parte-se rumo à Cidade da Perdição, Terra Australis incognita. O Oceano é o rio que circunda a Terra, um imenso Aqueronte que escorre e se precipita nos ínferos. A vida é uma viagem, cruzeiro e deportação.

Lá longe, no fim da linha, dizem aqueles como o padre Callaghan, não está o final, mas o início da verdadeira vida, da melhor vida, não morrereis, mas sereis transformados — e como nos transformam, o exílio e o Lager. Ó morte, onde está seu punhal? O rei está morto, viva o rei, o diploide se senta no trono. A nave parte carregada de diploides para o incógnito continente austral; ali vai renascer a internacional futura humanidade de clones, galés clonados e imortalizados, aos ferros para sempre. Mas no fundo do corredor escuro do palácio de Christiansborg, atrás daquelas cortinas pesadas, está a janela que se abre sobre a grande luz do mar — o trem também sairá do túnel para a luz, a baleia tornará a emergir soprando e esguichando no ar luminoso. Quem sabe lá, no porto de chegada, o ventre da nave que nos transporta em seu breu, fetos cegos dobrados uns sobre os outros, se rompa. A barriga prenhe se libera, os ratos pulam para fora da nave.

Se ao final da viagem começa a vida verdadeira, no navio ainda estamos no ventre recém-fecundado. Vai saber quem nos pôs aqui dentro, aqui embaixo, grudados nestas paredes untas da estiva escura; deve ter sido um cetáceo imenso, um membro enorme, obsceno, que penetra violento e excitado a estiva, esfrega-se entre estas cavidades musgosas, esparge um líquido oleoso e aqui estamos nós, todos irmãos, quase gêmeos, de qualquer modo iguais, todos os deportados se assemelham. Logo esta vida que é morte acabará; desembarcaremos e começará a morte que é a vida verdadeira, a vida eterna da penitenciária.

A nave balança, é sacudida, termina de vez em quando em algum banco de areia ou contra um escolho, faz água. Bastaria deslocar-se alguns metros, alcançar o ângulo até o qual a onda não chega, mas como fazer isso — como eles farão, eu estou no convés — com aqueles ferros no tornozelo direito, catorze libras ou até mais, se não se pôde pagar à guarda o pedágio para aliviá-los; as crianças, que não têm como pagar, levam correntes duplas. O refluxo dos vagalhões que recuam para o oceano derruba as tinas cheias de mijo e de cobertores mergulhados na urina para desinfetá-los dos piolhos; a água do mar que chega à boca do galé imobilizado pelos ferros lhe restitui também sua mijada do dia anterior. O boreal que sopra do Quarnero abala o *Punat*, e nós, amarrados e manietados lá no fundo, rolamos pela estiva. Um sujeito da UDBA caiu em cima de Darko, um companheiro de

Ika, e este, amarrados mãos e pés, vendo-o por um momento tão próximo, a cara grudada na sua, quase lhe arrancou uma orelha com uma mordida e depois o encheram de pancadas; ele era forte, mas acho que morreu. Dizem que John Wooley, no *Ganymede* que o levava à penitenciária, Baía Abaixo, também arrancou com uma mordida o dedo que o mestre Gosling metera em sua boca para tirar um punhado de tabaco.

Se pelo menos a viagem tivesse fim, para sempre — se o *Punat*, o *Woodman*, o *Nelly* desaparecessem numa voragem sem volta, com todos nós juntos, finalmente desaparecidos, nunca existidos. Quantas vezes esperei, vendo que as traves do meu navio — minhas traves, minhas vidas — se despedaçavam na fúria dos fluxos, que a nave cedesse de uma vez por todas. E no entanto o cruel carpinteiro remontava a cada vez a carcaça, substituía um pedaço de trave, vários pedaços, várias traves, mas a carcaça, a nave, a alma da nave era sempre a mesma, imortal na repetição da dor e do naufrágio.

A nave atravessa oceanos e tufões, dirige-se decidida ao porto da desventura. Esta Corte ordena e sentencia que sejais deportados para além-mar, ao local que Sua Majestade, sob recomendação do Conselho Privado, considerará oportuno destinar-vos para o resto de vossas vidas — um resto sem fim.

Não posso me lamentar, faço a travessia no convés e em cabine, e não na estiva. E quando o *Woodman*, seguindo a rota dos Ruggenti Quaranta, chega a seu destino, a *Hobart Town Gazette* escreve em 6 de maio, aqui está ela, que entre os prisioneiros desembarcados sob a vigilância dos soldados armados há também "um dinamarquês de nome Jorgen Jorgensen, ex-auxiliar na enfermaria de Newgate, conhecido pela maioria dos prisioneiros, um homem muito inteligente que fala diversas línguas e que esteve aqui nos tempos da primeiríssima fundação da colônia como primeiro oficial do *Lady Nelson*, comandada pelo tenente Simmons".

Parece um anúncio de festa numa coluna social. Desço do *Woodman* quase satisfeito, observando com olho crítico as mudanças ocorridas na cidade e fazendo comentários severos sobre a colocação dos edifícios e sobre a desordem dos armazéns na orla. É natural que eu seja designado como empregado contábil no Departamento de Impostos e Alfândega, cujo diretor, mr. Rolla O'Ferrall, recém-chegado da Inglaterra, não sabe nem sequer fazer contas. Seis pence ao dia e alojamento no escritório da Marinha. Os outros condenados, quase todos, vão se acabar no transporte de pedras e apodrecer nas celas.

74.

Acorrentados, realmente acorrentados, são seis mil, mas os forçados, doutor, perfazem um número bem maior. Perdoados, confiados a colonos ou designados para algum cargo público, como eu. Ao todo, somos treze mil — e em 1804, senhores, toda a Terra de Van Diemen tinha quatrocentos e trinta e três habitantes. Agora, só em Hobart Town vivem mais de quinhentas pessoas. Ruas limpas, várias casas de pedra e de tijolo, duas belas pontes, as torres da igreja de St. David, a residência do governador, a prisão, as casernas dos soldados, as barracas dos forçados que tiveram a sorte de não terminar em Port Arthur, o hospital, os armazéns e os depósitos, os currais para o gado, os atracadouros, as tavernas. Melhor que em Bonegilla, o primeiro campo de seleção para os imigrantes na Austrália depois da Segunda Guerra Mundial, com seus tugúrios imundos e sem luz — segundo ouvi dizer, doze crianças haviam morrido no ano anterior à nossa chegada, acho.

Ah, sim, como eu dizia, as tavernas. The Lamb, Jolly Sailor, The Seven Stars, Help'me thro the world e, desde que me juntei a Norah, a Waterloo Inn; não havia outra em que ela gostasse tanto de acabar escornada na mesa. Os marinheiros adoram as escalas, descer à terra e ir a uma taverna. Torna-se um hábito, tanto que, quando o mar da vida se faz tempestuoso, se desce à terra, ou seja, à taverna, ainda que já não se esteja no navio. Gosto de beber, embora aqui só me deem aqueles xaropes e chás, beber ali, sentado, e sobretudo escutar as vozes; o rumor que de vez em quando sobe de tom e às vezes culmina num grito, assim como a ressaca cresce no fragor de uma onda maior que bate contra a rocha. Gosto de ver os rostos, os gestos. O mundo é variado, faz companhia. Não é preciso ter amigos; basta a multidão, a gente, duas palavras no balcão, um rosto aceso que diz alguma coisa e desaparece para sempre no bando cinza, não importa, há sempre outro que logo se aproxima e pede uma cerveja.

O reverendo Knopwood, que depois de tantos anos revejo bem nutrido e rosado, também gosta de cerveja; engole-a exortando os outros a não imitá-lo. Certa noite, no Jolly Sailor, há uma mulher à venda por cinco esterlinas. Formosa e maltrapilha, como a grande rosa que traz no seio; um professor de escola a leva para casa — por uma mulher geralmente se pagam cinquenta cabras ou doze garrafas de rum. Esse é mais um sinal de bem-estar da cidade; as pessoas enriquecem com a carne de porco, a madeira, o óleo de baleia, o pelo de canguru e as peles de foca, e é lógico que os costumes se relaxem um pouco. Dizem que o governador de alguns anos atrás festejava o aniversário do rei distribuindo, embriagado, o grogue pelas ruas e deixando que os forçados o cumprimentassem com um aperto de mão e se mancomunassem com os negros em saques e rapinas, voltando-se depois contra os mesmos negros e suas mulheres.

Mas agora, desde que o coronel William Sorell criou para os mais arredios o inferno de Macquarie Harbour, uma prisão como deve ser, e desde que sir George Arthur, atual lugar-tenente governador, instituiu o Conselho Executivo, o Conselho Legislativo e um tribunal com plena e autônoma jurisdição sobre todos os delitos cometidos na Terra de Van Diemen, há mais disciplina. Já cinco dias depois de minha chegada, devo assistir — como todos, por ordem de sir George — ao enforcamento de Matthew Bready e de outros quatro desesperados, que paralisaram Hobart Town com seus assaltos e depois se embrenharam pelos matos.

Um enforcamento é sempre um espetáculo. Aqui nos antípodas, nas colônias, é bem diferente de Tyburn; não há aquela alegria de taverna e de brigas de galo, com gritos, esbórnias, mãos que correm nos peitos das mulheres, vendedores ambulantes que oferecem aos berros pão e rum. Aqui tudo é solene, um rito iniciático da civilização na Terra incógnita, sangue da Natureza que entra na História. A Igreja católica, a anglicana e a wesleyana bendizem solenemente, o reverendo entoa o canto, The hour of my departure comes, I hear the voice that calls me home; até os prisioneiros alinhados em fila e o ajuntamento de cidadãos, reunidos por convite e ordem de sir Arthur, se unem ao coro, In the midst of life we are in death. Os corpos tombam no vazio e enrijecem; a morte é uma lufada que enche as velas e retesa as cordas. O pássaro também se empina, duro e inútil; a nave desliza na eternidade, reta como uma bandeira; além daquele estreito o vento abranda, um trapo se afrouxa entre as pernas. Para ser sincero, cuspi no chão ao ver aqueles desgraçados balançando no vento; uma bela escarrada, que quase foi bater nos sapatos do governador, e essa foi a única vez que experimentei a chibata. Assim aprendo a ficar atento.

Vi uma quantidade de enforcamentos em Hobart Town: cento e cinco. Sir George Arthur considera aquelas execuções públicas do mesmo modo como vê a limpeza das ruas enlameadas, um progresso da comunidade. Aproveito aquelas horas para recolher, como vi fazer em Londres, as últimas palavras dos condenados e publicá-las — retocando-as um pouco, claro. Até porque em

Hobart Town o mercado é escasso, e por isso convém secundar o desejo do governador, o qual aprecia que, no patíbulo, aqueles delinquentes que com suas gestas aterrorizaram os colonos se mostrem arrependidos e apavorados diante da morte, pois assim as pessoas aprendem que aqueles demônios são na verdade um punhado de canalhas, deixando de ter medo deles.

Então omito a coragem com que Matthew Bready sobe ao patíbulo aclamado pela multidão, que vê nele um justiceiro, a cantoria estrangulada pela corda na garganta de Bryant enquanto canta "Amor, mais embaixo, mais embaixo, embaixo" e as obscenidades de Jeffries dirigidas à Sua Majestade; silencio também sobre William Tafferton, que na véspera da execução tentava vender, separadamente, uma perna e um coração a dois cirurgiões, dando-lhes — para que outros não os trapaceassem — recibos precisos quanto ao dinheiro, e gastando-o imediatamente em rum para festejar a saída de cena, a noite de núpcias com a bela esposa. Em vez disso, anoto a palidez de Perry enquanto reza e que, ao ver o carrasco, começa a vomitar e a se cagar todo, tanto que o verdugo, enojado, o enche de tabefes e ele tenta cair de joelhos, arriscando a se acabar minutos antes do previsto.

Quando as forças de Coriolis puxam você para baixo e o fazem girar em turbilhão ao redor da latrina do mundo, é preciso se safar. Tento me arranjar com meus velhos conhecidos, o reverendo Knopwood ou Adolarius Humphrey, o eminente geólogo. Afinal chegamos aqui, todos juntos, com o primeiro navio; seja como for, criamos juntos este mundo — e me ver entre os forçados deve provocar alguma comoção. De fato eles se comportam bem e escrevem à Sua Excelência, o governador, solicitando que eu seja perdoado.

Humphrey agora é um alto magistrado de polícia e já não se ocupa tanto de rochas nem da idade da Terra — o que significam alguns milhares de anos ou de séculos a mais ou a menos, olhe para mim, que não sei bem se tenho duzentos e dezessete, oitenta e sete ou... nem mesmo vocês sabem, que fotografam a papa do meu cérebro com essas suas máquinas, mas a vida, a história, o rosto de um homem são outra coisa, velhice e juventude se refletem no rosto como a luz do Sol sobre a Terra, que se põe e depois regressa. Humphrey também faz o governador perceber quanto são preciosas algumas informações que eu tenho — recolhidas arrancando confidências aqui e ali — sobre as contas do Tesouro, manipuladas para semear o pânico e estourar o sistema de crédito da colônia. Sir George hesita, de Londres lhe informaram que sou um sujeito perigoso — perfeitamente, mas só para mim.

A Companhia pensa na aquisição e exploração dos territórios a noroeste da ilha, dos quais se conhecem algumas enseadas e fozes fluviais, mas cujo interior permanece inexplorado. Três mil e seiscentas milhas quadradas de terra, limitadas ao norte por cem milhas de costas sobre o estreito de Bass, entre Port Sorell e o cabo Grim, e a oeste por oitenta milhas de costa sobre o oceano, do cabo Grim à foz do Pieman River.

É natural que eu tenha sido o escolhido para organizar a expedição — como forçado custo pouco, seis pence ao dia mais o passadio, e, se por acaso ocorresse algum acidente comigo, não seria problema para ninguém, como nunca foi. Cinquenta milhas por semana, debaixo de chuva e afundando na terra, subindo montes coalhados de neve barrenta, setenta libras de carga por cabeça, eu ainda com uma espada, mais oito libras. Meus dois companheiros — Mark Logan, um outro forçado, e Black Andy, um negro — não entendem por que a carrego comigo, mas eu gosto, caminhando pela floresta, de pôr de vez em quando a mão na empunhadura. Os últimos postos avançados dos brancos, a estalagem de Brighton e os ovis do capitão Wood, a terra em que o temerário fraudador Kemp construiu um império, o reino de Dunn, o bushranger que aterroriza os poucos colonos do bosque;

chuvas torrenciais por dias e dias, depois de um tempo nem se percebe que estamos ensopados, assim como uma foca não se sente molhada debaixo d'água.

Mapas desenhados sob a chuva que os apaga; os rios transbordam, mas se alinham nítidos e sinuosos naqueles papéis molhados, submergindo-nos nas águas acima da cintura e impedindo nosso caminho, mas no mapa já estão as estradas exatas de amanhã — o Ouse e o Shannon desembocam no Derwent, o Tamar sobe até Launceston. Fazer a História — inclusive a revolução — significa sobretudo fazer ordem na selva, traçar caminhos e estradas no charco indistinto.

Penso em um livro de geografia, o primeiro da Terra de Van Diemen; seria possível até ganhar bem e batizar de monte Jorgensen esta montanha à nossa frente, na qual há dias procuramos em vão uma passagem, mas enquanto isso a cheia sobe, caio na água, a espada e a carga nos ombros me puxam para baixo; afundo, a água entra e sai pela minha boca, sou eu o rio que muge e, cuspindo, inunda todas as coisas, a boca de um tubarão, a obscuridade da voragem na minha cabeça, uma explosão negra rasgada por uma luminosidade insuportável. Tudo está quase acabado, mas um braço me agarra e me puxa para cima e para a margem — Black Andy nu, a mão negra em minha boca e garganta, a água que sai de mim como uma nascente, a cabeça ainda reboa, antro borbulhante de ondas, Andy abre meus lábios, sopra e respira em minha boca; depois de um tempo as águas se acalmam em minha cabeça, escorrem suaves, leves, uma brisa sopra acima delas, abro os olhos, o mundo se recompõe, os fragmentos se reordenam, árvores orlas submersas a cabana o rosto negro de Andy seus dentes.

Aquele monte continua obstinadamente barrando o caminho, até que um canguru em fuga nos faz descobrir uma passagem. Seguimos atrás dele, os cães o alcançam e o estraçalham — avançar, penso comendo a carne assada num braseiro aceso a custo entre samambaias gotejantes, se assemelha a matar, facões e machados derrubam árvores e arbustos para abrir a picada. Num pequeno vale, restos roídos há tempos ainda têm um cheiro que faz os cachorros rosnarem. Caninos e bicos selvagens descarnaram aqueles ossos — sim, alguns se lembram, devem ser Dickson, Rever e Stean, os três fugitivos que chegaram e ficaram aqui para sempre, pasto de feras. Talvez nem só de feras; aquele corte nos ossos é obra de facas, os três devem ter se esquartejado, ter se devorado entre si, primeiro dois contra um, depois um contra o outro, um homem, por mais magro que esteja, é sempre um bom naco, até que os cães selvagens, os abutres e as formigas fizeram o resto.

Em Sandy Cape encontramos alguns aborígines guiados por uma mulher e desembarcados de catamarãs que deslizam suaves sobre as ondas. As mulheres estão nuas, os guerreiros depõem suas lanças em sinal de paz.

Na fazenda de Ross, ao contrário, os negros se rebelaram depois de terem sido enganados e mataram um homem, um escocês, mas em seguida os brancos, ajudados inclusive por Dunn, que também frequentemente os rapina, deixaram alguns estendidos por terra, não sei quantos. Viver, matar. Por que Andy me tirou daquele rio? Eu o observo longamente nos olhos. Acho que ele compreende seu erro, a dívida que tem comigo. Quando for o momento, eu me lembrarei disso, lembrarei isso a ele.

75.

“Quem se rebela está perdido.” — E você vem dizer isso a mim, você e seus ridículos pseudônimos, como este Estrela Vermelha? Claro, perdido. No entanto... No *Hellenic Prince*, para onde eu fora transferido do *Nelly*, íamos apinhados feito bichos, novecentos e cinquenta e quatro emigrados de toda a Europa num navio feito para conter a metade; homens e mulheres separados, como no Pedocin, e não se podia nem trocar uma palavra com a própria mulher durante toda a viagem, a sopa era um nojo, não podíamos descer nos portos e comprávamos as coisas baixando cordões com dinheiro e subindo com porcarias. Refugiados, deportados que a Segunda Guerra Mundial atirara de lá para cá, levando-lhes tudo embora, e que agora recomeçavam a marcha, outra fuga, outro mar, outro exílio. A bordo se podia fazer algum trabalho, assim marinheiros e suboficiais descansavam, e eles nos pagavam com kunas croatas vencidas, que circulavam apenas entre nós, emigrantes; inclusive nos forçaram a trocar nosso dinheiro por essas kunas, que eles tinham aos montes.

Se alguém do *Hellenic Prince*, até mesmo uma criança,

estivesse mal, o médico de bordo nem dava as caras; aliás imprimíamos um jornal, o *Kanguro*, para denunciar esses abusos e a IRO, que especulava e faturava com as provisões estragadas, e a dor de barriga, e a febre dos meninos. Está tudo aqui, documentado neste exaustivo estudo histórico. Não, meu nome não consta, eu mesmo teria pedido que não o mencionassem, mas aquele bom estudioso percebeu sozinho que, se me citasse, depois de tudo o que eu já tinha passado, iria me meter em dificuldades. E assim ele substituiu meu nome pelo de... não tem importância. Seja como for, é fácil adivinhá-lo entre aqueles cinco. Sim, porque em Perth, quando chegamos ao porto, perdemos a paciência; protestamos um bocado, com muitas delegações, comitês; éramos cinco delegados, enfim, um verdadeiro amotinamento ou quase isso, ou melhor, sem o quase. O oficial gélido e cortês que nos fez voltar tranquilos, com palavras reconfortantes, depois de termos subido ao convés, assim que pisou em terra firme descreveu às autoridades portuárias nosso protesto como "Mutiny". Amotinamento, no mar, parece tão inevitável quanto navegar.

Uma minirrevolução, até nos lançaram jatos de água; claro, em Dachau não usavam as bombas. Quando chegamos a Bonegilla, o campo de acolhimento era pior que no *Hellenic Prince*, sete mil e setecentas pessoas em barracas, mil e seiscentas em tendas, doze crianças mortas pelas condições sanitárias e higiênicas — Como querem que não nos rebelemos, que não protestemos, serviu para pouca coisa, mas serviu. Às vezes realmente é preciso dizer não, mesmo se...

76.

Ah, aqui estamos, retoma-se a sessão — não sei se terapêutica, mas de qualquer modo sessão, todos nesses bancos conversando tranquilamente... Gosto desse hábito de falarmos uns aos outros sobre vida, morte e milagres, o que fizemos e por que e como... terapia de grupo, turma de bar, tudo continua como antes, é óbvio, mas — Quando voltei a Hobart Town descendo o Tamar, concederam-me o *ticket of leave*, que inclusive permite, numa concessão revogável pelo governador a qualquer momento, procurar algum trabalho. E de fato consegui alguns; quase todos, exceto aqueles forçados. Eu não conseguira publicar os romances escritos na Inglaterra, dada a malevolência da crítica literária, mas a fama de minha pena tinha chegado até aqui, e assim me adestro em guerras de tinta entre vários jornais da colônia, escrevo uma história das origens e da expansão da Companhia — sem assinar, por prudência — e algumas biografias e autobiografias de condenados — como a de John Savery, muito semelhante à minha, aliás, talvez copiada da minha, quem sabe, ou de bushrangers como Howe, senhor da floresta e terror da região ao longo do Derwent, que escapou tantas vezes dos soldados e dos caçadores de recompensas e finalmente caiu perto do Shannon. Sua cabeça cortada terminou na praça de Hobart Town. A propósito, senhores, se por acaso a minha lhes interessar, por favor, os autorizo desde já. É sempre melhor do que aquelas caveiras de negros, que não sei a quem possam interessar, exceto aos maníacos travestidos de cientistas...

Estamos fundando um país — aquelas pedras enormes que os forçados arrancam do mar são suas bases — e portanto, como é óbvio, também sua literatura. Publico — não, não os falsifiquei, apenas alguns retoques, inevitáveis — as cartas, os proclamas e aqueles estranhos pesadelos de Howe, escritos com sangue num bloco encadernado em pele de canguru. Nos primórdios, a literatura ainda está entranhada de terra e de sangue; ainda preserva esse cheiro, crônica de Rômulo que narra o assassinato de Remo. Depois o papel passa de mão em mão, como o dinheiro, e de tanto ser esfregado perde aquele cheiro, torna-se sujo, mas moralmente apresentável. Os bandidos logo se transformam em lenda, a lenda, logo numa proveitosa empresa comercial, que gera dividendos mais cedo ou mais tarde depredados por outros bandidos ou quem sabe pelos mesmos.

Mas só quem entende realmente os bandidos são os policiais, assim como as baleias conhecem os baleeiros que as arpoam. E assim, em 21 de maio de 1828, aqui está o atestado, torno-me condestável de polícia em Oatlands, numa zona especialmente infestada de bandoleiros. Quando, em Richmond, prendo pessoalmente Sheldon, em que ninguém ousava tocar, ele se surpreende tanto que alguém tenha a coragem de meter as mãos nele que quase não opõe resistência. Persigo e caço esses bandidos um a um por entre aquelas florestas e montanhas, muralhas cinzentas, samambaias que cortam o céu sombrio. Sei caçar, porque desde sempre sou caçado: sei aonde leva o instinto desesperado de fuga, onde se entoca o bicho perseguido, e o antecipo, ponho-me a esperá-lo diante do buraco em que está para enfiar-se. Eu, carcereiro em Dachau, guardião em Goli Otok?

Transporto sessenta fugitivos a Hobart Town, cão na corrente que faz a guarda de lobos acorrentados. Nossos passos e nossas facas abrem espaço na floresta; cantos escuros de bosques, torrentes, clareiras relvosas saem do breu imemorável, adquirem um nome. Tentamos domesticar o desconhecido com os nomes da salvação, batizar a treva primordial e feroz: Jericho, Jordan River, lago Tiberias. Mas a pequena e nova história sangrenta que se inicia é também uma fonte batismal, que dá nome ao mundo saído das trevas para entrar em outras escuridões: Murderer's Plain, Killman's Point, Foursquare Gallows. É durante essa caçada, em Campbell Town, no Elizabeth River, um dos locais mais torpes do território, que encontro... não, não Maria, Norah. Não sei se o senhor se dá conta...

77.

Eis por que as *Argonáuticas*, só depois entendi. Sua tese de bacharelado na Normal de Pisa, com louvor e indicação de publicação para o não ainda (ou talvez já?) e agora não mais companheiro Blasich. Mas ele também tinha uma monografia sobre um mitógrafo mais tardio e menor, uma monografia perversa como a versão daquele erudito tardio, que de fato lhe agradava muito. Medeia, ele me dizia confidente, após ter matado os filhos, revê Jasão, velho e achacado, perdoa-o, rejuvenesce-o com suas artes mágicas e o retoma para si, de novo atraente e não confiável. Compreende? É assim que as coisas vão. A traição, a fuga, o homicídio do irmão, a humilhação em Corinto, estrangeira, vilipendiada por todos e em primeiro lugar pelo esposo Jasão, a quem sacrificara tudo — o massacre assassino e suicida dos filhos, a extrema negação de si, da mãe, tudo esquecido, ou melhor, transformado em recordação como o resto, e tudo recomeça de novo. Também a cama — não mais como antes, os anos passam para todos, mas com um pouco de artes mais ou menos mágicas se remedia o desmoronamento de um rosto, um seio que se relaxa ou resseca, um pau que não tem mais tanta vontade, mas de qualquer forma, quando é o caso, faz o que deve fazer e agrada aos dois. De novo lá dentro, de tanto em tanto, naquela obscura caverna úmida, um pouco grisalha e murcha, mas ainda molhada; lá dentro, onde começou o mal, o delírio, o engano, a descida ao Averno, e agora, como se não fosse nada, tudo de novo... Maria que regressa do palude estígio, onde eu a afundara. Três anos nas prisões titistas, depois o Silo em Trieste, em companhia dos últimos refugiados que ficaram no campo, pouco antes que o fechassem. E finalmente, para ela também, displaced person, a Terra Australis incognita, a emigração para cá.

Outros campos de refugiados, ínferos sem cor — tinha encontrado uma vaga de empregada no EPT, Eletric Power Transmission Pty Ltda., onde quase só se falava triestino, tantos eram os nossos que trabalhavam lá, e depois numa empresa de entregas em Hobart Town. Quando a vi na minha frente, naquele bar, o rosto mais flácido, como amolecido, sua irredutível nobreza sob o cansaço embrutecido... ela se faz chamar de Nora. Vários que chegam aqui mudam de nome e sobrenome; e eu também, não sei por quê, acharia estranho chamá-la de Maria, mesmo se —

78.

Norah Corbett, minha esposa diante de Deus e dos homens. Sobretudo diante daqueles beberrões do Waterloo e de outras tavernas, onde ela bebe mais que todos. Foi numa dessas que a encontrei. Irlandesa, filha de camponeses, condenada ao banimento perpétuo por furto. No estabelecimento feminino de trabalhos forçados em Hobart Town, espancada repetidamente por ter reagido e duas vezes esbofeteado os carcereiros que tentaram pegá-la à força, chicoteada de novo porque sob os golpes da chibata ela ria debochadamente enquanto estapeava o próprio traseiro. Foi expulsa da escola quando menina, por isso é analfabeta e se orgulha disso. A boca é larga, carnuda no rosto um pouco inchado; nos lindos olhos castanhos e oblíquos — antes deviam ser mais escuros — se percebe uma luz agora velada pelo álcool, e o seio desfeito também devia ser lindo. Tenho a impressão de que minhas mãos se recordam dela, lá, numa outra época, à beira de um outro mar, muito tempo atrás, sim, digo muito tempo antes de agora, doutor —

Você chegou até aqui por minha causa, para me seguir fielmente na má sorte. Medeia segue Jasão, que volta à cidade onde é príncipe. Eu sou ainda mais, porque a fundei. Fui eu que a traguei até aqui — não é minha culpa, Jasão também foi denegrido pelo modo como a tratou em Corinto, mas é preciso entender.

O que eu podia fazer se uma selvagem que chega dos confins do mundo se sente exilada e estrangeira na terra de seu esposo, e se ele não tem muita vontade de fazê-la ver... O que passou, passou, ainda que muitas vezes machuque o coração. Sua figura na sombra, entre os arbustos, naquela noite em Pesek enquanto eu cruzava a fronteira; na sombra, mas nítida, os olhos que brilham no escuro, o ventre que agora acho ter visto já levemente inchado, não, não é possível, na época nem você sabia — No entanto... Eu ficava muito tempo dentro de você, depois do sexo, a gente gostava de estar assim, eu em você, como no mar. Às vezes eu adormecia em você, na gruta marinha; na Plava Grota, sob Lubenice, a princípio não se vê nada, depois o olho se acostuma e tudo é azul luzente, o sorriso de Maria naquele escuro luminoso. Permaneço longamente em você, sentimo-nos ainda intensamente, cada vez menos, mas sempre intensamente; depois a faço rir, você gosta, ordena, ri forte, despudorada, adoro a vulgaridade desse riso, faz com que você contraia os músculos e eu sou despejado da caverna marinha, refugiado em exílio, frágil e murcho, displaced person, expulso do Éden e ainda diante da porta que se fecha.

Norah não se preocupa em pôr lá embaixo um lenço ou um trapo, de qualquer modo na velha coberta amarelada já não se vê nada, uma mancha contínua. O velocino está cheio de manchas, séculos de sangue, suor e corrimentos; está sob nós, sob sua carne suada, no lugar certo, onde não faz mal a ninguém. Tem também seu forte cheiro animal, excitante. Sobre a bandeira da revolução pode-se até deitar para fazer amor. Logo em seguida, Norah desce um longo trago de rum. Mas mesmo antes, não por isso. Nem sequer o amor a faz beber menos, apesar de me prometer não passar dos dois copos de cerveja por dia; que nada, o rum e a cerveja são suas ervas mágicas, que ela sempre leva consigo, as poções e os filtros com que adormece os dragões e todo o medo dos dragões no peito.

De fato, quando lhe prometo uma caneca de cerveja clara por resposta, testemunha contra quatro bandidos presos por mim, sem se importar com ameaças. Claro, quando passo para levá-la ao tribunal, onde deve confirmar seu testemunho — eu a deixara no Waterloo Inn, lá me parecia mais seguro —, encontro-a bebendo com os piores tipos; pego-a pelo braço para conduzi-la para fora, mas ela se rebela, está embriagada, quebra uma cadeira em minha cabeça, eu a esbofeteio, e os outros intervêm. Uma baderna total, que me mete em maus lençóis, faz com que eu perca meu cargo na polícia, enquanto ela talvez ainda esteja na taverna, embriagando-se, vomitando, dormindo debaixo da mesa até que fechem o bar e a joguem para fora, onde fica estendida no chão. Ela está habituada: com todo aquele rum e até um pouco de chicha, que conseguiu graças ao rum e aos pratos que a amiga Bessie lhe passa de contrabando da cozinha do governador, não sente o frio.

Essa sua carne abundante me agrada, entre aqueles peitos cheios se descansa bem, enterro a cara na pele suada e me sinto protegido. Havia uma foca deitada num arrecife próximo a uma gruta entre Trau e Sebenico, mais para Sebenico, que se avistava do batel de Tihomir quando saíamos bordejando ao longo da costa. De longe parecia uma mulher redonda como a Stani, que vendia peixe na peixaria e diziam que, mesmo já sem viço e maltratada mais pela vida do que pelos anos, continuava tendo o mais belo rabo entre Zara e Split. Porém, assim que o barco se aproximava, a foca mergulhava e desaparecia. Era possível vê-la descendo até o fundo, azul-escura e carnuda, que nem a Stani. Devia ser bom poder afundar docemente naquele branco celeste que se torna azul e depois negro; lá embaixo não se sente nada, se alguém lhe atira uma pedra ela chega tão devagar que nem lhe faz mal.

Tihomir recordava a fábula da foca que, quando estava lá embaixo, numa gruta, em meio a uma água luminosa e transparente como a luz da lua, tirava a pele e era uma linda jovem, esbelta, sem toda aquela gordura, mas formosa e com duas tetas redondas e duras; dançava sozinha e fazia com os pés pequenas ondas que batiam suavemente contra as paredes da gruta com espumas celestinas. Também se podia vê-la debaixo da água límpida chegando bem devagar numa canoa, mas era perigoso; talvez fosse uma Vila, embora não tivesse os dedos como penas de pato, e as Vilas não devem ser incomodadas, são bondosas e até fazem amor com os homens, mas só por compaixão, e fazem apenas filhas mulheres, ai do homem que bancar o orgulhoso e quiser comandá-las.

Imagine se com Norah eu podia me meter a comandar. Ela sabia beijar e se fazer beijar, mas, quando bebia — e bebia quase sempre —, pegava uma vassoura, um bastão ou uma cadeira e não via mais nada. Talvez também ela só tivesse um olho bom e o fechasse, em vez do outro. Já Stani, eu a via olhar o mar com olhos bem abertos, com um olhar cansado e muito abatida, mas mesmo assim se via como deve ter sido bonita. Janez, o marido, estava sempre embriagado e batia nela; talvez a tenha surpreendido alguma vez na gruta, sem a pele, e a levara embora e escondera, por vingança, como os que metem um grilo na gaiola e o cegam para fazê-lo cantar e depois nem se interessam por ele.

Gostaria de ter entrado como um ladrão na casa de Janez, revirar gavetas e baús, encontrar a pele de foca e restituí-la a Stani, que tornaria a vesti-la e depois desapareceria feliz no mar. Claro, as duas crianças, Anka e Jure, não gostariam disso, mas ela lhes levaria um monte de conchinhas e pérolas do fundo do mar e corais de Zlarin, a ilha vizinha e repleta daquele ouro vermelho, escondido sob a água, e viria brincar com eles entre as ondas, arremessando a bola e equilibrando-a na ponta do focinho.

Às vezes Norah queria ser possuída como um animal, e eu me lembrava daquilo que os marinheiros fazem com as focas, mas depois eles frequentemente as exterminam, a carne quer sangue, não sei por quê, mas é assim, quanto a mim, depois de ter feito sexo como Norah queria, beijava com ternura as costas e os pés dela e segurava sua mão. Nesse momento eu me sentia menos só, e talvez ela também sentisse o mesmo, ambos à beira do grande abismo negro.

Unidos diante do desconhecido — o nada, a Terra Australis incognita, o continente de gelo que, dizem, se estende imenso ao sul e para onde logo partirão o *Erebus* e o *Terror*, sob o comando do comodoro Ross. Quando a sentia perto de mim, entendia o significado daquilo, pois, não importava o que acontecesse, ela era minha mulher. Se eu tivesse compreendido antes, em Fiume... Tinha assinado com um belo X, sob os olhos satisfeitos do reverendo Robinson — um bom homem, que até me defendeu das acusações de ateísmo —, o registro dos matrimônios da igreja de St. Matthew em New Norfolk, em 25 de janeiro de 1831, lembro bem, está escrito aqui.

Mena coyetcn nena, eu te amo. Tinha aprendido aquelas palavras combatendo contra os negros no bush e impelindo-os para a reserva de Bruny Island — tinham me tirado da prisão, onde fui parar por causa de Norah, e me meteram naquela expedição, aliás, praticamente me puseram no comando. Combati contra aqueles selvagens, não pude evitar, mas também estudei sua língua, seus costumes, sua vida. Aliás, comecei a escrever um dicionário, ou quase. Eu os via cair mortos; não havia nada a fazer, estávamos ali para destruí-los, independentemente da nossa vontade e crueldade. O destino nos enviara para cá, todos forçados em correntes, às suas ordens; até o governador, até Sua Majestade para além dos mares, meros instrumentos de destruição, e era justo obedecer, esta é a grande ordem do mundo e da nave.

Enfim, era justo — ou seja, inevitável — levar todos aqueles negros, por bem ou por mal, vale dizer por mal, a Bruny Island. No fim das contas, depois de alguns anos, morreram mais de vinte brancos nas mãos dos negros, e é inútil pensar que seria possível convencê-los com persuasão e boas maneiras. Não, quando é necessário, é necessário; o próprio Partido não é feito para as almas delicadas, mas para as férreas necessidades da História, e os médicos piedosos tornam a ferida mais dura — não digo isso pelo senhor, doutor. A Guerra Negra proclamada por sir George é uma canalhice, mas é inevitável, e eu não me omito — de resto, a ordem é evitar derramamento de sangue, capturá-los e deportá-los vivos, e para cada negro capturado há um prêmio de cinco esterlinas. Provavelmente eles vão morrer naquelas landas desertas onde os descarregamos, assim como aqueles que encontramos moribundos em Great Island; morriam de fome e de sede, ofegando como os peixes que ficam nos escolhos quando a maré recua. Morremos todos, indivíduos e povos e impérios, e se agora é a vez deles não é culpa minha.

Mas que reste ao menos a memória; ninguém deve desaparecer como se nunca tivesse existido, por isso também gravo as lápides dos condenados sepultos na ilha dos Mortos, e não só pelos dois xelins que me dão por lápide. Recolho as palavras daqueles fantasmas negros da selva, como também fez o reverendo Bedford; tento reconstruir verbos, conjunções, as cadeias de sons que dizem o precipitar do tempo, seu dissipar-se, seus vestígios desaparecendo como fumaça no ar. Eles têm tantas palavras, tantas línguas diversas. Canguru se diz íla, wula, riéna, lena, line, rárina, tömnana. Cisne, robigana, rowendana, pübli, kalangúna. O céu se cobre de nuvens, e nuvem se diz wa'rantina, escuro do céu. Mentira se diz manintayana, embora os negros não mintam, e um deles, Montilangana, se encaminhe para um fim terrível por ter contado candidamente que matara alguns brancos. É verdade, esses negros têm mesmo dificuldade em mentir. Há a realidade, e ponto. Se neva, neva. Como pode ser, qual o sentido de afirmar que não neva? Eles gostam daquela passagem das Escrituras que o reverendo os faz repetir: Nar-a-pa, sim, Poo-by-er, não. Que suas palavras sejam sim, sim, não, não. Muitas vezes o reverendo, meio bêbado, se limita a dizer e a repetir com eles, como numa litania: Nar-a-pa, Poo-by-er. — "Ótima memória para as coisas que inventa, mais do que para as que talvez lhe tenham acontecido. Ficha Nos..." — Clique, fora, cancelado, o que vocês pretendem saber sobre o que aconteceu ou não...?

Mena coyeten nena, gosto de dizer a Norah, eu te amo — lembro-me vagamente de algo, outros braços morenos à beira do mar, mas os dois estamos meio altos e eu me confundo, ela bebe e se enfurece se não a acompanho, nem lembro mais quantas vezes fomos parar na cadeia por termos depredado, bêbados, algum bar. Mas ela gosta dessas palavras que eu recolho e que ela não entende; aprendeu até uma canção de alguns negros que vinham à taverna implorar um pouco de álcool e se embriagavam com ela, Taby-ba-tea, Mocha, my boey-wa, Taby-ba-tea, Mocha, my boey-wa. Meteu na cabeça que não iria para a cama antes de terminar a canção, e se eu alongo a mão impaciente para arrancar sua blusa, ela me empurra com uma joelhada e continua a canção, Loma-ta-roch-a-ba-long-a Ra, Loma-ta-roch-a-ba-long-a Ra.

De que importa entender essa ladainha? Nem Jasão entende Medeia quando ela murmura seus sortilégios e invoca seus deuses da noite, e talvez nem Medeia entenda as fórmulas mágicas que está murmurando, nem as pessoas na igreja entendam as orações que mastigam, nem eu entendia, em Fiume, quando devia recitar naquela brincadeira no pátio cassezigonaiedè siraicrumpira zie-lahisciaseplema... Norah também quer saber o que as mulheres negras dizem durante o sexo, e, se respondo que não sei, ela se irrita e me atira na cabeça a primeira coisa que encontra — Não acredita em mim, porque essas mulheres, tiranizadas pelos maridos selvagens, gostam de ir com os brancos; fazem muito bem, a mulher foi feita para comandar e cavalgar o homem, e ela também adora ficar por cima de mim até me reduzir a um trapo, e enfia a garrafa em minha boca enquanto me cavalga, fazendo-me beber para me animar e recomeçar, e uma vez quase sufoquei por causa do rum que me desceu atravessado. As mulheres pelágicas, diz Blasich em sua canhestra monografia, montam seus homens e os dispensam quando estão esgotados; do mesmo modo Jasão, quando a envelhecida Medeia o recupera envelhecido, deve pagar caro todas as prepotências de gigolô de sua juventude.

Norah se embriaga inclusive quando obtenho o conditional pardon, que me autorizaria a ir a qualquer lugar, menos à Inglaterra, se não tivesse sido detido naquela mesma noite por ter depredado uma taverna em companhia dela — na realidade, eu estava tentando freá-la; ela quebrou uma garrafa em minha cabeça porque a chamei de Maria, e para me defender peguei uma mesa como escudo, quebrando garrafas, copos e uma janela, juro que nunca mais direi isso, por favor, perdoe-me, nunca mais... Loma-ta-roch-a-ba-long-a Ra, ela continuava cantarolando agudamente na cela; fui eu que lhe ensinei essa canção, escrevendo meu dicionário para salvar aquelas palavras dos negros enquanto os trucidamos, mas esqueci o que querem dizer, deve ser o rum e toda essa agitação, não sei, não entendo o que Medeia está resmungando diante do dragão já quase adormecido. Não faz mal, nem mesmo os aborígines, tão poucos, se entendem entre si, os duzentos que o reverendo Robert Clark encontrou em Flinders Island falavam oito ou dez línguas diferentes. Que pelo menos sobrevivam as palavras, mais longevas do que aquela raça antiga, a mais antiga dos mares do Sul.

79.

Veja como me saio bem com essas mulheres de madeira que vocês me dão para modelar, assim me distraio e espanto os maus pensamentos que me passam pela cabeça. A propósito, sei de um que tinha cortado a cabeça da carranca do próprio barco; deve ter sido uma vingança de amor, mas eu não entendo essas coisas — se as pessoas se deixam, quer dizer que deviam se deixar, não é? Com as mulheres, os homens, as carrancas, as revoluções, quando acabou, acabou. Até com Maria — não, com Maria não vai acabar nunca, este é o desastre — Claro que, com as carrancas, lendo as histórias escritas neste calendário — sim, eu sei, catálogo, enfim, um livro, já lhe disse que aquelas ilustrações e fotografias de mulheres com as tetas seminuas me lembram os calendários dos barbeiros de antigamente —, com essas mulheres de madeira, como eu dizia, é preciso ir devagar, olhe o que diz a informação sobre esta aqui, chama-se Atalanta, está em La Spezia, e por ela se mataram dois homens, o vigia que passava horas a acariciando e beijando e depois se estraçalhou atirando-se na bacia de carenagem, e um oficial alemão, um tal de Kurtz, que chegou ao cúmulo de levá-la para o quarto antes de se matar com um tiro. Mas, como eu digo, os mais espertos são os marinheiros, que se aproveitam delas só para se aliviarem um pouco, é compreensível, com todos esses meses no mar, a viagem até aqui é longa, e assim se pode entender, mas pelo menos não há tragédias, o que já é muito... No entanto essas figuras malignas querem a perdição deles, querem tragédia... carrancas malditas, bruxas, quem dera queimassem todas com as bruxas vivas, como aquela mulher flamenga que posava de modelo, ambas incineradas na mesma fogueira, enquanto o escultor se virava com as duas mãos decepadas.

As minhas vocês não pretendem cortar, não é? Nunca se sabe, já vi tanta coisa, e em lugares mais ou menos como este... Comporto-me bem, não faço bobagens, sou respeitoso. E como não ser respeitoso com essas criaturas belíssimas? Olhe essa boca encantadora, que sorriso indecifrável, o mesmo com que afundou naquele dia com seu navio, o *Falkland*, perto das Scilly, diz o livro. Sim, submergir nos abismos sorrindo desse modo — Não que seja fácil modelar esse sorriso de madeira... E aquelas Eurídices que tornam a entrar nas trevas...

80.

Dos nove grupos de Roving Parties organizados pelo comitê para a proteção dos colonos na Guerra Negra, com uma profusão de proclamas de sir George Arthur, eu comando três, que operam a oeste da estrada principal da ilha em direção ao Clyde e ao Shannon. Uma das esquadras, liderada por Batman, captura dezesseis deles num piscar de olhos; e é o próprio Batman que mata dois, já prisioneiros. Sir George ordena imediatamente uma investigação, o que é mais do que justo. Estamos levando a eles a civilização e devemos fazê-los entender isso. A revolução e o progresso não podem ser sempre delicados. É pelo bem deles que é preciso forçá-los; qualquer filantropo só pode desejar que os selvagens se tornem civilizados, e por imposição. Além disso, eles terminariam extintos por si mesmos em suas selvas inóspitas. Claro que, se fosse verdade o que dizia aquele quacre de Kelvedon, ou seja, que alguns colonos lhes davam pão e manteiga com arsênico...

De qualquer modo, aqueles negros são inapreensíveis; somem como animais na floresta sem que nem uma folha se mexa. Vaivém rumoroso de pés confusos no vento, uma canção que se perde entre as brasas de um fogacho; folhas secas em toda parte, diz o canto, folhas secas espalhadas e cantos perdidos no vento, folhas esfareladas ex-folhas — o canto era outrora a pedra miliária, o recinto sagrado que circundava a terra e assinalava o espaço a um e a outro; agora as pedras caem, derrubadas por nossa marcha, o canto se dissolve e o espaço desaparece, não há mais nenhum lugar onde viver.

Recruto ainda uma dupla de forçados e outra de ex-forçados já com o *ticket of leave* no bolso, experientes em florestas, capazes de rastrear como os negros no bush e de cair em cima deles como sombras; sugiro cercarmos os fugitivos nos movendo para Blue Hills. Mungo, o guia aborígine, no início nos conduz pelas trilhas certas, mas depois, à medida que se embrenha conosco na selva ancestral, passa a ter medo; às vezes bate os dentes, ouve as vozes dos ancestrais, começa a recuar, a dar giros enormes e inúteis, que nos desviam dos fugitivos, até que o meto nos ferros.

Os aborígines — especialmente os das aguerridas e ferozes tribos ao longo do Big River ou em Oyster Bay — sabem se esconder tão bem quanto combater. Escapam como peixes na água entre as mãos; a floresta para eles é um mar, depois de um tempo os brancos se sentem sem fôlego, como se estivessem no fundo de um rio. A umidade fumiga das plantas e entontece, o pé se apoia em pedras ásperas e escaldantes, o sol entre os galhos é uma medusa gelatinosa. Os negros aprenderam a guerrilha com os forçados fugidos e com os bushrangers, espalham alarmes falsos afugentando bandos de cangurus que atraem nossas esquadras mais próximas, enquanto eles se dispersam; confundem suas pegadas com as dos wallobies; a chuva e a lama são seus aliados, e o mundo é um charco.

As esquadras avançam inexoráveis; depois da convocação em massa proclamada por sir George somos muitos, três mil e duzentos homens, dois mil forçados (dois armados a cada cinco), mil colonos e duzentos policiais — forçados contra aborígines, cães presos na corrente contra dingos extenuados. Viva la muerte — O que disse, doutor? Não vá me dizer que o senhor não disse nada, não vai querer dizer que quem disse fui eu, que não tenho nada a ver com isso — Sim, forçados contra negros, danados contra danados, nós contra vocês — Mas o que eu tenho a ver com isso, agora, não, antes, muito tempo atrás, e agora tanto tempo depois, meio século que é mais que um século e meio, Terra de Van Diemen, Catalunha, Barcelona... demos caça a eles, àqueles negros, e também àqueles anarquistas e aos fascistas, e os fascistas a nós, e nós — Parem de me confundir com estas histórias que não vêm ao caso e me deixam tonto, é inútil fazer de conta que está bem e calado, de boca fechada. O senhor é um ventríloquo, amigo, conheço o truque. Um daqueles que sabem falar sem mover os lábios, e assim parece que as palavras chegam sabe-se lá de onde, talvez dos meus — Mas agora, se ainda lhe interessa a Guerra Negra, deixe-me retomar o fio da meada —

Nove Roving Parties e uma única linha, cada esquadra em contato com a outra, entre Lake Echo e Waterloo Point ao norte e o mar a leste. A linha avança, fecha-se, o cerco aperta, a linha se encurta, estrangula, após duas semanas se estreitou num arco de trinta milhas; porém, quando o cerco se fecha de todo e se contrai em seu centro, e as esquadras chegam no final de outubro de 1830 a East Bay Neck, onde deveriam estar todos os negros apinhados e prensados num monte, de negros só havia dois.

81.

Na arte de desaparecer os aborígines são grandes. Quando Togerlongeter, chefe da tribo da Oyster Bay, também conhecido como Tupelanta ou rei Guilherme, é capturado na armadilha instalada na floresta, os companheiros arrancam à força sua mão, que fica lá, entre os dentes de ferro, um pedaço de carne num gancho de açougue, e ele segue adiante com o coto decepado, enquanto o sangue escorre e coagula feito resina. Também deixam falsas pistas que induzem alguns de nós a direções erradas e a zonas perigosas onde, entre deslizamentos de terra, quedas de barreira pela chuva, aluviões e golpes de lanças, alguém acaba esticando as canelas. Por outro lado, certos negros, como Mosquito, acabam enforcados. As mãos de um forçado já condenado à forca apertam o laço no pescoço de um negro, nem sempre se sabe de quem, naquele escuro da floresta e em meio àqueles rostos pintados como grandes máscaras.

Como se pode reconhecer alguém na noite, seja seu irmão ou seu próprio rosto refletido na água turva? "Havíamos retomado a viagem com *Argo* partindo da ilha do Urso depois de termos trocado presentes e promessas de paz com os doliões. Entretanto, quando a noite veio, tempestades contrárias nos impeliram de volta, ninguém percebeu de pronto que a ilha era a mesma, pensávamos que fossem nossos inimigos e assim, empunhadas as armas, travamos combate uns contra os outros." Deveríamos ter chegado aqui com uma grande frota amotinada, bandeiras vermelhas ao vento, *Argo* à frente de todas, para adverti-los, irmãos negros; deveríamos desembarcar e acordá-lo, Abel negro, ensiná-lo a resistir, a rebelar-se, a viver. No entanto chegamos fratricidas e carnífices.

O velocino permaneceu nas fauces do dragão, e a besta o mastiga e bebe seu sumo, babando. Medeia se equivocou; quem sabe se confundiu, inverteu seus sortilégios, adormecendo Jasão e a si mesma, mas não o dragão insone, que primeiro golpeia e depois oferece a paz às suas presas moribundas. Pouco a pouco a Guerra Negra arrefece. Limeblunna, um dos chefes, é capturado; Umarrah, com os dois irmãos, a mulher, os três irmãos da mulher e suas irmãs, agita três vezes os braços sobre a cabeça em sinal de paz inviolável e se rende. Paz; para os vencidos, uma violência pior que a guerra. Em Swan Island, dezoito mulheres seviciadas pelos caçadores de focas; em Great Island, indígenas expulsos para a região mais inóspita e encontrados depois de semanas, quase mortos de fome e de sede, carcaças sobre os rochedos.

Então foi para isso que fundei Hobart Town — para o progresso, para a colônia penal, para as minhas correntes e as de todos? Jasão leva à Cólquida morte e desventura, *Argo* conduz às grandes águas ínferas. Rebelar-se, resistir, amotinar-se. Um grande amotinamento, mas não em alto-mar, onde já é tarde demais; é preciso bloquear a nave antes que parta. Ah, Pistorius tinha razão, os antigos haviam compreendido que avançar pelo mar é um sacrilégio, uma violação dos sagrados confins e da ordem do universo.

Viver é navegar? Isso mesmo, doutor, ou quem quer que você seja, colega escondido em algum canto. Por que avançar mar adentro, abandonar a enseada segura e lançar-se ao aberto, às ondas? O mar é a vida, a vontade imperiosa de viver, expandir-se, conquistar — portanto é a morte, a correria que depreda e destrói, o naufrágio. As naves zarpam em festa, com bandeiras despregadas; as frotas alcançam continentes e ilhas remotas, saqueiam, devastam, destroem, Nelson bombardeia Copenhague, Jasão rouba o velocino e mata Absirto, nós chegamos à Terra Australis incognita; alguns daqueles negros ainda estão vivos, mas por pouco tempo, atravessamos os mares para massacrá-los inteiramente.

Devíamos ficar em casa e deixá-los em paz. Pois é, a revolução, a grande mudança redentora do mundo seria a força de fazer respeitar aqueles interditos e confins estabelecidos pelos deuses; ficar em casa, na orla, brincando com os seixos e a água baixa nas poças deixadas pela maré que se retira. Também a revolução frequentemente parte içando a grande flâmula, muitas bandeiras vermelhas ao vento, e ao final nos damos conta de que, ao contrário, se trata de enforcados.

Nem mesmo Jasão está de acordo, mas é justo, assim se aprende a pôr na água o primeiro navio, a seduzir as pessoas com a miragem da conquista e do mar, grandes balelas. Medeia paga a conta. Minha Norah me amarra ao sujo colchão; rolo com ela ribanceira abaixo, habituei-me a essa degradação, deve ser o efeito de uma daquelas ervas que ela trouxe da Cólquida. Também termino ao lado dela sob a mesa, até que chegam os guardas para nos meter na cadeia. Acontece cada vez mais; por sorte, toda vez meus serviços prestados ao massacre dos negros me tiram de lá bem depressa. Um pouco mais apagado. Também mais sujo, porque, assim como Norah, pouco a pouco quase parei de me lavar. Meu cheiro não me incomoda. Nem o de Norah, e ela sabe disso quando me joga na cama e o aperta na mão — com todo o rum que me fez beber, tenho cada vez menos vontade, e ela fica furiosa se eu recuo, e assim prefiro virar mais uns tragos antes que ela arranhe meu rosto. Às vezes me mete a unha até lá embaixo, quando vê que estou muito inerte; ela me acaricia, me manipula, me espreme ferozmente e quase sempre em vão, mas aqueles dedos também são ternos, e no fim das contas também experimento um certo prazer — menos que antigamente, mas e daí?

Ela também gosta de meter aquela coberta peluda na minha cara, até quase eu sufocar; ri e me diz que assim talvez eu fique mais duro, mas perco o fôlego e os pelos de ovelha na boca me provocam ânsias de vômito no vazio. O velocino sufoca, traz a morte a quem quer que o toque. *Argo* atravessa o mar para roubá-lo, ou melhor, para matar e morrer. É preciso restituí-lo logo, antes que seja tarde demais e que ele derrame mais sangue — mas de quem? Todo proprietário anterior, defraudado por um sucessivo, é por sua vez um usurpador que se apossou dele criminosamente. Restituí-lo ao animal, morto e esfolado em homenagem aos deuses sempre sedentos de sangue; somente naquele dorso de ovelha o velocino estava em seu lugar.

Mas o bicho é esfolado e o velocino se cobre da fuligem dos séculos. Às vezes, quando olho para ele — por exemplo, aquele tapete no escritório da Direção Sanitária —, parece-me encardido, a pele escorchada de um aborígine preso por nós nestas selvas e sacrificado aos nossos deuses — não sei bem quais, mas certamente nossos.

Descobri, meu amigo, que somente nós — sim, digo nós do Norte, que chegamos aqui e a todas as partes do mundo para ser os donos, nós do velho mundo, que aliás é mais forte e, portanto, mais jovem que os outros, as decrépitas civilizações às quais viemos dar o golpe de misericórdia —, somente nós temos deuses. Moram em nossa cabeça como num santuário, tiranos que nos ordenam o que devemos fazer e, ainda que façam correr sangue, nos ensinam a não nos deixarmos impressionar, pois é um serviço divino. Os outros, aqueles negros que desentocamos de suas florestas — e todos os outros, mais ou menos parecidos com eles nas landas do globo, aonde mais cedo ou mais tarde chega gente como nós, para caçá-los e matá-los, ou melhor, já chegou, e quase em toda parte —, eles, como dizia, não têm deuses. Têm estátuas, totens, árvores pintadas, vozes que falam no vento, nas águas ou no trovão, antepassados e animais honrados com respeito, mas isso não são deuses, são o murmúrio e o fruir da vida que se escuta passar com veneração e como um jogo — um punhado de folhas no ar, um boneco de madeira ou de areia construído e pintado por crianças ou adornado de conchinhas, mas para brincar, com toda a seriedade e a leveza do jogo. Mesmo as caras assustadoras de alguns de seus simulacros não são de fato assustadoras: são como as máscaras de Carnaval das nossas crianças, que parecem monstruosas e medonhas, mas são feitas para rir, e realmente as crianças se divertem botando-as e tirando-as, justamente como esses selvagens que estamos fazendo desaparecer do mapa, com seus rostos pintados e melados de sebo e tinta, que gostariam de parecer demônios e no entanto, quando riem, e riem por qualquer tolice, são cândidos como crianças.

Já nós levamos a coisa a sério. Nossos deuses, doutor, nos proibiram de brincar. Os deuses não brincam, e por isso nós, obedientes a seu comando, subjugamos o mundo em que ninguém mais brinca. Na igreja não se brinca nem se diverte. Mas o padre Callaghan dizia que, quando já não se sabe ser nem brincar como as crianças, não se entra no reino dos céus; pelo menos acho que dizia isso, não me lembro bem. Mesmo aqui dentro, meu amigo, não se brinca nem se diverte; essa sua gente de avental branco é uma verdadeira casta de sacerdotes e de bruxos. Aqui dentro está cheio de deuses — aquelas caixas que se acendem, aquelas imagens fosforescentes e leitosas, veja com quanta reverência as tratam esses seus padres vestidos de branco. Esses deuses devem gostar de sangue, já que o tiram com tanta frequência. Logo se vê que aqui se obedece a eles sem pestanejar.

Pois é, talvez Norah não tenha mais nenhum deus. A vida raspou de seu rosto a imagem de Deus que outrora, à beira daquele outro mar, esculpia seus lineamentos — como era encantador aquele rosto puro, apaixonado, esculpido pela graça. Aquela imagem de Deus já não existe mais, perdeu-se no caminho, esfolada... Mas à diferença de tantos, de quase todos, ela não a substituiu por simulacros de outros, falsos deuses. Agora ela não serve a deus nenhum. Talvez porque os deuses amem o incenso, as bandeiras, os canhões, o dinheiro, e ela ame o rum, tenha gosto de rum. E quando estou dentro dela, as poucas vezes em que ainda acontece, nem mesmo eu sou mais escravo dos deuses.

Ela me faz repetir Mena coyeten nena, debochada e com as coxas abertas naquele catre suado. Diz que a excita, o gemido de uma fêmea no cio. Mas depois me abraça, também sabe ser terna, a seu modo, e aquele corpo de cheiro forte e selvagem é também minha carne, frágil, corruptível, corrompida, a dela e a minha, uma só carne, minha esposa do Líbano escurecida pela fumaça dos anos, desfigurada pelas dobras amargas e impiedosas com que a vida plasmou sua boca, minha esposa. Diante não de Deus, que não sei bem o que é, não dos homens, corja que a escarnece embriagada na taverna e ri de mim, humilhado por sua indecência, mas diante desse vazio imenso do rio-mar, unidos até a morte — ainda por pouco, para sempre —, diante de todas as coisas, de todas as coisas perecíveis e sagradas como nós.

Juntos para sempre, onde quer que seja — sobretudo na cadeia, para onde me arrastam suas violências de bêbada. Matrimônio quer dizer destino compartilhado na boa e na má sorte, está escrito, portanto também na vergonha. Se Maria... De vez em quando lhe agrada pintar e desfigurar a face e o corpo como as mulheres aborígines, e ela vagueia toda negra pelas ruas de Hobart

Town, sem se importar com os deboches dos outros. Medeia é escura como a Cólquida de onde vem. Na cama — enfim, naqueles trapos pelo chão do nosso tugúrio — às vezes me ordena que a chame de Walloa, a feroz chefe de tribo de Sorell que matou com as próprias mãos o capitão Thomas e mister Parker, e ameaça me matar, aperta-me selvagemente, como se quisesse fazer esguichar o sêmen cada vez mais raro. Mas quando dorme roncando, mantendo ainda meu pedaço de carne mole em sua palma úmida e suada, aquela mão é boa, o invólucro de uma concha que protege o molusco da fúria do mar.

82.

A recompensa para quem participou da Guerra Negra é de cento e cinquenta esterlinas; para todos, exceto para mim, que recebo vinte e cinco. Monto uma pequena fazenda, um pedaço de terra árida que não rende nada, ao contrário, termina comendo aquele pouco dinheiro que me resta. Nosso tugúrio está cada vez mais escangalhado, os últimos trocados quase só saem do bolso para o rum. Em comparação, Bonegilla era um luxo — porridge, às vezes rançoso, feijão, batatas assadas e de vez em quando até carne fria.

Sim, em Bonegilla nós nos rebelamos, nos amotinamos — mais tarde, acho, bem mais tarde —, mas lá eu ainda era um homem, apesar do Lager que me torturava por dentro, no sangue, no cérebro; uma coisa que rói e consome você por inteiro, ao final basta um resfriado para mandá-lo ao outro mundo, e de fato aqui estou, doutor Ulcigrai. Isto deve ser o outro mundo; diferente de como a gente imagina, mas de qualquer modo o outro mundo. Quando alguém chega aqui, pouco importa se vestido de médico ou paciente, está fodido. Porém, em Bonegilla, aquela coisa por dentro ainda não tinha completado a fundo seu trabalho, algo ainda em mim resistia, mas depois —

No entanto não me rendi, um homem deve sempre sustentar a si e a sua família. Free-lancer no *Colonial Times*, resenhista de Adam Smith e do ímpio Malthus — opõe-se aos desígnios do Criador, que quer o maior número de criaturas possível participando da felicidade eterna. Os filhos são uma dádiva. Eu, nós... Se Marie, se Maria, se eu — O que é aquilo? — *Observations on the Funded System* — ah, sim, meu panfleto sobre o débito público inglês, o primeiro texto de economia política escrito no continente austral, uma engenhosa proposta para saldar aquele enorme déficit.

Duzentas cópias, todas encalhadas. O trabalho na fazenda de Rowland Wolphe Loane vai ainda pior; continuo estudando o *Farm and Garden Calendar* no Almanaque de Ross, para aprender algo sobre jardinagem, de que deverei me ocupar quando me dispensarem sem me dar nem os xelins para pagar as fianças de Norah por arruaça e embriaguez. Arranjo-me escrevendo um sermão natalício para as famílias em dezembro de 1832 e uns artigos para o *Colonist*, mas, quando reclamo dos pagamentos por esses últimos, o tribunal sentencia que "o bem conhecido ex-rei da Islândia, Jorgen Jorgensen", escreve apenas os endereços nos envelopes. Engajo-me numa barca de aduaneiros que controla o trecho entre Hobart Town e Launceston e indago sobre o contrabando, descobrindo que os magistrados são coniventes com os ladrões, mas sou condenado por calúnia. Quando Norah pega três meses de cárcere por embriaguez, perco um emprego que tinha obtido com muito esforço numa fazenda em Oatlands.

Teria sido o Partido, como veladamente me ameaçou o comandante Carlos, que em todo canto me pôs o bastão entre as pernas para me tapar a boca sobre Goli Otok? Mas quem sonharia em falar daquilo? Não quero prejudicar ninguém. Viemos aqui para trabalhar; nada a ver com invasão asiática, como resmungavam as autoridades australianas, que nos tratavam como uma raça inferior — Proletários de todo o mundo, uni-vos; enquanto não estivermos unidos, haverá sempre os patrões a nos tratar como bichos — ah, sim, para os patrões o mundo inteiro é povoado de bichos que eles querem tratar como bichos. Vai ver que quando se olham no espelho e veem aqueles seus focinhos em que tudo se apagou, menos a avidez e o medo, pensam que é a cara de um outro.

Creem que todos os outros sejam assim, e é justo que queiram manter fora de suas casas gente com essa cara, debaixo de neve ou de vento, ou dentro, mas na cadeia, no Lager. O Campo de Bonegilla, em 52, era um autêntico Lager — trabalhadores italianos ludibriados, abandonados, escravizados, escrevia nosso *Risveglio*; agitadores comunistas, esbravejavam policiais e diplomatas australianos, quinta-colunas de Stálin, e nossos governantes e embaixadores e cônsules dizendo que sim, que porém, que não, que nossos emigrantes não eram comunistas e o governo italiano era o primeiro que nunca teria, que talvez algum, sim, mas em geral, não, brava gente, entretanto entendiam que o governo australiano, mas essas compreensíveis dificuldades deviam ser superadas, e a Itália estava certa de que num futuro próximo e que no entanto.

Éramos milhares; forçados, emigrantes, displaced person. Claro que eu também estava lá, embora o nome fosse outro — e não é preciso explicar por quê. Interveio a tropa, até quatro tanques entraram no campo de Bonegilla; é verdade, ao contrário do protesto pacífico de duas semanas antes, no início de julho, daquela vez tinham ateado fogo a algumas barracas e à igreja. Os agitadores comunistas do *Risveglio* — para ser franco, também os da *Fiamma*, fascistoides apesar de igualmente emigrantes, danados da Terra — falaram as piores coisas sobre aquela repressão e sobre os governos que fechavam um olho, como o reverendo Knopwood sobre aqueles aborígines massacrados. Depois as coisas se acalmaram, e mais tarde encontrei um lugar na Tasmanian Hydro Electric Commission. Foi lá, em Hobart Town, que encontrei Maria. — Não, ela ficou lá no Norte, atrás daquela porta de vidros do café Lloyd.

83.

Tudo bem, para o *Colonist* eu escrevia até os envelopes, somente os envelopes, cada um aqui se vira como pode. Por sorte o doutor Ross se lembrou de mim e me encarregou de escrever minha autobiografia para o *Hobart Town Almanack*, de modo a corrigir aquela minha biografia apócrifa publicada na edição farsante da *Religion of Christ*, que me causou tantos problemas e acusações de heresia, restabelecendo assim a verdade. Logo pus mãos à obra. É tão bom ter uma pena na mão, mesmo sem escrever. O Waterloo Inn é mal iluminado, apenas o suficiente para ver o papel e ler as palavras. Todo o mundo em torno se desfoca, Norah bebe e deblatera alguma indecência, entra e sai da taverna, das outras mesas chega uma palavra grosseira, que se perde no fedor estagnado, e eu bebo também, bebo e escrevo, já não sei bem quem está bêbado ou não, se Norah está voltando da enésima detenção ou indo para a delegacia; uma vez esteve fora por dois meses, acho, mas é gostoso ignorar as coisas, deixá-las escorrer e sumir como gotas de chuva no casaco. Tudo graças a uma pena e a um pouco de papel, onde a vida se reorganiza.

Também sou grato a vocês por me darem papel e caneta aqui dentro. Aquela tela não me basta. Aprendi a usá-la um pouco, já que insistiam, mas — Prefiro o gravador, esse vai por conta própria, nem percebo se ele está ligado ou não. Mas o papel é melhor que tudo.

Quantas coisas a dizer, quantas a omitir, até porque o número de páginas à minha disposição é limitado. Listo muitos desacertos — como o vício do jogo —, porque a finalidade é expor os grandes erros da minha vida de maneira que se possa extrair uma lição moral. Para que essa lição seja clara, é preciso pôr uma certa ordem na confusão dos acontecimentos... Então desloco e mudo dados e datas de alguns fatos, para que resultem mais coerentes; chego a dizer que parti da Islândia por vontade própria e que estive entre os que atravessaram pela primeira vez o estreito de Bass, com o *Lady Nelson*. Perdoo todos os que me denegriram, traíram, denunciaram. Perdoo o Partido, isto é, a mim mesmo, e transcrevo a frase que ouvi em algum lugar: se fosse escrita com a mais atenta fidelidade à verdade, a vida deste homem daria um romance perfeito. Fui chamado de jogador, ladrão, espião, miserável, forçado e até pirata. Nada de grave.

Com a pena na mão, eu sou a História, o Partido; não posso me lamentar de minhas desgraças e me fazer de vítima, mas sim combater lealmente pela realidade que, sem papel e sem pena, já não consigo enxergar. Parece-me justo, ou melhor, necessário celebrar os méritos de sir George Arthur, que deixa a colônia ao final de seu mandato, e defender o estabelecimento penal que tem seu nome das calúnias escritas na Inglaterra e dos livros tendenciosos e mal informados dos filantropos. As celas, as dezenas de golpes de chibata, o eletrochoque — de tudo isso, companheiro, nunca se saberá nada. Norah entra embriagada, debocha de mim e me chama de Sua Majestade em meio às risadas dos outros bêbados, eu me levanto, ela arranca os papéis de minha mão, eu os retomo e fujo, ela me segue brandindo um pedaço de pau. A autobiografia sai em 1838, mas algumas folhas se perderam na rua, foram parar sabe-se lá onde, enquanto ela corria furiosa atrás de mim...

84.

Esta é Galateia. Foi encontrada numa praia africana após o naufrágio e depois adorada pelos indígenas como deusa; outras terminaram decorando estalagens e tavernas, assim os marinheiros se sentiam um pouco em casa mesmo quando estavam em terra firme.

Veja, as carrancas são arrancadas do mar e jogadas daqui para lá de qualquer jeito, eu mesmo vi mais de uma sob perucas expostas na vitrine de um cabeleireiro ou debaixo de um vestido numa loja de roupas — bem camufladas, um manequim perfeito, mas não deixei de notá-las. No entanto fiz de conta que não era nada, cada um se arranja como pode. Enterramos uma delas, leia aqui, a da *Rebecca*, uma baleeira de New Bedford, entre as pedras de uma praia. Sob os ossos da onda, como se diz na Islândia, bebemos a cerveja em sua homenagem, sua cerveja fúnebre; as mulheres também a merecem, é claro, e nos embriagamos e entoamos o ritual dos mortos sobre o túmulo de areia e pedras. Também as obscenidades, é óbvio: a morte é obscena, e o amor é obsceno. Gostaria de mijar na minha sepultura, é preciso regar as flores da sepultura, não é mesmo? Quando ninguém me vê, faço isso lá no parque de Saint David.

Na de *Rebecca* só derramamos cerveja, mas não fizemos de propósito, é que estávamos meio de porre; de resto, as ondas a lavaram logo, o cheiro rançoso desapareceu na salsugem e hoje não há mais nada, nem a tumba, que a maré raspou e tragou, e talvez agora ela flutue em alto-mar, corroída pela água, madeira que já não se distingue de nenhum outro dejeto de um naufrágio. Um rosto de carne também se desgasta logo, os peixes o devoram e o tornam irreconhecível, uma irreconhecível imundície do mar. Fui eu que empurrei Maria para o alto-mar, para debaixo do mar; ofereci-a em pasto aos tubarões, e assim eles me pouparam. Presas ferozes a arrancaram dos meus braços — não, fui eu que a deixei ir, que a empurrei entre aqueles dentes ainda mais ávidos, porque seu coração sangrava e as feras se excitam ainda mais com o gosto de sangue, os torturadores chicoteiam com mais alegria quando veem o vermelho escorrer pelas costas.

Ela então desapareceu naquele mar escuro, naquela sombra. Mas li que às vezes as carrancas naufragadas retornam. Maria desapareceu em mar aberto, o navio se dissolveu no horizonte, e quando ouvi dizer que ele estava regressando para o porto também ouvi dizer que voltava sem ela — Maria não estava mais lá, vai ver que a jogaram do barco à traição, como eu podia pensar que um leve empurrão...

Li no catálogo sobre um escultor que tinha escolhido sua linda mulher como modelo para a figura de proa do navio no qual ela partiria numa longa viagem — para ela, pouco depois, a mais longa de todas, morreu. Todo dia ele olhava o mar desconsolado, não podia acreditar que ela tivesse morrido, e quando o navio voltou ao porto ele viu, ereta na proa, a carranca, idêntica a ela — jogou-se na água para ir ao encontro dela, ansioso por abraçá-la, mas afundou. Inchado, atônito, água no nariz, na boca, nos ouvidos, impossível ver o navio passar, se ela estava ou não estava nele. Não estava, Eurídice desaparece; veja que linda essa Eurídice enxugando as lágrimas com uma ponta do manto que a envolve. Também está em La Spezia, diz a legenda; vamos ver se consigo refazê-la bem, esse manto é a água escura, a noite, o fundo do mar, cobrirei minha cabeça com ele e ficaremos lá embaixo, juntos, abraçados...

85.

Se gosto de passear nesta ilha? Com certeza, aliás, estou muito grato por esta liberdade que me concedem. Nem todos aqui têm o mesmo privilégio. Naquele quarto, por exemplo, no fundo do corredor daquele outro pavilhão, uma vez abri a porta e dei uma olhada, e logo apareceu alguém — aquelas camas com correias, compreendo, é gente que está mal, não se pode deixá-la sair por aí, pela ilha, há arbustos, pedras, alguém pode cair e se ferir. Claro que percebi que estamos numa ilha. Fiquem tranquilos, não vou dizer aos outros para não assustá-los, entendi que o segredo é para não impressioná-los — causa sempre uma certa impressão estar numa ilha, eles se sentem fora do mundo, mesmo o braço de mar sendo tão estreito. Quanto a mim, gosto de estar deste lado, além do mar, é como quando na escola nos levavam à colônia de férias. Aqui pelo menos posso me divertir ao meu modo, com meus velhos papéis, como se não estivessem vencidos; o velho cenário ainda não foi desmontado, e pelo menos não têm pena de mim como se eu fosse um velho nostálgico, aqui me levam a sério. Do lado de lá, ao contrário, lá fora, já não estão nem aí...

Reconheci imediatamente minha ilha dos Mortos, mesmo depois de tanto tempo. Mudaram um pouco o interior das barracas e também a igreja, e alisaram as lápides para não deprimir os hóspedes; reconheço essas pedras, vocês as arrancaram do chão e as empilharam lá no fundo, mas me lembro de quando elas se elevavam modestas porém austeras sobre os túmulos. Muitas fui eu quem mandou colocar; ditava até as inscrições e os epitáfios para aqueles companheiros de desventura, mais desventurados que eu, eles lá embaixo, e eu passeando aqui, em cima deles, ainda que meditando sobre seus destinos e as palavras breves e dignas com as quais recordá-los. Também recebia dois xelins por lápide, e em Port Arthur morriam cada vez mais forçados, já que chegavam em número cada vez maior.

Quando vim pela primeira vez a esta ilha dos Mortos já havia túmulos para os forçados, mas não lápides tumulares. O reverendo John Allen Manton tinha sepultado o primeiro condenado, John Hanck, e outros depois dele apenas numa cova de terra.

Tudo bem que as horas e as intempéries cancelem os vestígios dos homens, mas é preciso um mínimo de decoro. Até um forçado tem direito a uma lápide — que também durará pouco, mas pelo menos estarão salvas as boas maneiras, inclusive entre os mortos. O mesmo aqui dentro, doutor, onde as boas maneiras estão salvas, é preciso admitir. A todos esses reclusos, a todos nós, enfim, se tem a delicadeza de nunca nos dizer a verdade na cara, ou seja, que estamos mortos; ao contrário, age-se de modo que nem notemos que já estamos no cemitério, que estamos passeando — quando nos é permitido passear — sobre nossos próprios túmulos. Justamente como quando, saindo daquele alfarrábio onde eu havia comprado minha autobiografia e mais duas biografias sobre mim, fui fazer uma caminhada sobre minha sepultura no parque de Saint David, pouco distante do rio-mar. Sim, é em algum lugar lá para baixo, onde antigamente ficava o velho cemitério da cidade.

Pelo menos acho... o que aconteceu depois, onde me reencontraram, o que fizeram com aquele diploide, com aquele núcleo, com todos aqueles cromossomos, quarenta e cinco, parece-me, não, quarenta e seis, já não sei — Um belo túmulo, o parque público. Crianças brincando, velhos num banquinho. A terra, imenso cemitério. Deviam nos deixar em paz, um pouco de respeito pelos mortos, mas em vez disso...

Sento num banco, olho o rio-mar; talvez eu esteja aqui embaixo, ou pouco mais para lá, não importa, começo a ler minha autobiografia. Escrevi também minha lápide — um tanto mais longa, mas se compreende, um pouco de amor-próprio é inevitável. Também tinha decidido — em comum acordo com o reverendo Manton e com a cooperativa dos entalhadores que organizei, todos forçados em semiliberdade como eu — que túmulos e lápides fossem dispostos não em fila, de modo linear, mas espalhados aqui e ali, como num bosque. Aqueles lá embaixo já tinham marchado demais em fila durante a vida. Jack Mulligan, a glória dos céus espera por quem conheceu as trevas sobre a Terra. Timothy Bones, pequei mais do que imagina o próprio juiz de Sua Majestade que para aqui me mandou, mas um outro juiz verá que minha vida não foi somente de baixezas. † 18 de junho de 1838. Sarah Eliza Smith, morta aos quatro anos, suave botão que florescerá no céu.

No verso da pedra tumular era possível contar de forma concisa, mas dizendo o essencial, a história do defunto. As lápides são romances concentrados. Ou melhor, os romances são lápides dilatadas; um verbo — navegou — que se torna crônica minuciosa de tempestades, calmarias, abordagens, motins. Minha autobiografia é uma dessas lápides dilatadas. Por isso será perdoada caso contenha certo exagero indulgente sobre meus feitos e silencie sobre algumas fraquezas. De mortuis nihil nisi bene. Inclusive daqueles condenados por toda a vida.

Ou à vida? Mas essa condenação foi promulgada muito antes, e não adianta contestar os tribunais de Sua Majestade, como fazem os filantropos, porque ali cessa sua jurisdição. Poderiam, em teoria, parar de emitir sentenças de morte — não sei se seria um bem, com tantos canalhas por aí —, mas não podem suspender as penas por toda a vida. No meu caso, por exemplo, quem é que me tirou lá de baixo, quem roubou aquele núcleo que me fez retornar a esta ilha austral incógnita que é o mundo, a este Lager?

Por algum tempo não pensei mais nisso, tinha até esquecido. Estava tranquilo, trabalhando em meu cantinho na Tasmanian Hydro Electric Commission, às vezes com a impressão de sentir sobre mim o olhar de Maria, mas como o da bruxa sobre Hänsel e Gretel quando os engorda para o seu horrendo banquete, e então, com uma pontada no peito, me lembrava por um instante de Fiume e de quando Maria era Gretel que me dava a mão e eu, segurando aquela mão, já não tinha medo de nenhuma bruxa, mas era apenas um instante, depois passava. E inclinava a cabeça, trabalhava, bebia um pouco mais do que devia, esperava que viesse a hora de dormir. Nunca teriam posto as mãos em mim e me trazido aqui para dentro se não fosse por aquela vez, quando Luttmann veio...

86.

Luttmann tinha vindo visitar os emigrados em nome do Partido, e não sei o que me deu que me tirou do sério, daquela maneira, somente por aquilo que ele disse em Battery Point. Mas o que são algumas palavras, verdadeiras ou falsas, logo perdidas nos milhões de palavras que saem das bocas e evaporam como bolhas? Então por que se alterar tanto assim? Um momento, sou eu quem pergunta ao senhor, doutor, já que sabe tudo de mim, que leu, ou quem sabe até escreveu, minha história nosológica, meu romance...

Não, não me lembro de ter acontecido nada de importante em Barcelona — o companheiro Luttmann, o comandante Falco del Jarama, olhava o mar, não a garota que lhe fizera aquela pergunta, uma de Gradisca, que veio quase menina para cá, com a mãe e dois irmãos, o pai tinha caído nos últimos dias da Guerra de Espanha. Não, Luttmann não a olhou no rosto; olhava o mar sem ver, ele também olhava onde não se podia ver nada. Nem a mim ele olhou de frente, quando logo em seguida comecei a gritar — não via nada, apenas o mar negro, e quando não se vê nada se pode começar a atirar de repente, assim, só por diversão, como jogar pedras num precipício escuro, se não há ninguém lá embaixo não se faz mal a ninguém, e mesmo que haja alguém, mas não esteja visível, é como se não houvesse ninguém, a pedra quebra uma cabeça, mas o precipício é fundo demais para que possa chegar um grito de lá. Nelson não via ninguém morrer ao olhar pela luneta com o olho vendado, nem sequer escutava o grito de quem caía sob seus canhões. Em Goli Otok o grito de quem estava em kroz stroj se perdia no mar, os companheiros caem, mas o Partido não sabe.

Faz séculos que o velho canhão do Battery Point não dispara mais — nem Luttmann disparava em ninguém, faz tempo que o Partido não tem mais canhões, ao contrário, recebeu seu coice na cara e ficou tonto. Mas ele também tinha disparado em Barcelona, agora já não sabia em quem — nada de importante, aquele fogo, aquelas noites, aqueles companheiros caídos nas barricadas e transformados em barricada. No pasarán, no entanto passaram, passaram todos, o canhão detonou e arrebentou o muro, um vão enorme. Aquela brecha sou eu, meu corpo, meu coração feito em pedaços — nada de importante?

Fui lá para ouvi-lo, com os outros; não lembro como, mas comecei a gritar, Luttmann olhava para o outro lado, quase pulei em cima dele, bloquearam-me antes, via somente braços e pernas e caras retorcidas, bocas gritando, e eu batia onde podia. Foi naquela ocasião que nos conhecemos, doutor, que me arrastaram para cá, para o senhor — ou para alguém como o senhor, não recordo, de qualquer modo alguém com um longo avental branco, igual ao seu. Sim, aqui todos os guardas são brancos, foram eles que venceram — o senhor ou um outro, não sei, de qualquer modo foi gentil, mas eu também já estava bom e calmo, sobretudo estava exausto.

87.

E como seria possível não estar exausto? Mas não por aquelas palavras de Luttmann, que aliás só o senhor conhece, doutor, foi o senhor que as relatou a mim, ou será que as inventou, só por provocação?

Como seria possível não perder a cabeça passando com a barca sob Puer Point, além da Opossum Bay? As rochas avermelhadas e estriadas se elevam, altas, sobre um mar agitado; parecem friáveis, quase uma esperança de que o mal e suas fortalezas possam desmoronar a qualquer momento. Não, não vão ceder, vermelhas de sangue coagulado para sempre. Lá no alto estão as crianças e os adolescentes condenados; entre chicotadas e violências inomináveis, aprendem a usar a enxada, a fazer pão e a repetir de cor alguns versículos da Bíblia, mas sobretudo a ser torturados e a torturar — a História é um estupro da infância.

Altos penhascos, quando não aguentam mais, os meninos se jogam de lá e se estraçalham nas pedras antes de acabar no mar. Como não gritar, não se jogar também de cabeça contra aquelas pedras, pó imundo e vermelho, sangue imundo do meu rosto escorchado — lembra-se de minha cara ensanguentada quando me trouxeram para cá? Gostaria de ter esfacelado minha cabeça também, não, a cabeça do mundo, linda, redonda, inflada com suas belas cores — olhe, há um ali, em cima daquele móvel, um globo, que bom seria arrebentá-lo, esmigalhar sua polpa nojenta.

Aquelas crianças, seus corpos esfacelados lá embaixo. Seus olhos, quando os vejo obedecendo aos vigias, eram mais insustentáveis que seus corpos mutilados; olhos infantis e ocos, velhos, decrépitos. E querem que se mantenha a calma, que não se meta uma venda nos dois olhos e não se atire a esmo, em quem pegar pegou, até em Deus?

Claro que me trouxeram para cá em frangalhos, naquele estado de furor: perdi uns pedaços pelo caminho, atirando-me daquele penhasco de onde as crianças se jogam. Mas um dia aqueles rochedos também vão desmoronar, sumir nas ondas com um borbulho obsceno, e todo o mundo irá para o fundo. Ah, se houvesse apenas o mar, o mar, sem nem sequer uma ilha onde um pé pudesse imprimir um rastro de dor.

88.

Quando posso, escapo — também de Norah — e vou para a cozinha da residência oficial do governador. Ali, a autoridade máxima é Bessie. Para ser preciso, Bessie Baldwin; cozinheira e ajudante de confeiteiro, famosa por suas iguarias. Lá sou sempre bem-vindo.

Bessie veio parar aqui por ter metido uma torta na cara do dono da confeitaria Edenwall, em Westminster, onde trabalhava aos vinte e um anos como ajudante, depois que o sujeito, furioso por um pedido de aumento de um penny por semana, a xingou de cima a baixo e ergueu a mão para ela. Sete anos de trabalhos forçados. No navio *Gilbert Henderson*, que a levava para os antípodas com outras cento e oitenta e duas mulheres e vinte e quatro crianças, todas destinadas como ela à colônia penal, quando o médico de bordo, John Hamett, tentou forçá-la a ir para a cama com ele, como costumava fazer com as condenadas sob seu poder, abatidas pela brutalidade dos maus-tratos, Bessie o botou para correr, quebrando na cabeça dele uma pesada vela. Ao desembarcar, mais uma vez punida por esse ataque e trancafiada na casa especial de correção feminina, convenceu as outras prisioneiras a lutar por sua dignidade e a protestar contra os abusos, e quando sir John Franklin, com a mulher, lady Jane, e com o reverendo Knopwood, sempre compungido e meio alto, chegou em visita oficial, Bessie organizou um clamoroso protesto das trezentas reclusas, todas de saia levantada, mostrando a bunda para as autoridades e batendo forte no traseiro, sem se preocuparem com a chuva de açoites que logo em seguida cairia sobre suas nádegas.

Até o governador deve ter apreciado a coragem daquele gesto insolente, tanto é que a chamou para a cozinha. Desde então, Bessie trabalha naquela cozinha, inventa receitas e pratos saborosos, um verdadeiro gênio culinário. Sento-me diante dela, como, mas sobretudo a observo — aquelas mãos que já não precisam se defender e podem preparar em paz a massa, estirá-la e enrolar os folhados, espalhar o sal, empanar, triturar, misturar, dosar, pôr no prato. Sim, talvez isso seja a revolução, liberar as mãos da necessidade de ferir e restituí-las à ternura... Se Medeia tivesse pegado Jasão pela gola no momento certo, talvez mais tarde não...

Obrigado, doutor, conheço esse livrinho, aliás, fui eu que o trouxe para cá. Realmente bem fornida, aquela velha livraria de Salamanca Place. São receitas de Bessie, anotadas por uma governanta de sir John. Receitas simples e complicadas. Sopas de peixe de todo tipo e rabadas, caldos, carne de canguru ao vapor, molhos de ostra, tortas feitas de vários elementos, pratos para jantares de gala e para breves paradas durantes as inspeções no bush selvagem. Medidas e quantidades de uma infinidade de ingredientes, tempos de cozimento, recipientes mais adequados. Nessas receitas há, como em muitas coletâneas de poesia e mais ainda, uma vida inteira. Quando vou embora, quase sempre me dá, mesmo de má vontade, meia garrafa de rum para Norah. Bem, principalmente para ela. Não sei se a esvaziarei sozinho... Como se fosse possível não estar sozinho...

89.

A autobiografia sai em 1838, como se lê aqui. Deponho a pena como quem arria uma vela, a mão agora só levanta o copo. A autobiografia bem sabe onde e quando pôr o ponto final.

Algo continua a acontecer, mas pouco. Às vezes dinheiro que vem e desaparece, um pequeno comércio que vai mal, um par de petições sem resposta para obter um pedaço de terra, a notícia da morte de minha mãe — que diferença faz, viva ou morta, o que quer dizer viva, lá longe, em Copenhague, anos e anos sem saber nada sobre ela, ou morta, lá em Copenhague, debaixo da terra, em algum canto. Mas quando expirou afinal, antes ou depois de a lua surgir, ainda teve tempo de vê-la ou não, naquele dia? Observo a lua, envolta como eu num halo de todos os olhares que pousaram sobre ela; pergunto-me se lá também está o dela, em seu último dia. Como se pode saber quem está vivo e quem está morto?

À noite vou ao cais de Hobart Town, olhar as baleeiras que regressam com sua carga e gastar uns trocados nas tavernas. Recepciono as naves com displicente dignidade, como se lhes desse, com um gesto vago da mão, o tácito consentimento para atracarem. Todos me conhecem, o homem que arpoou a primeira baleia na foz do Derwent, o cartógrafo do estreito de Bass, o soldado de Waterloo; falo aos forçados dos submundos de Londres e das torpezas de Newgate; aos missionários, dos meus estudos teológicos e das conversões conseguidas no Taiti; sugiro tratamentos aos doentes, jogo e perco com os marinheiros, peço notícias dos royalties nunca recebidos por meus livros, do nunca inaugurado Departamento para o Comércio dinamarquês nos mares do Sul, dos meus escritos ignorados por todos, do débito público ou dos aborígines.

À noite, andando pelo cais, falo, falo com qualquer um, com ninguém — para não voltar para casa, para pelo menos voltar mais tarde. Em certos dias, ao me levantar do amontoado de trapos onde nos acostumamos a dormir, nem lavo a cara, não tiro de mim aquele cheiro da noite que não sei se é meu ou de Norah.

Só me lavo quando pedem que eu seja um dos oradores no meeting organizado para protestar contra a provável proposta do governo de reformar o sistema penitenciário e o tratamento dos colonos. Quem o organizou foram os poderosos da cidade — Charles Swanston, diretor do Derwent Bank, outros banqueiros e grandes latifundiários, o advogado Thomas Horne e o eterno reverendo Knopwood. Eles se lembraram daquele traste que, na condição de ex-forçado, podia ser útil para contestar a intenção do governo de interromper as deportações dos galés para o continente austral, e sobretudo sua destinação aos colonos, privando a agricultura de braços preciosos e necessários.

Aqui estou, sozinho no palanque; falo, o vento passa em meu rosto e no pescoço, entrando pela camisa enodoada. Falo com lucidez, com fluente eloquência. Defendo o sistema penal e as deportações, exalto seu valor de reabilitação contra as ingenuidades e as falácias dos filantropos que discursam a vinte mil quilômetros de distância, reivindico a necessidade do trabalho dos forçados para a terra e o bem moral que esse trabalho faz aos próprios prisioneiros. A multidão me aplaude, comovida por um homem que sofreu tanto sem perder o ânimo e sem alimentar rancores. O aplauso é demorado, embala como uma onda, uma grande onda suave e poderosa, que se quebra nas pedras. No fundo, minha vida foi bela. Nem percebo quando me fazem descer, meio amparado e meio empurrado, até que me encontro na multidão, engolido por um mar escuro, rostos indiferentes que olham o novo orador no palanque, e só me resta voltar para casa.

Tenho medo de ir para casa, tenho medo de Norah. Cada vez mais ela se afoga na bebida, exalando álcool dos poros com o suor; vive num contínuo atordoamento e só acorda para alguma arruaça, que a conduz à cadeia. Ela me arrasta para baixo, nessa imundície onde naufraga com soberba real. Sim, também tenho medo de ir vê-la quando está na prisão por alguns dias ou semanas; imploro às autoridades que a obriguem a uma desintoxicação, que a detenham por um período mais longo, quem sabe poderiam mandá-la de novo para a penitenciária. Uma mulher é boa enquanto lhe dá apoio, mas quando é você que deve sustentá-la só resta a vontade de se livrar dela. Não sou o primeiro, nem serei o último. No fundo, também foi assim naquela vez em Pesek, fiz como pude, num instante...

Com medo ou não, revejo-me em casa, no barraco gélido, um gelo que sobe da Antártida com as chuvas de outono. Norah é como um bicho, Medeia com as artes mágicas de Circe, mas voltadas contra si mesma. Uma porca se enrola no velocino de ouro, mas o antigo encantamento continua valendo, porque sou eu o porco que fuça na pocilga da própria vida, sou eu o bicho, não ela, majestosa na impávida coragem com que afunda na imundície. Longos meses de indolente esquecimento, em que se esquece de que existe o amor, horas breves de surda libido que me subjuga a todos os papéis do servo, fulgores de furor; as Fúrias apertam minha garganta, dilaceram-me sem piedade; contudo quantos cacos de ternura, de antigo amor despedaçado e desprezado, naquele corpo desfeito e imperioso, ao passo que eu — eu, árido e vazio, ridículo marido humilhado e espancado, talvez até corno, quem sabe aconteceu alguma vez, debaixo de uma mesa do bar, entre uma esbórnia e outra, não sei, não tenho mais nada no coração, a Fúria o arrancou de meu peito a dentadas, mas eram beijos, queria abrir meu coração para despejar ali dentro o dela —

Feito em pedaços, meu coração, mas também em paz entre seus peitos caídos, uma só carne ainda que podre, sagrada esposa do Líbano deformada pelo tempo e pelas penas — nesta noite vão rir, como sempre, quando você perseguir e bater pela estrada seu homem humilhado e mísero, o rei da Islândia sob o bastão da mulher lunática, o forçado que experimenta a chibata sob suas mãos, mas logo depois, no nosso tugúrio e sobre aquele couro sujo e amarelado, na solidão gelada do coração, me apertarei a você, entre seus braços, unidos até que a morte nos separe. Ou seja, até 17 de julho de 1840, cúmplice a dose, mas também a péssima qualidade da bebida. O magistrado, Robert Steward, escreve no registro "Deus a visitou". As portas do café dão um giro, escancaram diante de mim seu corpo belíssimo e enrijecido. Norah, Maria, morte em terra estrangeira. Caronte sou eu, que as fiz atravessar as águas da morte.

90.

"Quem é vivo sempre aparece." — Quem está morto também. De fato, aqui estou. Você voltou depressa para nós. Vê-se que me senti bem aqui, quando me trouxeram em condições deploráveis depois daquela vez em Battery Point. Sim, eu chutava e quebrava o que aparecia pela frente, mas depois devo ter me sentido bem. E assim, pouco depois de o *Erebus* e o *Terror* terem lançado âncora em Sullivans Cove, vocês me reencontraram.

Tudo bem, pode ser que não tenha sido o senhor, que tenha sido um outro, um colega seu, que o senhor não estivesse de plantão ou estivesse em férias, de qualquer modo, todos os médicos se parecem. E também os lugares, as vagas-leito. Por isso o senhor quer me fazer acreditar — pelo menos no início, depois deve ter entendido que não caio nessa — que eu esteja lá em cima, e não aqui embaixo. De fato parece que estou lá em cima, com esse horizonte de papelão, o golfo de Trieste e a costa da Ístria até Salvore — bem imitados, não há o que dizer, mas não caio nessa. Estou no convés do *Erebus* ou do *Terror*, é aí que estou, belos nomes para uma viagem nos mares antárticos das trevas e do gelo, onde o comodoro James Clark Ross, um velho amigo do nosso governador sir John Franklin, quer estudar as variações magnéticas. Belos nomes até para mim, para os mares antárticos da minha morte.

O comodoro Ross é acolhido com grandes festas, músicas e a valsa de Strauss, tocadas pela banda militar do Quinquagésimo Primeiro Regimento, parties, banquetes. A bordo também está Dalton Hooker, o filho de sir William. Encontrei-o no Waterloo Inn, ele foi gentil em dignar-se a me visitar naquela taverna, onde como sempre eu conseguia que me pagassem uma dose de rum ou uma fatia de porco salgado escrevendo petições, cartas e solicitações para aqueles bêbados analfabetos — um bom advogado de bar, é verdade, sou isso também.

Hooker Jr. é um botânico, assim como o pai; o continente austral, ainda desconhecido, atrai os cientistas, ávidos não tanto por descobrir coisas, mas por nomear e classificar o mundo. Hooker júnior, Hooker sênior, a mãe de um e esposa do outro se chama Marie, minha Marie não foi nem esposa nem mãe — não, muito menos mãe —, o tempo se contrai, alonga-se, um grande calango que perde continuamente a cauda, pedaços de mim mesmo afundam em águas escuras. Apalpo meus braços, o rosto, o peito, para sentir se estou inteiro; a água alagou a estiva e levou embora quase tudo. Vejo que o jovem Hooker lê as lágrimas em meus olhos e então começo a falar com gestos largos, a contar minhas façanhas, a Islândia, a exploração do Grande Lago, a captura de Sheldon. Observo seu belo uniforme, a segurança que a juventude, a saúde e o prestígio social lhe conferem. De novo meus olhos se enchem de lágrimas, e entendo que ele as vê como um sinal de senilidade ou embriaguez, a indecorosa fraqueza de um homem acabado. Gostei muito de seu pai, digo-lhe, e talvez ele também de mim... mas as minhas loucuras... porém posso explicar, sempre se pode explicar tudo...

Nada, no entanto, se pode explicar. Nem aquele meu furor repentino, aquele grito, aquela agonia. *Erebus*, *Terror*, via os nomes nas laterais dos navios que oscilavam na baía, um mar se abria debaixo do mar e os engolia, engolia a mim, eu me precipitava no vórtice, eu era o grito espumoso do vórtice e me tragava, triturava, centrifugava. O jovem Dalton fala de mim e de seu pai; a Islândia, o Spread Eagle Inn, os olhos de vidro da águia, os tufos daquela grama cândida como a neve — Pedaços de mim flutuam dispersos nas águas furiosas, vêm à tona como uma golfada, e cada um segue adiante por conta própria, desaparecem tragados pelas forças de Coriolis no buraco negro do abismo — Ante Rastegorac mete minha cabeça na latrina, desapareço, não, aqueles dejetos são meus, sou eu, vocês não têm o direito, jogo-me na água para recuperá-los, para salvá-los, vou colar todos eles e serei eu de novo. Deixem-me, não me chacoalhem assim; não fui eu que comecei isso, doutor, foi toda aquela gente que veio para cima de mim; queriam me imobilizar, amarrar-me, impedir-me de procurar meus pedaços que afundavam e desapareciam; aquela gente, aquela multidão, aquele magote, aqueles fluxos que me submergiam — eu devia resistir, fender as ondas a braçadas, abrir espaço naquela turba.

Foi aquela vitrine que fez meu sangue subir à cabeça. Uma ideia de Spiridione Pavlidis, um comerciante grego ambicioso e trapaceiro, que entre muitas outras coisas também tinha montado aquela loja de televisores em Sandy Bay Road. Televisores de todo tamanho, que ele mantinha quase sempre ligados, para atrair a atenção e o desejo dos clientes. De vez em quando eu parava para olhar aquelas caixas, aqueles rostos, aquelas paisagens, aquelas cores e aqueles gestos que apareciam e desapareciam, a lanterna mágica de tio Bepi quando eu era menino.

Mas naquela noite de dezembro, não sei por quê, Pavlidis sintonizara todos os televisores no mesmo canal, e o homem com a vontade na testa, o último rei da Cólquida, falava e falava, falava de todos os retângulos luminosos — tantos rostos, tantas vontades na testa, e a certa altura vi a praça Vermelha, e muitas praças Vermelhas, e a bandeira vermelha que era arriada, todas as minhas bandeiras eram arriadas, e a voz de alguém que não se via e que não era o homem com a vontade na testa dizia algo sobre as bandeiras vermelhas que acabavam na poeira e sobre o sol do futuro que se apagava. Muitas vozes, a mesma, saíam daquelas caixas luminosas e então alguma coisa estourou em minha cabeça e no peito — aquelas bandeiras vermelhas que eram arriadas saíram das caixas, desenrolaram-se até velar o céu e depois desceram, tombaram, um imenso arriar bandeiras do mundo, um sol sanguíneo que desce, esmaga, explode e desaparece.

O fim de tudo, meu fim. O velocino é uma pele escorchada e vermelha de sangue pendurada no céu, que desce e arrasta com ela o céu. Tantos homens com a vontade na testa discursam; outras vozes, a mesma voz, um eco interminável fala do fim. A bandeira desce, cai em cima de mim, envolve-me, sufoca-me; tento me livrar, tirá-la de mim, dou chutes e socos, grito; enrolam-na em minha cabeça e ao redor dos braços. O velocino, uma camisa de força. Foi assim que me imobilizaram e depois me reconduziram para casa, segundo vocês, enfim, para a casa do companheiro Miletti-Miletich, que, depois de ter dividido comigo algumas celas de cadeia, também dividiu por um tempo aquele seu antro em via Molino a Vapore, para não me deixar na rua, até que nem sei por que vieram me tirar dali também, lembro apenas que protestei um pouco, aliás muito, mas não adiantou. Não é o caso de fazer tragédias — diziam-me, vocês me diziam, dizíamos —, ninguém mais faz, assim como não se fazem mais sonetos, por que em vez disso você não se divertiu com aquele videogame? Fique tranquilo, nos videogames os maus, os nazistas, também perdem — e ainda que vençam, dá na mesma. Aproveite o zapping, a paisagem, seu mar...

Assim, vocês querem me fazer crer que voltei para o meu golfo. A Terra Australis incognita acolhe os imigrantes, mas não tem lugar para os loucos, que são repatriados para suas casas, segundo me disseram, mas não acredito. Para os mortos, sim, há lugar desde sempre, uma imensa ilha de mortos, e por isso estou aqui, aqui embaixo, continuei com vocês, todas aquelas bandeiras vermelhas arriadas me sepultaram sob uma capa mais espessa do que a que me cobre no parque público de Saint David — As bandeiras flutuam, ondulam, confundem-se; uma única e imensa bandeira, um pano de boca que desce, escurece o mundo, e tanto pior para quem está embaixo e o recebe na cabeça. A Cortina de Ferro cai como uma guilhotina e corta o coração em dois, meu coração.

91.

"Alô, C6?" — Que idiotice. Agora entendem por que prefiro o gravador. De qualquer modo, esta janelinha que se abre me agrada muito, parabéns, bom ano. Aqui está o relatório sobre aqueles trabalhos com madeira, já quase terminados. Espero se note que esta aqui é a carranca de Ljubo, o dálmata. Navegou a vida inteira com ela, diz o livro, até que, já velho, o tiraram do barco e o puseram de guardião de um farol. Tinha saudades dela, mas não estava triste, porque a via chegar e partir, passar lá embaixo, ereta na proa de seu velho navio. Mas um dia a viu chorar, porque o navio tinha sido vendido a um armador que a destinaria a outros portos, de modo que nunca mais se veriam. Porém, durante a última viagem em sua antiga rota, a embarcação naufragou e as ondas a levaram até as rochas de sua ilhota; assim ele a recolheu e a pôs em casa, em seu quarto no alto do farol. E quando anos depois decidiram que o velho farol deveria ser apagado e o velho Ljubo transferido a um asilo — será que aqui dentro não é uma casa de repouso, um asilo de velhos? Nunca tinha pensado nisso antes —, seja como for, deviam mais uma vez se separar, mas ela o tomou pela mão e o arrastou para um reino encantado no fundo do mar, aqui embaixo. Eu afundei Maria nas águas negras da morte, até amarrei uma pedra em seus pés, e ela no entanto me tomou pela mão e me trouxe a um país feliz, onde finalmente estamos juntos. Olhe como a fiz bem, como ela também está contente — Vocês tiveram mesmo uma ótima ideia ao me darem esse trabalho, Arbeit macht frei.

Mas é verdade que não fazem mais carrancas, como diz o livrinho? Então talvez eu seja o último. Mas existe um último, em qualquer campo que seja? Aqui está escrito que em 1907, quando a Marinha americana decidiu retirar as carrancas da proa, um oficial compôs um poema que recordava com grande tristeza a navegação nos velhos tempos, entre a Terra do Fogo e a baía de Baffin, e lamentava que elas tivessem desaparecido para sempre. Os aedos, como se sabe, adoram a despedida e o lamento fúnebre; a musa se despede dos heróis mortos do tempo passado.

Querem encontrar o último criador de carrancas, mais glorioso que o primeiro, porque o final é mais majestoso que o início e faz o coração palpitar mais. Entretanto, poucas páginas adiante, eis um outro último, um tal de William Rumney, que usava a filha como modelo e morreu em 1927, quando sua arte já estava "praticamente esquecida". Porém, vira a página e gira e mexe, eis ainda mais um último, Bruce Rogers, 1935. E na página 63 surge um outro, Jack Whitehead, ilha de Wight, 1972.

Não fiquem irritados comigo, não fui eu que escrevi essas coisas; está no livro de vocês, com tantas belas figuras e tantos nomes que até nos confundem. Sinto pena por essa disputa pela malha negra, essa ânsia de ser o último glorioso de uma estirpe. Os últimos não existem mais; nada desaparece e sobre ninguém mais reverbera o vermelho da tarde, a glória daquilo que se apaga.

Não há nenhum último, o grande teatro desembala as tumbas e recoloca todos de pé; os mortos se levantam, e as roscas da vovó, que somente ela sabia fazer, estão de novo na mesa de Páscoa, preparadas pela conhecida Panificadora e Confeitaria da Vovó. Clonagem universal, não haverá mais mortos; sempre as mesmas caras por aí, nenhuma história de amor perdida no passado, mas cada uma repetida tal e qual, ó, morte, onde está seu punhal? No entanto às vezes se sentiria sua falta, seria bom poder desaparecer e não existir mais, ter sido e não ser mais...

Luxos de antigamente, hoje a vida eterna é obrigatória. Não causa nenhuma estranheza ler que em 1972 o jovem Bernd Alm, ao dar uma olhada na mostra de Whitehead e Gaches, tenha tido a ideia de que ele também poderia ganhar a vida restaurando ou construindo essas figuras fatais ou, melhor ainda, fazendo cópias das que se perderam. Outros logo seguiram seu exemplo. E a nostalgia das carrancas de outrora atraiu imediatamente os falsários, que começaram a refazer as mais famosas copiando-as de ilustrações e despachando-as como autênticas, e depois, pouco a pouco, vendendo-as como falsas, mas falsas de autor, que justamente por isso interessam à alma kitsch da humanidade. De resto, um destino justo para uma figura saída daquelas águas, reino da mentira e da suspeita.

Inclusive estas que estou fazendo aqui — já há um bom número delas, quase enchi o depósito — são uma série de falsos, mas falsos autênticos. De autor, se posso dizer sem pecar por imodéstia. Aqui estão todas, nunca tão claras e reconhecíveis quanto agora: esta é Maria, aquela é Marie, aquela outra é Mariza, e depois Mária e Norah e Mangawana; há também a revolução, com um barrete frígio e a bandeira vermelha. Todas reencontradas, agora não escapam mais, tão compostas, rígidas e cheias de dignidade, e eu não as perco mais; faço-lhes a guarda, cuido delas, tiro o pó, limpo, finalmente em paz comigo mesmo, inocente. Não que eu seja tão pretensioso a ponto de me achar o verdadeiro último, imaginem, o próximo falsário talvez já esteja na porta, ninguém nunca é o último no coração de uma mulher —

92.

Levantei-me de bom humor naquela manhã. Dia 20 de janeiro, antigamente vocês poderiam ter lido com clareza a data no mármore; quero crer que cuidaram de minha lápide como se deve, depois que tratei da dos outros com tanta atenção. Eu me sentia solto, as pernas sólidas, cheias de vigor. Deixe estar a autobiografia, é lógico que tudo isto não esteja lá, muito menos nas biografias. Somente eu, por força das coisas, posso saber a verdade do Último Dia — último é modo de dizer, de fato cá estamos ainda —, o que aconteceu e como. Você me ouve aí em cima, sentado no banquinho? Eu o ouço mal, devo ter algo nos ouvidos: talvez terra ou pó ou os tampões que uso para dormir.

Naquele dia, 20 de janeiro, eu estava com vontade de mar, de um grande mar aberto. Uma carroça partia para Port Arthur, porque tinham mandado dizer que precisavam de um médico — não para os forçados, é óbvio, um doutor não se incomoda por essa carne de açougue, mas para Evans, um dos chefes da vigilância —, e assim, naquela manhã, o doutor Bentley se decidiu a ir. Permitiram que eu subisse sem problemas quando pedi se podiam me dar uma carona. Não tinha vontade de ir até Port Arthur, de ver as fossas de punição na água gélida, o penhasco das crianças. Queria descer um pouco, só um pouco, rumo ao sul; olhar o mar imenso e aberto, além do qual não há mais nada.

Deixaram-me onde começa a parte mais estreita da Maingon Bay, dizendo que eu estivesse ali, naquele mesmo lugar, para a volta. Desci em direção à baía, rumo ao mar aberto. Baía Abaixo, mais uma vez. Caminhava veloz e seguro na grande luz branca que doía os olhos e tentava olhar para a mancha verde dos eucaliptos, onde a praia era baixa e se podia chegar até a água. Luz clara, tão forte e clara que diante dos olhos tudo fica escuro e não se vê quase nada; como agora, sei que o senhor está aqui, na minha frente, acima de mim, mas não o vejo, este escuro aqui embaixo ofusca. A prometida luz de Deus, talvez forte demais para nós — nós, que passamos desta para melhor, estamos na escuridão, a nuvem demasiado luminosa e resplandecente sobre o Tabor nos cega, não vemos nada, como numa noite funda.

A costa para além da praia se elevava abruptamente, tornava-se uma alta e escura parede de basalto projetada rente à água, uma muralha inacessível, defendida por agudas escarpas. O fragor das ondas vinha do largo, monótono, incessante; grandes ondas se rompiam contra os penhascos negros, um pássaro desaparecia na poalha espumosa, engolido por uma escura voragem. Sobre o promontório, que agora se entrevia claramente, se acumulavam nuvens que subiam do mar, foscas torres se erguiam rumo ao céu, desfazendo-se e desmoronando no vento; o sol as rasgava e se expandia na brecha, o flanco ardente do *Admiral Juhl*, atingido pelas descargas inglesas, se esfacelava no mar. As torres lá no alto se precipitavam, eu parecia ouvir sua queda no ribombo das ondas furiosas que golpeavam as rochas.

Desci até onde a costa declinava suavemente num trecho de praia e o estrondo das ondas contra as paredes de basalto, mais distante, se atenuava. O navio estava encalhado numa praia pedregosa, uma enseada tranquila, protegida por um arrecife que barrava a fúria do mar. Da popa arrebentada, lambida pelas ondas, a água saía e entrava com soluços sufocados. A abertura era ampla, a mordida de um gigantesco tubarão; mais além, no arrecife, se podia ver a rocha enorme e afiada contra a qual a nave fora arremessada pelo mar.

Nos bordos escurecidos, a madeira rachava aqui e ali como uma cortiça rugosa; o cheiro era bom, e também o do betume. Tirei a pele de ovelha que levava nas costas e a estendi no chão. Entre o cascalho, o velocino amarelo parecia uma daquelas manchas de areia dourada que aqui e ali despontavam na praia. Depois da descida pelo terreno acidentado, eu estava exausto; sentia uma leve pontada no estômago e um gosto ácido na boca. Alisava a madeira, crespa e dócil ao toque da mão. Já em Nyhavn, desde menino, gostava de tocar a madeira dos navios, cheirá-la, senti-la sob os pés descalços. Aquela é minha terra, minha raiz. De resto, toda terra, inclusive esta que acabou me cobrindo, é uma nave flutuante sobre o abismo das águas; pelo menos foi o que Pistorius me disse em Copenhague, quando eu era pouco mais que uma criança. Para ser sincero, ele dizia que assim pensavam alguns povos antigos, mas parece que isso não diminuía nele a verdade dessa imagem. Já outros povos, dizia ainda Pistorius, acreditavam que a Terra fosse plana e sustentada por quatro colunas assentadas em quatro elefantes apoiados na carapaça de quatro desmesuradas tartarugas que nadavam num imenso oceano. De qualquer modo, agrada-me pensar que o fundo originário sobre o qual se apoia o mundo e também minha fossa sejam as grandes águas, e que todos os homens, quer o saibam ou não, sejam marinheiros.

Tinha visto outras vezes o pequeno navio encalhado naquele lido, e sempre me parecera estranho que a carranca olhasse para o interior da baía, e não para o mar aberto. Os olhos atônitos e dilatados das carrancas estão voltados para o mar e para o seu horizonte uniforme, para as catástrofes que estão por vir daquele horizonte e que os homens não podem ver. A carranca do navio também olhava do alto e para longe, o rosto composto e os lábios semicerrados; a mão levava uma rosa no peito e tentava fechar a veste esvoaçante entalhada na madeira corroída, que parecia erguida por um vórtice de vento, prolongando a encrespação das ondas nas dobras do vestido e descobrindo dois seios majestosos.

A mirada era a de quem observa algo inapelável. No mais das vezes aquela visão insustentável provinha do mar, mas talvez não fosse um equívoco que a figura de proa estivesse voltada, como todo o navio que acabara na praia, para aquele lado. Naquela direção estava Port Arthur, e nenhum desastre marítimo podia competir com Port Arthur e outros horrores que só existem na terra. É a terra o lugar dos infernos. Bem-aventurados os que morrem no mar.

Pouco mais adiante, na mesma praia, havia uma gaivota revirada entre as pedras que de vez em quando batia as asas, buscando se levantar. Assim que me aproximei, ela tentou fugir, mas logo se encolheu, cansada. Tinha perdido muitas penas; uma asa meio torta pendia de seu flanco. Daquele pedaço de vida que palpitava inutilmente já emanava um odor de corrupção. O senhor consegue senti-lo daí, de onde está sentado, o cheiro chega aí daqui de baixo? A mim, um pouco, apesar das narinas tapadas. Também em Newgate eu sentia esse cheiro quando escrevia meu livro sobre a religião cristã — a verdadeira religião da natureza, a verdade do coração e de toda a criação, ainda que fosse difícil pensar assim olhando ao redor a Baía Abaixo, vendo as rochas negras, estriadas e caneladas como as costas dos forçados, que não longe dali eram descarnadas sob o chicote. Havia um suboficial, Barclay, que os fustigava porque queria que suas costas, com aquelas cicatrizes, se parecessem com o dorso dos tigres. O sangue escorre daqueles sulcos nas costas, adensa-se, conflui num rio limoso e deflui tingindo de vermelho o oceano que circunda o mundo, aquele mar sempre furioso, em cujas profundidades é um eterno esquartejar, agonizar e morrer, um imenso ossário.

Sim, em Newgate ou no convés inferior do *Woodman* — mas também aqui, não sei bem onde — sente-se o mesmo bafo da corrupção, do suor, das chagas e do vômito de homens com ferros nos tornozelos, que dormem espremidos três ou quatro num catre, esperando a chegada do marinheiro que jogará um balde de água no pavimento para levar embora ao menos os excrementos. Um fedor do qual não se liberta jamais, depois que o sentimos pela primeira vez — um fedor dos resíduos de comida que atraem os ratos; do próprio corpo que, lá dentro, acorrentado, deteriora mais rapidamente, assim como as rações de carne não suficientemente salgadas, amontoadas na despensa quente e abafada. Alguns restos devem ter vindo parar aqui embaixo, perto de mim, sinto o cheiro deles ao redor.

Também a alma se corrompe e estraga, para maior divertimento e edificação da gentalha que goza o espetáculo, quando a carreta leva a carcaça do condenado — e com ele a alma, sopro vital que transuda dos poros daquela carcaça, hálito que sobe do engulho do medo — a balançar na praça de Hobart ou em Tyburn, enquanto as pessoas se acotovelam por um melhor lugar nos bancos da tribuna. Pouco mais tarde, na mesa do cirurgião que disseca o cadáver, aqueles pedaços de carne não diferem tanto dos que se atiram aos cães ou aos próprios condenados na véspera da execução, para o último pasto. Talvez até estes ossos aqui embaixo, ao redor e sobre mim, que impedem meus movimentos, tenham sido cuspidos por eles.

Não há nem o que protestar, porque o homem e o povo e o gênero humano são carne, e tudo o que é carne está destinado à morte. A relva se seca e termina no lixo, que ao final da jornada os galés levam para queimar numa grande fossa. O cheiro dos dejetos é adocicado, assim como a carne humana quando queima; já em Copenhague, no incêndio do palácio real, senti aquele cheiro, e mais ainda na floresta, quando encontramos os restos daqueles três fugitivos. Toda carne se corrompe, como logo ocorrerá com a dessa gaivota agonizante.

O cristianismo é a verdadeira religião da natureza, porque mostra sem véus a morte e a putrefação de todas as coisas, inclusive da alma imortal. Por sorte ainda não tinha percebido isso em Newgate, ou pelo menos não dissera nada a respeito em meu livro, do contrário o reverendo Blunt faria com que eu experimentasse o chicote a fim de arrancar aqueles grilos ímpios de minha cabeça, em vez de me passar bons nacos da carne que conseguia com a guarda, quando tinha fome — o bairro de Newgate é famoso pelo ótimo carneiro.

Sim, foi mesmo uma sorte que na época eu não tenha tido esses maus pensamentos, como mais tarde acabei tendo, bem mais tarde — talvez uma outra praia, um outro mar, mas sempre muito sol e muito gelo, pedras para tirar da água, minha cabeça gira, kroz stroj, uma palavra sem sentido pula aqui dentro, aqui embaixo, kroz stroj, kroz stroj. Carne, supliciada e triturada no grande moedor.

Tomei nos braços a gaivota, que se debatia suavemente, e fui para a água. O corpo do pássaro tremia em minhas mãos, mole e frágil. É fácil dizer, como os brilhantes escritores ateus que tão brilhantemente refutei, que não há nada de corruptível no universo, que nada morre nem é destruído, mas apenas se decompõe nos próprios átomos que se agregam em novas formas. A gota cai no oceano, desfaz-se, reflui, perde-se, esquece-se, continua a escorrer.

Também naquela praia tudo era apenas um subir e descer da maré. Em Newgate os ajudantes de carcereiro jogavam um balde de água na cela para fazer a limpeza, a água levava embora os detritos e os ratos, mandava-os ao escoadouro que terminava no Tâmisa e de lá no mar, onde o ferruginoso líquido do esgoto se tornava límpido e verde-azulado... uma outra onda refluía do balde, os prisioneiros também eram imundície que entrava e saía das celas; a maré se eleva e se abaixa, a cela se esvazia e se enche, uma onda após a outra, uma carreta despeja dentro dela uns infelizes flagrados com a boca na botija e uma carreta os tira dali para conduzi-los ao patíbulo de Tyburn ou ao ventre dos navios carcereiros em partida para os antípodas, assim cedendo lugar a outros.

Por que aquela gaivota tremia? Só porque não sabia que também ela, assim como todos, não podia morrer? E aqueles que em Tyburn ou na praça de Hobart, com o laço no pescoço, se faziam de arrogantes e cantavam canções indecentes, com voz firme, talvez estivessem de fato contentes de ser esquecidos e de se esquecerem, de se dispersarem em alguma parte onde ninguém, nem eles mesmos, teria sabido mais nada deles, marinheiros que desembarcam num porto desconhecido, assinam o registro, embolsam a paga e desaparecem para sempre das listas de todos os Almirantados. O ajudante tira a cadeira de baixo dos pés do condenado e a recolhe para a próxima vez, anunciando ao público o dia e a hora.

O guardião noturno anuncia o crepúsculo. Companheiros de todo o mundo, uni-vos. O sol do porvir caiu num poço negro e profundo, mas, se nos agarrarmos todos juntos à corda e puxarmos com força, o balde virá para cima, assim como vinha, do fundo do mar gelado de Goli Otok, a pá carregada de areia que nós, pijeskari, devíamos carregar nas ziviere. O balde vai subir, com nossas bandeiras vermelhas lavaremos aquele sol incrustado de lama até que fique livre de qualquer mancha de barro e de sangue e, livre e leve como o balão que escapa da mão de um menino, subirá alto no céu.

O poço é profundo, o balde é pesado, de vez em quando escorrega, torna a cair, e se nos abeiramos para detê-lo podemos cair com ele. Maria, Marie, Mária, Mariza, Norah, lá embaixo, na pútrida descarga do coração, morrendo, apodrecendo. Negras divindades do abismo, obscuros rituais de Hécate a que se abandona Medeia, maga da Noite. Não, negro é o meu coração, que arrancou Medeia da noite, dela, terna e amiga, para lançá-la na luz de um dia impiedoso, de um sol estrangeiro que a queimou. Olho o poço negro, aquela lama é o reflexo do meu rosto. Estou lá embaixo, prospero naquela podridão; o homem é um inseto autófago e estercorário, sente prazer em devorar-se.

O fundo do poço, cloaca cediça do mistério. Todos sempre propensos a adorá-los, os mistérios, a reverenciar o negrume de um quarto vazio, cortinas escuras puxadas para esconder o nada, para impedir que se note que o deus das trevas é um truque como os do túnel do horror no Luna Park. Os ritos sacros da Samotrácia, os mistérios tremendos dos deuses, indizíveis aos mortais, a nós não é concedido cantar. Cantar o quê, afinal? Sacras orgias místicas, ritos iniciáticos? Uma mênade que copula com uma serpente, o culto de Rea, a grande deusa tríplice, uma ida rápida a uma casa de encontros, partouzes envelhecidas, dois ou três servicinhos vulgares... Os dáctilos, os pequenos demônios nus, despedaçam Zagreu, o deus infante em forma de vitelo — talvez de cabrito ou de cordeiro, dá no mesmo. Há quem trepe com mais vontade quando vê os estertores de um animal degolado.

Em Elêusis, o iniciado ao final contemplava o mistério supremo, a espiga de trigo. Na Samotrácia se faz, mas não se diz — umas orgias, safadezas de marinheiros na parada de uma longa travessia, depois os argonautas retomam viagem, às vezes sem nem pagar a maîtresse, mas não é o caso de falar dessas coisas. Jasão não diz nada de seus mistérios, porque deveria contar a canalhice que fez com Medeia. No buraco escuro do vaso, de cabeça para baixo no kroz stroj, eu vomitava, mas pelo menos via, escondido no fundo daquele asco, o sol do porvir. Aqui, Baía Abaixo, na Terra Australis incognita, mais uma vez de cabeça para baixo, sinto apenas uma certa vertigem, mas não vejo mais nada...

Não lembro quando — logo, depois de horas, semanas? — entrei na água, que chegava aos meus joelhos. Era fria, mas aquele frio na pele nua das panturrilhas era uma sensação prazerosa. Depositei com delicadeza a gaivota no mar e ela imediatamente assumiu a posição normal de uma gaivota que nada nas ondas. Até o pescoço estava erguido e a cabeça apontada, reta, para o mar aberto, enquanto a correnteza a afastava da orla. Depois de alguns minutos já estava longe, não se podia mais distingui-la das outras gaivotas que balançavam na água. Além do arrecife se viam as cristas brancas das ondas. O mar era um grande vão deserto. Eu olhava aquele vão. Não importava se dali a pouco a viagem do pássaro terminaria. Era bonito não precisar de nenhum Caronte para ser transportado à outra margem, poder ir sozinho.

Saí da água. Sentia-me ainda mais cansado. A luz me ofuscava e, depois de ter mudado de lugar a pele de ovelha, estendendo-a de novo no cascalho, fui deitar sob a proa da nave, na mancha de sombra que ela e a carranca projetavam na praia. O velocino era espesso e macio, neutralizando as asperezas do terreno. Supino, via acima de mim, com os olhos semicerrados, a carranca. O rumor do mar era sempre igual e depois de uns minutos não o percebia mais; no romper-se uniforme da ressaca não se distinguia nenhum som. Erguendo a cabeça, eu olhava o outro lado da vasta baía. Os penhascos de basalto eram uma grande rocha escura; na distância que atenuava as diferenças e corrigia as irregularidades, os muros exibiam merlões e seteiras. Observando-os longamente, o olhar se velava e se confundia; as imagens desfocavam no ar que tremia, e sobre os merlões surgia de vez em quando um bruxuleio, uma fumaça, o esvoaçar de uma bandeira sobre uma torre. O sol se deslocara; batia na pele de ovelha, fazendo brilhar de um lampejo de ouro seu amarelo sujo, mas na sonolência em que eu caíra não me movia nem aquele mínimo que me permitiria entrar de novo na zona de sombra. Estava ali, parado, com o sol nos olhos.

Não saberia dizer quanto tempo passara. Meu pai sempre sabia que hora era. Atrás das pálpebras dos olhos fechados, que retraíam e relaxavam, dançavam pequenos globos multicores, vermelhos, pretos, amarelos, sobre um fundo que mudava continuamente e ora era amarelo aceso, ora azul-marinho; os discos se entrelaçavam e se sobrepunham, sóis variegados do futuro num céu escuro ou rosado, rosa de sangue. De vez em quando reabria os olhos para fechá-los logo em seguida e apertava as pálpebras com os dedos; figuras coloridas se desfaziam e se recompunham num caleidoscópio, uma luz de fogo envolvia o negro castelo e incendiava suas torres, gigantes negros tombavam com estrondos assombrosos — Christiansborg queima, faz três dias e três noites que o palácio real queima, o teto da solene Sala dos Cavaleiros desmorona com fragor, as labaredas rastejam para os grandes retratos dos nobres e reis dinamarqueses, envolvem-nos em suas espirais, retorcem-se sobre as couraças de ferro e os mantos de arminho, os quadros se destacam das paredes com um estalo, as figuras se contorcem e se consomem entre as chamas. Guerreiros em pesadas armaduras e antigos senhores do mar sobem à fogueira depois da batalha perdida, ouro, tecidos preciosos e troféus ardem sem trégua. O céu inteiro tem uma cor de fogo, é uma mancha vermelha debaixo das pálpebras.

Mas é tarde; não sei por quê, ou em referência a quê, mas é tarde. Quem sabe que horas são, até os relógios de meu pai foram destruídos. Sob a pálpebra que se relaxa, o fogo recua e deixa entrever uma mancha branca — é o grande relógio da Sala dos Cavaleiros.

Gosto daquele vazio, também queria poder fazê-lo ao meu

redor e atrás de mim; todos tentam salvar alguma coisa, quanto a mim, gosto mais de ajudar o fogo, jogar as coisas entre as chamas, vê-las sumir na fumaça — se toda esta terra que tenho em cima de mim também pudesse volatilizar-se, dissipar-se como fumo, deixar-me respirar.

O fogo é justo, destruiu Sodoma e Gomorra e um dia destruirá as novas cidades infernais. Fazer terra arrasada, uma bela fogueira, fora e dentro, no coração e na cabeça sempre abarrotados, invadidos por coisas demais. Aí haveria lugar para Maria também — um horizonte aberto, um mar percorrido apenas pelo vento, não aquela estiva sempre cheia de uma carga pesada demais, fervilhante de carne humana — como eu poderia levá-la comigo, aprisioná-la e sufocá-la naquele aperto...

Contraio os olhos de novo. Sob as pálpebras os pontinhos, os discos e os globos se multiplicam e volteiam vertiginosamente, mudando de cor e figura; a bolinha gira e gira cada vez mais rápido, não para em nenhum número, melhor assim, com certeza seria o número errado. Números demais, brilhos demais, coisas demais. A vida é um bulbo sempre a ponto de explodir. Reabro os olhos; a neblina se dissipa, sobre as muralhas de basalto ressurge aquele disco claro, não é um relógio, é uma bola de neve — finalmente o branco de novo, a Islândia, quietude dos lagos gelados, deserto branco onde não há nada —, que paz, que alívio, o balde cheio de água já não está pesado, porque não era de fato um balde, agora vejo, era um coador, e a água vazou pelos poros, e neste instante me sinto vazio, leve, livre. Não é neve, é uma bandeira branca; agora, graças a Deus, pode-se finalmente erguê-la.

A guerra está para terminar, as labaredas varrem a cidade prostrada — Copenhague sob os canhões da frota inglesa ergue o sinal da rendição, agora Nelson ordenará o cessar-fogo e o início da paz. Os homens poderão curar suas feridas, as naves bombardeadas poderão ficar tranquilas na doca, reparando o casco arrebentado.

Mais uma vez me deitei de costas, como agora, a justa posição de quem se declara vencido e tenta obter piedade. O sol, no alto, é um disco branco e ofuscante. Agora se ouvirá a ordem de cessar-fogo. Mas de repente aquele disco se torna negro, um olho negro apontado para mim — Nelson mira a luneta, mas a aproxima do olho vendado, não pode ver a bandeira branca e não ordena o cessar-fogo. É assim que acontecem as catástrofes, um defeito de visão, um equívoco, o timoneiro que não vê o escolho porque olha para o outro lado; a morte é um velho pirata caolho, não vê diante de si e grita ordens às cegas.

Aquele olho me fixa do fundo da luneta, aproxima-se e se torna cada vez maior — um eclipse do Sol, da Terra, o mundo não existe mais, sumiu atrás do círculo negro, naquela boca preta de canhão. O tiro parte e a escuridão se dilata, centelhas coloridas brilham nas bordas daquele breu, fragmentos de astros explodidos e arremessados ao espaço escuro em que afundam e se apagam.

Não, não creio ter ouvido o estalar da carranca que se destacava do navio e que, acho, caiu em cima de mim. Com certeza não me esquivei; talvez estivesse dormindo sobre aquele velocino que, um instante depois, terá se encharcado de sangue mais uma vez. Não lembro, obviamente o cartão de memória foi consumido. A madeira carcomida e corroída da velha figura de proa deve ter cedido aos anos, às intempéries, à abrasão do vento, da chuva e do ar salino. O mar consome. No entanto é estranho, porque *Argo*, desde que o consagrei a Possêidon e o deixei na orla do mar, apodrecia e se despedaçava, é verdade, mas os devotos que vinham venerá-lo o reparavam continuamente, substituindo ora uma ora outra peça, e assim a nave sempre ficou ali, antiga e nova, intacta e imortal, outra e a mesma, como eu, como os deuses. De fato foi acolhida no céu, entre as constelações eternas — ascendeu deslizando para trás, recuando para a cauda e as patas do Cão. Mas está vazia, sem tripulação, sem argonautas — também sem carranca, talvez tenha sido jogada para baixo enquanto a nave rumava em direção aos deuses, para liberá-la do peso, do contrário não poderia subir. Dizem que está lá no alto, uma constelação quase sem estrelas. Seja como for, na praia não há mais nenhuma nave.

Pelo menos não a vejo daqui. Não se vê quase nada; mesmo que eu raspe este terreno barrento, tudo permanece opaco, embaçado — mas afinal há alguém que vê? —, aquele trapo amarelo, peludo e embolado parece uma bola murcha, a água o alisa, a maré logo o levará embora. Uma bola de trapos, uma esfera disforme — quem inventou a esfera, o modelo do universo, parece que foi Nausícaa, depois de tê-la secretamente aprendido dos argonautas, os quais foram ensinados por Quíron, o centauro. Newton também menciona isso, portanto... Depois, com aquela esfera, Nausícaa foi brincar de bola na beira do mar, e um chute de não se sabe quem a fez desaparecer nas ondas, entre rajadas do vento nordeste que ofuscam o mar como um nevisco. Gostaria de saber onde vai parar aquela bola de trapos, mas lá no fundo está tudo escuro e não se vê nada, nem esfregando com força o vidro embaçado.

Esfregar, não ver nada, esfregar ainda e sempre em vão, na estiva escura. Esfregar, remar, fazer avançar e recuar aquele gravador, falar, e repetir, e redizer, digitar, registrar, apagar, regravar, rewind fast foward rewind, ouvir de novo. Sobretudo ouvir de novo, verificar que não haja surpresas. Eu não gostaria de, em vez de apagar minhas perguntas, explicações e comentários para ter apenas seu texto, limpo e fluente, ter quem sabe apagado suas respostas sem me dar conta — mas onde está ele, quando é que fala, é ele quem fala... Vamos voltar... Não, não é ele, e no entanto antes, agora há pouco, enquanto eu verificava aquele mesmo trecho e ouvia o que dizia não me dei conta de que a voz não era a dele, quem sabe talvez fosse a minha, ainda que — é difícil reconhecer a própria voz, não se sabe como é ouvida de fora, como os outros a escutam, é outra — esta mensagem na tela deve mesmo ser dele, é ele, aquele despudorado — Quando o senhor se distraía um momento, doutor, eu apertava o botão e me apagava, desaparecia, livre, sempre com amarras, mas nunca realmente dominado, finalmente livre, caro doutor Ulcigrai. E o Partido Comunista, pardon, o Personal Computer não lhe será de grande ajuda. Tudo graças a um ótimo vírus, aquele programa aparentemente inócuo que abria uma janela de boas-vindas e depois destruía os dados. Tabula rasa. Adeus. Mas continue ouvindo a fita, caso goste de ouvir a própria voz — Mas onde é que — agora sim, me reconheço, é minha voz — vamos tentar recuar, ainda sou eu... adiante, para trás — não há o que fazer, aqui também —

Mas não, procure, procure, doutor. — Mas onde está? Até o quarto está vazio, a cama intacta. Como aconteceu, como fez isso? Tudo tinha sido organizado tão bem, as células estavam no frio, protegidas; fugir, morrer era tecnicamente impossível. Se pelo menos se soubesse como... O que conta não é que alguém tenha conseguido escapar bem debaixo dos nossos narizes, na cara de toda a segurança, o que conta é saber como isso pôde ter acontecido... É verdade, a ciência carcerária, concentracionária, penitenciária, segregacionária é, justamente, uma ciência, antes mesmo de ser uma prática. É a teoria que interessa; se alguém devia morrer e não morre, ou vice-versa, paciência; mas se desespera por saber como foi, com que método, com base em que princípios — que o assassino entre à vontade sem forçar portas no quarto hermeticamente fechado e mate sua vítima, ou que o prisioneiro escape da cela hermeticamente vedada, pode-se até se desinteressar do homicídio ou da evasão, mas que se diga como foi feito, qual era o elo fraco da instituição, como se pode escapar ao Lager, à clonagem que o coloca na linha até depois de morto, à reprodução serial sem fim, à Rede sem malhas.

No entanto deve haver algum indício, um vestígio... Vejamos, procuremos... a nave apodrecida, a carranca... Está frio, está frio, dizia-se naquela brincadeira de criança, quando se buscava um objeto no lugar ou na direção errada... Ah, você de novo, você se diverte, hein? Mas vejamos... Aquele palácio sempre em chamas... Fogo, esquentou, estamos na direção certa... O fogo... claro, achei! Melhor ser acolhido entre os deuses como o maior dos argonautas, Hércules, queimado na pira do monte Oeta, levado ao Olimpo pelas labaredas e pelo vento ardente saído da fogueira. É útil fazer crer que o procurado terminou esmagado por aquela carranca, sepulto em algum lugar, talvez até no parque, debaixo do banco — também os biógrafos estão convencidos disso e difundiram essa versão com a autoridade da boa-fé —, mantido no permafrost e pronto para ser reconvocado ao serviço. Ótimo truque, é preciso admitir. Mesmo porque não era usual que os forçados fossem cremados; de fato, eram enterrados na ilha dos Mortos.

E no entanto... quem pensaria nisso. Deve ter sido Andy Black. Manteve a promessa, pagou a dívida. Restituir à água a presa que, naquela vez, no rio, arrancara dela, mas devolvê-la irreconhecível a todos, até para a água. Andy era hábil com o fogo; fizera muitas fogueiras na floresta, desde menino. Para ele não deve ter sido difícil queimar o corpo e ainda menos difícil espalhar as cinzas no Derwent, como combinado, lá onde a correnteza do rio-mar escoa para os gelos antárticos. Agora inócuos, não adianta permafrost — o fogo destrói tudo —, até os chips, as plaquetas de memória em silício, minha memória, a de outros, de todos, sei lá. De qualquer modo igualmente destruídos, assim, por segurança. Não há mais nada que aquelas águas gélidas e aqueles blocos de gelo possam conservar, à disposição de novos comandantes dos Lager de amanhã que queiram reconvocar os mortos para os eternos trabalhos forçados. O cybernauta naufragou, acabou na boca dos peixes, mastigado, digerido, evacuado, não existe mais. Comitê central descentrado, livre, desconectado. Erit sicus Deus, (D)eus está em toda parte, em lugar nenhum, o atestado de morte presumida tem os carimbos em dia e fará vacilar todos os que desejam ansiosamente tomá-lo por bom.

Ó rede, onde estão as suas malhas, ó clonagem, onde está o seu punhal? Uma balela para despistar todos, para se despistar, para livrar-se de uma parte da carga. Foi uma boa ideia desfazer-se até do *Argo*, mandando-o lá para o alto, e finalmente subir, não, descer aos deuses, numa tumba que ninguém poderá violar — o mar é um sudário, mas embaixo dele não há ninguém, nem nunca mais haverá, aqueles ciscos, corpúsculos, sopros de cinza que foram carne não existem mais, ninguém os recuperará, desaparecidos para sempre, cusparadas de espumosa poalha inapreensível, *ticket of leave* perpétuo, a revolução venceu, a Lei não existe mais, também os códigos foram queimados, os códigos do rei dos tribunos do povo, os códigos que condenam os forçados. Até o código genético foi queimado, volatilizado, ab-rogado.

Evasão perfeita, quem sabe com a cumplicidade de alguém daqui de dentro, do pavilhão, alguém que difundiu um vírus no computador e danificou as fitas das gravações, alguém que sabe imitar a voz de todos nós. Claro, é um tanto constrangedor; até a pasta sumiu do fichário dos pacientes, talvez o papel tenha sido usado para acender aquele fogo, aquela pira, aquela cremação... Alguém deverá responder de algum modo por quem faltou à chamada, por quem saiu sem o documento regular de baixa, por quem fugiu. Quando Cogoi perceber, afinal ele é o médico-chefe... parece até que já o escuto, mas tranquilo e cortês... enquanto fala, tirando os óculos e entrando sem saber ainda de nada em minha sala vazia, Caro Ulcigrai, como vamos?

ESTA OBRA FOI COMPOSTA PELA SPRESS EM ELECTRA E IMPRESSA EM OFSETE
PELA GRÁFICA BARTIRA SOBRE PAPEL PÓLEN SOFT DA SUZANO PAPEL E CELULOSE
PARA A EDITORA SCHWARCZ EM OUTUBRO DE 2009